책벌레의 하극상

사서가 되기 위해서라면 뭐든지 할 수 있어

제 4 부 귀족원의
자청 도서위원 Ⅶ

카즈키 미야
miya kazuki

길찾기

귀족이 된 로제마인은 영주의 양녀이자 신전장으로서 바쁜 나날을 보낸다. 인쇄기가 만들어지고, 성의 판매회에서 카루타나 트럼프가 큰 인기를 끈다. 그러나 게오르기네의 방문으로 불안한 분위기가 감돈다. 죄를 범한 빌프리트, 납치 당할 위기에 놓인 샤를로테를 구하기 위해 동분서주하는 로제마인은 정체를 알 수 없는 적이 먹인 약 때문에 죽음의 위기를 맞게 된다. 치료를 위해 들어간 유레베에서 로제마인이 깨어난 것은 2년이 지난 후였다.

로제마인

주인공. 조금은 성장해서 8세 정도로 보이지만 내용물은 변하지 않았다. 귀족원에서 책을 읽기 위해서 수단과 방법을 가리지 않는다. 귀족원 2학년생

에렌페스트 영주 후보생

빌프리트

질베스타의 장남. 로제마인의 오빠로 귀족원 2학년생

샤를로테

질베스타의 장녀. 로제마인의 동생으로 한 살 아래로 귀족원 1학년생

로제마인의 보호자들

페르디난드

질베스타의 이복동생. 로제마인의 보호자 역할을 하고 있다

질베스타

에렌페스트의 아우브(영주). 로제마인을 양녀로 맞아들인 양아버지

플로렌치아

질베스타의 아내. 후보생 세 명의 어머니. 로제마인에게는 양어머니가 된다

엘비라

칼스테드의 제1 부인. '귀족' 로제마인의 호적상 어머니

칼스테드

에렌페스트의 기사단장. '귀족' 로제마인의 호적상 아버지

보니파티우스

질베스타의 숙부이자 칼스테드의 아버지. 로제마인에게는 할아버지가 된다

리카르다
수석 시종. 세 보호자의 어린 시절을 꿰고 있는 상급귀족

리젤레타
견습 시종으로 중급 귀족. 귀족원 5학년생. 안게리카의 여동생

브륀힐데
견습 시종으로 상급 귀족. 귀족원 4학년생

하르트무트
견습 문관으로 상급 귀족. 귀족원 6학년생. 오틸리에의 막내 아들

필린느
견습 문관으로 하급 귀족. 귀족원 2학년생

코르넬리우스
견습 호위 기사로 상급 귀족. 귀족원 6학년생. 칼스테드의 삼남

레오노레
견습 호위 기사로 상급 귀족. 귀족원 5학년생

유디트
견습 호위 기사로 중급 귀족. 귀족원 3학년생

로제마인의 측근

오틸리에
시종. 하르트무트의 어머니

다무엘
호위 기사로 하급 귀족

안게리카
호위 기사로 중급 귀족. 리젤레타의 언니

로데리히
견습 문관으로 중급 귀족. 귀족원 2학년생. 구 베로니카 파

에렌페스트 그 외

트라우고트 …… 견습 기사로 상급 귀족. 귀족원 4학년생. 리카르다의 손자
마티아스 …… 견습 기사로 중급 귀족. 귀족원 4학년생. 구 베로니카 파
마리안네 …… 샤를로테의 견습 문관으로 상급 귀족. 귀족원 3학년생
루돌프 …… 샤를로테의 견습 기사로 중급 귀족. 귀족원 5학년생
나탈리에 …… 샤를로테의 견습 기사로 상급 귀족. 귀족원 4학년생
엘라 …… 로제마인의 전속 요리사

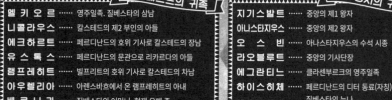

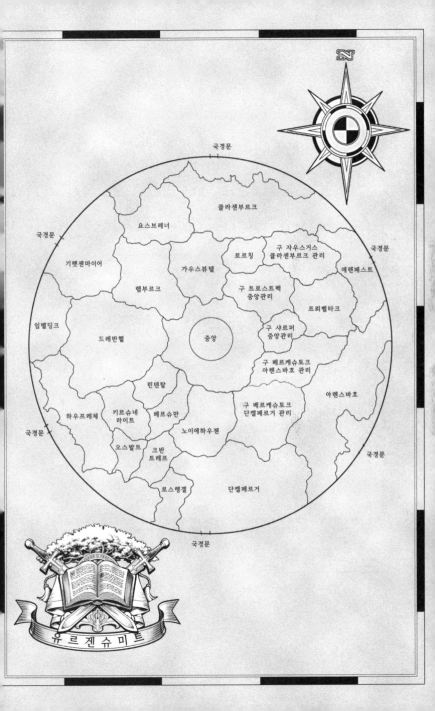

제4부 귀족원의 자칭 도서위원 VII

일러스트 시이나 유우　**지도제작** 후지시로 요　**번역** 김 봄

디자인 백진화　**편집** 김일철　**교정** 이열치매　**주간** 정성학　**마케팅** 정다움 이수빈

제 4 부

귀족원의 자칭 도서위원 Ⅶ

프롤로그

갑자기 정말 아무런 전조도 없이 로제마인이 쓰러지면서 도서관 다과회를 강제로 파하게 되었다. 주최자가 의식을 잃었다. 그런 상태로 어찌 다과회를 이어서 하겠는가.

한넬로레와 힐데브란트가 말문이 막혀 멀뚱히 서 있는 가운데, 로제마인의 수석 시종인 리카르다는 올도난츠로 빌프리트와 샤를로테를 불렀다.

"빌프리트 도련님, 샤를로테 공주님. 뒷일은 두 분께 맡기겠습니다. 전 호위 기사들과 함께 공주님을 기숙사까지 모셔다 드려야겠어요. 브륀힐데는 정리를……."

리카르다는 도서관에 도착한 두 사람과 그 자리에 있는 측근들에게 지시를 내리고, 밝은 보라색 눈동자를 크게 뜬 채 이를 딱딱 부딪치며 떠는 힐데브란트에게 인사하며 퇴실 허가를 받았다. 한넬로레에게도 간단히 인사한 후 후다닥 퇴실했다.

"……아르투르……. 로제마인이 왜 저럽니까? 대체 무슨 일이……."

떨리는 목소리를 듣고 한넬로레는 시선을 돌렸다. 눈을 부릅뜬 채 몸을 파들파들 떠는 힐데브란트가 자신의 수석 시종에게 묻고 있었다. 질문을 받은 아르투르 쪽도 상황 파악이 되지 않는지 안색이 창백했다. 자신의 주인에게 뭐라고 대답해야 할지 모르는 기색이다.

빌프리트와 샤를로테는 창백해진 얼굴로 울먹이며 혼란스러워하는 힐데브란트를 달래고, 그 측근들에게 자주 있는 일이라며 설명하기 시작했다.

"힐데브란트 왕자님, 로제마인이 의식을 잃는 건 흔히 있는 일입니다."

"언니는 정말 몸이 허약해요. 하지만 기숙사에 가면 약이 있으니까 괜찮을 거예요."

빌프리트가 작년에 한넬로레에게 설명했듯이 세례식과 어린이 방에서 있었던 얘기를 꺼내며 위로해 주려고 했지만, 오히려 역효과였다. 힐데브란트는 "허약하고 가냘픈 로제마인에게 무슨 짓을!" 하고 노여움을 내비쳤다.

하지만 아르투르에겐 다소 안심이 되는 얘기인 듯하다. 창백했던 얼굴에 살짝 혈색이 돌아왔다. 불안과 혼란의 화살을 빌프리트에게 쏘아 대는 힐데브란트의 어깨를 눌렀다.

"힐데브란트 님, 로제마인 님을 잘 아는 에렌페스트 영주 후보생들이 입을 모아 괜찮다고 하시지 않습니까. 그리고 감정을 드러내시면 아니 됩니다. 저희도 돌아가십시다."

왕족이 자리를 지키고 있으면 이들을 최우선으로 대응하느라 다른 일은 아무것도 할 수 없다. 나이가 어린 데다 감정적으로 반응하는 힐데브란트와 달리, 수석 시종인 아르투르는 주변 상황을 빠르게 감지했으리라. 빌프리트에게 죄송하다는 눈짓을 보낸 후 얼른 인사하고 퇴실했다.

왕족이 자리를 뜨자, 샤를로테와 빌프리트는 그 자리에 남은 손님들을 걱정하기 시작했다.

"솔랑쥬 선생님, 놀라게 해서 미안합니다."

"한넬로레 님, 괜찮으세요?"

빌프리트의 말에 한넬로레는 "전 괜찮습니다."라는 말만 되풀이했다. 대영지 영주 후보생이니 흐트러진 모습을 보여서는 안 된다. 그 일심으로 같은 말을 몇 번이고 반복했다. 사실은 실이 끊어지듯 풀썩 쓰러져 꿈쩍도 하지 않던 로제마인의 모습이 뇌리에 박혀 떨어지질 않았다.

한넬로레에게는 혼란에 빠진 힐데브란트의 심정이 십분 이해되었다. 작년에 모든 영지를 초대한 에렌페스트 다과회에서 손을 잡은 순간, 로제마인은 의식을 잃고 쓰러졌었다. 그전까지만 해도 분명 웃고 있었는데, 눈앞에서 혼절한 것이다. 작년도 그렇고 지금도 뭘 어떻게 해야 할지 전혀 알 수가 없었다. 움직이지도, 목소리를 내지도 못한 채 등에 식은땀만 줄줄 흘렸다.

"한넬로레 님……."

빌프리트가 곤란한 듯 눈꼬리를 내리며 표정을 살폈다. 한넬로레는 자연스러운 미소를 짓고 싶은 마음과 달리 얼굴이 경직되는 걸 막을 수가 없었다. 그녀가 영주 후보생다운 대응을 못 해내겠다고 판단했는지, 수석 시종 코르둘라가 한넬로레의 어깨를 살짝 누르며 발언 허가를 구했다.

"갑작스러운 소동에 놀라긴 했지만, 사실 저희는 로제마인 님께서 며칠 전에도 아프셨다고 들었습니다. 영지에서 귀환 명령이 떨어졌으니 악사를 데려오라 하셨죠. 아마 왕족을 초청한 다과회라서 몸 상태가 온전하지 않으신데도 무리하셨을 겁니다."

코르둘라의 침착한 지적에 한넬로레의 사고가 조금 돌기 시작했다. 그 말마따나 돌이켜 생각해 보니 로제마인의 몸 상태가 처음부터 좋지 않았다고 단켈페르거 기숙사에서 들었다.

'코르둘라가 조금만 더 일찍 말해 줬더라면 나도 이렇게까지 당황하진 않았을 거야.'

그렇게 생각한 순간, 한넬로레는 지금까지 코르둘라가 말하지 않았던 이유를 깨달았다. 왕족을 비판하는 것으로 받아들일 수도 있기 때문이다. 비록 주인을 진정시키기 위해서라 해도 코르둘라가 쉽게 꺼낼 수 있는 말은 아니었다.

한넬로레는 주위를 둘러보았다. 이곳에 남은 로제마인의 시종들과 솔랑쥬의 시종이 다과회 자리를 치우고 있었다. 자신들도 빨리 퇴실하는 편이 좋을 듯하다. 그 정도의 판단을 할 수 있을 만큼은 침착함을 되찾았다.

"그럼, 우리도 이만……."

"내가 기숙사까지 모셔서 단켈페르거에 설명하고 올게. 샤를로테, 뒤를 부탁해도 되지?"

"네, 오라버니. 전 시종들과 같이 여길 정리하고 기숙사로 돌아갈게요."

솔랑쥬를 진정시키던 샤를로테는 함께 온 자신의 시종들에게도 뒷정리를 도우도록 지시를 내렸다. 전혀 1학년생 같지 않은 샤를로테의 침착한 행동에 로제마인이 쓰러지는 일이 정말 빈번한가 보구나, 하고 한넬로레는 실감했다.

"작년에 이어 한넬로레 님과 다과회에 참가하신 분들을 놀라게 해드려서 대단히 죄송합니다."

한넬로레를 배웅하러 단켈페르거의 기숙사로 온 빌프리트는 로제마인이 또 쓰러지는 바람에 다과회를 강제로 끝내게 되었다고 한넬로레의 오빠인 레스티라우트에게 설명했다. 당연히 기숙사 내에 있는 모두의 주목을 모았다.

"로제마인 님이 쓰러진 건 빌프리트 님의 책임이 아니에요. 그것보다 몸조리 잘 하시라고 로제마인 님께 전해 주세요. 전 걱정하지 마시고요."

한넬로레는 최대한 미소를 지어 빌프리트를 보냈다. 문이 닫히자마자 긴장의 끈이 끊어진 것 같았다. 단숨에 피로가 몰려왔다. 감정 소모가 매우 컸던 탓에 마력을 대량으로 썼을 때와 같은 피로감이 온몸에 퍼졌다. 지금 당장 방에서 쉬고 싶었다.

한넬로레는 계단 쪽으로 걸음을 옮겼지만, 상황이 그것이 허락해 주지 않았다. 빨간 눈동자를 험악하게 번뜩인 레스티라우트가 한넬로레를 불러 세웠다.

"한넬로레, 다과회에서 무슨 일이 있었는지 보고해."

"오라버니, 가능하면 조금 쉬고 나서 보고하고 싶어요……."

"왕족까지 참가한 다과회에서 일어난 일이다. 신속한 보고가 중요하다는 건 너도 알잖아. 말하기 싫으면 동행한 자들을 시키면 되니까 따라와."

그렇게 강하게 말하니 거부할 수 없었다. 한넬로레는 방에 돌아가서 휴식할 틈도 없이 옷을 갈아입자마자 다과회 참석자들을 이끌고 회의실로 이동해야 했다.

'만약에 내가 로제마인 님과 똑같이 다과회에서 쓰러졌다면 오라버니는 빌프리트 님처럼 신속하고 정중하게 뒤처리를 해 주지 않았을 거야.'

비교해 봤자 바뀌는 건 하나도 없다. 알면서도 매서운 표정을 짓는 레스티라우트와 상냥하게 말을 걸어 주는 빌프리트를 비교하고 몰래 한숨을 쉬었다.

'나도 빌프리트 님처럼 상냥한 오라버니가 있으면 좋겠어.'

회의실에는 레스티라우트와 그 측근, 그리고 한넬로레와 다과회에 동행한 이들이 모였다. 한넬로레는 코르둘라가 건넨 목패를 보았다. 다과회 중에 견습 문관들이 메모해 둔 목패다. 평소에는 구두로 다과회 상황을 보고할 뿐, 특별히 흐름까지 쓰지는 않는데, 오늘은 로제마인을 따라 견습 문관에게 기록하도록 했다. 덕분에 아무리 혼란스러워도 객관적이고 누락 없는 보고를 할 수가 있다. 실제로 로제마인이 기절한 일이 머리에 박혀 다과회의 세세한 대화가 하나도 기억나지 않았다.

"전에도 얘기가 나왔듯이, 도서관 마술구의 공급자로 협력하게 되었어요. 이것이 그 증표이고, 협력자를 도서위원이라고 부른다고 해요."

한넬로레는 목패를 소리 내어 읽으며 로제마인에게 받은 완장을 가리켰다. "이상한 물건에 이상한 호칭이군."이라고 하는 레스티라우트의 말은 무시하고 이어서 읽었다. 슈바르츠와 바이스에게 마력을 공급한 일. 힐데브란트가 앞으로 도서위원으로 함께 활동하게 된 일…….

'로제마인 님이 힐데브란트 왕자님께 업무를 의뢰한 건은 어쩌지?'

보고를 듣는 오빠의 표정을 살피면서 잠깐 말을 멈춘 한넬로레는 목을 축이려고 차를 마시며 생각했다. 로제마인의 언행에 민감하게 반응하는 오빠가 만약 독촉 올도난츠 건을 안다면 분명 펄쩍 뛰리라. 힐데브란트는 흔쾌히 받아들였다. 단켈페르거와는 아무런 연관도 없는 일이고, 꼭 보고해야 하는 내용이라면 코르둘라가 나중에 보고할 터였다. 그렇게 판단한 한넬로레는 그 건을 덮어놓기로 했다.

"책도 교환했어요. 그리고 현대어로 고친 단켈페르거의 역사서를 받았어요. 번역에 문제가 없는지 확인해 달라고 하셨어요."

"……흠. 단켈페르거의 역사서라. 그렇다면 정확한지 어떤지 내가 자세히 조사하도록 하지."

짓궂은 표정을 짓는 레스티라우트를 본 한넬로레는 오빠를 있는 힘껏 쏘아보았다. 오빠가 트집 잡듯이 악평을 쏟아낸다면 로제마인과의 우정에 금이 간다. 읽기 쉬운 에렌페스트의 책이 너무 재미있어서 앞으로 독서가 재미있어지려는 참이다. 에렌페스트의 책을 더 읽고 싶은 지금, 로제마인과 관계가 소원해지는 상황은 피하고 싶었다.

레스티라우트가 "줘 봐." 하고 손을 내밀자 다과회에 동행했던 견습 문관 클라리사가 소중하게 품에 안은 종이 뭉치를 꽉 껴안으며 명령을 거부했다.

"레스티라우트 님께는 드릴 수 없습니다."

"클라리사, 너, 뭐라고 했어?!"

클라리사는 한넬로레의 측근이 아니다. 이번 다과회는 본래의 사교 시기에서 벗어나 있어 한넬로레의 측근만으로는 부족했기에 시간이 비는 상급 귀족을 모아 출석했었다. 레스티라우트뿐만 아니라 한넬로레까지 깜짝 놀라며 클라리사를 바라보았다.

"로제마인 님께선 현대어 번역 확인뿐 아니라, 에렌페스트에서 책으로 내어도 되는지 아우브 단켈페르거의 허가를 구하셨습니다. 영지대항전 때 각 아우브께서 말씀을 나누시기로 하였으니 서둘러 영지에 보내야 합니다."

클라리사는 영주끼리 상의할 일이라는 이유를 전면으로 들며 견제했다. 작년에 디터에서 로제마인에게 감동한 이후로 한넬로레처럼 트집 잡힐 거리를 피하고 싶은 게 틀림없었다. 진위를 가려내려고 게슴츠레 뜬 눈으로 노려보는 오빠에게 한넬로레가 웃으며 고개를 끄덕였다.

"클라리사의 말대로 급한 안건이에요."

두 사람이 질세라 서로를 노려보는데, 오빠의 견습 문관인 켄트립스가 크흠 하고 헛기침을 했다.

"사정은 알겠습니다만, 타 영지에서 위탁받은 물건이라면 차기 영주이신 레스티라우트 님도 확인하셔야 합니다. 영지 대항전 때 아우브의 협상에 차질이 가지 않게 사흘 안에 읽고 돌려드리는 건 어떻습니까? 사흘 후에 제가 책임지고 아우브께 발송하겠습니다."

켄트립스의 제안은 타당하게 느껴졌다. 오빠보다 측근이 훨씬 든든했다. 사흘 안에 돌려받고 영지로 보낼 것을 약속해 준다면 괜찮으리라. 한넬로레는 수락하려고 했다. 그러나 클라리사는 여전히 납득하지 못한 기색이었다. 품에 종이 뭉치를 껴안은 채 고개를 세차게 저었다.

"사흘이나 유예가 있다면 제가 읽고 싶습니다! 로제마인 님께서 쓰신 역사서예요! 에렌페스트의 책처럼 분명 이해하기 쉽게 쓰인 역사서일 거란 말입니다."

"저도 읽고 싶습니다! 랭켈투스의 영웅담을 어떻게 번역했는지 상당히 흥미가……."

"아니죠, 랭켈투스보다 걸스하우트 쪽이……."

다과회에 동행했던 이들이 클라리사의 한탄을 듣더니 너도나도 읽고 싶은 영웅담을 언급하기 시작했다. 영주 후보생을 방치한 채 흥분하는 주변 이들을 보고, 한넬로레는 한숨을 깊게 내쉬었다. 금방 폭주해 버리는 단켈페르거의 이 성질은 어떻게 버리지 못하는 걸까.

한넬로레가 코르둘라를 올려다보자, 그녀가 고개를 끄덕이며 손뼉을 짝짝 쳤다.

"조용히 하세요. 타 영지의 요청이니 아우브가 최우선입니다. 영지 대항전까지 회답하지 못하면 단켈페르거의 체면이 서지 않습니다. 로제마인 님과 한 약속을 깨게 되는 겁니다."

마지막 한마디는 클라리사에게 못을 박기 위한 말이었으리라. 코르둘라는 클라리사에게서 종이 더미를 빼앗았다. 그러고는 그것을 지그시 바라보았다.

"실로만 엮었군요. 분실하지 않게 조심한다면 절반으로 나눠도 되겠어요."

"코르둘라?"

"현대어로 얼마나 잘 번역되었는지 알아보는 거라면 절반만 있어도 아우브께서는 충분히 아실 겁니다. 전반은 영지로 보내고, 후반은 기숙사에 남기도록 하죠."

클라리사와 다른 이들의 폭주를 막아 주길 바랐을 뿐인데, 코르둘라는 왜 그런 말을 꺼내는 걸까? 한넬로레는 이해할 수 없었다.

"레스티라우트 님도 확인하셔야겠죠. 하지만 직접 받아 오신 한넬로레 공주님이 아무것도 모르고 계신다면 나중에 곤란해질 겁니다. 두 분 모두 차례로 후반 부분을 훑어보십시오."

'단켈페르거의 역사서를 읽을 바엔 차라리 에렌페스트의 연애 소설을 읽고 싶다고요.'

한넬로레는 그렇게 생각했지만, 코르둘라의 제안에 이의는 없었다.

그녀의 말대로 내용을 전혀 모르면 나중에 에렌페스트의 다과회에 참가했을 때 곤란해지리라.

"코르둘라 님, 전……."

"클라리사는 본인이 할 수 있는 일을 하는 게 어때요? 로제마인 님께선 이야깃거리를 모은다고 하셨죠. 이야기를 모아서 지인을 통해 에렌페스트에 문안 선물로 보낸다면 로제마인 님도 기뻐하시지 않을까요?"

코르둘라의 조언에 클라리사가 진지한 표정으로 생각에 잠겼다.

"과제용이나 인사용으로 사본을 뜨고 있었는데 문안 선물까지는 미처 생각을 못 했습니다. 코르둘라 님의 조언대로 선물용으로 이야기를 모으면 좋아해 주실 거예요."

클라리사가 열의에 찬 듯 파란 눈동자를 반짝이며 주먹을 쥐었다. 의욕이 생겨서 다행이긴 한데, 한넬로레는 클라리사의 발언에 뭔가 걸리는 것이 있었다. 클라리사가 혼자 로제마인을 동경하는 건 예전부터 알고 있었지만, 다과회 때의 상황을 돌이켜 보면 로제마인과 클라리사 사이에는 거의 면식이 없는 것처럼 보였다.

"……과제용과 인사용이라니 뭘 말하는 건가요? 클라리사는 로제마인 님과 면식이 있어요?"

한넬로레의 질문에 클라리사가 등 뒤에 하나로 땋은 머리를 살짝 흔들며 부끄러운 듯 뺨을 붉혔다.

"제가 작년 귀족원에서 로제마인 님의 측근에게 구혼했었는데, 얼마 전에 드디어 과제를 달성했답니다. 영지 대항전 때 정식으로 인사드린다고 생각하니……."

예전부터 클라리사가 에렌페스트의 정보에 빠삭하다 싶었는데, 결혼 상대가 있어서였다. 구혼에 성공해서 기뻐하는 클라리사는 평소보다도 더욱더 사랑스러운 분위기를 풍겼다. 한넬로레까지 흐뭇해졌다.

"구혼 과제를 달성했다니 축하해요. 그 기세로 이야기 수집도 힘내세요. 단켈페르거의 견습 문관들이 모은 이야기가 에렌페스트의 책으로 나오길 기대할게요."

한넬로레는 클라리사를 격려한 후, 화제를 다과회 보고로 돌렸다. 다 같이 책을 교환할 때 힐데브란트가 '나도 뭔가 빌려주고 싶다'라고 자신의 시종인 아르투르에게 말했다. 목패 기록은 거기서 끊겼다. 이때 로제마인이 쓰러진 것이리라. 이것을 기록했던 견습 문관이 얼마나 동요했는지, 아르투르의 이름 같아 보이는 단어가 다 쓰이기도 전에 선이 이상하게 그어져 있다.

"그때 갑자기 로제마인 님이 쓰러지셨어요."

"뭐? 어째서?"

"……한넬로레 님. 아무리 그렇대도 이상합니다……. 중간에 보고를 빠뜨리진 않으셨습니까?"

레스티라우트와 그 측근들이 일제히 깜짝 놀란 표정을 지었다. 하지만 다과회에 참가한 사람들 모두가 갑작스러운 사태에 놀랐었다. 빠뜨린 보고는 없다.

"아무런 조짐도 없었습니다. 정말 갑작스럽게 일어난 일입니다."

"로제마인 님의 시종과 뒤처리를 하러 오신 빌프리트 님께선 너무나도 익숙하게 대처하셨지만, 그 자리에 있던 손님들은 모두가 어쩔 줄 몰라 우왕좌왕했습니다."

동행자들이 잇달아 증언해 주었다. 그땐 조용히 있었지만 그들도 어지간히 놀랐던 모양이다.

"알겠다. 한넬로레의 보고가 틀린 건 아닌가 보군. 쓰러진 원인은 전혀 모르고?"

"로제마인 님은 며칠 전에도 아프셨다고 들었는데, 아우브 에렌페스트께서 귀환 명령을 내리실 정도이니 상태가 호전되진 않았던 모양이에요. 왕족을 초대한 상황이라 무리한 것이 원인인 것 같다고, 코르둘라가……."

"그렇게 약한 몸으로 어떻게 영주 후보생을 하겠다고."

레스티라우트가 신경질적으로 머리를 벅벅 긁었다. 태도는 둘째 치고 그 소견에는 한넬로레도 동감했다. 그토록 약한 몸으로 영주 후보생의 훈련을 완수할 수 있을까? 단켈페르거의 영주 후보생이 받는 훈련을 상상한 한넬로레는 고개를 갸우뚱했다. 그러나 영지마다 훈련 내용이 다를지도 모른다. 괜한 고민은 하지 말자.

"여기까지가 다과회에서 일어난 일이에요. 이제 그만 방에 돌아가도 될까요? 너무 놀라 감정 소모가 심해서 피곤해요."

로제마인의 혼절에 충격을 받은 건 한넬로레뿐만이 아니다. 동행자들 모두가 똑같이 피로감을 느끼고 있을 터였다. 레스티라우트도 더는 막지 않았다.

겨우 방으로 돌아온 한넬로레는 안도의 숨을 내쉬었다. 코르둘라가 "피곤하시죠?" 하고 쓴웃음을 지으며 옷을 갈아입혀 주었다. 수업 때문에 다과회에 미처 참석하지 못한 측근들이 이야기를 듣고 싶은 내색을 보이며 따뜻한 차를 따라 주었다.

"루펜 선생님이 회의실을 보면서 직원회의 때문에 머리를 싸매셨어요."

수업을 끝낸 루펜이 돌아왔을 땐 회의실이 완전히 닫혀 있었다고 한다. 루펜은 로제마인이 쓰러져서 다과회가 일찍 끝났다는 사실을 주변 학생에게 들었다고 한다.

"신전 사정 심문보다 로제마인 님의 건강이 더 중요한 것 아닌가요?"

"에렌페스트로 귀환하시기 전에 힐데브란트 왕자님께 왕족 명령으로 로제마인 님의 귀환을 미뤄 달라고 요청을 드렸는데 왕자님이 거절하셨대요."

루펜이 올도난츠를 보냈더니 '영지에서 휴양해야 하는 이를 명령으로 잡아 둘 순 없다'라고 딱 잘라 퇴짜를 맞았다고 한다. 다과회에서 힐데브란트와 그 측근들이 동요한 모습을 본 터라 그런 왕족 명령을 내리지 않을 거라고 한넬로레는 생각했다. 신전을 알고 싶으면 중앙 신전이나 단켈페르거의 신전에 문의하면 그만이다. 로제마인에겐 휴식이 더 중요하다. 왕족을 초대한 다과회에서 쓰러질 정도로 무리한 로제마인의 귀환이 신전 사정 심문이라는 별거 아닌 일로 미뤄지지 않아 진심으로 다행이라는 생각이 들었다.

"왕족 명령으로 억지로 붙잡지 않아 안심이네요. 에렌페스트라면 귀족원보다 더 편히 쉴 수 있겠죠. 어서 빨리 로제마인 님의 건강이 좋아지길 바라요."

며칠 뒤 로제마인이 의식을 되찾았다는 보고와 귀환 인사 편지가 한넬로레 앞에 도착했다.

귀환 후의 회의

전이 마법진의 흔들림이 사라지자 나는 천천히 눈을 떴다. 호위 기사로 따라와서 대각선 앞에 서 있는 코르넬리우스의 등이 보였다. 내가 전이 멀미에 비틀거리지 않게 등을 떠받치던 리카르다의 손이 떨어졌다.

"어서 오십시오, 로제마인 님."

"저 왔어요, 안게리카, 다무엘."

전이 마법진의 방에 마중을 나온 일동의 제일 앞에 두 호위 기사가 있었다. 아직도 보니파티우스의 특훈을 받는지, 다무엘의 얼굴이 피곤에 찌들어 있었다. 그런 두 사람 앞에 전이진에서 나온 코르넬리우스가 호위 기사 업무를 인계했다.

"로제마인 님의 호위를 두 사람에게 인계합니다. 전 다시 귀족원으로 돌아가야 해서……."

"돌아가긴 어렵지 않을까요?"

안게리카가 고개를 갸웃거리며 뒤돌아보았다. 안게리카의 시선 끝에는 마중 나온 보호자들이 있었다. 영주 부부와 기사단장 부부, 페르디난드와 보니파티우스가 나란히 서 있다. 그쪽을 본 코르넬리우스가 윽 하고 조그맣게 신음했다.

"어머나, 코르넬리우스. 중요한 얘기를 아직 안 했잖니. 여기까지 왔는데 바로 돌아간다고 하지 말고, 하룻밤 자고 가렴."

조용히 앞으로 나와 호위 기사들 사이에 끼어들어 온 사람은 엘비라였다. 얼굴은 방긋 웃고 있지만, 칠흑 같은 눈은 코르넬리우스를 꽉 붙들고 있었다.

"어머님……. 지난번에 답장을 드렸잖아요. 아직 수업이 끝나지 않았으니 끝나자마자 꼭 돌아오겠습니다. 그때 말씀드릴게요."

코르넬리우스가 경직된 미소를 지으며 한걸음이라도 엘비라에게서 멀리 떨어지려고 슬금슬금 뒷걸음질 쳤다. 호위 기사의 인계만 서둘러 끝내고 얼른 몸을 돌려 전이 마법진에 올랐다. 엘비라는 하고 싶은 말이 남은 얼굴이었지만, 싱긋 웃으며 귀족원으로 돌아가는 코르넬리우스를 배웅했다.

"다음엔 남자답게 각오하고 돌아오렴. ……둘이서."

얼굴을 팍 찌푸린 코르넬리우스의 모습이 흔들리더니 사라졌다. 코르넬리우스는 '마지막 학년이니 학생 생활을 만끽하고 싶다'라고 했지만, 그저 엘비라의 추궁을 피하고 싶었던 모양이다.

"둘이서, 라면 어머님은 상대방이 누군지 알고 계세요?"

"자세한 건 다과회에서 얘기해요. 난 로제마인에게도 묻고 싶은 게 많거든요."

다과회 약속을 잡은 엘비라는 한 걸음 물러서 몸을 틀었다. 리카르다에게 등을 떠밀린 나는 쭉 늘어선 다른 보호자들에게 인사했다.

"다들 건강하셨나요?"

"이렇게 빨리 수업을 끝낼 줄은 몰랐다, 로제마인. 역시 내 손녀딸은 우수해."

보니파티우스가 웃으며 나를 칭찬해 주었다. 굉장히 기쁘지만, 도서관에 가고 싶은 일념으로 수업을 끝낸 건데 너무 그렇게 추어 주면 어떻게 반응해야 할지 당혹스러웠다. '굉장하죠?' 하고 당당하게 말도 못하고, 결국 "제가 곤란해지지 않게 가르쳐 주신 페르디난드 님 덕분이에요."라고 겸손하게 굴어야 했다.

"로제마인, 오늘은 나도 함께 저녁을 먹을 테니 그때 타니스베팔렌 토벌 얘기를 해 주렴. 네 문관의 보고서를 보니 아주 크게 활약했더구나."

하르트무트의 보고서는 내가 앓아누워 있는 동안에 보낸 탓에 아직 읽어 보지 못했다. 성녀를 찬미하는 글이 줄줄 쓰였다고 필린느에게 들은 게 전부다. 그리고 나는 활약한 게 없다. 애석하게도 내 공격이 전혀 먹히지 않았기 때문이다. 그런 얘기를 보니파티우스에게 하고 싶지 않았다.

"견습 기사들이 얼마나 활약했는지 말씀드릴게요. 모두 정말 고생했답니다. 할아버님이 단련시켜 주신 덕분에 협동도 조금씩 갖추게 됐고요."

순간 '약속할게요' 하고 손가락을 걸까 생각했지만, 보니파티우스와 손가락을 걸었다간 새끼손가락이 부러질 것 같아 얼른 관뒀다.

보니파티우스와 대화를 끝내자 질베스타가 한 걸음 앞으로 나왔다.

"기다렸다, 로제마인. 옷을 갈아입으면 집무실로 오거라."

왠지 질베스타의 목소리에 힘이 없었다. 피곤해진 걸까. 작년에는 분노를 뿜어대며 서 있더니 올해는 서 있는 자세도 조금 축 늘어져 보였다. 내 기분 탓인가.

'무슨 일이 있었나?'

나는 리카르다와 호위 기사들과 함께 일단 방으로 돌아가 옷을 갈아입고, 영주 집무실로 향했다.

집무실에는 질베스타와 칼스테드와 페르디난드가 기다리고 있었다. 관자놀이를 톡톡 두드리며 나를 노려보는 페르디난드가 제일 먼저 입을 열었다.

"로제마인, 그대와는 제일 먼저 평온이라는 단어의 의미부터 다시 맞춰 봐야겠다. 그대에게 평온이란 대체 뭐지?"

설교 시간의 시작인가, 하고 단단히 경계했는데 괜히 헛물만 켠 느낌이다. 하지만 나는 진지하게 '내가 생각하는 평온'을 고민했다.

"도서관에 틀어박혀서 책을 읽는 나날이요. 귀환 명령만 없었으면 평온 그 자체였을 거예요."

겨우 수업을 끝내고 도서관에 다니게 됐더니 강제 송환되었다. 내 도서관과 독서 시간 돌려줘! 하고 누구라도 불만을 토해내지 않겠는가. 질베스타가 깊은 한숨을 내쉬었다.

"우리도 부르고 싶어서 부른 게 아니야."

"로제마인, 너를 왜 불렀는지 아느냐?"

칼스테드의 질문에 나는 뺨을 괴고 생각해 보았다. 내가 저지른 실수라면 물총으로 천장에 구멍을 뚫어 버린 것과 책벌레 다과회에서 주변 사람들을 당황하게 만들어 버린 것, 다과회 주최자인데 의식을 잃은 일이다. 그런데 편지에는 물총 개량에 관해서 별다른 말도 없지 않나.

"호출하신 시기가 마침 타니스베팔렌을 처치한 직후였으니까 허가도 없이 출군해서 쓰러뜨린 게 원인일 거라는 생각이 드는데, 맞나요?"

"……일 거라는 생각이 든다. 그게 무슨 의미지?"

"잘 모르겠다는 뜻이에요. 제가 무슨 잘못을 했는지. 올해는 작년보다 혼날 짓은 안 했잖아요."

내가 고개를 갸웃거리자 세 보호자가 동시에 한숨을 쉬었다.

"먼저 보고서 작성법부터 말하마. 인쇄업과 신전 업무 보고는 제대로 하면서 귀족원 보고서는 왜 그 모양 그 꼴이지? 보낼 필요도 없는 보고서는 왜 보내는 것인가?"

페르디난드가 귀족원에서 받은 보고서를 쭉 늘어놓았다. 그때서야 나는 깨달았다.

"보고가 필요한 내용은 문관들이 쓸 테니까 같은 내용을 써 봤자 무슨 소용인가 싶었어요. 그래서 일부러 하르트무트가 쓰지 않은 내용을 쓴 건데……."

아무래도 쓸데없는 배려였나 보다. 덧붙이자면 나는 우라노 시절에 쓴 학급 일지와 부모에게 편지를 쓰는 기분으로 보고서를 썼다. 그런데 업무 내용처럼 보고서를 썼어야 했나 보다.

"전 여러분이 귀족원에서 아이들이 어떻게 지내는지 궁금해 하실 줄 알았어요. 그래서 심금을 울리는 일들은 일기 감각으로 썼죠. 그럼 어떤 보고를 받고 싶으셨는지 미리 알려 주세요."

"오호라. 그래서 보고서 내용이 감정적이었군. 앞으로는 성적 향상, 유행 전파, 도서위원 활동까지 인쇄와 마찬가지로 중요한 사업이라 생각하고 보고서를 작성하도록."

페르디난드의 말을 듣고서야 나는 보호자들이 어떤 보고서를 원했었는지 이해했다. 에렌페스트에 도움이 되는 중요한 사업 보고서가 필요했다면 내가 보낸 그 보고서로는 아웃이다.

그 뒤로도 보호자들은 내가 저지른 언행들을 지적했다. 가장 큰 문제는 도서위원에 집중되어 있었다. 힐데브란트에게 완장을 선물하겠다고 멋대로 약속한 것, 주인 자리를 양보하지 않고 도리어 힐데브란트를 협력자로 등록한 것, 독촉 업무를 떠맡긴 것 등이었다.

"하지만 도서위원이잖아요. 도서위원이 도서관에서 일해야지, 그럼 뭘 해요?"

"보고서 내용을 보면 네가 하는 건 마력 공급뿐이잖아. 독촉 업무는 너희가 할 일이 아니야."

질베스타에게 정확하게 지적당한 나는 "지당하신 말씀입니다." 하고 고개를 푹 떨궜다. 솔랑쥬는 영주 후보생인 내게 일을 맡기는 것조차 송구스럽다고 했다. 그런 그녀가 왕족에게 업무를 맡기고 싶었는지 아닌지, 나는 확인도 하지 않고 입 밖에 꺼내 버렸다.

'미안해요, 솔랑쥬 선생님!'

"윽, 페르디난드 님이 독촉하니까 책 반납률이 아주 높아졌다고 솔랑쥬 선생님이 그러셔서, 왕족이 독촉장을 보내면 완벽하게 반납하겠구나 생각했어요. 적재적소라고."

"적재적소인지 아닌지 판단하는 건 그대가 아니다. 왕족이 그대에게 명령하는 건 일반적이나, 그대가 왕족에게 명령해서는 안 돼."

보호자들의 주장으로 생각해보니 나는 힐데브란트를 학교 도서위원의 동료로 보고 있었는데, 사실은 사장 아들과 말단 사원 정도의 입장이었음을 깨달았다. 같은 도서위원에게 일을 분담하는 것과 말단 사원이 회사에 놀러 온 사장 아들에게 일을 시키는 건 천지 차이다.

'이러니 다들 굳어 버렸지!'

Noooo! 하고 머리를 싸매며 이제 와 내가 저지른 실수에 몸부림쳤다. 앞으로 왕족과 도서위원을 해야 한다는 현실을 깨닫고 울고 싶었다. 그만큼 입장이 다른 위험한 관계는 우라노 시절에도 해 본 적이 없었단 말이다.

"그럼 앞으로 어쩌면 좋죠? 저와 한넬로레 님이 업무를 분담할 때 힐데브란트 왕자가 끼고 싶은 표정을 지으면 본인이 하겠다고 자진해서 나서기 전까지는 무시할까요? 따돌림당한다고 느낄 텐데, 왕족에게 그렇게 대응해도 옳은 건가요?"

나는 완장을 바라보는 힐데브란트의 표정을 읽었을 뿐인데, 무시해야 했을까? 내 질문에 페르디난드가 매우 복잡한 표정을 지었다.

"그대는 항상 그렇게 대화나 약간의 행동으로 상대방에게 무엇이 필요하고, 무엇을 원하는지 정확하게 간파하더군. 그것이 나쁘다는 말이 아니다. 오히려 장점이지. 하지만 주변 생각과 상대방의 사정을 전혀 고려하지 않아. 그래서 그대의 주변이 고생하는 것이다."

왕족이든 상위 영지든 나와 상대방 둘이서는 돈독하게 지낼 수 있다. 그러나 주변 입장에는 그것이 민폐이거나 곤란한 상황이 될 수도 있다고 페르디난드는 지적했다.

"주변까지 두루 살필 수 있다면 강력한 무기가 되겠지만, 아직은 훗날 무슨 일이 일어날지 예측 불가능한 위험한 행동에 불과하다. 특히 왕족까지 연루된 사태가 벌어진다면 에렌페스트가 어떤 입장이 될지 전혀 예상하지 못하게 돼."

왕족과는 되도록 가까이하지 말라는 말에 나는 페르디난드에게서 슬쩍 시선을 돌렸다. 보호자들의 말도 이해는 되지만, 그것만큼은 약속할 수 없었다. 내 태도를 본 페르디난드가 미간을 잔뜩 찌푸렸다.

"시선 피하지 마라, 로제마인. 대체 또 뭘 꾸미려는 것인가."

"힐데브란트 왕자님과 가까이하지 말라는 건 무리예요. 약속 못 해요."

"어째서지?"

"절 왕궁 도서관에 초대해 줬단 말이에요. 힐데브란트 왕자와 친해져서 허락을 받으면 왕궁 도서관에 갈 거니까 친해지지 않겠다는 약속은 못 하겠어요."

도서관 사서인 솔랑쥬와 책벌레 동료인 한넬로레와 힐데브란트는 귀족원 내에서 가장 친해지고 싶은 멤버다. 내 쪽에서 적극적으로 다가가고 싶은 상대인 셈이다. 친해지는 방법을 가르쳐 주진 못할망정 친해지지 말라니, 그건 못 한다.

"왕궁 도서관은 안 돼."

질베스타가 엄격한 표정으로 그렇게 말했다.

"얘기만 나왔는데 쓰러졌잖아. 실제로 가면 들어가기 전에 쓰러지든, 화려한 축복을 내리든 날벼락 같은 일을 저지를 게 뻔하지. 네가 자중이란 것을 배우기 전까지 왕궁 도서관 출입을 허가할 생각 없다. 어차피 넌 미성년자라 보호자 없이 왕궁에 가지도 못하지만 말이야."

"잔인해요!"

쭉 둘러보았지만, 그 어느 보호자도 모르쇠로 나를 내려다보았다. 큰일이다. 옛날 옛적에 버린 자중이 여기서 필요해질 줄이야. 하지만 왕궁 도서관을 앞에 두고 과연 내가 자중할 수 있을까? 전혀 자신이 없었다.

"왕궁 도서관⋯⋯."

자중할 줄 알게 되기 전까지 절대 허가하지 않겠다는 말을 들었지만, 자중하게 됐는지 어떤지 누가 어떻게 판단한단 말인가. 이상한 이유를 붙여서 나를 왕궁 도서관에 못 가게 할 심산이다, 분명.

'가고 싶은데, 왕궁 도서관.'

"하다못해 갑자기 혼절하지 않게 되기 전까진 못 보낸다. 이번에도 힐데브란트 왕자와 측근들에게 큰 심려를 끼치고 왔지 않느냐.”

왕궁 도서관 관계자에게까지 트라우마를 심고 싶으냐, 라는 식의 말을 칼스테드가 했다. 나는 힘없이 고개를 떨구었다. 트라우마를 줄 생각은 없다. 내가 눈앞에서 쓰러지면 그 상대방의 심장에 무리가 가는 것도, 주변 사람들이 뒤처리에 애써야 하는 것도 잘 안다.

'윽, 왕궁 도서관이 너무 멀어.'

“왕족에 관해서는 거리감이나 입장 차이를 잘 몰랐던 것 같구나. 절대 대등한 관계가 아니라는 것을 머리에 새겨 두거라. 그리고 타니스베팔렌 건은…….”

첫 출전의 흥분을 담은 빌프리트의 보고서와 토벌에 따라오지 못해 사무적인 내용만 쓴 샤를로테의 보고서, 채집터의 재생에 관한 기술만 줄줄이 늘어놓으며 성녀를 칭송한 하르트무트의 보고서가 나열되었다.

'하르트무트는 보고서에 뭐 이렇게까지 야단을 떨었냐!'

“도무지 같은 상황을 보고하는 것 같지가 않더군. 무슨 일이 일어났고, 어떻게 됐는지 다시 보고해라.”

나는 샤를로테의 보고서에 내용을 덧붙이는 식으로 타니스베팔렌 사건을 설명했다. 하르트무트의 보고서는 아예 쳐다보지도 않았다. 페르디난드가 샤를로테의 보고서에 메모를 끄적이는 모습이 보였다.

“그나저나 로데리히의 얘기에서 타니스베팔렌을 추론해 내다니 대단하군. 그놈은 베르케슈토크 쪽에 사는 상당히 희귀한 마수다. 아는 학생이 있었다니 놀랍군.”

“작년 영지 대항전 때 대책 삼아 레오노레가 마물 자료를 조사했었어요.”

디터에 나오는 레벨의 마물은 아니어서 다른 견습 기사에게 알리지 않았던 마물 중 하나라고 레오노레가 단언했었다.

"나도 같은 자료를 읽었다. ……그리고 베르케슈토크의 견습 기사에게 얘기를 들은 적이 있지."

베르케슈토크는 지금은 아렌스바흐와 단켈페르거로 분할되어 존재하지 않는 영지지만, 하고 페르디난드가 덧붙였다.

나는 타니스베팔렌과의 전투 상황을 설명했다. 어둠의 신의 축복을 내리기 위해 현장으로 갔던 것, 공격이 맞지 않아서 신구인 망토를 썼다는 것, 채집터를 재생시킨 것.

"루펜 선생님이 중앙 기사단을 이끌고 왔을 때 몇 가지 질문을 받았는데요. 그때 제정신이 아니어서 제대로 대답하지 못했어요. 참고인 조사 일정을 잡는 중에 여기로 돌아와 버렸는데, 힐쉬르 선생님이 수습해 주셨대요."

"무슨 질문을 받았고, 뭐라고 대답했지?"

나는 루펜이 했던 질문과 자신이 한 대답을 기억나는 대로 설명했다. 그러자 보호자들이 "흐음." 하고 신음하며 머리를 싸맸다.

"제 대답에 납득하지 못하셨는지 또 부를 거래요."

"그야 그렇겠지."

"하지만 그것 말고는 할 수 있는 대답이 없었어요."

신전장이니까 성전을 읽어서 축문을 알고 있었고, 신전장이니까 신전 업무의 일환으로 토지도 재생했다. 정말 그게 전부. 자세히 물어봐도 말할 게 없다.

"참고인 조사를 받을 땐 기사가 쓴 주문과 그대의 축문은 별개라고 주장해야 한다."

"네?"

"그건 귀족원에서 가르칠 수 없는 금지 주문이기 때문이다."

"왜요? 타니스베팔렌 같은 마수가 나오면 위험하잖아요."

"마수보다 위험한 것이 인간이다."

페르디난드의 말에 따르면 아주 옛날부터 귀족원에선 검은 무기 주문을 가르치지 않게 되었다고 한다. 지금과 같은 정변 이후 광범위하게 마력이 고갈되었을 무렵, 자신의 영지를 풍족케 하려고 검은 무기로 다른 영지를 침공하고 마력을 빼앗는 영주가 있었다고 한다. 대영지의 습격을 받으면 소영지는 뼈도 못 추린다. 그 후로 주변 대영지가 너도나도 침공하였고, 정변의 혼란이 가중되어 대혼란이 일어났다. 이후 귀족원에서는 검은 무기를 사용하는 주문을 학생에게 가르치지 못하게 하였고, 검은 무기를 꼭 사용해야 하는 마물이 출몰하는 영지의 기사단에서만 견습 기사들에게 가르칠 수 있도록 하였다.

"코르넬리우스 오라버니도 모르던데 그건 왜죠? 토론베 퇴치에는 필수잖아요."

"예전에는 귀족원에서 견습 기사 코스에 들어가 신들의 가호를 받으면 기사단에서 배울 수 있는 주문이었지. 하지만 지금은 원정에 갈 수 있다고 판단한 기사만 배우도록 바뀌었다."

"왜 그렇게 바뀐 거죠?"

칼스테드가 나를 힐끔 보더니 하는 수 없다는 듯이 가르쳐 주었다.

"너도 알다시피 청색 신관으로 신분이 상승한 귀족이 늘어나고, 정변 이후로 교육 과정이 바뀌면서 신입의 수준이 현저히 떨어졌지. 그래서 문제를 일으키지 않고, 협동이 되는 기사만 원정에 데리고 갔단다. 그렇게 기사단 내에서 합격을 받았을 때에야 배울 수 있는 주문이 된 것이야."

'아! 시키코자 때문이구나.'

그러고 보니 토론베 토벌 때 '신입 교육이 엉망이다'라며 페르디난드가 칼스테드에게 신입 교육을 다시 검토하라고 질책했던 기억이 난다. 시키코자의 폭주로 신입 교육을 재검토할 때 개선된 모양이다. 안게리카보다 몇 학년 위라면 견습 기사일 때부터 주문을 아는 학생도 있겠지만, 안게리카 밑으로는 완전히 모르는 주문이 된 셈이다. 지금 신입은 팀워크도 엉망진창이니 당분간 배우기 어렵지 않을까.

"주문과 축문은 다른 거예요?"

"그래. 전장에서 쓰기엔 축문은 너무 길어. 자칫 틀려서 발동하지 않으면 큰일이 나니 고친 부분이 많지."

기사단이 쓰는 주문은 축문을 조금씩 생략한 것이라고 한다. 완벽한 축문을 외울 때보다 융통성이 없는 부분은 있지만, 속도와 실수를 줄이는 것이 중요하다고 한다.

'처음 알았어.'

"아, 맞다. 이건 페르디난드 님께 드릴게요. 하르트무트가 전해 달라고 한 선물인데요. 타니스베팔렌이 휩쓸고 간 채집터를 축복으로 치유할 때 떠올랐던 마법진이에요."

나는 하르트무트가 그린 마법진을 건넸다. 질베스타와 칼스테드도 그것을 들여다보았다. 그러나 봐도 잘 모르겠는지, 곧바로 시선을 돌렸다. 페르디난드 혼자 마법진 위를 손가락으로 훑었다.

"로제마인, 그대가 여기에 마력을 주입한 것인가?"

"땅을 치유하는 의식을 치렀더니 그냥 나타나던데요? 무슨 마법진인가요?"

"지정한 곳을 채집터로 만드는 데 필요한 마법진이군. 아주 복잡하고, 많은 요소가 담겨 있다."

그렇게 말하는 입 끝이 슬쩍 올라갔다. 상당히 기쁜 모양이다. 페르디난드가 기분이 좋으면 설교도 짧아지니 나도 기뻤다. 조금 더 기분 좋도록 할까 싶어 나는 함께 마법진을 들여다보고 "어떤 요소가 있는데요?"라고 물었다.

페르디난드가 마법진 강의를 시작하려고 하자 미간을 찌푸린 질베스타가 복잡한 얼굴로 저지했다.

"잠깐, 로제마인. 땅 재생은 중앙 신전이 하는 일 아냐?"

"빨리 재생하지 않으면 에렌페스트 학생들의 수업에 지장이 생기니까 제가 고생 좀 했죠. 측근들의 수업이 밀리면 제가 도서관에 다니는 시기도 밀리잖아요."

중앙 신전의 일일지 몰라도 태평하게 기다릴 상황이 아니었다. 동시에 중앙 신전이 할 일을 전부 빼앗진 않았다는 점을 주장했다. 타니스베팔렌은 채집터에서만 날뛴 것이 아니었다. 광범위하게 숲을 헤집었으니 할 일은 태산이다. 문제없다.

"일거리를 남겨 뒀다고 안심할 문제가 아니야. 학생들에게 도움이 된 건 사실이지만."

"게다가 이렇게 정교한 마법진을 완벽하게 발현하려면 중앙 신전의 청색 신관이며 무녀가 수십 명 덤벼도 며칠은 걸릴 텐데 용케도 마력이 부족하지 않았구나."

"엄청 부족했어요. 페르디난드 님이 만들어 주신 회복약을 마시면서 했는데, 회복되는 족족 마력이 빨려 나가서 죽다 살아났어요."

페르디난드는 마법진에 시선을 고정한 채 "'죽다 살아났다'로 끝날 일이 아니다."라고 중얼거렸다. 하지만 끝난 일인걸.

"완벽히 재생된 것 같다만, 회복 후에 채집터에서 가져온 소재는 없는가?"

"소재는 안 가져왔는데요."

마법진은 둘째 치고, 소재를 가져와야겠다는 생각은 미처 하지 못했다. 그 채집터의 소재는 수업에 쓰는 재료들이니까.

"하르트무트에게 재생한 부분의 소재를 보내라고 지시해라. 그대의 마력으로 자란 소재가 기존과 어떻게 다른지 연구해야겠다."

"누가 힐쉬르 선생님 제자 아니랄까 봐. 연구만 생각하는 점이 판박이네요. 힐쉬르 선생님도 기사단과 같이 왔었는데, 다친 사람 없이 타니스베팔렌을 토벌했으면 그거로 된 거 아니냐며 연구실로 돌아가려고 했거든요."

좀 걱정해 주면 어디 덧나나, 하고 내가 말하자 페르디난드가 슬쩍 시선을 피했다.

"페르디난드 님?"

"내가 견습 기사들과 숲속에서 마수를 쓰러뜨릴 때마다 힐쉬르가 걱정해서 뛰어왔었지만, 그게 귀찮아서 뒤처리도 내가 할 테니 다친 데 없으면 걱정하지 말라고 쫓아 버렸지. 아마 그래서일 거다."

"페르디난드 님 때문이었군요!"

이 스승과 제자는 이상한 쪽으로 신뢰감과 익숙함을 키우고 있다. 이대로는 라이문트가 위험하다. 내가 라이문트를 걱정하자, 보호자들이 일제히 한숨을 내뱉었다.

"아렌스바흐 학생보다 너나 걱정해."

'아, 죄송합니다.'

그 뒤에도 설교다운 설교는 거의 없었고, 피곤에 찌든 보호자들과는 '왕족과 접촉을 줄여야 하니 봉납식이 끝난 후에 귀족원에 돌려보내겠다'라는 말로 대화를 끝맺었다. 솔직히 혼나고 싶었던 건 아니었지만, 기분이 매우 이상했다.

'뭐지? 나 혼 안 내도 괜찮아? 라고 묻고 싶어지는 이 느낌은. 이 소리를 하면 보나 마나 혼낼 테니 말하진 않겠지만.'

작년보다 빨리 귀족원에 돌려보내는 이유는 그때가 힐데브란트가 돌아다니지 않는 시기이고, 귀족원에서 사교 경험을 쌓게 하기 위해서라고 했다.

'사교 러시로 도서관에도 못 가는 거면 딱히 귀족원에 안 가도 되는데.'

한넬로레와 독서 감상을 나누는 다과회였다면 자진해서 참여하겠지만, 흥분해서 쓰러질 만한 다과회는 주변에서 못 가게 하리라.

'만만한 게 없네. 하아……'

저녁 식사와 다과회

"오틸리에, 이 편지를 귀족원에 보내 주세요."

전이 마법진의 방에 있는 기사에게 전해 달라고 부탁했다. 재생한 채집터에서 소재를 채집해달라고 하르트무트에게 보내는 편지다. 수신인을 본 순간 오틸리에가 불안한 표정을 지었다.

"로제마인 님, 귀족원에서 하르트무트는 어떻게 지내나요? 다른 분들께 폐를 끼치고 있진 않습니까?"

"하르트무트는 정보 수집부터 여러 교섭까지 고생이고, 양아버지에게 보내는 보고서도 성실히 작성해 주고 있어요. 오늘 읽은 보고서도 아주 활기가 넘치던걸요. 분명 귀족원 생활이 즐거운 거예요."

나는 오틸리에를 안심시키려고 했지만, 더는 아무것도 말할 수 없었다. '채집터 재생 의식을 보고 로제마인 님은 진정한 성녀였다며 흥분하고 신에게 감사했었어요'라고 도저히 내 입으론 할 수가 없었다.

"공주님, 슬슬 저녁 시간입니다. 펜을 놓으셔야죠."

리카르다의 말에 나는 손에서 펜을 놓고 일어났다. 저녁 자리에서 보니파티우스와 타니스베팔렌 토벌에 관한 얘기를 하기로 했다.

'하르트무트의 보고서 때문에 다들 내 활약이 대단한 줄 아는데 어쩌지? 진실을 말하면 할아버님, 실망하시지 않을까?'

심각하게 고민하는 사이 저녁 식사 장소에 도착했다. 보니파티우스의 자리는 내 옆이었고, 페르디난드도 함께였다. 식사를 하며 나는 보니파티우스가 묻는 족족 대답했다.

"그래서 로데리히의 얘기로 그 녀석의 정체가 타니스베팔렌이란 것을 레오노레가 추측해 냈어요. 전 모두의 무기에 어둠의 신의 축복을 내리러 갔죠. 그런데 채집터를 비워 두고 다들 숲속에서 싸우고 있는 거예요. 로데리히와 채집하러 갔었던 마티아스 일행이 채집터를 지키려고 밖으로 유도했다고 해요. 제가 도착했을 땐 마티아스와 빌프리트 오라버니와 견습 기사들이 어마어마하게 거대해진 타니스베팔렌을 상대로 시간을 벌고 있었어요. 로데리히의 보고보다도 더 컸었는데, 트라우고트가 전력으로 공격했기 때문이래요."

"트라우고트가? 거참……."

웃으며 이야기를 듣고 있던 보니파티우스의 분위기가 순간 험악해졌다.

"아, 하지만 타니스베팔렌에 관한 정보를 듣기 전이어서 몰랐을 거예요……."

나는 서둘러 변호했지만, 질베스타의 뒤에 서서 호위하며 대화를 듣던 기사단장, 칼스테드가 인상을 찌푸렸다.

"그게 아니다. 다른 견습 기사들이 공격하지 않고 시간을 벌고 있는 상황을 제대로 인지하지 못할 만큼 시야가 좁은 게 문제지. 모두 무사하니 다행이지만, 타니스베팔렌이 거대해져서 사망자가 속출해도 그 말을 할 수 있겠느냐?"

이번 일은 우연히 주변 도움이 잘 먹힌 덕분이다, 라는 칼스테드의 말에 나는 반박도 못하고 고개를 끄덕였다.

"모두가 어둠의 신의 축복을 받은 후 공격을 시작했고, 저도 물총을 쏘았는데 타니스베팔렌을 한 방도 맞히지 못했어요. 놈이 제 공격만 필사적으로 피해서……."

"그랬겠지."

페르디난드가 한쪽 눈썹을 씰룩이며 나를 보았다.

"지금 설명을 듣기로는 그대가 만든 '물총'라는 무기는 마력을 쏘는 물건일 테지? 어둠의 신의 축복이 깃든 무기로 공격하면 내포한 마력보다 두 배는 더 큰 마력을 적에게서 빼앗을 수가 있다. 그러니 당연히 그대의 공격을 제일 경계했겠지."

"흠. 타니스베팔렌에겐 로제마인이 제일 위협적이었겠군. 그리고 방금 네 공격이 다 빗나갔다고 했지만, 타니스베팔렌의 주의를 끌어 다른 이들이 공격할 기회를 만들어 주었지 않았느냐. 충분히 공헌했다. 잘했어."

강한 보니파티우스에게 칭찬받으니 내가 매우 강해진 느낌이 든다. 공격에 실패해도 도움이 되었다는 칭찬에 기분이 좋아진 나는 보니파티우스 쪽으로 살짝 몸을 내밀었다.

"그럼 어둠의 신의 망토로 움직임을 봉쇄한 것도 도움이 됐을까요?"

"어둠의 신의 망토?"

"타니스베팔렌이 저를 쳐다보면서 공격을 피하니까 눈을 가리려고 물총을 어둠의 신의 망토로 바꿔서 머리 위를 덮었어요. 그랬더니 움직임을 멈추지 뭐예요. ……손에 쥔 무기가 없어져서 결국 공격하지 못했지만요."

내가 스스로의 실수를 언급하며 말하자, 칼스테드가 제일 먼저 반응했다.

"무기를 바꿨다고?"

"네, 어둠의 신의 축복만 끊지 않으면 형태를 바꿀 수 있잖아요."

"아니, 못해. 한 번 어둠의 무기로 바꾸면 해제하기 전까지 형태를 바꿀 수 없어."

칼스테드의 말에 나는 페르디난드에게 설명해 달라고 시선을 보냈다.

"……그것이 주문과 축복의 차이점일지도 모르지. 또 무엇이 다른지 매우 궁금하다만, 토론베 토벌 도중에 무기를 바꿔야 하는 사태는 좀처럼 일어나지 않는다. 이제 와서 축문을 새로 외울 것까지는 없겠지."

전투에 용이하도록 단축하고 간략하게 만든 주문을 무기의 형태를 바꿀 수 있다는 이유로 축문으로 바꿀 유용성은 없다고 페르디난드는 말했다.

"로제마인, 신구를 쓰느냐?"

"네, 할아버님. 신전 출신인 제겐 신구가 가장 친숙하거든요. 왜 그러세요?"

"아니, 너처럼 신구를 자유자재로 다루는 사람을 처음 봐서 놀랍구나. 신전 출신도 꽤 각양각색이군."

보니파티우스는 청색 신관의 신분에서 올라온 기사가 신구를 다루는 모습을 본 적이 없는 모양이다. 청색 신관 출신의 기사라고는 처형된 시키코자밖에 모르는 나는 "신구는 꽤 편리한데 왜 쓰지 않을까요?"라는 말밖에 할 수 없었다. 의아해하는 나를 본 페르디난드가 어이없다는 표정으로 포크와 나이프를 식탁 위에 놓았다.

"일반 귀족은 신전을 가까이하지 않으니 신구를 본 적도, 만진 적도 없겠지. 또 신전 출신이라는 점이 귀족 사회에서 오점으로 작용하는데 신전을 떠올리게 하는 신구를 누가 무기로 쓰려고 하겠는가. 무엇보다 신구를 쓰려면 마력 소비량이 커서 평범한 신관 출신 기사에겐 부담이 크다."

"그리고 정교한 마법진과 조각 때문에 슈타프 변형에도 맞지 않지."

칼스테드의 말에 질베스타도 고개를 끄덕였다.

"제단에서 신구를 봤어도 머릿속에 그 형태를 정확하게 떠올리기가 어렵거든."

"하나 더 말하자면 신구를 편의품 취급하는 자는 그대뿐이다. 신들이 사용하는 신구를 자기가 쓰려고 구현하다니 하늘이 노할 노릇이지."

"그 말 페르디난드 님한텐 듣고 싶지 않아요! 저보다 페르디난드 님이 더 신구를 편하게 쓰잖아요!"

내 무기라며 라이덴샤프트의 창을 들고 온 사람도, 적의 공격을 막을 땐 어둠의 신의 망토를 쓰라고 가르친 사람도 페르디난드였다. 본인이 한 짓만 쏙 빼놓지 말아 줄래?

"난 분명 어둠의 신의 망토는 마지막 수단이나 비장의 수로 남겨 두라고 했다. 자기 공격을 맞추겠다고 신구를 눈가리개로 쓰느냐, 어리석은 녀석."

"윽……. 죄송합니다."

어둠의 신의 망토는 적의 마력을 흡수하여 자신의 것으로 만드는 신구다. 마력이 고갈되고 궁지에 몰렸을 때 마지막 수단으로 쓰라는 말을 분명히 듣긴 했다. 시야를 막을 커다란 천을 생각하다 보니 어둠의 신의 망토가 떠올랐고, 그걸 써 버린 건 나였다.

궁지에 몰린 나는 탈선했던 화제를 얼른 다시 되돌렸다.

"신구 사용의 시시비비는 그렇다 치고요. 전 타니스베팔렌의 시야를 막아 냈고, 코르넬리우스 오라버니와 빌프리트 오라버니와 트라우고트가 공격해서 토벌에 성공했어요. 그 후에 공헌도가 높은 코르넬리우스 오라버니와 로데리히에게 소재 회수를 맡기고, 전 채집터를 재생하는 의식을 치렀어요."

"잠깐, 로제마인."

망토에서 화제를 돌려 이야기를 이어 가는데 보니파티우스가 험악한 얼굴로 내 말을 끊었다.

"모두의 무기에 어둠의 축복을 내리고, 타니스베팔렌의 주의를 끌고, 최종적으로 시야를 막아 움직임을 봉쇄한 네 공헌도가 낮다고?"

보니파티우스의 지적에 나는 고개를 갸웃거렸다. 현장에서는 아무도 거기에 이의를 달지 않았다. 토벌에 가장 큰 공헌을 한 사람은 코르넬리우스였고, 다음은 빌프리트였다. 로데리히에게 주려고 받은 마석 소재를 보아도 나의 공헌도는 그렇게 높지 않았다.

"적에 타격을 입힌 순서대로 공헌도 순위를 정하는 것 아니에요?"

"타격을 입힐 토대를 만드는 것이야말로 가장 중요하지. 네 얘기를 듣자 하니 습격해 온 검은 마수를 타니스베팔렌이라고 빠르게 판단한 레오노레, 싸울 토대를 만들어 준 너, 두 사람의 공헌도가 제일 높다. 타격을 많이 입힌 순으로 공헌도를 정하니까 무차별 공격해서 공을 얻으려는 트라우고트 같은 바보가 나오지."

보니파티우스가 말하길 공헌도 순위 선정 방식이 틀렸다고 한다. 나는 다른 의견을 구하려고 질베스타와 칼스테드에게로 시선을 돌렸다. 모두가 공헌도 결정 방식이 잘못되었다고 입을 모았다.

"공격만 공헌으로 치면 모두가 돌진해서 공격하려고만 생각할 것 아니냐. 백날 협동을 가르쳐 봤자 입만 아프지.”

“속도를 겨루는 디터만 하니까 이런 폐해가 생기는 거다. 공헌에 관해선 따로 가르쳐야겠군. 대체 지금 귀족원에선 뭘 가르치는 거냐?”

기사 상대로 특훈 중인 보니파티우스가 신경질적으로 말했다. 나는 견습 기사들이 배우는 이론 수업을 떠올렸다.

“공헌도를 정하는 주의 사항도 있었으니까 이론으로는 배우고 있을 거예요. 하지만 이론과 현실의 괴리 때문에 실감이 나지 않는대요. 작년에 레오노레가 그렇게 말했어요.”

“이번 공헌도 판단을 코르넬리우스가 했고, 다들 이의를 제기하지 않은 게 가장 큰 문제로군. 단체로 다시 교육해야겠어.”

아무래도 보니파티우스의 견습 기사 특훈은 계속되려나 보다.

나는 한넬로레에게 빌린 책을 읽으며 며칠을 보냈고, 엘비라와 플로렌치아와 다과회를 하는 날이 왔다. 오늘은 세 사람뿐이다. 플로렌치아와 엘비라는 어떤 의미선 나의 사교 선생님이라서 매우 긴장되었다.

‘친구가 한넬로레 님밖에 없으니까 걱정하지 마세요, 라고 어떻게 말해! 도서관에 박혀 있을 건데 굳이 교류를 왜 해요, 라는 말은 더더욱 못 해!’

식은땀이 흐르는 것을 느끼며 나는 최대한 얌전해 보이려고 살짝 고개를 숙였다.

“힐데브란트 왕자를 상대로 여러 번 실수했으니 어쩔 수 없죠.”

“로제마인을 심하게 혼내지 말라고 내가 질베스타 님께 말씀드렸는데, 심하게 혼났나요?”

이상하게 올해는 혼을 안 낸다 싶었더니, 사실은 플로렌치아가 단단히 설교하려고 벼르던 질베스타를 혼냈다고 한다. 귀족원에서 성적을 단숨에 올리고, 유행을 퍼트리고, 여태껏 없었던 상위 영지와 교류를 튼 공적은 보지도 않고 혼내기만 하면 아이 교육에 좋지 않다고 말이다.

"물론 로제마인에게도 문제는 있어요. 배워야 할 건 많죠. 하지만 노력을 인정하지 않는 것과는 다른 문제니까요. 당신이 신전 출신이라 귀족의 상식이 부족하다는 건 다 아는 사실이니 우선은 서로 맞춰 가야 하지 않겠느냐고 일러 뒀답니다."

그렇게 말하며 플로렌치아가 상냥한 미소를 지었다. 놀랍게도 페르디난드에게도 "가르친 걸 못했을 때 혼내면 되지, 제대로 알려주지도 않은 '상식 문제'가 원인이면 가르쳐 주지 않은 본인들 잘못이니 반성하세요."라고 못을 콱 박았다고 한다.

"작년 이맘때보다 사교성도 훨씬 좋아진걸요. 로제마인은 에렌페스트를 위해 노력하는 아이이니 난 크게 걱정하지 않아요."

'오오, 양어머니가 성녀로 보여!'

다른 보호자들에겐 없었던 격려의 말에 감동한 나는 플로렌치아를 보았다. 정말 성녀와 같은 플로렌치아의 미소가 더욱더 깊어졌다.

"귀족원에서 친구도 많이 만드세요. 친우는 무엇과도 바꿀 수 없는 보물이 된답니다. 영주 회의에서도 친한 분이 계시는 것만으로 확 달라지거든요."

"노, 노력하겠습니다."

'일단 노력은 하겠는데요, 양어머니. 저한텐 정말 어려운 과제예요!'

보호자들의 분노에 찬 설교에서 날 구해 줬고, '친구를 사귀어라'는 말도 선의인 줄은 안다. 그래서 이제 와서 친구보다 책을 읽고 싶다는 말을 도무지 꺼낼 수가 없었다.

'오오오오, 양어머니의 미소와 기대에 어깨가 무거워.'

차를 마시며 어물어물 넘기면서 속으로는 '난 안돼! 독서가 최우선이다!'라고 소리쳤다.

그런 나와 플로렌치아의 대화를 조용히 지켜보던 엘비라가 컵을 내려놓더니 하아, 하고 숨을 내뱉었다. 이제 푸념을 시작하려나 보다. 세 례 전에 함께 차를 마시면서 알게 된 엘비라의 버릇이었다.

'자, 오늘의 넋두리 대상은 남편인가, 아들인가.'

"로제마인은 노력하는 모습을 보이니까 그나마 낫네요. 문제는 우리 며느리들이에요."

'며느리였다!'

엘비라는 내 뒤에서 호위 중인 안게리카에게로 시선을 돌렸다.

"강해질 생각만 하는 안게리카는 우리 에크하르트보다도 결혼 생각이 없고, 사교장에서도 웃고만 있지 적극적으로 교류하려고 하질 않아요. 결혼하면 조금은 바뀔까요?"

"안게리카는 바뀌지 않을 거예요. 적극적으로 사교에 참여해서 그 자리를 주도하는 안게리카가 도무지 상상이 안 되는데요. 그걸 아니까 안게리카의 부모님도 결혼을 말리셨잖아요. 기대하셨다가는 실망하실 거예요."

내 대답에 엘비라는 "알고는 있지만." 하고 처량한 한숨을 쉬었다. 오히려 화제에 오른 당사자는 무엇이 그리도 신이 나는지 기쁘게 말했다.

"역시 로제마인 님이십니다. 절 정말 잘 알고 계십니다. 로제마인 님의 말씀처럼 전 그렇게 쉽게 바뀌지 않습니다."

"이럴 때만 시원시원하게 대답하지 않아도 돼요, 안게리카."

안게리카에게 결혼 생각이 전혀 없자 엘비라는 에크하르트에게 첫째 부인을 먼저 맞자고 설득했지만, '안게리카라는 약혼자가 있는데 다른 약혼자를 얻으면 체면이 뭐가 되겠습니까. 첫째 부인은 안게리카와 결혼한 후 3년 뒤에 생각해 보겠습니다'라며 거절했다고 한다.

'에크하르트 오라버니는 안게리카가 스무 살을 목전에 뒀을 때쯤 늦게 결혼하려고 하는데, 거기서 3년 후면 첫째 부인을 들일 생각이 아예 없단 말이구나.'

"에크하르트는 페르디난드 님께 이름을 바쳤어요. 그래서 기사단장도 될 수 없고, 가문을 이을 생각도 없어요. 결혼할 마음이 든 것만으로 감지덕지라고 포기하고 있는데…… 아우렐리아까지 좀."

엘비라가 천천히 고개를 저었다.

"사교를 아예 못하진 않지만, 사교장에 보내기가 너무 힘이 드네요. 사실 뭐, 당분간은 어쩔 수 없으니 포기는 하고 있지만."

"아, 어머님. 아우렐리아에게 무슨 일이 있어요?"

내가 걱정하며 묻자, 엘비라는 플로렌치아와 시선을 교환한 후, 키득 웃더니 목소리를 낮춰 알려주었다.

"회임했답니다."

"네?"

"아이가 생긴 거예요, 로제마인 님."

나는 깜짝 놀라 눈을 크게 뜨고, 아무 말 없이 고개만 연신 주억거렸다.

"아들일까요? 딸일까요? 축하 선물로 책을 준비해야겠어요. 장난 감도요. 저 지금까지 만든 게 많아서……."

"로제마인, 진정해요. 회임을 알게 된 지도 얼마 안 됐어요. 이대로 무사히 태어날지 어떨지 아무도 몰라요."

"네? 그게 무슨 말씀이세요?"

엘비라가 설명하길 태아에게 마력을 주입하는 것은 아주 힘든 일이 라고 한다. 태아에게 마력을 보내지 않으면 마력이 낮은 아이가 태어 난다. 그렇다고 기대가 커서 초기에 많이 쏟아부으면 유산할 가능성이 높고, 모체에도 좋지 않다고 한다. 뱃속에서부터 세심하게 주의해야 하는데, 태어난 후에도 마력의 양에 따라 아이의 대우가 달라지는 셈 이다. 오랜만에 문화 충격을 받고 나는 벙찌고 말았다.

'귀족들, 힘들겠다.'

"아이가 세례를 받기 전까진 공표하지 않으니까 절대 소문을 퍼트 리면 안 돼요."

마력의 양에 따라 아이의 처우가 달라지기 때문이라는 엘비라의 숨 은 말을 이해한 나는 천천히 고개를 끄덕였다.

"아이가 생기고 안 생기고를 떠나서, 아우렐리아도 원래부터 사교 를 좋아하지 않으니 엘비라는 레오노레에게 기대를 걸 수밖에 없겠네 요. 레오노레는 에렌페스트의 상급 귀족인 데다가 같은 파벌이니 엘비 라의 뒤를 이어 훌륭하게 파벌을 이끌어 줄 겁니다."

플로렌치아가 아우렐리아에서 레오노레로 화제를 바꾸었다. 여기 서 레오노레의 이름이 나온 이유를 퍼뜩 알아채지 못한 나는 눈만 끔 뻑였다.

"네? 레오노레요?"

"코르넬리우스의 상대가 레오노레잖아요. 업무에 지장이 생기지 않게 주변에 비밀로 하고 있다고 들었는데, 로제마인도 눈치 못 챘어요?"

"네. 전혀……."

레오노레가 코르넬리우스에게 마음이 있다는 느낌은 받았지만, 이어질 줄은 꿈에도 몰랐다. 두 사람 모두 그런 내색을 전혀 보이지 않았다.

"그러고 보니 최근 들어 둘이서 호위하는 날이 많아진 것 같기도 하고……? 설마 저만 몰랐어요? 어머님은 두 사람이 어쩌다 사귀게 됐는지 아세요?"

"나도 자세히는 모른답니다. 몇 번을 물어봐도 람프레히트처럼 책 소재가 되는 건 죽어도 싫다고만 해요."

코르넬리우스의 마음은 심히 이해되었다. 하지만 숨겨서 좋은 것도 없지 않은가.

"레오노레의 친족도 모르나요? 그래도 인사는 해야 하잖아요."

"코르넬리우스의 졸업식에 동행할 의상을 맞출 때 알렸죠. 부모끼리는 벌써 몇 번 대화를 했답니다. 코르넬리우스도 잠깐 만나 뵙기는 했다더군요."

의외로 코르넬리우스는 사전 준비를 착착 진행하고 있었다. 내가 신전에서 지낸 기간이 길었던 덕분에 돌아다닐 시간이 꽤 있었던 모양이다.

"로제마인에겐 비밀로 하고 있다는 말은 들었는데, 할 일은 철저하게 하고 있네요. 엘비라의 아들답게 믿음직스럽기도 하지."

플로렌치아가 키득키득 웃으며 알려주었다. 엘비라는 에크하르트로부터 페르디난드의 귀족원 시절 정보를 얻고 있다. 그것을 아는 코르넬리우스는 여러 정보를 입수하는 입장이며 엘비라에게 쉽게 유출할 법한 나를 가장 경계한 듯했다.

"코르넬리우스가 보낸 편지엔 레오노레의 수업이 끝나고, 로제마인이 봉납식을 하는 시기에 레오노레의 부모에게 정식으로 인사하러 간다고 했으니 그때 자세히 물어보려고 해요. 단단히 경계하고 있으니 어렵겠지만요."

"정보를 쉽게 얻는 입장이니까 저를 경계하는 것도 이해는 돼요. 하지만 아무리 그래도 너무 철저한 거 아닌가요? 뭔가 깊은 사정이라도 있나요?"

"코르넬리우스가 그러던데, 레오노레를 결혼 상대로 선택한 걸 당신이 알게 된다면 호위 임무에 둘을 붙이거나 식사 때 옆자리에 앉히거나 하며 두고두고 놀릴 것 같다고 하더군요."

안 한다는 말은 못하겠다. 나는 슬쩍 시선을 피했다. 코르넬리우스가 졸업해 버리면 놀림거리가 절반 이상 사라질 테니 졸업하기 직전까지 숨길 생각인 듯했다.

"코르넬리우스는 곧 졸업하는 자기보다 1년이 남은 레오노레가 불편해할까 봐 걱정하는 것 같더군요. 로제마인도 배려해 주세요."

"거듭 조심하겠습니다."

내가 수긍하자, 플로렌치아가 엘비라를 바라보았다.

"엘비라도 그래요. 귀족원 연애 소설이 호평인 건 저도 압니다. 하지만 양쪽이 졸업하기 전부터 그러면 도망칠 곳 없는 기숙사에서 주목거리가 되어 안쓰럽잖아요."

언젠가 다과회에서 추억 얘기로 수다 꽃을 피울 때 레오노레가 자기 입으로 얘기할 날이 오겠죠, 하고 플로렌치아가 남색 눈을 부드럽게 휘며 웃었다.

"듣고 보니 그러네요. 사랑 이야기야 이미 많이 모아 뒀으니 서두를 것 없죠. 차분하게 기다리도록 하겠습니다."

입으로는 기다리겠다고 하지만 저 불타는 칠흑 같은 눈동자를 보아하니 틈만 보이면 물을 기세다.

"아 참. 단켈페르거의 한넬로레 님도 기사의 연애 소설이 재밌었대요. 며칠 전에 다과회에서 연애 소설을 빌려드리면서 단켈페르거의 연애 소재가 있다면 사겠다고 견습 문관에게 선전하고 왔어요. 새로운 이야기가 들어올지도 몰라요."

"훌륭해요, 로제마인."

엘비라가 눈을 반짝이며 기뻐했다. 다른 영지의 이야기를 입수하기엔 역시 귀족원이 제일 좋다. 그리고 여러 연령대의 이야기를 모으면 책 속의 내용이 누구의 이야기인지 특정하기가 어렵다. 익명으로 된 이야기가 많아질수록 소재가 쉽게 들어올 거라며 엘비라가 열렬하게 설명했다.

"귀족원 연애 소설은 하르덴첼 인쇄물 중에서 판매율이 최고예요. 이게 다 고향을 위해서 제가 책을 쓰는 거랍니다."

듣자 하니 하르덴첼은 연애 소설 전문 인쇄소가 된 모양이다. 엄격한 얼굴의 기베 하르덴첼이 용케 허가했다 싶었다. 추위가 혹독한 지역이라서 수익이 필요한 건 이해하겠는데, 기베 하르덴첼의 얼굴과 연애 이야기가 매칭이 안 되었다.

"아 참. 하르덴첼이라고 하니 생각나네요. 올해 겨울 사교계에선 하르덴첼의 기적이 화제였답니다."

플로렌치아가 의미심장한 미소로 나를 보았지만, 짚이는 데가 없었다.

"하르덴첼의 기적이 뭐죠?"

"당신이 옛 의식을 되살린 일 말이에요."

기원식에서 남성이 노래를 부르는 모습을 보고, 내가 성전에서는 여신들이 노래를 부른다고 지적했더니 기베 하르덴첼이 '성전대로 해 보자' 하고 여성들에게 노래를 시켰다. 그랬더니 천둥의 여신 페어드렌나가 하룻밤 새에 눈을 전부 녹여 예년 초여름 날씨로 바꿔 놓았다. 그 현상을 사교계에서는 '하르덴첼의 기적'이라고 부른다고 한다.

"제가 옛 의식을 되살렸다고 하지만, 성전대로 하자고 말을 꺼낸 사람은 기베 하르덴첼이었고, 의식을 거행한 사람은 하르덴첼 여성들이니까 제가 되살린 것도 아니에요. ……의식에서 노래를 부른 것도, 마력을 공급한 것도 전부 하르덴첼 여성들이잖아요."

"그건 그렇지만……."

엘비라는 조그맣게 웃으면서 올해 하르덴첼의 상황을 귀띔해 주었다.

하룻밤 만에 눈이 녹아 버린 하르덴첼은 예년보다 일찍, 그리고 오래 농사를 할 수 있었고, 수확량이 두 배 가량 늘었다고 한다. 하지만 그 의식의 효과를 본 건 하르덴첼뿐이었다. 나는 하르덴첼에서 돌아오는 길에 기수 위에서 보았다. 천둥의 여신 페어드렌나의 축복은 경계선으로 정확하게 나뉘어 있었고, 주변 토지는 예년과 다름없는 기후였다. 당연히 무슨 사태냐고 하르덴첼에 인접한 지역 기베들이 물었겠지. 기베 하르덴첼은 자신이 시켰다는 말은 숨기고, '에렌페스트의 성녀가 일으킨 기적'이라고 대답했다고 한다.

'하르트무트와 같은 소리 하지 마!'

"그래서 많은 기베들로부터 당신 앞으로 옛 제사 방식을 알려 달라는 질문과 면담 의뢰가 쇄도하고 있어요. 어쩔까요?"

"……전 알려드릴 게 없어요. 자세한 건 기베 하르덴첼에게 여쭤 보라고 하세요. 전 무엇을 물어도 대답해드릴 수 없어요."

나는 면담을 거절했다. 하르덴첼의 의식을 보지 못한 플로렌치아는 의아한 얼굴로 "로제마인이 조언했다면서요?"라며 고개를 갸우뚱했다.

"전 세월이 흐르면서 남녀가 바뀌었다고 지적한 게 전부예요. 그것 말고는 현재 남아 있지 않은 옛 가사를 지켜 오고, 옛 의식을 치르는 방식을 이어 온 건 하르덴첼의 영민들인걸요. 전 그 무대 어디에 사람을 배치하는지도 몰라요."

노래 가사가 성전에 나와 있는 시와 똑같다는 건 알았다. 하지만 성전을 읽었을 땐 의식에서 노래로 쓰이는 줄은 몰랐다. 기베 하르덴첼의 부탁으로 같이 의식을 치르긴 했지만, 난 일어나는 타이밍까지 놓치는 바람에 무대에 웅크리고 있었다. 이걸 내가 일으킨 기적이라고 말할 수 있을까?

"그리고 기베들과 면담하면 다음 기원식에 꼭 와 달라고 부탁하겠죠?"

"그럼요. 그게 기베들의 최대 목적이죠. 어느 기베든, 그곳에 사는 영민들까지 조금이라도 빨리 봄이 오길 바라고 있으니까요."

에렌페스트 내에서도 겨울이 긴 하르덴첼에서 자란 엘비라는 북쪽 지역 사람들이 땅이 녹기를 얼마나 애타게 기다리는지 자세히 알려주었다. 우라노 시절을 기준으로 따지면 내겐 에렌페스트의 귀족가조차 겨울이 길었다. 봄을 갈망하는 마음이 이해되었다.

"하지만 제가 모든 영지의 기원식에 갈 순 없어요. 올해는 구텐베르크를 데리고 갈 일정이 있어서 하르덴첼에 들르겠지만, 다음 봄에는 갈 예정이 없어요."

다른 청색 신관과도 균형을 맞춰야 하고, 시간과 체력을 이유로 내가 모든 영지를 돌 수는 없다. 다음 봄에는 하르덴첼에도 가지 않을 생각이었다.

"······솔직히 전 겨울에 인쇄한 따끈따끈한 책을 읽을 수 있으니 마음은 하르덴첼에 가고 싶어요. 하지만 해마다 하르덴첼에 가면 차별한다고 나중에 말이 나올 거예요."

"듣고 보니 그러네요. 하르덴첼에만 갈 순 없겠군요. ······그나저나 로제마인은 기원식이 아니라, 책을 읽으러 하르덴첼에 가고 싶은 거군요."

플로렌치아가 키득키득 웃었지만, 그것 외에 내가 움직일 이유가 어디 있는가.

"면담 이유가 하르덴첼의 기적이라고 하는 분은 전부 거절해 주셨으면 해요. 의식 방법이나 무대에 관해 알고 싶으면 기베 하르덴첼에게 묻는 편이 더 자세히 들을 수 있을 거예요."

내 말에 엘비라가 고개를 끄덕였다.

"로제마인의 말도 이해해요. 의식을 알고 싶어 하는 기베들은 오라버니가 상대하도록 하죠. 그리고 이거. 하르덴첼에서 온 선물이랍니다. 나와 친구가 쓴 새로운 연애 소설이에요."

기베 하르덴첼에서 보낸 선물이라며 엘비라의 신작 연애 소설 한 권을 받았다.

"어머님, 의식에 쓰는 가사를 인쇄해서 다른 기베들에게 팔면 어떠냐고 기베 하르덴첼께 제안해 보세요. 인쇄기도 있는 데다가 다른 지역에서도 가사를 보존할 수 있잖아요."

엘비라가 눈을 동그랗게 뜨더니 후훗 하고 웃으며 고개를 끄덕였다.

"보존하라고 무료로 주지 않고 파는 구석이 로제마인답네요."

"하르덴첼이 오랜 기간 소중하게 남겨 온 중요한 정보잖아요. 그에 걸맞은 가격을 붙이면 좋을 것 같아요."

다과회가 끝난 뒤에는 얼른 방에서 새 책을 읽었다. 그중에 하급 기사가 기베의 딸을 사랑하여 죽을힘을 다해 마력을 올렸지만, 결국 이뤄지지 않았다는 슬픈 이야기가 있었다.

'이거 분명 다무엘이야.'

이름도 다르고, 브리기테 역할이 기베의 여동생에서 딸로 바뀌고, 영주 일족의 호위 기사가 아닌, 이름을 바친 주인과 연정 사이에서 고뇌하는 등, 새롭게 창조된 부분은 있지만 큰 줄기는 그대로였다.

사랑하는 여성과 이름을 바친 주인 사이에서 선택의 고통을 받는 클라이맥스에서는 신이 등장해 폭풍을 일으켜 난동을 부리는 것으로 고뇌의 깊이를 표현했다. 그 후에는 시를 읊으며 등장한 여신이 긴 소매를 흔들어 비를 내리자 꽃들이 시들었다. 전후 관계로 예상하건대 아마 실연의 괴로움을 표현한 것이리라. 다만, 묘사가 아무리 아름다워도 대체 얼마나 괴로운 건지 별로 와닿지 않았다.

'이야기 흐름은 알겠어. 응.'

양아버지의 명령

성의 생활은 단조롭다. 오전 중에는 어린이 방에 가서 아이들을 지켜보며 책을 읽고, 새로운 이야기를 쓰고, 페슈필 연습을 하고, 기사 훈련장에 가서 기초 체조와 가벼운 운동을 한다. 공부 쪽과 체력 쪽이 아예 반대이긴 하지만, 나만 다른 아이들과 레벨이 확연히 다른 탓에 뭘 하든지 혼자였다. 그래도 리카르다는 되도록 어린이 방에 자주 가 보라고 했지만, 솔직히 내 방에서 해도 마찬가지 아닐까.

"어린이 방에 가면 나만 겉도는데, 방해되지 않을까요?"

"방해라니요. 원래 어린이 방은 영주 일족이 자신의 측근을 찾도록 마련한 자리예요. 공주님은 2년간 잠들었기 때문에 아이들과 교류가 전혀 없었잖아요. 함께 시간을 보내면서 아이들 한 사람 한 사람, 성격과 가치관을 봐 두는 게 중요해요."

리카르다의 주장은 타당하다. 측근으로 삼기 전에 자신과 맞는지 아닌지 가려낼 기회가 있어야 한다. 그러지 않으면 트라우고트 같은 사람이 우수수 나와 버리니까.

"제 느낌상 측근은 이미 충분한 것 같은데요……."

"아이고, 공주님. 무슨 말씀이세요. 올해 코르넬리우스와 하르트무트가 졸업하지 않습니까. 내년엔 레오노레와 리젤레타. 상급생 측근들이 하나둘 졸업하기 전에 하급생 측근을 들이지 않으면 귀족원에서 어찌 생활하시려고요. 같은 학년이나 저학년에서 시종 둘, 호위 기사 셋, 문관 하나는 고르세요."

'말은 쉽지.'

차기 기베가 될 아이는 최대한 측근으로 거두지 않는 편이 좋다는 둥, 의붓동생인 니콜라우스는 모친의 파벌이 다르니 포기하라는 둥 규약이 꽤 많다. 측근으로 삼는 기준이 개인간의 관계만으로 성립되지 않는 것이다. 더군다나 빌프리트, 샤를로테, 멜키오르의 측근이 된 아이는 내 측근이 될 수 없다.

'뭔가 좋은 방법이 없을까?'

오후부터는 영주 집무실에 가서 빌프리트용으로 마련된 책상에 앉아 귀족원에서 보낸 보고서를 읽고 필요한 답장을 보내거나 질베스타의 업무를 도왔다. 질베스타와 함께 일하는 건 처음이라 조금 즐거웠다.

페르디난드의 이야기를 듣고 난 질베스타가 굉장한 게으름뱅이인 줄 알았다. 그런데 실제로 일하는 모습을 보니 의외로 성실했다. 빌프리트와 함께 일하게 되면서 아빠의 자존심에서 도망치지 못하게 된 무렵부터 점점 일거리가 늘어서 지금은 빼도 박도 못하게 된 모양이었다.

"영주도 참 힘들겠네요."

"내 일거리를 늘리는 건 너야."

위로해 주려고 꺼낸 말이었는데 질베스타는 오히려 째려보았다.

"빌프리트 오라버니와 샤를로테, 모두 노력하고 있어요. 양아버님도 열심히 노력하시면 문관들도 기뻐할 거예요."

사실 나는 감시역이었다. 내가 있으면 질베스타도 놀지 못할 거라고 페르디난드가 말했다. 덧붙이자면 페르디난드는 나의 보고서 때문에 골머리를 앓을 필요가 사라져서 지금은 사교계에서 정보 수집에 힘쓰고 있다.

"오늘 하르트무트의 보고서에는 네가 좋아할 만한 덤이 딸려 있더군."

먼저 훑어본 질베스타가 웃으면서 두께가 꽤 되는 종이 뭉치를 건네주었다. 그것을 쭉 읽은 나는 환호성을 터트렸다.

"역시 하르트무트예요! 이렇게나 빨리 단켈페르거의 연애 이야기를 손에 넣어서 제게 보내 주다니요!"

책벌레 다과회에 참가했던 한넬로레의 견습 문관이 단켈페르거의 연애 이야기를 모아 줬다고 한다. 하르트무트는 내가 귀족원으로 돌아올 때까지 기다리지 않고, 일부러 보고서와 함께 두 가지 이야기를 보내 준 것이다.

'열심히 모아 준 단켈페르거의 로맨스 작가 클라리사 씨. 좋아, 기억했어. 방에 돌아가서 읽어 보고 책으로 만들 수 있을지 어머님과 상의해야지. 신난다. 우후후훗, 우후훗.'

선물 받은 연애 이야기를 후딱 읽어 버리고 싶은 충동을 억지로 참으면서 나는 빌프리트의 보고서를 읽었다. 빌프리트는 내가 귀환한 후로 귀족원에서 평화로운 나날을 보내고 있다고 한다. 드레반헬의 오르트빈과 실기에서 경쟁한 내용이 기록되어 있었다.

'어느 쪽이 멋있는 무기를 만드냐가 뭐가 중요해?'

다음에 읽은 샤를로테의 견습 문관, 마리안네의 보고서에는 1학년생 전원이 이론 수업을 끝냈다는 내용이 적혀 있었다. 다만, 실기는 고전 중이라고 한다. 샤를로테는 슈타프 변형 실기에서 다들 뭔가 유행을 만들어 주지 않을까 하고 자신에게 시선이 집중되어 난감했다고 한다. 그래서 모계 문양에 관한 정보를 써 주면서 '1학년 여학생들에게 퍼트려 보면 어떤가' 하고 제안해 두었다.

"로제마인, 잠깐 쉬자."

다섯 점 종이 울리면 휴식 시간이다. 질베스타와 수다를 떠는 이 시간이 내게 있어 겨울 중 최고의 수확인지도 모른다. 곰곰이 생각해 보면 이렇게 질베스타와 둘이서 마주 보고 대화한 적이 지금까지 거의 없었다. 차를 마시고 과자를 먹으며 대화하는 시간이 꽤 즐거웠다.

"로제마인, 어린이 방 상황은 어때?"

코르데의 꿀 절임 타르트를 먹으면서 질베스타가 물었다. 나는 리카르다가 따라 준 차를 마시면서 오전에 본 어린이 방의 상황을 떠올렸다.

"영주 후보생이 없어도 모리츠 선생님 덕분에 막힘없이 진행되는 것 같았어요. 아이들 공부도 순조로왔어요."

"호오, 그것 다행이구나. 그런데 네 체력 단련은 잘 되고 있고?"

"그건 차차……. 성심성의껏 노력 중이에요."

'신관장님한테는 노력이 부족하다고 혼났지만.'

싱긋 웃으며 얼버무린 나는 화제를 돌렸다.

"그러고 보니 오늘 오전에 리카르다가 어린이 방에서 측근을 고르라고 했어요."

"하긴 그래야겠군. 넌 선별기준이 남들과 다르니 트라우고트처럼 사임하는 녀석이 나오지 않게 하려면 스스로 잘 보고 선택하도록 해."

다무엘이나 필린느와 같은 하급 귀족을 넣고, 이름을 바친 로데리히 같은 구 베로니카 파를 넣으려고 하는 등, 다른 사람 눈에는 내가 무엇을 기준으로 측근을 고르는지 모르는 듯했다.

"고르고 싶긴 한데요. 영주 후보생끼리 나이가 비슷해서 고를 만한 사람이 없어요. 멜키오르도 측근 후보를 골라야 하잖아요. 설마 벌써 정해진 건 아니죠?"

봄에는 멜키오르의 세례식이 있다고 들었다. 세례를 받으면 멜키오르도 북쪽 별채에서 살게 되고, 측근이 붙는다. 그래서 현재 측근 후보 쟁탈전이 벌어진 상황이다.

"전 제 마음에 든 사람이라면 특별히 신분을 따지지 않지만, 그렇게 할 수도 없잖아요."

내가 따지지 않아도 주변에선 따지고, 귀족원에서 다른 영지와 교섭을 할 때 역시 신분을 본다. 시종, 문관, 호위 기사 각각에 상급 귀족이 한 사람은 있어야 한다.

"그래서 생각해 봤는데요. 귀족원에서 멜키오르와 상급 귀족 측근을 번갈아 데려다 쓰면 어떨까요?"

푸흡 하고 질베스타가 차를 뿜었고, 차를 준비하던 리카르다는 눈을 부라렸다.

"공주님, 측근을 공유하자니 무슨 말씀을 하시는 겁니까?"

"네? 멜키오르와 전 성별이 다르니까 시종은 같이 쓸 순 없어도, 견습 호위 기사나 견습 문관은 멜키오르가 입학하기 전까지 귀족원에서 할 일이 없잖아요. 그러니까 제가 데리고 있으면서 그들을 훈련하는 거죠. 물론 제가 귀족원에 있는 동안에만 시중을 들어 주면 돼요."

"넌 무슨 또 뚱딴지같은 소리를……."

질베스타가 자신의 시종에게 손수건을 받아 입가를 닦고는 관자놀이를 눌렀다. 뚱딴지같은 소리일지 몰라도 제법 합리적이지 않은가.

"생각해 보세요. 귀족원에 있는 상급 귀족을 측근으로 삼아야 한다면 정말 몇 명 없잖아요. 제가 최종학년이 될 때 멜키오르가 입학하니까 서로에게 좋은 얘기인 것 같은데요."

"최종학년 때는 어쩌시려고요. 측근이 아예 없어지는 거예요. 조금 더 진중하게 생각하십시오."

리카르다가 어이없다는 듯이 말했다. 하긴 멜키오르에게 돌려주면 최종학년 땐 측근은 부족할지도 모른다.

"최종학년 땐 상급 귀족 측근이 없겠지만, 중급과 하급은 있으니까 큰 문제가 없지 않을까요?"

여차하면 필요할 때만 빌프리트나 샤를로테에게 상급 귀족 측근을 빌려도 되지 않을까. 그러나 질베스타는 한숨을 섞으며 내 제안을 거절했다.

"샤를로테가 낸 안이라면 수긍하겠다만, 너한텐 허가 못 해."

"왜요?"

"샤를로테는 언젠가 다른 영지로 시집을 가게 돼. 그때 데리고 갈 수 있는 측근은 극소수다. 그래서 샤를로테가 호위 기사나 문관을 멜키오르와 번갈아 쓰는 건 큰 문제가 아니야. 한데 넌 빌프리트와 결혼해서 평생 에렌페스트에 살기로 했어. 널 보필할 측근을 선별해서 키워 놓지 못하면 나중에 네가 고생한다."

또 귀족원에서 함께 생활하는 측근은 친분이 쌓여서 후발대 측근보다 연대감이 강해진다고 한다.

"……좋은 제안이라고 생각했는데."

"발상은 나쁘지 않다만, 영주의 첫째 부인이 될 네 입장엔 맞지 않아."

질베스타는 그렇게 말하며 쓰게 웃었다. 빌프리트와 약혼해도 생활에는 변함이 전혀 없어서 실감이 나지 않았는데, 질베스타는 나를 차기 영주 부인으로 보고 있었던 모양이다. 왠지 이상한 느낌이 들었다.

　귀족원에선 매일마다 보고서가 올라왔다. 힐데브란트가 도서관에 나타난다는 소문이 퍼지면서 도서관에 학생들이 몰려들었고, 그 이후로 꼼짝없이 방에서만 지낸다는 얘기, 한넬로레가 슈바르츠와 바이스를 쓰다듬는 장면을 목격한 여학생이 자기도 만지려다가 전기 공격을 받고 퇴치되었다는 얘기, 라이문트가 과제를 끝냈다며 첨삭을 부탁했다는 얘기 등 다양한 보고가 있었다.

　"로제마인, 이건 샤를로테가 보낸 보고서다. 드레반헬이라기보다 왕족으로부터 주문이 들어왔다는데. 길베르타 상회에 넘길 주문은 네게 맡기마."

　질베스타가 내게 보고서를 넘겨주었다. 드레반헬에서 샤를로테를 다과회에 초대했고, 1왕자인 지기스발트가 아돌피네에게 졸업 선물로 줄 머리 장식을 다과회 때 주문하기로 했다고 한다. 사실은 나를 다과회에 초대해서 주문할 계획이었다고 한다.

　왕족인 지기스발트의 이름으로 주문한 탓에 드레반헬은 미계약 영지라는 핑계로 거절할 수도 없고, 드레반헬이 상품을 연구하니까 넘겨주고 싶지 않다고 말할 수도 없게 되었다.

　「지금까지 다과회에서 제가 머리 장식 주문을 받은 적이 없으니 조언을 주셨으면 합니다(샤를로테).」

　이런 문장으로 보고서를 끝맺으면 이 언니는 팔을 걷어붙여 답장을 써야지 않겠는가.

「다과회에는 브륀힐데를 데려가서 아돌피네 님이 졸업식 때 입을 의상 색깔과 디자인, 좋아하는 꽃 종류를 여쭤보세요. 내 시종이라면 의상에 맞는 머리 장식 주문에 필요한 사항들을 잘 알고 있어요. 길베르타 상회에 얘기를 전해 둘 테니 안심하세요(로제마인).」

브륀힐데에게 부탁해 두면 누락 없는 보고서를 보내 줄 터이다. 문제는 주문을 받게 될 길베르타 상회 쪽이다.

"다과회에서 주문을 받고, 주문서가 도착하려면 며칠은 걸리겠지만, 길베르타 상회엔 미리 연락을 넣고 싶어요. 그러면 장인도 확보하고, 실 재고 확인도 미리 할 수 있거든요."

"그렇군. 그런데 눈보라가 심해서 심부름꾼을 보내긴 어려울 텐데. 굳이 답장이 없어도 된다면 마술구 편지를 쓰면 된다만."

질베스타의 말에 문관이 당장 마술구 편지지를 가져와 주었다. 여기에 써서 날려 보내면 하얀 새가 된 편지가 마력이 없는 평민에게로 간다고 한다. 수신인이 평민이면 보내고 끝이지만, 만약 마력이 있는 사람에게 보낼 땐 거기에 답장용 종이를 넣어 두면 답장을 받을 수 있다고 한다.

'생각해 보니 게오르기네 님이 전 신전장에게 보낸 편지에도 답장용 종이가 들어 있었어.'

나는 마술구 편지지를 감사히 받았다. 그리고 올해 겨울에도 왕족의 주문이 들어왔다는 것, 자세한 주문서는 며칠 뒤에 도착할 테니 지금 할 수 있는 준비를 해 두길 바란다는 것, 도서위원 완장을 추가로 제작해 달라고 써서 보냈다.

'올해도 왕족에게 강제 주문을 받아 버렸어. 미안해, 투리!'

진심으로 투리에게 사과하는데 다섯 점 종이 울렸다. 차를 마실 시간이다.

"설마 올해도 왕족이 머리 장식을 주문할 줄은 몰랐어요."

"너, 은근히 선견지명이 없구나. 2왕자가 클라센부르크에 선물했어. 그렇다면 드레반헬의 영주 후보생이 1왕자와 혼인한다는 얘기가 나왔을 때 예측할 수 있잖아?"

'못했어요.'

"중앙과는 거래를 시작했으니 여름에 방문하는 상인을 통해 주문해 주길 바랐는데, 아무래도 너와 접촉할 기회를 잡으려면 귀족원에서 주문하는 편이 확실하지."

"……장인 입장에선 너무 갑작스러울 거예요. 주문이라도 조금만 더 빨리 주면 얼마나 좋아."

내가 입술을 삐죽이면서 툴툴대자 질베스타가 피식 웃었다.

"걱정이 많이 되나 본데, 작년에도 훌륭한 머리 장식을 만들었잖냐. 네 전속을 못 믿어?"

"믿고말고요. 제 전속이 최고니까."

"그럼 문제없겠지."

질베스타는 태연한 얼굴로 차를 마셨다. 그런 말을 들으니 왠지 정말 괜찮을 것 같았다.

'우리 투리의 실력은 최고니까 괜찮을 거야.'

"그러고 보니 기베의 면담을 전부 거절했다더구나."

"네. 하르덴첼의 기적에 관해선 제가 조언해 줄 것도 없고, 기원식에 와 달라고 의뢰해도 저 혼자 판단으론 대답해 줄 수 없어요. 그리고 모든 면담에 페르디난드 님을 참여시킬 수도 없고요."

"그건 플로렌치아에게 들었어."

그렇게 말한 질베스타가 컵을 내려놓더니 사람들을 물렸다. 은밀히 할 얘기가 있는 모양이다. 문관들과 차 시중을 들던 시종들이 조용히 집무실을 나갔다.

"칼스테드, 안게리카, 너희들도 나가 줘."

비밀 얘기에서 칼스테드를 내보내는 일은 처음이었다. 깜짝 놀라 눈을 크게 뜨며 질베스타를 쳐다본 나는 컵을 살짝 내려놓고 자세를 고쳤다.

"하르덴첼 일로 무슨 문제라도 생겼나요?"

"음. 너와 꼭 면담하고 싶다고 부탁한 기베가 몇 명 있거든."

'잉? 고작 그런 얘기를 하려고 사람을 물렸어요?'

내가 고개를 갸우뚱하자, 질베스타가 멋쩍은지 크흠, 하고 헛기침 했다.

"기베 하르덴첼의 얘기를 듣고 곧바로 옛 의식을 부활시킨 지역은 그나마 나아. 그런데 이미 제사에 쓸 무대를 부숴 버린 지역도 있다더 군. 무대를 재설치할 수 없을지 신전장인 네게 상담하고 싶다는데."

"그걸 제가 어떻게 알아요? 멍청하게 의식에 쓰는 무대를 왜 부쉈 대요?"

질베스타의 말에 나는 무심코 인상을 찌푸렸다. 신께 기도하고, 마 력을 써서 축복하는 이 세계에서 의식 무대를 부수다니 믿을 수가 없 었다. 그건 부순 기베의 자업자득 아닌가.

분노를 표출하는 나를 보며 질베스타는 어쩔 수 없다는 듯이 가벼 운 숨을 내쉬었다.

"네 말대로 그건 어리석은 짓이었지만, 네가 신전장이 되기 전까지 는 제사가 크게 중요하지 않았거든."

자신이 다스리는 지역을 위해 어마어마한 마술구를 지키고, 만드는 것이 기베의 일이다. 무대 설치는 내 일도 아닌데, 본인의 일을 제대로 하지 못한 기베와 면담이라니 시간만 아까울 뿐이다. 나는 한넬로레에게 빌린 단켈페르거의 책을 베끼는 일만 해도 바빠 죽겠는데 말이다. 솔랑쥬 선생님에게 빌린 자료도 연구해야 하고, 엘비라의 새 책도 몇 번은 재탕해야 한다. 면담 시간이 어디 있단 말인가.

　"죄송하지만, 성전엔 무대 설치 방법이 나와 있지도 않고, 무대 관리는 신전장의 직무가 아니에요. 본인들이 옛 문헌을 샅샅이 뒤져서 다시 지을 수밖에요."

　"흠. 너도 모르는구나……."

　"모르죠. 성전에 신화와 의식을 묘사한 삽화가 몇 점 정도 실려 있긴 해요. 하지만 제사 무대를 설치하는 방법이나 마법진은 나와 있지도 않아요. 그런 내용이 있으면 저도 말씀드렸을 테고, 페르디난드 님도 신이 나서 연구하고 계시겠죠."

　성전과 성녀에게 너무 많은 걸 바라네요, 라며 나는 손을 휘휘 저었다. 질베스타는 묘한 얼굴로 고개를 끄덕였다.

　"네 말이 맞다. 그런데 로제마인. 기베가 요청을 했고, 아우브인 내가 명령하면 넌 성전을 연구해서 의식 무대에 관한 기록을 찾는 수밖에 없어."

　질베스타는 진녹색 눈동자를 번뜩이며 내게 상체를 기울이고는 목소리를 낮췄다.

　"……라는 명분이 있으면 넌 신전에 돌아가서 마음껏 책을 읽을 수 있지."

　"우와!"

'어쩜, 너무 매력적인 명분이야.'

"며칠 동안 깨달았다만, 넌 페르디난드한테 물들어서 어린 몸으로 과로하고 있어. 녀석이 사교에 정신이 없는 동안 조금은 쉬어. 여기로 요양하러 돌아온 거잖아."

질베스타는 그렇게 말한 후, 씩 웃으며 명령했다.

"로제마인은 신전에서 성전을 재검토하라. 의식과 무대 기록을 발견하기를 진심으로 바란다."

"명령 받잡겠습니다."

성전을 조사하다

나는 겨우 얻은 독서 시간을 지키기 위해 질베스타의 명령대로 페르디난드 몰래 신전으로 돌아가기로 했다. 질베스타에게 신전에 연락을 넣어 달라고 부탁하고, 머리 장식 주문서 등을 전달받기 위한 절차를 의논한 후 영주 집무실을 나왔다.

"양아버님의 명령으로 성전을 자세히 조사하러 다녀올게요. 하르덴첼의 기적에 관해서 기베들이 궁금한 것이 많다고 하거든요. 내일 아침부터 당분간 신전으로 돌아가겠습니다."

리카르다를 비롯한 측근들에게 그렇게 선언하고 준비를 시켰다. 단켈페르거의 책과 솔랑쥬에게 빌린 자료 등을 품에 가득 안고, 나는 배시시 웃었다. 이제 질베스타의 명령에 따라 봉납식 전까지 독서 삼매경이다. 요양이 가장 큰 목적이므로 '성전을 찾아 봤지만, 아무것도 없었습니다'라고 말한들 무엇이 문제겠어?

'잘됐다!'

다무엘과 안게리카에게도 당분간 신전에서 지낼 준비를 하도록 하고, 주방에 있는 엘라에게도 연락을 넣게 했다. 내일 아침에 신전으로 출발이다.

"너무 갑작스럽네요."

오틸리에의 중얼거림에 리카르다는 "뭘 새삼스럽게." 하고 어이없다는 표정을 지었다.

"공주님은 항상 느닷없이 신전에 가겠다고 하잖아요."

"서둘러 준비하게 해서 미안해요. 봄의 기원식 전까지 성전을 조사해야 해서 시간이 없거든요. 봉납식이 끝나면 또 귀족원으로 돌아가야 하고요."

오늘은 영주 부부가 귀족의 만찬에 초대받아서 나 혼자 방에서 저녁을 먹었다. 신전과 달리 성에서는 평소 빌프리트와 함께 저녁을 먹었던지라 은근히 외로웠다. 저녁을 먹을 때만큼은 귀족원에 돌아가고 싶다고 생각하며 먹었다.

다음 날 아침, 나는 장기간 신전에 틀어박힐 준비를 끝낸 다무엘과 안게리카의 기수를 따라 신전으로 돌아갔다. 눈보라를 헤치며 이동하기란 쉬운 일이 아니었다. 밝은 황토색 망토가 아니었다면 내가 어디를 날고 있는지도 헷갈렸을 지경이었다. 기사들은 대체 어떻게 헤매지도 않고 신전을 찾아가는 걸까. 참 신기하다.

"어서 오세요, 로제마인 님."

"돌아오시기를 기다리고 있었습니다."

꽁꽁 얼 것 같은 추위 속에서 시종들이 총출동하여 마중을 나와 주었다. 다무엘과 안게리카가 밟아 다져서 만들어 준 눈길을 따라 나는 넘어지지 않게 조심조심 시종들에게 걸어갔다. 오늘은 넘어지지 않고 신전에 들어갈 수 있었다.

'근력이 좀 돌아왔나?'

다만 다른 사람보다 시간이 걸렸고, 외투는 눈투성이가 되어 버렸다. 신전에 들어가자마자 모니카가 내 외투를 벗기고 조심스레 눈을 털어 주었다. 투둑투둑 발밑에 떨어지는 눈을 고개 숙여 바라보는데, 잠이 주변을 두리번거리며 뭔가를 찾았다.

"로제마인 님, 신관장님께서는 같이 오지 않으셨습니까?"

"네. 신관장님은 사교로 바빠서 봉납식까진 귀족가에 계실 거예요. 난 아우브의 명령으로 성전을 조사하러 돌아온 거구요."

"성전을 조사하신다고요?"

의아한 듯 눈을 깜빡이는 프랑에게 나는 하르덴첼의 기적에 관해 얘기했다.

"기원식에서 봄을 부르는 의식인데, 다른 기베들도 하르덴첼의 의식을 따라 하고 싶어 한대요. 그래서 성전을 샅샅이 조사해 달라더군요. 청색 무녀 때 도서실에 있는 성전은 다 읽어 봤고, 신전장이 됐을 때 신전장의 성전을 읽었으니까 틀린 데를 찾거나 다시 읽어 보기만 하면 돼요. 하지만 봉납식 전까지 끝내야 해서 시간이 별로 없어요."

"확실히 시간이 많지 않군요."

프랑이 납득한 듯 고개를 끄덕였고, 나는 신전장실로 들어갔다. 신전장 복장으로 갈아입고 니콜라가 끓여 준 차를 마시면서 신전 보고에 귀를 기울였다. 길드가 보고하길 플랑탱 상회에 새로운 다루아가 들어와서 당분간 가게에 출입하지 못하게 되었다고 한다. 루츠가 따로 연락하기 전까지 대기 중이라고 한다.

"플랑탱 상회에서는 그 다루아에게 정보를 되도록 알리고 싶지 않다고 합니다."

"대체 어떤 다루아가 들어왔기에 그러죠?"

인쇄에 적극적으로 임하는 길드장의 손자, 다미안보다 더 경계하는 다루아가 대체 누구일지 도통 떠오르지 않았다.

"클라센부르크 상인의 딸이라고 합니다."

'클라센부르크의 상인? 응? 왜 그런 다루아를 넣은 거예요, 벤노

씨?!'

"부득이한 사정이 있었다고 합니다. 자세한 건 루츠도 모른다고 했습니다."

"그렇군요. 아무 일도 아니면 좋을 텐데……."

보고를 들으며 차를 다 마시자, 프랑이 성전을 준비해 주었다. 마석의 보호를 받는 화려한 성전이 제단에서 집무 책상 위로 옮겨졌다. 프랑이 내 앞에 성전을 조심스레 놓고, 그 옆에 성전 열쇠를 놓았다. 나는 열쇠를 손에 쥐고 열쇠 구멍에 넣었다. 마력이 빨려 나가는 느낌이 들었다.

한 번만 쭉 훑어만 보고 내 책을 읽어야지. 나는 콧노래를 흥얼거리며 두툼한 성전의 표지를 펼쳤다. 동시에 기억 속의 성전과 다른 무언가가 눈에 확 들어왔다. 내 눈이 저절로 커졌다.

"……이게 뭐야?"

"왜 그러십니까, 로제마인 님?"

내 중얼거림에 프랑이 즉각 반응했다. 의아해하는 나와 성전을 번갈아 보던 프랑의 모습에 '신전장의 성전은 허가 없이는 다른 사람 눈에 보이지 않는다'고 했던 페르디난드의 말이 떠올랐다. 그러니 프랑에겐 이것이 보이지 않을 터였다. 동시에 귀족이 아닌 자에게 마술에 관련된 지식을 발설하지 않도록 조심하던 페르디난드의 모습을 떠올리고, 살짝 안도의 숨을 내쉬었다.

"아무것도 아니에요, 프랑."

아무렇지 않게 미소를 짓고, 나는 성전을 빤히 바라보았다. 내 눈에는 표지를 펼친 페이지에 마법진이 떠오른 것처럼 보였다. 마법진뿐만이 아니었다. 잉크로 쓰인 글자 위에 마력으로 쓰인 다른 문자가 떠 있었다. 처음 보는 변화에 등줄기가 싸해졌다.

'잠깐만, 이 변화 뭐야? 내가 신전장이 된 후로 뭔가 크게 바뀐 게 있었나?'

나는 필사적으로 기억을 더듬었다. 마술구인 성전에 변화가 생길 만한 사건이 있었는지 고민했다. 제일 큰 변화라면 귀족원에 간 것이다. 귀족의 일원이 되기 위해 슈타프를 얻었다. 그것이 아마 가장 큰 변화이리라. 슈타프를 갖게 된 후로 마력 조절도 능숙해졌고, 다양한 능력을 쓸 수 있게 되었다.

'아니, 아니야.'

정신을 차리고 고개를 저었다. 슈타프를 얻은 뒤에도 분명 성전을 읽었다. 하르덴첼에서 기원식을 마친 후 페르디난드와 함께 성전을 확인했을 때 이런 마법진은 없었다. 페르디난드도 별다른 말을 하지 않았다.

"로제마인 님, 뭔가 있는 거지요? 무슨 일이 일어난 겁니까?"

내 모습을 지켜보던 안게리카가 즉각 반응해서 달려왔다. 경계심을 드러내며 성전과 나를 번갈아 보았다. 날카로운 안게리카의 말에 다무엘도 수상쩍은 표정으로 다가왔다.

"안게리카 눈엔 성전 내용이 보여요?"

내가 묻자, 예리한 눈빛으로 성전을 노려본 안게리카가 시선을 고정한 채 고개를 저었다.

"아무것도 보이지 않습니다. 백지예요."

"신전장이신 로제마인 님의 허가 없이는 안 보이는 것 아닙니까? 전에 페르디난드 님께서 그렇게 말씀하신 기억이 있는데요."

다무엘의 말에 나는 가볍게 고개를 끄덕였다. 정말 보이지 않는지 확인하고 싶었을 뿐이었다.

"……그럼 안게리카에게 성전을 볼 수 있게 허가하겠습니다. 뭐가 보이나요?"

"어려운 단어가 보입니다."

문자는 보이게 된 듯했지만, 마법진은 보이지 않는 모양이다. 안게리카에게만 보이지 않는 것인지 확인하고 싶었다. 나는 다무엘에게도 허가해 보았다.

"다무엘에겐 뭐가 보이나요?"

"신이 내려 주신 말, 이라고 쓰여 있는 것 같습니다."

다무엘도 마법진을 보지 못했다. 아무래도 마법진을 보는 데 슈타프 유무나 신분은 전혀 관계가 없는 듯하다. 왜 이런 마법진이 보이는 걸까. 원인을 도무지 모르겠다.

"성전을 보는 허가를 취소하겠습니다."

"로제마인 님, 뭔가 알아내셨습니까?"

나는 안게리카를 올려다보며 "귀족원을 졸업한 안게리카가 생각하기를 포기했단 걸 알아냈어요."라고 얼버무리며 마법진 얘기를 숨겼다.

'신관장님에게 꼭 상의해야겠어. 응.'

잘 모르는 일은 페르디난드에게 물어보자. 그렇게 생각하면서 떠오른 문자를 읽기 시작했다.

'그대, 왕이 되길 바라는 자? 뭔 소리야, 안 원하거든?'

첫 마법진과 함께 떠오른 문장을 읽고 속으로 되받아치면서 나는 이어서 읽었다. 왕이 될 생각은 없지만, 책은 읽는다. 처음 보는 문자 열은 읽어 둔다. 그것이 내가 원하는 것이다.

'마법진은 잘 모르니까 넘어가고. 나중에 신관장님한테 물어보면 돼.'

떠오른 마법진은 구조가 너무 복잡해서 잘 모르겠다. 일단 모든 속성이 포함된 마법진인 건 이해했다. 그게 전부다.

책장을 넘겼다. 또 문자가 나타났다. 하지만 마법진은 없다. 나는 문자열을 읽었다. 떠오른 문자에는 왕이 되고 싶다면 신에게 간절히 기도하라는 내용이 쓰여 있었다.

왕이 되고 싶은 자는 우선 마력을 최대치로 올려야 한다. 신에게 기도를 올려서 마력을 늘려야 한다고 한다. 기도를 드려서 마력을 올린다는 게 무슨 말인지 잘 모르겠지만, 그냥 넘어가자. 그렇게 계속 마력을 늘려 가다가 그릇의 성장이 멈추면 또 신에게 기도를 올린다. 그렇게 하면 이번에는 신들의 곁으로 가는 길이 열린다. 그곳에선 왕으로서 힘을 사용할 때 필요한 물건을 신들에게 부여받을 수 있다고 한다. 덧붙이자면 신들의 곁으로 가는 길이 열리지 않는다면 왕이 될 자격이 부족하다는 의미라고 한다.

'자격이 대체 뭔데?'

힘을 발휘할 때 필요한 신의 힘을 손에 넣었다면 또다시 신에게 기도해야 한다. 열심히 하면 이번에는 신들로부터 왕이 되기 위해 필요한 지식을 하사받을 수 있다고 한다. 힘과 지식을 손에 넣어서야 비로소 왕으로 인정받는다고 쓰여 있었다.

'뭘 계속 빌기만 하래?'

왕이 되는 힌트집인가? 대충 흐름은 알겠지만 방법이 자세히 나와 있는 것도 아니어서 잘 모르겠다. 누구나 왕이 될 수 있는 건 아니니까 애매하게 써 둔 걸지도 모르고, 이 글을 쓴 시기엔 모두가 다 아는 내용이라서 이런 표현으로도 통했을지 모른다.

'어차피 나는 왕이 되지 않을 거니까 이런 방법에 관심도 없지만.'

떠오른 문자만 읽어 본 결과, 이 내용은 하르덴첼의 의식과 전혀 관계가 없었다.

"일단 양아버님이 시킨 것부터 하자."

문자를 읽어도 별 감흥이 없었다. 나와는 전혀 관계없는 일이다. 마법진만이라도 메모해 둘까 생각했지만, 프랑과 다른 이들이 없는 곳에서 베껴야 한다. 내 공방까지 성전을 들고 갈 생각을 하니 귀찮기 짝이 없었다.

'신관장님이 돌아올 때까지 기다리지 뭐. 먼저 하르덴첼 의식이나 찾자.'

나는 성전을 파라락 넘겨서 하르덴첼의 의식에 사용된 흙의 여신의 권속이 물의 여신에게 기도를 올리는 부분을 찾았다. 여러 번 읽었던 부분이라 금방 발견했다. 천천히 읽기 시작했다. 역시나 시와 삽화 외에 무대 설치 방법에 관한 기록은 전혀 없었다.

'그렇게 중요한 무대를 부숴 버리다니 성전 집필자도 전혀 예상하지 못했을 거야.'

성전 확인도 끝났고, 오후에는 솔랑쥬에게 빌린 자료를 읽기로 했다. 남에게 빌린 자료는 빨리 읽고 최대한 빨리 돌려주는 것이 예의다. 도서관에서 사용하는 마술구 관련 기술을 메모할 수 있게 손에 펜을 쥐고, 몇 대 전의 사서가 쓴 업무 보고서를 읽기 시작했다.

옛날 사서의 하루를 알 수 있는 정말 흥미로운 자료였다.

먼저 수업 시작을 알리는 두 점 반 종이 울리기 전까지 개관 준비를 한다. 몇 명의 사서가 분담하여 마술구에 마력을 주입하는 것이 일과인 듯했다. 제일 먼저 도서관 건물에 딱 붙어 있는 거대한 마술구…… 빛으로 시간을 알려 주는 빛나는 마술구와 관내를 청소하는 마술구, 열람실 내의 소음을 죽이는 마술구 등 집무실의 마석을 통해 차례대로 마력을 주입한다. 그런 후 열람실 문을 연다.

열람실에서 슈바르츠와 바이스에게 마력을 주입하면 두 마리가 돌면서 열람실 문을 열고, 대출 수속에 필요한 도구를 준비한다. 얼마나 귀여운 광경일까. 상상만 해도 입꼬리가 올라간다.

슈바르츠와 바이스가 1층에서 준비하는 동안 사서들은 다른 마술구에도 마력을 주입하며 돈다. 오래된 보관 자료가 썩지 않게 시간을 멈추는 마술을 건 책궤와 햇빛에 책이 변색하지 않도록 하는 마술구도 있다고 한다. 이런 것들은 꼭 로제마인 도서관에 넣고 싶은 물건들이다.

'이렇게 사서가 마력을 주입하는 마술구 중에 「할버님」도 있는 거겠지.'

나는 2층 열람실에 있던 구르트리스하이트를 품에 안은 메스티오노라 여신상을 떠올렸다. 예전에 솔랑쥬는 사서가 사라지면서 모든 마술구에 마력을 넣지는 못하고 있다고 했었다. 그런 와중에 슈바르츠와 바이스가 마력을 넣어 달라고 부탁했을 정도다. '할버님'은 귀족원 도서관에서 아주 중요한 마술구였음이 틀림없다.

'이렇게 보면 나 이미 사서다운 일을 하는 것 같잖아?'

그렇게 생각하니 조금 기분이 좋아졌다. 도서관에 어떤 마술구가 있었는지, 종이에 메모하면서 계속해서 다음 내용을 읽었다.

학생이 출입하는 시각이 되면 사서들은 내가 아는 사서의 업무를 시작한다. 반납된 책을 책장에 꽂아 넣고, 개인 열람석을 빌려 주고, 학생이 가져온 참고서를 심사하고, 선생들이 올도난츠로 부탁한 자료를 찾아 두고. 상상만 해도 즐거운 도서관 라이프가 보고서 속에서 펼쳐졌다.

'좋겠다. 나도 이런 생활을 보내고 싶었는데.'

전에 솔랑쥬가 얘기했듯이 과거에는 사서가 여럿 있어서이리라. 업무에 여유가 있는지 교사와 다과회에서 정보 교환을 하러 사서가 도서관을 나가는 기록도 드문드문 보였고, 학생이 다과회에 초대하는 일도 있었던 모양이다.

새로운 발견도 있었다. 상급 귀족 사서는 영주 회의 시기까지만 귀족원에 있다가, 회의가 끝나면 이번에는 왕궁 도서관으로 자리를 옮겨 근무했다고 한다. 그렇게 계절에 따라 귀족원 도서관과 왕궁 도서관을 번갈아 가며 업무를 했다고 하는데, 중급 귀족과 하급 귀족 사서는 각각 전임이라 이동하지 않았다고 한다.

'계속 귀족원 도서관에 계신 솔랑쥬 선생님처럼 왕궁 도서관에 계속 근무한 사서도 있다는 얘기네?'

상급 귀족 사서를 귀족원 도서관에 증원해 주지 않는 것으로 보아 왕궁 도서관도 일손 부족으로 중급 귀족 사서가 필사적으로 운영하고 있을지도 모른다. 메모지를 꽉꽉 채운 마술구의 양을 고려하면 중급 귀족 몇 명으로는 엄청 힘들지 않을까?

그리고 그 당시와 지금의 시대적 차이가 느껴졌다. 당시에는 졸업 직전에 '신의 뜻'을 받으러 갔다고 한다. 졸업식 때 졸업생이 처음으로 가진 슈타프를 당당하게 치켜들어 빛을 뿜으며 졸업을 축복하는 묘사가 쓰여 있었다.

'지금은 1학년부터 가지는데.'

그 외에 성인이 된 왕족은 영주 회의 참석이 의무라서 도서관에서도 왔다는 기술이 있었다. 상급 귀족 사서 세 사람이 총출동하여 왕족을 맞이했다고 한다.

'그러고 보니 힐데브란트 왕자도 솔랑쥬와 슈바르츠와 바이스가 맞이했었지? 그림으로 상상하면 우리 쪽이 더 귀엽네.'

신나는 도서관 라이프에 가슴을 두근거리며 자료를 읽었다. 그런데 갑자기 프랑이 내 어깨를 잡고 흔들었다.

"뭐, 뭐예요, 프랑?"

눈을 끔뻑거리며 올라보자, 프랑이 아무 말 없이 책상에 내려앉은 올도난츠를 가리켰다.

"로제마인, 내가 분명 그대에게 질베스타의 감시를 맡겼을 텐데, 그대는 대체 어디에 있지? 질베스타와 함께 있는가?"

얼음장 같은 페르디난드의 목소리에 나는 히익 하고 숨을 삼켰다. 아무래도 질베스타가 나를 신전에 보내 놓고 어딘가로 도망친 모양이다.

'사람 다시 봤더니, 양아버님은 바보야! 바보! 이러면 나만 신관장님한테 혼나잖아!'

페르디난드한테 나만 진탕 혼나고, 흥분이 가라앉았을 즈음에 아무렇지 않은 얼굴로 슬그머니 나타나는 질베스타의 모습이 눈에 선하다. 능글능글하고 교묘하게 땡땡이치는 질베스타에 비하면 나는 변명 능력이며 분노 회피 능력이 압도적으로 부족하다.

"당장 나와라."

같은 말을 세 번 반복한 올도난츠가 노란색 마석으로 돌아갔다.

"로제마인 님, 아우브의 명령으로 오셨다고 하지 않으셨습니까?"

프랑까지 의심스러운 눈빛을 보냈다. 나는 고개를 재차 끄덕이며 "그럼요."하고 긍정했다. 하지만 호위까지 내보낸 집무실에서 몰래 받은 명령이다. 명령을 받았다는 사실을 나 빼곤 아무도 모른다. 질베스타가 시치미라도 뗀다면 내가 거짓말을 한 셈이 된다.

'난 잘못한 게 없는데!'

일하기 싫어서 감시로 붙은 나를 신전에 돌려보내려고 한 질베스타의 술수를 눈치채지 못한 건 내가 둔한 탓이다. 하지만 이번엔 맹세코 잘못하지 않았다. 나쁜 건 전부 질베스타.

'난 청렴결백한데 신관장님한테 된통 혼나고, 성에 돌아가면 벌로 독서 시간까지 깡그리 뺏기겠어. 어떡하지? 무슨 수를 써야 해.'

나는 올도난츠 마석을 꽉 쥐고, 식은땀을 쥐어짜는 심정으로 머리를 굴렸다. 페르디난드의 노여움과 성에 머리채 잡혀 끌려가는 사태를 막을 방도가 없을지 고민했다.

'맞아! 그 마법진을 보면 신관장님은 분명 화난 것도 잊을 거야!'

나는 슈타프를 소환했다. 노란색 마석을 콩콩 두들겨 마력을 흘려보냈다. 하얀 새로 변한 올도난츠를 향해 입을 열었다.

"양아버님께서 제게 성전을 조사하라고 명령하셨어요. 믿을 수 없는 새로운 사실을 발견해서 페르디난드 님께 시급히 상담하고 싶습니다. 빨리 오세요!"

올도난츠를 보낸 후 페르디난드에게 혼나지 않을 변명을 고민하는데, "당장 신전으로 갈 테니 방에서 대기하도록." 이라는 올도난츠가 날아왔다. 그 내용을 들은 프랑과 잠이 신관장실 담당 시종에게 연락을 넣고, 차를 준비하러 주방으로 뛰어가는 등 정신없이 움직이기 시작했다. 그 모습을 곁눈질로 보면서 나는 올도난츠의 목소리 상태로 페르디난드의 기분을 계산했다.

"……음, 화가 난 것보다 놀라움과 초조함이 더 강한가? 화가 더 난 것 같기도 하고, 미묘하네. 어떻게 생각해요, 다무엘?"

"순순히 페르디난드 님께 혼나면 되지 않습니까."

'그건 싫어!'

"이번 일은 내 잘못 아니에요. 혼날 이유가 없다고요."

"그럼 페르디난드 님을 피할 이유도 없다고 생각됩니다만."

못 말리겠다며 귀찮은 듯 다무엘이 말했고, 나는 입술을 삐죽였다.

"잘못도 없는데 혼날 것 같으니까 이렇게 피하려고 하는 거잖아요."

"힘내십시오, 로제마인 님. 응원하겠습니다."

안게리카가 주먹을 불끈 쥐었다. 응원이 다야? 라고 내가 툭 내뱉자, 안게리카는 슬픈 표정으로 눈썹을 떨었다.

"죄송하지만 저로서는 머리가 비상하신 페르디난드 님의 설교를 감당할 수 없습니다. 슈팅루크와 함께 싸워 달라고 하신다면 상대가 안 되더라도 최대한 노력할 테고, 옆에서 함께 설교를 들어 주길 원하신다면 그러하겠습니다. 어느 쪽을 원하십니까?"

'둘 다 싫어.'

그런 도움이라곤 전혀 안 되는 대화를 나누는 사이에 도착을 알리는 종소리가 울렸다. 프랑과 잠이 열어 준 문으로 페르디난드가 들어왔다. 에크하르트와 유스톡스, 그리고 신전 시종들도 함께였다.

"전 잘못이 없거든요!"

"보자마자 한다는 소리가 그것인가? 인사가 먼저 아닌가?"

설교를 회피하려던 의도였는데, 오히려 문제와 전혀 상관도 없는 일로 혼나고 말았다.

'이상하다. 이러면 안 되는데……'

관자놀이를 누르며 한숨을 내쉰 페르디난드와 장황한 귀족 인사를 나누고, 나는 페르디난드에게 자리를 권했다.

"인사가 끝났으니 다시 한번 말씀드리는데……."

"됐다. 그대를 믿고 감시를 부탁한 내가 어리석었다. 단순해서 속이기 쉬운 그대의 눈앞에 책을 흔들면 앞뒤 없이 달려든다는 걸 내가 잊었다."

'아흑, 나 완전히 신용을 잃었나 봐.'

"저기, 신관장님. 차라리 그냥 화를 내 주세요."

질린 표정으로 어처구니없어하는 페르디난드에게 버림받을까 봐 그렇게 말씀을 올리자, 페르디난드가 매우 귀찮다는 표정을 지었다.

"시간만 아깝다. 그것보다 믿을 수 없는 새로운 사실이 뭐지? 그대는 하는 짓마다 예상할 수가 없어 머리가 아프군."

"그게 무슨 의미예요?"

나는 페르디난드가 내 모든 걸 간파하고 있을 줄 알았는데, 모르겠다는 말에 고개를 갸우뚱했다.

"그대에겐 믿기지 않는 새로운 사실이 다른 사람에겐 별것 아닌 일일 때도 있고, 다른 사람은 상상도 하지 못할 일에 무턱대고 덤빌 때도 있지. 그러니 어떻게 예상을 하겠나. 이번엔 어느 쪽이지?"

"어느 쪽이냐고 물으셔도 그걸 제가 어떻게 판단하나요. 저한텐 전부 새로운 사실인걸요."

나는 페르디난드에게 불평을 터트리면서 성전을 펼쳤다. 페르디난드뿐만 아니라 유스톡스까지 흥미진진하게 얼굴을 내밀었다.

"백지네요."

"신관장님 눈에 내용이 보이나요?"

"신전장이 허가하지 않았는데 보일 리가 있나."

"공주님, 저한테도 허가해 주세요."

허가를 내리지 않으면 페르디난드도 성전을 볼 수 없다는 점을 확인한 나는 페르디난드의 표정을 유심히 관찰하면서 허가했다.

"신관장님과 유스톡스에게 열람 허가를 내리겠습니다."

그 순간, 페르디난드의 눈썹이 아주 짧게 움찔 떨리는 것을 보았다. 표정은 거의 바뀌지 않아서 마법진을 봤는지는 판정하기 어려웠다.

"흠. 이것이 신전장님만 볼 수 있다는 성전입니까? 다른 성전과 뭐가 다르죠?"

유스톡스가 흥분한 기색으로 성전을 넘겼지만, 다른 성전과 구별하지는 못하는 듯했다. 적어도 떠오르는 마법진과 문자를 본 사람의 반응은 아니었다.

"완전판이라고 할까요. 신전 도서실에 있는 그 어느 성전보다도 내용이 세세해요."

신전 도서실에는 성전 사본이 몇 권 있는데, 쪽수 차이가 상당하다. 신전 도서실의 성전과 무엇이 다른지 유스톡스에게 설명하는데, 페르디난드가 나를 불렀다.

"로제마인."

이제 와서 감정을 죽인 목소리로 나를 부른다. 나는 깜짝 놀라 돌아보았다. 연한 금색 눈동자가 무심히 나를 내려다보았다. 페르디난드는 한 번 눈을 꼭 감더니, 성전을 손에 들었다.

"다른 이들 앞에서 꺼낼 얘기는 아니다. 그건 이해했겠지?"

다른 말을 꺼낼 수 없는 조용한 박력에 나는 확신했다.

'신관장님은 마법진과 문자를 봤어.'

페르디난드는 엄격한 표정으로 어느 측근도 들어오지 못하게 하고, 신전장실에 있는 비밀의 공방으로 들어갔다. "대체 무슨……." 하고 놀란 표정을 짓는 측근들을 뒤로하고 나도 페르디난드의 뒤를 따라 들어갔다.

조합에 쓰는 커다란 테이블 위에 성전을 펼쳐 올려 두고 페르디난드는 의자에 앉았다. 나도 성전을 끼고 마주 보는 자리에 의자를 덜컹덜컹 소리 내어 옮긴 후 기어 올라갔다.

"로제마인, 그대에겐 뭐가 보이지?"

"아마 신관장님이 보신 것과 같은 거요. 떠오른 마법진과 문자가 보여요."

내 말에 페르디난드가 미간을 꾹 눌렀다.

"전에 성전을 펼칠 땐 없었던 거다."

"저도 아우브의 명령으로 오랜만에 성전을 펼쳤는데, 오늘 이 마법진을 처음 보고 깜짝 놀랐어요. 안게리카와 다무엘, 유스톡스에게는 보이지 않는데, 신관장님의 눈엔 보이시는 거죠? 신전장이라서 저한테만 보이는 줄 알았어요."

나는 이상한 마법진을 가리키면서 말했다. 그리고 아무 반응 없이 침묵하는 페르디난드에게 시선을 보냈다.

"무슨 조건이기에 신관장님한텐……."

말이 이상한 데서 끊겼다. 아주 고요하고, 감정을 뺀 표정으로 페르

디난드가 나를 빤히 응시하고 있어서다. 똑바로 바라보는 차가운 시선은 지금까지 본 것 중에서 가장 무서웠고, 온몸에 소름이 돋았다.

"……저기, 신관장님?"

"그대, 왕이 되길 바라는 자……. 그대는 왕이 되고 싶은가?"

발끝에서부터 냉기가 차오르는 듯한 차가운 목소리에 나는 침을 꿀꺽 삼켰다. 조용히 묻고 있지만, 내가 어떤 대답을 하느냐에 따라 나를 어떻게 할지도 모른다. 벼랑 끝에 아슬아슬하게 서 있는 기분이었다.

"그런 건 원하지 않아요. 제가 원하는 건 책을 읽는 거예요."

"그럼 잊어라. 그대는 아무것도 못 봤다. 이 성전에는 마법진이든, 문자든, 아무것도 없었다. 그러는 척하는 거다. 알겠는가?"

내 대답에 페르디난드의 주변을 덮었던 차가운 공기가 조금 옅어졌지만, 일방적으로 이야기를 끊는 듯한 말이었다. 벌떡 일어나 성전을 닫으려고 하는 페르디난드의 눈에는 마치 마법진 따위 보이지 않는 듯했다.

"저야 잊어도 상관은 없지만……."

복잡하고 연구하기 좋은 마법진에 눈길도 주지 않는 페르디난드의 태도가 이상해서 나는 고개를 갸웃했다. 화를 피하려고 마법진 얘기를 꺼냈건만, 전혀 도움이 되지 않았다.

"이 마법진은 연구하지 않으시게요? 모든 속성이 포함된 복잡하고 기괴한 마법진이라 연구할 맛이 날 것 같은데."

"로제마인, 이 세상에는 모르고 사는 게 좋은 것이 많다. 죽고 싶지 않다면 자세히 알려고 하지 마라."

"……죽는다고요?"

마법진 연구와 죽음을 연결하지 못하는 나를 보고, 페르디난드가 천천히 숨을 내뱉은 후 다시 자리에 앉았다.

"모르는 것 같아 설명해 두는데, 지금의 왕은 왕이 될 조건을 채우지 않았다."

"네?"

"성전에 나와 있는 조건을 채우지 못했다, 이 말이다."

성전에도 나와 있듯이 왕위는 초대 구르트리스하이트를 옮겨 쓴 자로부터 계승된다. 페르디난드가 설명하길 오랜 세월이 흐르면서 왕이 옮겨 쓴 사본이 다음 왕에게 계승되는 형식이 되었다고 한다. 전대 왕이 다음 왕에게 물려주는 구르트리스하이트가 왕의 증표가 되었다.

그런데 정변으로 전대 왕이 소유했던 사본이 소실되었고, 초대 구르트리스하이트 사본을 다시 만들어야 하는 사태가 벌어졌다. 그런데 지금은 초대 구르트리스하이트의 소재도 모른다. 왕족에겐 입으로 전해 내려왔을지도 모르지만, 그 구전 역시 정변으로 끊겼을 가능성이 크다고 했다.

"영주도 다음 영주에게 구전으로 전하는 사항이 있으니 왕에게도 있을 거다. 그런데 지금의 왕은 정변이 일어나기 전까지만 해도 신하로 자랐다. 왕이 될 교육을 받지 못했고, 갑작스러운 정변으로 즉위했지. 구전을 모를 가능성이 크다."

현왕은 정변에 승리하여 왕위에 올랐지만, 중앙 신전의 성전원리주의자들은 구르트리스하이트가 없다는 이유로 왕의 즉위를 거부한 과거가 있다고 한다.

"한번 거부하긴 했지만, 왕족과 귀족의 숫자가 현격히 줄었고, 중요한 마술구의 절반 가까이가 가동을 정지한 상태로는 나라를 유지할 수가 없었지. 그래서 마지못해 중앙 신전도 왕위를 인정했다. 구르트리스하이트를 가지지 못한 왕권 아래에 겨우겨우 평화가 이어지고 있지. 그런 상황에서 그대가 정당한 왕이 되는 조건을 들먹이며 성전에 나와 있다고 떠들면 어떻게 될지, 조금은 상상이 되지 않는가?"

왕의 정당성을 운운하면 중앙 신전의 성전원리주의자들을 선동한 꼴이 된다. 왕은 불순분자인 나를 쥐도 새도 모르게 죽여 버리리라. 소름 끼치는 예상에 몸이 부르르 떨렸다.

"신관장님, 성전에 이런 글이 나왔다는 건 설마 제가 왕이 될 조건을 갖춰서 그래요? 그래서 이렇게 경계하시는 거예요?"

내가 묻자, 페르디난드는 고개를 저으며 부정했다.

"아니, 그건 아니다. 그대는 모든 속성을 가지고 있으며 마력의 양도 많다. 성전에 나와 있듯이 자주 기도를 올리니 왕이 될 소질은 있겠지. 허나 중요한 조건이 빠져 있다."

"중요한 조건이요?"

뭐였지? 하고 성전으로 시선을 돌리자, 페르디난드는 "간단하다." 라고 말했다.

"그대는 왕의 핏줄을 잇지 않은 평민 출신이다. 그러니까 왕이 될 수 없다."

"왕의 핏줄이요? 왕의 핏줄이어야 한다는 조건은 성전 어디에도 나와 있지 않은데……."

페르디난드는 잠시 생각하듯 손끝으로 관자놀이를 톡톡 두드리더니 천천히 숨을 뱉었다.

"구르트리스하이트는 왕족만 들어갈 수 있는 서고에 있다. 이 비밀의 방처럼 입실 조건이 왕의 핏줄을 이은 자로 설정되어 있다…… 라고 옛 문헌에 나와 있더군. 그러니 서고에 들어가서 구르트리스하이트를 옮겨 쓰지 못하는 그대는 아무리 소질이 있어도 왕이 될 수 없는 것이다."

"네!? 설마 그거 왕족만 들어갈 수 있다던 열리지 않는 서고 말인가요?! 힐데브란트 왕자와 친해져서 들어가게 해 달라고 조르려고 했는데, 입실 조건이 왕족의 혈통이라면 찾아내도 저는 못 들어가잖아요!"

예상도 하지 못했다. 귀족원에 있는 동안 찾으려고 했는데, 하고 내가 한탄하자, 페르디난드가 수상쩍은 물건이라도 보는 듯한 눈으로 나를 노려보았다.

"방금 그대 입으로 왕위를 원하지 않는다고 하지 않았나?"

"왕이 되고 싶진 않지만, 책은 원해요! 구르트리스하이트를 읽어 보고 싶은 건 본능이잖아요. 전 왜 왕의 핏줄을 잇지 못한 거죠?!"

"원래 평민이니까. 다만, 그대가 왕족의 혈통을 잇지 않아 천만다행이라고 지금 진심으로 생각했다. 애초에 서고에 있는 구르트리스하이트도 초대 왕의 사본이다. 이 성전과 뭐가 다르겠는가. 포기해라."

어린애 장난 같은 소리라는 듯이 페르디난드가 고개를 저으며 말했다. 서고가 있는데도 들어가지 못해 절망에 빠진 내게 그런 말이 어디 있는가.

"책을 못 읽어서 한탄하는 사람한테 그 말은 너무하잖아요!"

"너무한 건 그대의 머리다."

'더 심한 말을!'

여기서 슬픔을 계속 호소해 봤자 돌아오는 건 폭언뿐이다. 나는 입을 꾹 닫고, 페르디난드를 노려보았다. 그러자 불만 있느냐는 듯이 페르디난드가 되레 째려보았고, 나는 슬그머니 시선을 피했다. 시선과 함께 화제도 피하고 싶다.

"그나저나 왜 성전에 이런 문자와 마법진이 나타난 걸까요?"

"그대가 어떠한 조건을 채웠기 때문이겠지만, 이유를 모르겠군. 난 신전장이 된 적이 없어서 성전을 소유한 적이 없다. ……하지만 이 성전의 존재의의가 뭔지는 알 것도 같군."

페르디난드의 손끝이 성전에 닿았다.

"마법진도 문자도 왕이 되는 길을 가리키고 있다. 아마 옳은 왕을 고르기 위해 존재하는 것이겠지."

"잘 모르겠어요. 무슨 말이에요?"

그냥 가설이다, 라고 운을 뗀 페르디난드가 설명해 주었다.

"초대 왕은 경건하게 신을 모시는 신전장이었다. 그건 역사에서 배웠지?"

"네. 초대 왕 다음엔 왕의 아들이 신전에서 제사를 지냈잖아요. 그래서 다른 영지에서도 영주의 자식에게 신전장 자리를 맡긴 거죠."

에그란티느가 영주의 자식이 신전장을 지냈던 건 옛날 방식이라고 말했듯이, 아주 옛날엔 모든 영지가 그리했다. 신전에서는 왕도 영주도 동등하였기에, 왕의 아이가 신전장을 겸임했다.

"정변과 분쟁이 일어나 왕족에게 전해져 내려오는 구전이 끊겨도 왕의 자식이 신전장을 맡는 이상, 성전을 읽으면 구르트리스하이트로 가는 길이 열렸겠지. 이렇게 신전이 힘을 잃고, 왕과 대립하는 상황을 초대 왕은 상상도 하지 못했을 것이다. ……평민 출신인 그대가 신전장이 될 가능성도, 그런 그대가 왕이 될 소질을 갖고 있을 가능성도 말이지."

그렇게 페르디난드가 덧붙였다. 그렇게 말하면 내가 꼭 정상인이 아닌 것 같잖아. 아니, 좀 이상한가. 아주 살짝만.

"그리고 초기 영주들은 왕족과 혼인 관계를 맺었다. 다시 말해 어느 영주의 자손이든 대부분 왕의 피를 이은 셈이지. ……그렇게 따지고 보니 자기 핏줄 중에 조금이라도 힘이 강한 왕을 고르려고 각지의 신전에 성전을 배포했을 수도 있겠군."

각지의 영주에게 성전을 배포하는 방법은 정보 보존의 관점으로 보면 괜찮은 방법이다. 어쩌면 초대 왕은 상당히 영리한 사람이었는지도 모르겠다.

"그러고 보니 오래된 이야기이긴 한데, 단켈페르거에서도 왕이 나왔죠? 단켈페르거의 역사서에 그런 기록이 있었거든요. 왜 왕의 자식이 아니라 단켈페르거에서 왕이 나왔는지 의아했어요."

"호오, 단켈페르거의 역사서라. ……하긴 문관에게 사본을 뜨라고 시켰었지? 조만간 빌려주지 않으나?"

페르디난드가 흥미진진하게 눈을 반짝이는 것을 보고, 나는 곧바로 "알았어요. 새 책과 교환해요." 하고 수긍했다. 페르디난드의 볼 근육이 움찔 경직되었다.

"내가 이미 몇 권이나 빌려줬을 텐데?"

"전 새로운 책에 항상 목말라 있거든요. 작은 기회도 놓칠 수 없죠."

"알고 있다."

페르디난드는 피식 웃으며 새로운 책과 단켈페르거의 역사서를 교환하기로 약속한 후 표정을 바꾸었다. 갑자기 진지해진 그의 얼굴에 나도 입을 다물고 자세를 가다듬었다.

"여기서 이야기한 것, 성전에 떠오른 존재에 관해선 누설 금지다. 절대 입 밖에 내선 안 돼. 나도 잊겠다. 그러니 그대도 잊어라."

페르디난드도 못 본 것으로 할 생각인 듯했다. 이런 식으로 잊고,

모르는 일로 치부한 비밀을 그는 얼마나 가슴에 담고 있을까. 나는 사용이 금지되어 공방 선반에 방치해 둔 잉크병에 시선을 보냈다.

"이번 일은 엮이는 순간 목숨이 위험해진다. 자칫하다간 정변 후처럼 숙청의 폭풍이 에렌페스트에 불어닥칠지도 몰라."

"네?"

무시무시한 말을 듣고, 나는 페르디난드에게로 시선을 돌렸다. 진지하고 심각한 표정으로, 엄격한 눈빛으로, 페르디난드가 나를 응시했다.

"신이 선택한 진정한 왕이 되는 정보를 아는 영주 후보생이며 성녀로 명성을 얻은 신전장. 그렇다면 주변의 시각으로는 찬탈자로밖에 보이지 않을 테지. 분쟁의 불씨인 것이다. 1왕자가 다음 왕위를 잇게 된 지금, 그대는 새로운 분쟁의 불씨가 되고 싶은가?"

"아니요. 전 책만 있으면 돼요."

내란을 일으킬 생각은 요만큼도 없다. 나는 분명하게 대답했다. 페르디난드는 "알면 됐다."라고 말하면서 자리에서 일어나 내 쪽으로 걸어왔다. 뭐지? 하고 올려다보는데 몇 초간 망설이던 페르디난드가 내 머리를 슥슥 쓰다듬었다.

"……로제마인, 새로운 책이라도 읽어서 이 성전에 관해선 깨끗이 잊어라. 그대를 위해서 하는 이야기다."

내가 분쟁에 휘말릴까 봐 두려워하는 페르디난드의 서투른 배려를 깨달은 나는 그 분위기를 누그러뜨리려고 웃으며 받아들였다.

"그건 제 특기죠. 맡겨 주세요! 긴급사태라고 신관장님을 부르긴 했지만, 혼나기 싫어서 그런 거지, 사실은 책을 잔뜩 읽고 나서 보고할 생각이었어요."

잊는 거야 간단해요, 라고 말한 그 순간, 내 머리 위에 올려진 손에 힘이 꾹 들어갔다. 으엑? 하고 소리를 내면서 고개를 들었다. 페르디난드가 무시무시한 미소를 짓고 있었다. 무표정도 무섭지만 웃는 얼굴도 무섭다.

"호오. 그걸 자진 신고할 정도로 그렇게 혼나고 싶었나?"

"아, 아니요. 시시한 농담이라고 할까요. 긴박한 분위기를 풀려고 그냥……."

머리 위에 올라간 손끝이 꾸구구국 하고 머리를 옥죄어 온다. 아파. 엄청 아파. 눈물이 찔끔 나왔다. 울먹이는 나를 내려다본 페르디난드의 입꼬리가 호선을 그린다.

"그대가 그렇게나 혼나기를 원한다면 응해 줘야지. 거기 앉아라."

"아, 아잉. 죄송해요! 죄송해요!"

'망했다.'

쉴 새 없이 설교한 후 질베스타도 혼내러 가야겠다며 성으로 돌아간 페르디난드였지만, 결국 혼난 사람은 나 혼자였다.

오랜 시간 모습을 감춰 땡땡이친 것으로 보였던 질베스타는 사실 '로제마인이 있으면 들어가겠다고 오만 고집을 피운다'는 이유로 감시역인 나를 쏙 빼놓고, 영주만 출입할 수 있는 서고에서 의식 무대에 관한 기록을 찾고 있었다고 한다.

'우씨, 그걸 알았다면 신전에 안 오고 양아버님한테 딱 붙어 있는 건데!'

겨울의 신전 생활

영주의 명령으로 성전을 조사하고 있다는 태세로 나는 성에 돌아가지 않고 독서에 열을 쏟았다. 지금은 한넬로레에게 빌린 책을 찬찬히 읽는 중이다. 단켈페르거는 마수와 마목 등 마물이 자주 출몰하는 땅이라서 모두가 강해질 수밖에 없다고 한다.

이 책에는 다양한 마물이 등장하는데, 어떤 마물을 어떻게 쓰러뜨리는지 신들을 찬양하는 시를 섞어 방대하게 기록되어 있었다. 기사 소설이라기보다는 오글거리는 자작시 딸린 토벌 일기 같았다. 등장하는 신들은 대체로 라이덴샤프트의 존속이었고, 문장을 읽었을 뿐인데도 루펜이 눈앞에 있는 것만 같은 열정이 느껴진다고 할까, 땀 냄새가 물씬 풍겨 왔다.

'디터에 미친 기질이란 건 아주 잘 알겠어.'

단켈페르거의 견습 문관 클라리사가 하르트무트에게 전해 준 연애 소설도 읽었다. 단켈페르거에서는 흔히 알려진 이야기인 듯했다. 다만, 엘비라가 신나게 썼던 연애 요소가 강한 기사 소설과는 달리 힘을 과시하려는 기사에게 여성이 과제를 내는 전래동화 이야기에 가까웠다. 고난을 견디며 이길 때까지 싸워서 쟁취한 마수의 마석을 사랑하는 여성에게 선물하는 것이 단켈페르거 남성의 애정 표현 방식이라고 한다. 꾀를 낸 여성에게 농락을 당해도 사랑하는 자세를 바꾸지 않는 기사의 저돌맹진, 아니지, 씩씩함이 눈물을 자아내는 이야기였다.

'힘내, 단켈페르거 남성들이여!'

빌린 책을 읽는 동안 페르디난드도 사교를 대충 끝냈는지 신전에 돌아왔다. 봉납식 전까지 하르트무트가 그려 준 마법진을 연구하며 지낼 거랬다. 봉납식 준비는 캠펠과 프리닥에게 맡겨 두면 문제가 없으니 조금 쉰다고 한다.

"봉납식이 끝나면 전 귀족원으로 돌아가야 해서 바빠지겠지만, 신관장님은 그 시기에 쉬면 되잖아요."

문제라고 불리는 내가 없을 때 천천히 쉬면 되지 않느냐고 내가 제안했더니, 옅은 금색 눈으로 나를 째려보며 "어리석은 녀석." 하고 차갑게 내뱉었다.

"내 눈에 닿지 않고, 손이 미치지 않는 곳에서 그대가 무슨 짓을 저지르는지, 보고서를 읽는 것만으로는 막지를 못해 매일같이 머리가 아플 지경인데 쉴 틈이나 있겠는가."

"아우, 죄송합니다."

신전에서 지낼 때처럼 방에 틀어박혀 책만 읽을 수 있으면 그것만으로도 꿈만 같을 텐데, 귀족원에서는 좀처럼 그러기가 어렵다. 내가 그렇게 말하자 페르디난드는 자신의 시종을 돌아보고는 그의 손에 든 종이 몇 장을 내게 내밀었다.

"그 귀족원에서 길베르타 상회에 보낼 주문서와 샤를로테의 질문서가 도착했다. 질문서에는 그대가 답장을 써 줘라."

나는 페르디난드가 건넨 주문서를 쭉 읽었다. 브륀힐데가 세세한 사항까지 완벽하게 작성해주었다. 이것만 있으면 실을 고르고 디자인을 고르는 게 그리 어렵지 않으리라.

"눈보라가 약해지면 길베르타 상회를 부를게요. 제가 입을 봄 의상도 주문해야 하거든요."

오랜만에 투리가 보고 싶었다. 이번 회담에는 하르트무트와 필린느도 없으니 조금 편하게 대해도 되지 않을까? 그런 생각이 얼굴에 여실히 드러났는지, 페르디난드가 매우 복잡한 미소를 지었다.

"그대 생각을 모르는 건 아니나 시간이 없다. 장인을 생각해서라도 주문서만은 초대장과 함께 최대한 일찍 보내라."

"네."

모니카에게 주문서를 넘겨주며 고아원에서 수작업을 감독하는 길에게 길베르타 상회에 연락을 넣어 달라고 부탁했다. 방을 나가는 모니카를 곁눈질로 보면서 샤를로테의 보고서를 손에 들었다.

「단켈페르거의 한넬로레 님께서 다과회에 초대하셨어요. 그 다과회에서 귀족원 로맨스 소설을 친구들에게 알리고 싶으시대요. 언니 책인데 제 권한으로 다른 분께 빌려드려도 되나요?(샤를로테)」

한넬로레는 귀족원 로맨스를 정말 좋아하는지, 자기 친구들에게도 추천하고 싶어 하는 모양이었다. 자신이 좋아하는 책을 추천하고, 또 다른 다과회에서 그 감상을 공유하고 싶다고 샤를로테에게 상담해 왔다고 한다.

'미치도록 부러워! 당장 귀족원에 달려가서 한넬로레 님과 다과회 하고 싶어!'

"로제마인, 책 교환을 해도 되냐는 질문이 그렇게 고민되는 내용인가?"

"우우, 가장 참가하고 싶은 다과회인데 제가 귀족원에 없는 시기에 열리다니 너무하잖아요."

"그대가 가 봤자 흥분해서 쓰러지기밖에 더 하겠는가. 이 시기에 여는 게 정답이지. 책을 퍼트리는 일은 샤를로테의 영역이 아니었는가?"

페르디난드가 한심하다는 눈으로 나를 보았다. 나는 입술을 삐죽였다. 다과회 때마다 쓰러질까 모두가 염려하는 마음은 이해한다. 이해하지만, 책벌레 친구를 사귈 수 있는 다과회에 참가하고 싶어 하는 게 뭐가 나빠서. 물론, 귀족원에 책을 퍼트리는 건 쌍수 들고 환영이므로 나는 샤를로테에게 책을 빌려줘도 좋다고 답장을 썼다.

「샤를로테의 권한으로 빌려줘도 문제없습니다. 마음껏 퍼트리세요. 이 기회에 견습 문관들을 많이 데리고 가서 다과회에서 다른 분들에게 사랑 이야기를 듣고 오세요. 이야기 선물 기대하고 있을게요(로제마인).」

이 답장은 페르디난드가 성에 보내 주기로 했다.

길을 통해 주문서를 보냈고, 눈보라가 약해졌을 때 길베르타 상회와 대면하기로 했다. 오랜만에 투리를 만날 날이 기대되어 아침마다 창밖을 확인하는 나날이 이어졌다. 그러던 어느 날, 내 시종들과 신관장실 담당 시종들이 내게 페르디난드와 점심을 먹어 달라는 부탁을 했다. 또 공방에 칩거하는 모양이었다.

신관장실에서 점심을 먹게 되었지만, 자못 불쾌해 보이는 페르디난드의 얼굴을 본 순간, 나는 당장에 내 방으로 돌아가고 싶었다. 시종들에게 책을 뺏겨 기분 나쁜 티를 내고 싶은 사람은 나인데 말이다.

"신관장님, 연구도 적당히 하세요. 제가 이렇게 점심 식사에 불려 나와야 할 정도로 시종들이 걱정하고 있다고요. 그리고, 라이문트가 신관장님 따라 연구에 몰두하면 주변에 민폐예요."

내가 따끔하게 혼내자, 페르디난드는 미간에 깊은 주름을 새기며 나를 쏘아보았다.

"나는 신전에 돌아오고부터 그대가 손에서 책을 놓질 않아 이 점심 식사 자리를 만들었다고 들었다. 그대야말로 시종들을 곤란하게 하지 말아라."

시종 입장에선 도긴개긴이다. 나와 페르디난드가 각자의 시종들을 바라보는 것과 동시에 에크하르트와 다무엘이 입가를 가리며 웃음을 참았다.

점심 식사의 화제는 페르디난드의 연구 내용에 관해서였다. 그것 말고는 페르디난드가 반응해 주지 않아서였다.

"신관장님, 라이문트의 과제는 순조롭게 진행되고 있죠?"

"그래, 그 녀석은 장래성이 있더군. 제법 흥미로운 개량안을 내놓더 구나."

대부분의 문제를 풍부한 마력으로 처리해 버리는 페르디난드에겐 약소한 마력으로 해결하려고 하는 라이문트의 발상이 신선한 모양이 었다. 평소 평가가 박한 페르디난드가 칭찬할 정도니 라이문트의 재능 이 상당한 것이리라.

"지금 당장은 아니더라도 마력 절약형 소형 전이 마법진을 라이문 트의 과제로 내주시면 안 되나요? 징세용 마법진을 개량해서 책 몇 권 옮기는 전이 마법진이 있었으면 좋겠어요."

"그게 왜 필요하지?"

"인쇄 협회에 뿌려서 책을 받아내려 하려고요."

"인쇄량이 많지도 않은데 징세할 때 함께 가져오면 되지 않는가."

"지금이야 전체 인쇄 공방을 합쳐도 1년에 몇 권이지만, 앞으로 인 쇄 공방이 늘어나서 거대 산업이 되기 전에 유통 쪽도 잘 생각해 둬야 해요."

납본 제도를 잘 활용하려면 유통 문제를 해결해야 한다. 지금은 에렌페스트에만 있고, 인쇄 공방의 수가 적으니 사교 시즌에 기베가 가져오는 것으로 해결이 된다. 하지만 권수가 늘어나고, 인쇄업이 다른 영지로까지 확장되면 옮기는 것도 고생이다. 납본 제도를 유명무실하게 만들지 않으려면 다른 영지에 인쇄업을 보급하기 전에 책을 회수할 전이 마법진을 만들어야 한다.

주먹을 불끈 쥐며 꺼낸 나의 주장을 페르디난드는 콧방귀 한 번으로 날려 버렸다.

"흥. 대단히 훌륭한 주장이다만, 마치 각지에 완성된 책을 겨울까지 기다리기 싫어서 하는 소리로 들리는군."

'정답입니다. 들켰네.'

"훌륭한 명분이 중요하다는 걸 양아버님과 일하면서 배웠죠."

내가 씩 웃자, 페르디난드는 미간을 손가락으로 꾹 누르며 깊은 한숨을 쉬었다.

"질베스타의 나쁜 버릇만 기억하는군. ⋯⋯하아. 그래서, 그 전이에 필요한 마력은 누가 부담하는 것인가?"

"당분간은 인쇄업을 담당할 문관에게 부탁하려고요. 나중에는 신식이나 콘라트처럼 마력을 가진 회색 신관의 업무로 돌리면 어떨까 해요. 예전부터 회색 신관에게도 직업을 줘야 한다고 생각했었거든요. 고아원 원장을 뒷배로 플랑탱 상회에 취직시킬 길이 없을까 고민해 봤어요. 신식은 물론이고, 마술구를 소지하지 않는 귀족 아이들도 살아갈 길은 있어야 해요. 그렇게 하면 마술구가 없는 아이도 고아원에서 거둬 올 대의명분이 되잖아요?"

지금은 귀족의 숫자가 줄어서 적은 마력의 소유자도 귀하지만, 귀족이 늘어나면 갈 곳을 잃을 거라 들었다. 살아갈 방법이 없다면 스스로 먹고살 수 있는 직업을 만들어 주면 된다.

"……질베스타와도 얘기해서 검토해 보마."

"부탁드립니다."

그런 식으로 내 생각을 꺼내는 족족 수정과 기각이 들어갔고, 페르디난드가 머릿속으로 정리하려고 자기 연구 경과를 혼잣말처럼 중얼거리는 점심이 사흘간 이어진 오후, 겨우 눈보라가 잦아들었고, 길베르타 상회가 방문하게 되었다.

나는 점심을 먹은 뒤 원장실로 이동했다. 창문에서 보이는 풍경은 아주 새하얬다. 눈보라는 잠잠해졌지만, 눈은 여전히 날렸다. 니콜라와 엘라가 디저트를 만든다며 원장실 주방에 아침부터 불을 때고, 2층 난로에도 불을 피운 덕분에 원장실에 들어가니 후끈후끈했다. 나는 숨을 내뱉으며 2층으로 올라갔다.

눈이 조금이라도 덜 올 때 오려고 한 것이리라. 생각보다 일찍 길베르타 상회 사람들이 도착했다. 오토, 코린나, 테오, 레온, 투리 다섯 명이었다. 귀족식 인사를 나눈 뒤, 자리에 앉도록 권했다. 의자에 앉은 사람은 오토와 코린나 두 사람이다. 프랑에게 나무상자를 놓을 자리를 묻는 투리와 레온의 모습이 시야에 들어왔다.

"주문서는 잘 받았나요?"

"로제마인 님께서 미리 알려 주신 덕분에 차질 없이 준비했습니다. 설마 올해도 왕족에게서 주문을 받을 줄은 생각도 못하고 있었습니다. 지금 장인들이 정성 들여 머리 장식을 제작하고 있습니다."

오토가 투리에게 시선을 보냈다. 전에 만났을 때보다 한층 더 어른스러워진 투리가 옅게 미소를 지으며 고개를 까딱했다. 아무래도 내가 보낸 마술구 편지가 도움이 된 모양이다.

"올해는 머리 장식에다가 완장까지 추가로 주문했는데, 그쪽은 괜찮았나요?"

지기스발트가 아돌피네에게 선물할 머리 장식에 더해 올해는 힐데브란트의 완장도 추가했다. 고생했겠다고 걱정하며 물으니, 코린나가 훗 하고 웃으며 뒤에 선 투리를 돌아보고 고개를 한 번 끄덕였다. 코린나의 시선을 본 투리가 곧장 나무상자를 들고 와 테이블 위에 올리고는 조심스럽게 뚜껑을 열었다. 그 속에는 세 개의 완장이 들어 있었다.

"……완장이 세 개나 있는데요?"

내가 깜짝 놀라며 투리를 올려다보자, '굉장하지?'라고 말하는 듯이 파란 눈동자가 만족스럽게 휘었다.

"이것은 추가로 제작한 완장입니다. 귀족원 친구 분께 드린다는 말씀을 듣고, 또 추가 제작할 가능성을 고려해서 여분을 만들어 뒀습니다. 어느 쪽 완장이 마음에 드십니까?"

'투리, 대단해!'

오오오오, 하고 내가 감동하자, 코린나가 미소를 지으며 "투리에겐 선견지명이 있습니다."라고 말했다. 놀랍게도 왕족이나 상위 영지가 올해도 주문할지도 모른다며 가을부터 머리 장식 디자인을 몇 개나 짰다고 한다. 그 덕분에 올해는 당황하는 일 없이 머리 장식 제작에 착수할 수 있었다고 한다. 투리가 싱긋 웃었다.

"로제마인 님께서 큰 주문을 받아 오실지도 모른다고 예상하고 준비해 뒀습니다."

의기양양하게 웃는 그 얼굴에는 '이 언니에게 맡겨'라고 적혀 있는 듯했다. 그 자신만만한 미소로 투리는 또 다른 나무상자를 가져왔다.

"그리고 이것은 로제마인 님을 위해 만든 봄 머리 장식입니다. 어떠십니까?"

어쩜. 완장뿐만 아니라 봄에 착용할 머리 장식까지 완성해 왔다. 주문대로 새싹을 연상케 하는 장식이었다.

"이 머리 장식에 맞춰 의상을 제작하신다면 이 중에서 천을 고르면 어떻겠습니까? 겨울용으로 주문받은 장인 세 사람의 천도 추가해서 비슷한 옷감을 준비했습니다."

코린나의 눈짓을 받은 레온이 나무상자에서 천을 꺼내어 테이블 위에 펼쳤다. 겨울에 넣었던 주문을 참고해서 장인들이 르네상스 칭호를 얻기 위해 내 취향을 고려하여 염색한 천이었다. 하나같이 비슷비슷해서 어느 것이 엄마가 만든 천인지 알 수가 없었다.

'이번엔 꼭 엄마에게 르네상스 칭호를 주고 싶었는데.'

으음, 하고 고민하면서 투리에게 시선을 보냈다. 투리의 파란 눈이 한쪽을 빤히 보고 있는 것을 눈치챘다. 아마 그 시선 끝에 엄마의 천이 있으리라. 나는 투리의 시선을 살피며 그 끝에 있는 천 하나를 집었다.

'아닌가 봐.'

투리의 눈에 '그거 아니야!'라는 초조한 빛이 떠올랐다. 나는 천을 살펴보는 척한 후 슬그머니 내려놓고 다른 천을 들었다. 조마조마해하는 투리의 표정에 그 천도 슬며시 내려놓았다.

'이건 어떨까?'

내가 다음 천을 손에 집은 순간, 투리의 눈이 반짝였다. 지그시 살펴보니, 손에 땀을 쥐는 표정으로 그 천을 뚫어질 듯 보고 있었다. 이게 정답인가 보다.

"봄 의상은 이 천으로 맞춰 주세요. 그리고 이 천을 염색한 장인에게 르네상스의 칭호를 내리겠습니다."

내가 진지한 얼굴로 오토에게 말하자, 투리가 헤벌쭉 웃었다. 내가 투리의 표정을 살피면서 천을 고르는 걸 진즉에 눈치챘는지, 오토가 씁쓸하게 웃으며 받아들였다.

'이제 엄마도 전속이다. 야호!'

코린나와 투리와 함께 디자인을 정해서 의상을 주문한 뒤, 평민촌 정보를 듣기로 했다. 만날 기회가 줄었고, 오늘은 문관들도 없었기에 깊이 파고드는 이야기를 하기에 절호의 기회였다.

"오토, 플랑탱 상회에 클라센부르크 상인의 딸이 다루아로 들어왔다고 들었어요. 상품 정보가 유출될지도 모르고, 양아버님에게도 보고를 올려야 하니까 자세히 얘기해 주세요."

"알겠습니다."

오토가 씨익 웃으며 코린나를 보자, 코린나가 조그맣게 키득거렸다.

"그녀의 이름은 카린입니다. 특례로 플랑탱 상회의 다루아로 약 1년 계약으로 들어왔습니다."

"약 1년이요?"

다루아 계약은 보통 3년이다. 왜 고작 1년 계약인 걸까, 이해가 되지 않았다. 게다가 '약'이라는 건 1년으로 정해진 것도 아니라는 뜻이다. 내가 고개를 갸웃거리자 "혼담이 오가고 있거든요." 라고 오토가 폭탄 발언을 했다.

'누가 결혼? 어? 벤노 씨가!?'

"지금 에렌페스트에는 로제마인 님께서 고안하시고, 귀족과 평민 모두에게 잘 팔리는 상품이 여럿 있습니다."

여름에 에렌페스트를 방문한 중앙과 클라센부르크 상인들과 어떻게든 친분을 맺으려는 길드장이 흔들림을 줄인 마차에 그들을 태워 이탈리안 레스토랑에 데려가고, 고급 숙박소나 큰 상점의 점주 집에 묵게 한 후 우물 펌프까지 보여주고 있다고 한다.

"제작자의 이름은 펌프에 새겨 놔서 누군지 금방 알 수 있지요. 로제마인 님과 자크에 대해 자세하게 물어 오면 참신한 상품을 잇달아 만들어 내고 진정한 축복을 내려 주시는 에렌페스트의 성녀와, 성녀가 칭호를 부여하여 전속으로 삼은 구텐베르크 얘기를 그들 귀에 불어넣습니다. 동시에 로제마인 님께서 가장 아끼시고, 상호까지 지어 주어 독립시킨 플랑탱 상회의 이름도 덩달아 알려지는 것이지요."

나와 플랑탱 상회의 유착 관계를 바로 알 수 있다며 오토가 말했다.

"큰 거래를 딸 기회가 에렌페스트에 있음을 깨달은 클라센부르크 상인이라면 당연히 친분을 맺으려고 하겠지요. 가장 간단한 방법은 바로 결혼입니다."

내가 가장 편애하는 상회의 점주가 독신이라니, 대영지 상인에겐 그야말로 최고의 먹잇감이다. 길드장을 통해 정식으로 혼담을 넣었다고 한다.

"하지만 벤노는 거절했습니다. 정보 유출도 걱정되었고, 애초에 결혼 생각이 없었으니까요."

"……그렇죠."

그랬더니 그 상인이 거래를 끝내고 클라센부르크로 돌아갈 때 자기 딸인 카린을 숙소에 두고 갔다는 것이다.

"뭐죠? 그 강경 수단은?!"

카린은 '플랑탱 상회에 폐를 끼치고 싶지 않다. 지참금으로 저렴한 숙소에 묵으면서 아버님을 쫓아 돌아가겠다'며 자신의 옷가지와 가져 온 장신구를 돈으로 바꾸려고 길베르타 상회를 찾아왔다고 한다. 옷과 장식품을 감정하는 동안 오토는 조금이라도 클라센부르크의 정보를 얻으려고 카린과 대화를 시도했다고 한다.

"전 행상인이어서 잘 압니다. 성인이 된 지 몇 년 안 된 젊은 여성이 혼자 여행하는 게 얼마나 위험한지를요. 그런데 카린은 처음에 자신 있게 웃었습니다. 비용은 들겠지만, 배를 타고 강을 건너면 아버지가 프뢰벨타크에 도착하기 전엔 따라잡을 수 있다고요. 전 놀랐습니다. 그녀의 아버지가 마지막에 인사하러 왔을 때 배를 타고 가지 않을 거 라고 했거든요. 그렇게 말했더니……."

카린의 얼굴색이 싹 변했다고 한다. 그녀가 예상했던, 혹은 사전에 들은 귀로와 달랐던 것이다. 이대로 두면 안 되겠다고 판단한 오토는 가게를 뛰쳐나가려는 카린을 말리고, 벤노에게 연락을 취해 길드장과 의논을 했다고 한다.

"카린을 혼자 마을 밖으로 내보내는 건 벤노가 제일 난색을 보였습니다. 본인의 아버지가 거래하러 마을 밖으로 나갔다가 돌아가셨으니까요. 길드장이 그 부분을 찔러 어떻게든 잘 해결했다고 할까요."

결국 내년 여름, 그녀의 아버지가 올 때까지 카린은 플랑탱 상회에서 다루아로 묵으면서 일하게 되었다. 벤노는 카린에게 중요한 정보가 넘어가지 않게 조심하리라. 벤노 자신이 안 되겠다고 느꼈을 경우엔 책임지고 가족으로 들이기로 했다고 한다.

"벤노는 정보를 뺏기지 않으려고 필사적이고, 카린은 벤노의 아내 가 되려고 어떻게든 중요한 정보를 빼내려고 필사적이고, 보고 있으면 얼마나 재미있는지 모릅니다."

"……카린은 벤노와 결혼하고 싶어 해요?"

부친의 독단이 아니었던 걸까. 내가 눈을 반짝이자, 코린나가 고개를 살짝 기울였다.

"가을 끝 무렵에 둘 사이에 뭔가 있었나 봅니다. 카린의 눈빛이 예전과 확연히 달라졌어요. 벤노 오라버니는 도망치려고 발버둥을 치는데, 겨울이 끝날 때쯤엔 꽉 잡힐 것 같습니다. 옆에서 보고 있으면 잘어울려 보이거든요."

고아원 공방의 정보와 인쇄 정보가 새어 나가지 않게, 벤노와 카린은 아직도 공방전을 벌이고 있다고 한다. 서로 밀당하는 것처럼 보이는 벤노와 카린의 상황을 듣고, 나는 걱정이 되었다.

"카린이 다루아로 일하면 자연스럽게 여러 정보를 얻게 되겠죠? 난벤노를 믿고 있지만, 상대가 클라센부르크의 상인이라니 조금 걸리네요."

대영지 상인들이 대거 드나들게 된 것만으로 이렇게나 혼란에 빠졌던 에렌페스트다. 벤노의 수완은 믿을 수 있지만, 그것이 다른 곳에서도 얼마나 통할지는 모른다. 내가 걱정을 토로하자, 갑자기 오토가 진지한 표정을 지었다.

"최악의 경우, 카린을 없애서라도 정보를 지키겠다고 벤노가 말했습니다. 그만한 각오로 카린을 받아들였다고 로제마인 님과 영주님께고해 달라고 했습니다."

벤노는 일에 관련해선 절대 거짓말하지 않는다. 자기 손으로 모든것을 책임지겠다는 각오로 카린을 받아들인 것이다.

"……알겠어요. 카린의 일은 벤노에게 맡기겠습니다."

성에서의 이모저모

캠펠과 프리닥을 중심으로 준비한 봉납식이 끝나고, 신전의 독서 생활도 끝이 났다. 나와 페르디난드는 눈보라 속을 헤치며 성으로 돌아가게 되었다. 눈보라가 한층 강렬해졌다. 올해도 겨울의 주인이 관측되기까지 얼마 남지 않았으리라.

"성에 돌아가자마자 바로 귀족원에 돌아가도 될까요? 한넬로레 님과 다과회를 하고 싶어요. 책 감상을 공유하고 싶다고요."

나의 호소에 페르디난드는 아주 싫은 표정을 지었다.

"그대의 마음을 모르는 건 아니다만, 마석이 수백 개 있어도 모자라겠군."

"봉납식으로 빈 마석도 잔뜩 생겼으니 개수는 적당해요."

"……못 말리겠군. 그런다고 허락해 줄 것 같은가? 고생하는 주변 생각도 좀 하여라."

깊은 한숨을 내쉰 뒤, 페르디난드는 "어쨌거나 얘기해 둬야 할 것들이 수두룩하다. 바로 귀족원에 돌려보낼 순 없어."라고 했다. 하지만 신전에서 점심을 먹으면서 그렇게 많은 얘기를 나눴는데, 또 무슨 할 얘기가 남았는지 도통 떠오르지 않았다.

'타니스베팔렌 얘기는 했고, 하르트무트가 보낸 소재 연구도 혼자서 중얼거렸고, 또 뭐가 있지?'

"저기, 무슨 얘기를 해야 해요?"

질문했더니 페르디난드가 무섭게 눈을 흘겼다. 물총의 위력도 확인해야 하고, 유스톡스가 모은 로데리히의 정보와 질베스타가 조사한 기원식 무대 등등 성에서밖에 할 수 없는 확인 사항들이 있다고 했다.

매서운 눈보라를 헤치며 페르디난드 일행을 따라 성에 도착하자, 문을 열어 주는 노르베르트와 리카르다의 모습이 보였다. 수업을 끝내고 돌아왔는지 코르넬리우스와 레오노레도 있었다.

맺어졌다는 얘기를 듣고 나서 나란히 서 있는 두 사람을 보니 이상하게 연인처럼 보였다. 분명 귀족원의 수업을 끝내고, 둘이서 레오노레의 가족에게 인사를 드렸으리라.

"어서 오십시오, 로제마인 님."

"저 왔어요. ……코르넬리우스의 상대가 레오노레였군요. 나만 몰랐던 거예요?"

"로제마인 님께만 숨긴 건 아닙니다."

대부분 알고 있었던 게 분명하다고 확신케 하는 대답과 코르넬리우스의 표정이었다. 레오노레는 한 발짝 뒤에서 조용히 미소를 지을 뿐이었다.

"그래서 레오노레의 가족에게 인사는 잘했고요? 반대하진 않던가요?"

"이상 무입니다."

시원시원하게 대답했다. 이 완벽남 느낌이 나만 짜증나는 걸까. 날 따돌리는 것이 분명하다. 그렇게 생각할 때 다무엘의 미소도 살짝 굳었다. 그것을 보고 짜증났던 마음이 단숨에 사그라들었다.

'다무엘은 결혼 상대를 찾는 데도 고생하는데, 자기보다 훨씬 어린 코르넬리우스 오라버니에게는 신분과 마력까지 걸맞은 동료 연인이

생겼으니 싱숭생숭하겠지. 이해해. 다 이해해.'

"그럼 호위 교대를 해 주십시오."

노르베르트의 목소리를 듣고 호위 기사가 교대한다. 신전에서 내내 호위한 안게리카와 다무엘은 며칠간 휴가를 받고 겨울의 주인에 대비하기로 했다. 성에서는 코르넬리우스와 레오노레가 호위를 맡았다.

기사 기숙사로 돌아가는 안게리카와 다무엘을 배웅하고, 나는 코르넬리우스와 레오노레를 돌아보았다. 눈이 마주친 순간, 코르넬리우스가 경계하는 것이 느껴졌다.

'놀리거나 괴롭히지 않으니까 경계하지 마.'

"귀족원 보고를 해 줄래요? 신전에 있으면서 답신을 해야 하는 질문서는 읽었는데 그 외에는 모르거든요."

"알겠습니다."

나는 방으로 돌아가는 길에 두 사람에게 귀족원 보고를 들었다. 작년과 달리 샤를로테를 중심으로 에렌페스트의 다과회실에서 몇 차례 다과회가 열렸는데, 귀족원 로맨스 책을 돌아가며 읽은 상위 영지 여학생들 사이에서 책이 유행하기 시작했다고 한다.

"지금 당장에라도 귀족원에 가서 그들과 얘기할래요."

"또 쓰러지는 것만은 제발 봐주십시오. 고생하는 측근들 생각도 해 주셨으면 합니다."

코르넬리우스까지 페르디난드와 똑같은 소리를 하며 나를 말렸다. 신전에서 가져온 짐들을 방으로 들이고, 리카르다와 오틸리에가 정리하는 모습을 곁눈질하면서 나는 책을 읽으며 시간을 보냈다.

그날 저녁은 영주 부부와 페르디난드와 함께 먹었다. 멜키오르의 세례식 회의가 오늘의 메인 화제다. 봄에 태어난 멜키오르의 세례식은 귀족이 각 영지로 돌아가기 전에 여는 편이 가장 좋다고 하여 봄을 축하하는 연회와 함께 치른다고 했다.

"페슈필 연주를 봉납하는 피로연만 없다뿐이지, 세례식 자체는 겨울 때랑 똑같네요."

"그렇지."

"양아버님. 그나저나 무대 자료는 찾으셨나요?"

하르덴첼처럼 기원식을 치를 무대를 설치하고 싶다는 기베들을 위해 질베스타는 영주만 출입 가능한 자료실을 샅샅이 뒤졌을 터였다. 다행히 마법진에 대한 내용은 발견한 모양이었다. 하지만 무대 관련 자료는 아직 찾지 못했다고 한다.

"자료가 어찌나 많은지 혼자서 찾을 엄두가 안 나더군. 그 무대의 정식 명칭이나, 적어도 언제쯤 만들어졌는지만 알아도 찾기가 훨씬 수월할 텐데……."

의식과 마법진에 관련한 자료가 하도 많아서 무엇이 중요한 자료인지 알 수가 없었던 모양이다. 자료실에 들어갈 기회를 찾아낸 나는 연일 자료를 찾느라 피곤에 찌든 질베스타에게 손을 번쩍 들었다.

"양아버님. 제가 도울게요!"

"안 돼. 그곳에 출입할 수 있는 사람은 영주뿐이야."

웃으며 도움을 제의했건만, 질베스타는 즉시 고개를 저으며 거절했다. 분해.

"순수하게 도와주겠다는데, 그것도 안 돼요?"

"그래."

"양어머님께 도움을 요청해도 안 돼요?"

"그래."

'영주의 양녀도, 영주 부인도 들어가지 못하는 영주만의 자료실. 영주밖에 들어갈 수 없다면······.'

"로제마인, 영주만 들어갈 수 있다면 영주가 되겠다는 소리를 하려는 건 아니겠지?"

내 생각을 읽어낸 듯한 말이 페르디난드의 입에서 나오자, 나는 움찔 몸을 떨었다.

"무슨 그런 말씀을, 페르디난드 님. 어찌 제가 그런 생각을 했겠어요······. 호호호호호."

웃으며 얼버무리려고 했지만, 페르디난드는 험한 눈빛을 거두지 않았다.

'그렇게 노려보지 않아도 내가 영주가 될 수 없다는 것쯤은 안다고요. 신관장님에게 죽을 짓은 안 한다니까.'

페르디난드의 눈총을 받으며 저녁을 먹고, 취침 인사를 하러 온 멜키오르를 본 후, 나도 모두에게 인사하고 방으로 돌아가기로 했다. 식당에서 나가려는 나를 페르디난드가 불러 세웠다.

"로제마인, 내일 세 점 종이 울리면 기사단 훈련장으로 오거라. 그대가 만든 새로운 무기의 위력을 확인해 둬야겠다."

페르디난드의 지시대로 나는 세 점 종에 맞춰 훈련장에 갔다. 우선은 기초 체조다. 체력 단련을 하고 있을 때 페르디난드가 도착했다. 호기심에 찬 보니파티우스와 칼스테드, 새로운 것에 환장하는 질베스타도 함께였다. 각자의 측근들까지 따라왔으니, 집단 대이동이었다.

"자, 로제마인, 새로운 무기를 보여주렴."

"네, 할아버님."

보니파티우스의 재촉에 응해 슈타프를 꺼낸 나는 "물총." 하고 외치며 변화시켰다.

"처음 듣는 주문에, 처음 보는 무기로군."

질베스타가 의견을 구하듯 페르디난드를 쳐다보았다. 페르디난드는 팔짱을 낀 채 천천히 고개를 끄덕였다. 그의 시선은 내가 쥐고 있는 물총에 박혀 있었다.

"나도 들어본 적도, 본 적도 없다. 이것을 어떻게 쓰는 거지?"

"아마, 이 속에 있는 게 마력일 거예요."

나는 반투명한 물총을 흔들어 안에 든 액체를 흔들어 보았다. 페르디난드가 미간을 찌푸리며 얼굴을 가까이 가져왔다.

"무기로 쓰겠다고 머릿속으로 생각하지 않으면 무기가 되지 않아요."

"무슨 말이지?"

"이건 원래 장난감이에요. 이렇게 쏘기만 해서는 무기로 쓸 수 없어요."

나는 물총을 피슝피슝 쏘았다. 찰팍찰팍 소리를 내며 가까운 지면에 떨어진 액체가 슥 하고 사라진다. 그것을 본 페르디난드는 "흠." 하고 고개를 끄덕였다. 장난감 물총을 본 질베스타가 눈을 반짝이며 연습용 인형으로 보이는 물건을 가리켰다.

"그럼 무기로 써 봐. 나는 그쪽이 보고 싶거든. 페르디난드의 활처럼 쓸 수 있지?"

나는 고개를 끄덕이고, 질베스타의 요청대로 물총으로 활을 쏘아주기로 했다. 멀리 떨어져 있는 인형을 향해 물총을 겨냥했다. 살짝 눈을 감고, 페르디난드의 활을 떠올리며 방아쇠를 당겼다.

"오오!"

숙 하고 날아간 액체가 여러 갈래로 나뉘더니 화살이 되어 인형에 파바박 꽂혔다.

"훌륭하다!"

칼스테드와 보니파티우스는 소리치며 감탄했고, 질베스타는 진녹색 눈동자를 동그랗게 뜨고, "아까와 차원이 다르네." 하고 중얼거렸다. 다들 놀란 표정을 짓는데도 페르디난드만 혼자 진지한 얼굴로 다가와 내 손을 잡았다. 그리고 물총을 빤히 바라보았다. 놀라움보다 연구 대상을 발견한 눈빛이다.

"흠. 그렇군. 이 부분이 움직여서 마력을 쏘는 거로군."

페르디난드는 내 손목과 팔꿈치를 요리조리 비틀며 노려보듯 물총 속 구조를 찬찬히 훑어보았다. 본인이 내 팔을 비틀고 있다는 건 전혀 눈치채지 못한 듯했다.

'아야야야야야!'

"페르디난드 님, 손목이랑 팔 비틀지 마세요. 아파요."

"아, 미안하다. 그런 것보다 이 액체의 양으로 쏘는 마력에 차이가 생긴다면 크기를 더 크게 만들어서 위력을 높일 수 있지 않은가?"

'안 듣고 있어! 내 말 전혀 안 듣고 있어, 이 사람!'

팔이 아프다는 말을 '그런 것'으로 치부해 버리더니, 무기로 위력을 높이려면 어떻게 해야 할지, 마력은 얼마나 필요한지 중얼거리기 시작했다. 신전 점심시간 때 주야장천 연구 얘기를 들어야 했던 나는 알고 있다. 이렇게 된 페르디난드는 주변을 아예 못 본다. 자기 머릿속에 결론이 나올 때까지 쭉.

"류켄!"

나는 얼른 물총 변화를 마쳤다. 연구 대상이 눈앞에서 사라지자, 페르디난드가 고개를 확 들어 "아직 덜 봤다."라며 불만스럽게 나를 노려보았다.

"……팔 아프다고 했잖아요. 제 말도 좀 들어주세요. 사과했다고 해서 계속 비틀어도 되는 건 아니거든요?"

서로 노려보는 우리 뒤에서 보니파티우스가 "무우총!" 하고 소리쳤다. 갑작스러운 외침에 깜짝 놀란 나는 노려보던 시선을 돌렸다. 보니파티우스가 바로 새로운 무기를 시도하려고 한 모양이다. 하지만 슈타프는 꿈쩍도 하지 않았다. 보니파티우스는 자신의 슈타프를 보며 고개를 갸웃거렸다.

"음? 안 변하는데."

"발음이 틀렸잖아요. '물총'이에요."

"무총?"

"약간 틀렸어요. '물총'이요."

발음이 어려운 걸까. 나와 보니파티우스가 발음 연습을 하고 있는데, 페르디난드가 팔짱을 낀 채 손끝으로 톡톡 리듬을 타면서 내가 발음한 '물총'을 음계로 바꿔 중얼거렸다. 그리고 천천히 슈타프를 소환했다.

"물총."

페르디난드의 손에 반투명한 싸구려 물총이 나타났다. 너무 안 어울린다. 물총을 만든 스스로를 탓하고 싶을 만큼 물총의 조악함이 무표정한 페르디난드와 어울리지 않았다. 하드보일드 영화의 주인공이 반투명한 물총을 들고 등장하는 느낌이랄까. 충격적인 비주얼이었다.

"화살처럼 쏘면 되는가?"

그러나 페르디난드는 겉모습엔 별 언급도 없이 인형을 향해 싸구려 물총을 쏘았다. 슉 하고 날아간 마력 덩어리는 내 것보다 훨씬 컸고, 분열하는 화살 수도 많았고, 속도 역시 비교도 안 되었다.

"흠. 꽤 쓸 만하군."

한 방에 인형을 훌륭하리만치 너덜너덜하게 만든 페르디난드는 손에 쥔 물총을 바라보며 뭔가 고민하기 시작했다. 주 무기로 삼을 속셈인 걸까. 한 손으로도 쉽게 쏠 수 있어 기수를 탄 상태에서 쏘는 데도 최적이다. 마력 소모량이 많아서 유디트는 포기했지만, 마력이 넘쳐나는 페르디난드에게는 아무런 장애도 없다. 가장 크며 유일한 장애라면 볼품이 없다는 것. 그가 물총을 애용하는 모습을 떠올리고 만 나는 고개를 확확 저었다.

"페르디난드 님은 물총이 안 어울리니까 쓰지 말아요."

"무슨 말이지?"

"이상해요. 이런 어린애 장난감 말고, 더 멋있는 무기를 써 주세요. 활이 훨씬 멋있었어요."

'내게 근사한 총을 재현할 힘이 있었다면 좋았을걸! 그러면 이런 일도 없었을 텐데.'

머리를 싸매는 사람 심정도 모르고, 페르디난드는 귀찮은 듯이 나를 보았다.

"로제마인, 무기는 생긴 것보다 효과와 편의성이 중요하다."

"생긴 것도 중요해요! 차라리 아까 말씀하셨다시피 크게 만들든가, 새까맣게 칠해서 속이 안 보이게 하든가, 다르게 바꿔요. 안 그러면 싫어요."

내가 열변을 토하자 보니파티우스가 "오호라, 로제마인은 멋있는 쪽을 좋아하는군."이라고 하며 자신의 무기는 멋있는지 물어 왔다.

'이젠 물총만 아니면 뭐든 멋있어요, 할아버님.'

물총의 위력을 선보인 후, 페르디난드가 들어도 위화감이 없는 물총을 어떻게 만들지 영주 집무실에서 의논하기로 했다. "멋도 중요하지."라고 질베스타가 말했다. 질베스타도 본인이 쓰고 싶은 모양이다.

사람을 물리고 보호자 세 사람을 마주한 내가 한숨을 내쉬자 갑자기 페르디난드의 표정이 심각해졌다.

"로제마인, 물총은 어디에서 익혔지? 그대는 몇 번이나 장난감이라고 했지만, 이런 장난감은 본 적도 들은 적도 없다. 이곳 장난감은 아닐 터인데?"

나는 물총을 만들게 된 경위를 다시 설명했다. 그러면서 다양하게 실험해 본 것도 보고했다.

"처음엔 아무 생각 없이 중얼거렸어요. 이곳 언어가 아닌 언어로 중얼거렸더니 '물총'이 되더라고요. 하지만 인쇄기나 '복사기', '가위'로는 바뀌지 않았어요."

"복사기? 가위?"

페르디난드가 의아한 얼굴로 되물었다. 복사기는 설명하기가 어렵지만, 가위라면 이곳에서도 쓰고 있으니 간단하다.

"음, '복사기'는 이곳에 없는 물건인데, '가위'는 가위예요. 다들 쓰잖아요. 그런데도 주문이 되진 않더라고요……."

"쉐리."

페르디난드가 그렇게 외며 슈타프를 가위로 변형시키고 나를 보았다. 어쩐지 이미 변형 주문이 존재했었나 보다. 그래서 저쪽 나라 말로는 바뀌지 않았는지도 모른다.

"가위라면 쉐러라고 왼다. 복사기가 이곳에 없는 물건이라면 그대의 상상력이 부족한 모양이지. 물건의 구조와 기능을 완벽하게 구상하지 않으면 슈타프로 재현할 수 없어. 조금 전에 내가 물총 구조를 살펴봤듯이."

머릿속에 명확히 구상할 수 있는 물건이 아니면 재현하지 못한다고 페르디난드는 단언했다. 다시 말해 슈타프로 간단 복사기와 인쇄기를 못 만든다는 말이다.

'안 돼에에에에에! 복사기를 어떻게 완벽히 떠올리냐고요. 변형시키면 진짜 편하겠다고 좋아했는데 실망이야!'

슈타프가 생각만큼 편리한 물건이 아님을 깨닫고 풀이 죽었다. 그런 나를 방치하고 보호자들은 물총의 외형을 바꾸는 데 고군분투했다. 저런 모습을 보면 질베스타와 빌프리트가 정말 부자지간이구나 싶었다.

결국 페르디난드는 크기를 살짝 키우고, 권총처럼 보이는 까만 물총을 만들어 냈다. 하지만 아쉽게도 나는 이미 머릿속에 물총 형태가 박혀 버렸는지, 반투명한 물총에서 바꾸지 못했다.

'내가 아니라 신관장님이 하드보일드 주인공이 됐잖아? 흥!'

그 후에도 성에서의 생활이 이어졌다. 하르덴첼의 기적에 관한 면담 의뢰가 들어오면 대체로 거절했고, 제지업과 인쇄 관련 면담 의뢰라면 되도록 엘비라, 헨릭과 함께 참여하여 조금이라도 많은 인쇄 공방이 생길 수 있게 힘을 쏟았다.

오전에는 어린이 방을 살펴보러 다니고, 기사단 훈련장에서 기초 체조를 하는 것도 일상이 되었다. 그러면서 내 측근으로 삼기에 상성이 좋아 보이는 아이를 찾았다. 이따금 니콜라우스와 시선이 마주쳤지만, 딱히 그쪽에서 말을 걸려고 하지 않았고, 경계하는 코르넬리우스 때문에 나도 말을 걸지 않았다.

로데리히의 이름을 받는 것에 관해서도 이야기가 오갔다. 유스톡스가 입수한 정보에 의하면 빌프리트의 오점이 된 하얀 탑 사건 이후로, 로데리히는 부모와 관계가 틀어졌다고 한다.

"로데리히 본인이 원한다면 부모와 떨어트려 주십시오. 공주님."

유스톡스는 나지막이 말했다. 가족과 떨어뜨려 놓으라는 말에 나는 눈을 끔뻑였다.

"어째서요?"

"자세히 설명하면 공주님께서 격분하실 거라고 페르디난드 님께서 입막음하셨습니다."

나는 내 사람이 된 이에겐 관대하면서 적대하는 자에겐 가차 없어서 안 된다고 한다.

"그 정보를 꼭 알고 싶으시다면 공주님의 문관에게 조사를 시키십시오. 이름을 바친 후라면 당사자에게 캐묻는 것도 쉬운 방법입니다."

"……그러고 싶진 않아요."

내가 입술을 삐죽 내밀자, 유스톡스는 조그맣게 웃으면서 "공주님이라면 그렇게 말씀하실 줄 알았습니다."라고 말했다.

"공주님, 저희는 이름을 바친 순간부터 부모보다도, 자신보다도 주인이 최우선이 됩니다. 자신의 가족이 주인에게 해를 끼치는 사태가 벌어지는 건 참을 수 없습니다. 로데리히의 마음을 헤아려 주신다면 부모에게서 떼어 놓고 상황을 지켜봐 주십시오."

"알겠어요. 설명해 줘서 감사하게 생각합니다, 유스톡스. 도움이 됐어요."

질베스타와도 상의한 결과, 이름을 받으면 로데리히에게 기사 기숙사에 방을 내주기로 했다. 여자라면 필린느처럼 북쪽 별채에 있는 시종의 방을 줬겠지만, 로데리히는 남자애다. 시종이 쓰는 방엔 들어갈 수 없다. 성에는 문관 기숙사는 없어서 기사 기숙사를 공동으로 쓰고 있기에 로데리히 역시 기사 기숙사에서 생활하게 된다.

귀족원에 돌아가는 날 전날에 겨울의 주인이 나타난 탓에, 나는 북쪽 별채에서 꼼짝 않고 지내야 했다. 기사단에 무용의 신 앙리프의 축복을 내려 주고 방에 틀어박혔다. 북쪽 별채엔 나뿐이라 식사 시간이 조금 쓸쓸했다.

식사 시중을 하며 걱정스럽게 나를 내려다보는 오틸리에에게 별생각 없이 하르트무트의 상대에 관해 물어보았다.

"하르트무트의 상대요? 저는 모릅니다."

오틸리에가 곤란한 듯 그렇게 말하며 미소를 지었다.

"예? 하지만 올해 졸업식인데 에스코트할 상대가 있어야 하잖아요."

"정보 수집 목적으로 다른 영지의 영애들과 만난다는 얘기는 들었어요. 다만, 올해 귀족원으로 가기 전에 언급한 영애들 이름이 여럿이었는데, 귀족원에서 결정하겠답니다. 결국 마지막에 누구를 골랐는지는 저도 아직……."

"하르트무트가 여러 여성과 사귀고 있다는 말이에요?!"

'부탁이니까 한 명만 다무엘한테 양보해 주라!'

내가 속으로 절규하면서 굳어 있자, 오틸리에가 당황하며 "아니에요, 로제마인 님." 하며 부정하고는 부연하여 설명해 주었다.

"작년까지만 해도 교제로 이어지진 않았다더군요. 하르트무트는 원래 뭐든지 금방 흥미를 잃는 아이인데, 지금 로제마인 님께 모든 관심이 쏠려서 정보 수집 목적으로 얕고 넓게 만나려는 것 아닐까요?"

'그거 혹시, 여자 쪽은 사귄다고 생각하는데 하르트무트는 아닌 상황?! 그러다가는 언젠가 등 뒤에서 칼에 찔릴 거야!'

"그런 구석이 자기 아빠와 쏙 닮아 어쩌나 했는데, 서로 추구하는 바가 같은 아이를 찾을 테니 큰 걱정은 없어요. 영지 대항전 때 소개받기로 해서 저도 기대하고 있답니다."

오틸리에는 후훗 웃으면서 그렇게 말했다. 자식이 에스코트 상대를 소개할 날을 기대하며 웃는 엄마에게 '걱정 좀 하세요! 이러다가 귀족원에서 칼부림 나요!'라고 말할 수는 없었다. 그런 상황이 벌어지지 않게 한시라도 빨리 귀족원에 돌아가야겠다. 하르트무트가 위험해지지 않도록 단단히 지켜봐야 하리라.

하르트무트가 유혈 사태에 휘말리지 않기를 기도하면서 독서에 전념하고 있는 사이에, 겨울의 주인을 토벌했는지 맑고 쨍쨍한 날이 찾아왔다. 며칠간 독서 삼매경을 즐긴 나는 벌써 귀족원에 돌아가기가 귀찮았다.

밝은 황토색 망토와 브로치를 차고, 리카르다에게 등 떠밀려 전이 마법진의 방으로 터덜터덜 이동했다. 내 기분이 옮았는지 레서버스의 움직임도 둔했다.

"로제마인, 서둘러라. 코르넬리우스와 레오노레는 벌써 돌아갔다."

전이 마법진의 방 앞에 페르디난드가 장승처럼 서서 기다리고 있었다.

"영지 대항전 전까지 성에 있으면 안 돼요? 책을 조금 더 읽고 싶어요."

"무슨 소리를 하는 것인가, 어리석은 녀석. 타니스베팔렌 사건의 참고인 조사에다가 드레반헬 다과회까지 일정이 꽉 차 있지 않은가."

"드레반헬 다과회는 길베르타 상회의 머리 장식이 도착해야 열죠. 아직은 있어도 돼요."

올해 나는 귀족원에 돌아가는 시기가 빠르다. 그래서 길베르타 상회의 머리 장식이 완성되면 먼저 성으로 보낸 후 전이 마법진으로 귀족원에 보내주기로 했다. 그래서 드레반헬의 다과회는 머리 장식이 완성된 후에 열 예정이다.

"귀족원 도서관에 가고 싶다며?"

"하지만 이 시기엔 개인 열람석도 붐비고, 수업도 다 끝난 내가 드나들면 방해된다고 페르디난드 님이 그러셨잖아요."

도서관도 못 가고, 한넬로레와의 다과회는 보나 마나 쓰러진다는 이유로 금지되고, 귀족원에 가서 즐길 일이 하나도 없지 않은가. 성에 틀어박혀서 책이나 읽는 게 천 배는 더 즐겁다.

'타니스베팔렌의 참고인 조사와 왕족이 엮이는 드레반헬 다과회엔 안 가고 싶어. 어차피 또 혼날 텐데 뭐.'

영 내키지 않아 어깨를 축 떨구자, 페르디난드가 나를 번쩍 안아 전이 마법진 위에 세웠다. 그리고 미간을 잔뜩 찡그리며 쏘아보았다.

"이미 왕족이 돌아다니는 기간은 끝났다. 퍼뜩 돌아가서 바닥 수준인 사교 경험을 쌓아라. 올해는 충분히 책을 읽었지 않은가. 체념이란 것도 배워라."

페르디난드에게 혼쭐이 난 나는 포기하고 고개를 끄덕였다.

"……다녀오겠습니다."

타니스베팔렌 사건 참고인 조사

검정과 금빛 격류가 사라지고 시야의 요동이 멈추자, 어느새 귀족원이었다. 기사들의 독촉을 받으며 나는 무거운 다리를 움직여 천천히 전이 마법진을 빠져나왔다.

"어서 오십시오, 로제마인 님."

총집합한 측근들을 보며 나는 싱긋 웃어 보였다. 이들 앞에서 오기 싫었던 티를 낼 수는 없었다.

"다들 잘 있었어요? 내가 없는 동안 일어난 일들을 보고해 주세요."

성에서 가져온 짐들을 리카르다와 리젤레타가 푸는 동안, 나는 측근들과 함께 다목적 홀에서 대기한다. 다목적 홀에 있는 책장에 채울 책을 무릎 위에 올리고, 레서버스로 이동하는 동안 측근들에게 보고를 들었다.

"저는 리젤레타와 함께 샤를로테 님의 다과회에 동행했고, 빌프리트 님의 시종에게 사교 자리에 낼 디저트나 화제를 주제로 가르쳤습니다. 다른 영지 분들도 에렌페스트의 유행에 관심이 많으셨습니다."

브륀힐데의 보고에 의하면 다른 영지 학생들이 작년에 이어서 에렌페스트의 디저트와 머리 장식에 관심을 보인다고 한다. 게다가 한넬로레가 추천하는 에렌페스트의 책이 화제에 오르면서 다과회에서 사랑 얘기로 꽃을 피웠다고 한다.

'좋겠다. 나도 참가하고 싶었는데.'

에렌페스트의 책을 화제로 이야기꽃을 피우고, 자신이 아는 사랑

이야기나 기사 이야기가 나오는 화기애애한 다과회다. 동시에 기절할 위험 역시 일반 다과회보다 몇 배는 더 크다. 내가 갈 수 있는 다과회가 아니었다.

내가 한숨을 내쉬자, 어린잎 같은 눈동자를 반짝이는 필린느가 나를 들여다보며 웃었다.

"로제마인 님, 저는 샤를로테 님의 다과회에도 동행해서 사랑 이야기를 모아 왔어요. 그리고 다른 영지의 견습 문관이 사본을 뜬 책도 받아 왔어요. 읽어 보시고 평가해 주셨으면 합니다."

"훌륭해요, 필린느."

다른 영지의 이야기를 모았다는 보고에 기분이 거침없이 상승했다. 그 순간, 손뼉을 짝 쳤다.

'성에 박혀 있지 못하면 귀족원에 박혀 있으면 되겠네!'

도서관도, 책 감상을 공유할 다과회도 금지되었으니 귀족원에 있는 내 방에서 책을 읽을 절호의 기회다. 방에 틀어박혀 새로운 이야기를 읽을 수 있고, 귀 따갑게 잔소리를 하는 페르디난드도 없으니 성보다 훨씬 '방콕'하기 좋은 장소가 아닌가.

'아니지. 아니야. 이건 일이지. 난 다른 영지의 문관이 보내준 이야기를 평가해서 지불금을 계산하려는 거야. 책으로 엮을 만하면 교정해서 원고로 만들어야 하고. 아아, 바쁘다, 바빠. 야호~!'

기분이 날아갈 것처럼 좋아진 덕분에 레서버스의 발걸음도 가볍게 다목적 홀에 도착했다. 레서버스에서 내려서 홀에 들어가자, 이미 수업을 끝낸 학생들이 제각기 시간을 보내고 있었다. 다목적 홀에는 빌프리트와 샤를로테도 있었다.

"올해는 빨리 돌아왔네, 로제마인."

"잘 다녀왔어요, 언니?"

두 사람이 웃으며 인사해줬을 때 나는 가식 없이 환하게 웃을 만큼 기분이 좋아져 있었다.

"다녀왔어요. 귀족원에서 무슨 일이 있었는지 알려 주세요."

샤를로테는 내 구멍을 메우려고 몇몇 다과회에 출석했다고 한다. 수업도 순조롭게 끝냈고, 내가 알려준 대로 모계 문양 얘기도 했다고 한다.

"다과회에서 한넬로레 님과 아돌피네 님께서 소개해 주신 덕분에 몇몇 영지와 친분을 쌓게 됐어요. 아돌피네 님의 다과회에서도 책 대여 얘기를 꺼냈더니 흥미를 보이셨고요. 그날은 수중에 빌려줄 책이 없어서 조만간 빌려드리기로 약속했어요."

아직 인쇄 기술을 공개할 수 없기 때문에 책 한 권을 돌아가며 빌려주는 상황이라고 한다.

"그럼 하르덴첼에서 새로운 책을 받아 왔으니까 그걸 드레반헬에 빌려줘도 돼요."

"언니, 그 책은 우리가 먼저 읽어야죠. 빌려드리는데 제가 내용을 모르면 안 되잖아요."

지당한 말씀, 하고 샤를로테의 말에 고개를 끄덕이며 나는 얼른 책 세 권을 꺼냈다. 이 중 두 권은 납본 제도로 올라온 책이고, 나머지 한 권은 기베 하르덴첼이 선물한 책이다.

"두 권은 에렌페스트 학생들이 읽을 수 있게 이 책장에 꽂아 둘게요. 이 한 권은 내 개인 사물이니까 교환하고 싶은 학생은 내가 정하겠지만요."

"감사하게 생각합니다, 언니. 그럼 이틀 후에 열리는 다과회 때 아돌피네 님께 빌려드려도 될까요?"

아돌피네는 샤를로테가 마음에 들었는지, 또 다과회 약속을 잡았다고 한다.

'친해져서 잘 됐긴 한데, 내가 여동생을 위해 노력할 게 없어.'

샤를로테를 위해 잘하지도 못하는 사교도 노력하려고 마음먹었는데, 그다지 내 도움이 필요 없어 보인다. 여동생의 성장을 조금 씁쓸하게 생각하면서 나는 웃으며 고개를 끄덕였다.

"그럼요. 아돌피네 님께 빌려드릴 테니까 대신 드레반헬의 책을 빌려와 주세요."

"드레반헬의 책이요?"

샤를로테가 남색 눈동자를 반짝이며 고개를 갸웃거렸다.

"네. 책은 아주 고가잖아요. 단켈페르거에 책을 빌려주면서 다른 책을 빌리듯이 우리가 책을 빌려줄 땐 상대방에게서 한 권을 빌리는 거죠. 다른 영지도 똑같이 하지 않으면 단켈페르거만 신용하지 않는 것처럼 보일 수 있어요."

다른 영지의 책을 모으기 위한 나의 훌륭한 명분에 샤를로테의 안색이 싹 변했다.

"죄송해요. 저, 기렛센마이어에 대신할 책을 빌리지 않았어요."

기렛센마이어는 순위가 4위인 중영지로 현왕의 첫째 부인이 그곳 출신이다. 왕의 첫째 부인은 지기스발트와 아나스타지우스의 모친이다. 정변을 계기로 지위를 올린 영지이며 샤를로테와 동갑인 영주 후보생이 있다.

"하르트무트와 필린느가 책을 빌릴 때 교환하라고 조언하지 않았어요?"

분명 다과회를 도와주라고 말해 뒀기에 나는 측근들을 둘러보았다. 측근들이 입을 열기도 전에 샤를로테가 고개를 세차게 저었다.

"언니의 측근은 단켈페르거와 책을 교환한다고 말해 줬어요. 그런데 전 책을 좋아하는 한넬로레 님과 언니만 하는 약속인 줄 알았어요. 언니도 말씀하셨다시피 책은 비싸고 귀중해서 영지 밖으로 쉽게 못 가지고 나오잖아요. 그래서 모든 영지와 교환해야 한다는 생각을 미처 못 했어요."

샤를로테의 말에 나는 뺨을 괴며 생각했다. 여기서 '반출이 어려우니 어쩔 수 없다'고 말하면 간단하겠지만, 무담보로 에렌페스트에 책을 빌리는 것이 당연해지는 상황은 피하고 싶었다. 그러면 에렌페스트 책의 가치가 떨어지고, 조금이라도 책을 많이 모으고 싶은 나의 계획에 차질이 생긴다.

"확실히 귀중한 책을 바깥에 가져 나오긴 힘들겠죠. 하지만 그건 단켈페르거도 마찬가지예요. 다과회에서는 책 대여는 교환이 필수라고 주지시키세요. 그리고 기렛센마이어에 연락을 넣어서 꼭 대신할 책을 빌려오세요. 절차에 시간이 걸리더라도 기렛센마이어만 무보증으로 빌려줄 순 없어요. 전달을 제대로 하지 않아서 내가 미안해요."

"아니에요, 언니. 제대로 확인하지 않은 제 잘못이에요. 당장 기렛센마이어에 연락을 넣을게요."

샤를로테가 자신의 측근과 얘기를 하겠다며 자리를 뜨자, 나는 빌프리트를 돌아보았다.

"빌프리트 오라버니는 어떻게 지내셨어요? 이미 수업은 끝났죠?"

"응, 끝났지. 사교에선 오르트빈과 만날 때가 많았어."

오르트빈뿐만 아니라 클라센부르크의 영주 후보생까지 자신에게 말을 걸었다고 한다. 가을 막바지, 겨울에 접어들 무렵에 에렌페스트의 상품이 도착했고, 여성들은 린샴에 푹 빠졌으며 아나스타지우스가 에그란티네에게 선물한 노래가 유행했다고 한다.

"아 참. 올해 영지 대항전에 아나스타지우스 왕자와 에그란티네 님이 오신다더라. 너도 출석하는지 물으셨는데, 건강 상태를 봐야 알 것 같다고 대답해 뒀어. 로제마인, 올해는 참석할 거야?"

"양아버님이 참석하지 말라고 하진 않으셨고, 몸 상태가 어떨지 저도 예측이 어려워서 솔직히 어떻게 될지 전혀 감이 안 와요. 제가 왕족과 가까워지는 걸 보호자들이 경계하고 있으니 어쩌면 올해도 결석할지도 모르죠."

올해는 어떤 이유를 들지 모르겠지만, 결석을 통보받을 가능성이 아예 없지는 않았다.

"그렇구나. 그럼 아버님과 숙부님께 클라센부르크에서 물어보더라는 말만 전해야겠네. 너도 참석하고 싶지?"

"그러네요."

하르트무트에게는 라이문트에게 과제를 전달할 때 내가 돌아왔다고 힐쉬르에게 보고하게 했다. 타니스베팔렌 건으로 참고인 조사를 한다고 했으니 귀환 보고를 해 두면 알아서 일정을 짜 주리라.

"힐쉬르 선생님이 깜빡하거나 귀찮아서 다른 선생님께 연락을 넣지 않으면 로제마인 님이 곤란해지는 것 아닙니까?"

"그걸로 참고인 조사를 피할 수 있다면 나야 좋지요."

이왕이면 다른 선생들도 바쁜 일에 쫓겨 나를 잊어 줬으면 좋겠다. "로제마인 님을 잊을 사람은 없습니다."라며 진지하게 말하는 하르트무트에게 일거리를 주고 쫓아낸 나는 필린느가 준비해 둔 종이 뭉치로 손을 뻗었다.

"로제마인 님, 이쪽은 저, 이쪽이 하르트무트, 이쪽은 로데리히가 모은 이야기입니다."

"세 사람 다 고생 많았어요. 그럼 난 이제 방에서 자료 평가를 할게요. 최대한 마지막 날까지 지급을 끝내고 싶거든요."

그렇게 식사 시간 외에는 나가지도 않고 방에서 며칠을 보냈다. 필린느와 하르트무트, 로데리히가 모아 준 이야기를 읽고, 평가하고, 원고를 고치고, 교정했다. 또 휴식 삼아 한넬로레와 솔랑쥬에게 빌린 책과 자료를 읽거나 베껴 썼다. 실로 충실한 나날이었다. 그러던 중에 브륀힐데가 다과회 초대장을 가져왔다.

"로제마인 님, 다과회 초대장이 왔습니다."

"그건 샤를로테에게 넘기세요. 책 얘기가 나올 만한 다과회에 내가 출석하면 측근들이 고생한다고 출석이 금지됐거든요."

"네? 사교 시즌에 돌아오셨는데 다과회에 못 나가신다고요?"

말도 안 돼, 하고 눈을 끔뻑이는 브륀힐데에게 나는 책에서 고개를 들고 싱긋 웃었다.

"머리 장식이 도착하면 드레반헬의 다과회에는 나가도 된다고 했지만, 귀족원 로맨스 소설이 화제로 오른다면 다른 다과회는 어려울 것 같아요. 여기서 더 측근들을 고생시킬 순 없죠. 페르디난드 님과 코르넬리우스도 똑같은 말을 하더군요. 그러니 난 에렌페스트의 유행에 도움이 되도록 새로운 책 만들기에 열정을 쏟으려고요."

'방콕'을 할 수 있는 훌륭한 명분을 짜낸 나는 내 앞으로 온 다과회 초대장을 전부 거절하면서 책을 읽었다. 귀족원에 돌아온 지 사흘째

되는 저녁 식사 후, 자기 전에 책을 읽으려고 하자, 리카르다가 참다못해 충고했다.

"공주님, 잠깐이라도 바깥에 나가시지 않으면 건강이 나빠집니다. 내일은 산책을 나가시죠."

"그치만 리카르다. 바깥에 나가서 어딜 가라고요. 도서관도 못 가게 하는데."

"산책하시면서 만난 분들께 인사하는 것도 하나의 사교입니다."

'엥? 어렵게 틀어박힐 환경을 만들어 놨는데 내가 왜?'

나는 귀찮아하는 감정이 얼굴에 드러나지 않게 조심하면서 안게리카의 슬픈 표정을 최대한 흉내 냈다.

"보호자들이 왕족을 마주치지 않게 제발 조심하라고 했단 말이에요. 기숙사 안이 제일 안전해요."

"이런 생활은 건강에 해롭습니다. 질베스타 님께 항의하겠어요."

속으로는 '제발 그러지 마!' 하고 소리쳤지만, 여기서 뜯어말리면 슬픈 척한 의미가 없어진다. 나는 "도서관에 가게 해 달라고 청원을 넣어 주세요."라고 리카르다에게 부탁하고, 책을 읽었다.

'응응, 느낌이 좋아.'

하지만 흥이 나고 즐거운 나의 방콕 생활은 그리 오래가지 않았다. 힐쉬르가 올도난츠를 보낸 것이다. 참고인 조사 일정이 정해졌다는 통지였다.

'사흘 후 세 점 종이라. 쳇, 모처럼 독서를 만끽하는 중이었는데.'

같은 날에 리카르다의 항의를 받았는지, 보호자들로부터 '잠깐은 다과회에 나가도 좋다'는 편지가 날아왔다. 하는 수 없이 '어느 다과회에 나가면 좋은지 알아서 정해 주세요'라고 답장했다. 그 답장을 기다리는 사이에 참고인 조사를 받는 날이 되었다.

"이토록 화창한 날, 방에서 책을 읽고 싶었지만, 선생님들이 부르시니 어쩔 수 없네요."

오랜만에 보는 파란 하늘은 독서에 쓰고 싶었다. 창가에서 책을 읽기 최적의 날씨에 호출이라니 최악이다. 내가 어깨를 축 떨구자, 하르트무트와 필린느는 "끝내고 읽으시면 되죠." 하고 달래 주었고, 코르넬리우스는 놀란 듯 눈을 크게 떴다.

"그렇게 읽고도 부족합니까? 거의 일주일 내내 방에 틀어박혀서 읽으셨잖아요."

"많이 읽었다고 끝이 아니에요. 아마도 난 죽고 나서도 읽을 수 있도록 해 달라고 빌걸요?"

그것만큼은 단언할 수 있다. 코르넬리우스는 '대체 책을 얼마나 좋아하는 거야?' 하고 어이가 없어 하며 한숨을 내쉬었다.

참고인 조사가 열리는 곳은 중앙동에 있는 소강당이었다. 소강당의 문 앞에는 힐쉬르가 나를 기다리며 서 있었다.

"측근들은 대기실이나 기숙사에서 기다리세요. 끝나면 올도난츠를 보내겠습니다."

힐쉬르의 말에 코르넬리우스가 불안한 표정을 지었다.

"호위 기사는 회의에 동행할 수 있는 것으로 압니다."

"이건 회의가 아니라 참고인 조사예요. 여러분도 개인적인 질문을 받았었죠? 이상한 지시를 내리거나 은폐를 막고, 다른 사람의 증언과 비교하는 데 꼭 필요한 조치입니다."

"힐쉬르, 공주님을 잘 부탁합니다. 제가 여기서 대기하고 있을 테니 올도난츠를 보낼 필요는 없어요."

"알겠어요."

안으로 들어가자, 디귿자 모양으로 배치된 책상이 눈에 들어왔다. 정면 책상에는 루펜, 힐데브란트, 중앙 기사로 보이는 우락부락한 사람, 청색 신관이 쭉 앉아 있고, 힐데브란트의 뒤에 아르투르가 서 있다. 좌우 책상에는 귀족원 선생들이 나란히 앉아 있었다. 처음 보는 선생도 있다.

"로제마인 님, 이쪽으로."

재판에 참석한 피고인처럼 나는 혼자 정중앙에 앉았고, 내 옆에 힐쉬르가 섰다.

"건강해 보여서 안심했습니다. 몸은 이제 괜찮습니까?"

정면에 앉은 힐데브란트가 생글거리며 웃었다. 나도 인사를 건네며 싱긋 웃었다.

"무리만 하지 않는다면 괜찮습니다."

"다행이네요."

힐데브란트의 말에 루펜이 고개를 깊이 끄덕이고, "오늘은 조사를 받으셔도 괜찮지요?"하고 확인했다. 내가 고개를 끄덕이자, 힐쉬르가 정면에 앉은 사람들을 소개하기 시작했다.

"로제마인 님, 이쪽은 중앙 기사 단장인 라오블루트 님과 중앙 신전의 신관장, 임마누엘입니다."

'기사단장은 할아버님이나 아버님처럼 강해 보이는 분위기가 있는데, 중앙 신전의 신관장은 우리 신관장과 공통점이 하나도 없네. 거만해 보이는데 약할 것 같아.'

귀족원에 들어오지 못하는 귀족의 자제가 청색 신관이 된다. 어쩌면 귀족원이라는 자리에서 귀족에게 둘러싸인 이 상황에 긴장했는지도 모른다. 일단은 임마누엘의 굳은 얼굴을 호의적으로 해석하기로 했다.

소개가 끝나자, 에렌페스트의 학생들이 타니스베팔렌을 발견하고 쓰러뜨리기까지 일련의 흐름을 루펜이 설명했다. 이것은 주변 선생들에게 들려주기 위함이리라. 보아하니 루펜은 귀족원에 남아 에렌페스트 학생들 전원에게 사정을 들은 모양이다.

"주관마다 조금씩 차이는 있습니다만, 다들 증언이 비슷하였기에 학생들의 증언을 어느 정도 신용할 수 있다고 판단하였습니다."

그렇게 말한 뒤 나를 보았다. 나는 숨을 삼키며 루펜과 선생들을 둘러보았다. 페르디난드가 내게 일러준 대응은 간단했다.

신전 출신인 내겐 신구가 친숙하므로 무기나 방어구라고 하면 신구밖에 모른다. 신전 출신이라 신에 대해 소상히 알고 있으며 축문도 많이 안다. 검은 무기에 관해서는 귀족원에서 알려주지 않아 사용 금지인 줄 몰랐다. 그렇게 주장하면서 '신전장이라서', '에렌페스트 신전에서는 원래 그렇게 한다', '그렇게 페르디난드 님에게 배웠다'라고 흘려 넘기는 것이다.

페르디난드에게 들은 대응법을 떠올리는데 루펜이 입을 열었다.

"검은 무기는 꼭 사용해야 하는 영지의 기사에게만 사용이 허가된 것으로, 귀족원에서는 주문을 가르치지 않습니다. 그런데도 로제마인 님은 검은 무기를 모두에게 내려 주었습니다. 그걸 축문이라고 하셨는데, 틀림없습니까?"

"네. 틀림없습니다. 저는 모두에게 어둠의 신의 축문을 복창하게 했습니다. 토론베처럼 마력을 빼앗는 마물을 쓰러뜨리려면 어둠의 신의 축복이 필요하다고 알고 있었으니까요."

내가 긍정하자, 루펜이 복잡한 표정을 지으며 물었다.

"그걸 어떻게 알고 있죠?"

"전 신전장이라서 토론베 토벌이 끝나면 그 땅을 치유해야 합니다. 기사단과 동행하면 전투 상황도 볼 수 있고요. 토론베는 타니스베팔렌과 마찬가지로 마력을 빼앗아 흡수하는 타입의 마목입니다."

페르디난드는 토론베가 에렌페스트에만 있다고 했다. 그래서 토론베를 퇴치해야 하는 에렌페스트에는 검은 무기 사용이 허가된다고 한다.

"기사단과 동행이요? 토벌한 후에 부르는 것이 아니고요?"

루펜뿐만 아니라 기사단장인 라오블루트도, 중앙 신전의 신관장 임마누엘까지도 깜짝 놀라며 눈을 끔뻑였다. 아무래도 다른 곳에선 토벌이 끝난 후에 신관과 무녀를 부르는 모양이었다.

"에렌페스트 신전에서는 신관장인 페르디난드 님도 전투에 참가하시니 동행하는 편이 덜 번거롭습니다."

"신관장이 전투에 나간단 말입니까?! 그런 일은……."

임마누엘이 '말도 안 된다'라며 고개를 저었지만, 루펜이 부정해 주었다.

"페르디난드 님은 기사 코스도 수강하신 영주 일족이다. 전투에 나가셔도 이상할 게 없지. 에렌페스트의 전력을 고려하면 당연하다고 할 수 있어. ……로제마인 님도 전투에 나가십니까?"

"설마요. 저는 아직 귀족원 2학년이고, 기사 코스를 수강할 예정도 없습니다. 플류트레네의 지팡이를 시종에게 들게 하고, 근처에서 토벌이 끝날 때까지 대기하고 있어요."

'이번엔 로데리히에게 소재를 줘야 해서 힘 좀 썼지만.'

나는 속으로 그렇게 덧붙였다.

"흐음. 에렌페스트 신전의 특수한 사정은 조금 이해했습니다. 하지만 어둠의 신의 축복을 내리는 축문은 성전엔 나와 있지 않습니다. 그건 어떻게 설명하실 생각이지요?"

"어둠의 신의 축복에 관한 축문이 성전에 왜 없어요? 성전에 없으면 어떻게 축복을 내린단 말입니까?"

얼토당토않은 소리라며 내가 눈을 끔뻑이자, 루펜은 의견을 구하는 시선을 임마누엘에게 던졌다.

"성결식 때 사용하는 최고신의 축복에 관한 축문은 있습니다만, 검은 무기를 만드는 어둠의 신의 축문에 관한 기술은 없습니다. 신전장이 소유하는 성전에도 나와 있지 않다고 들었습니다."

"자, 로제마인 님. 어떻게 된 일인지 설명을 해 보시죠!"

왼쪽에 앉아 있던 프라우렘이 귀가 따갑도록 소리를 질렀다. 나는 귀를 막고 싶은 충동을 참으며 발끈했다.

'설명이 필요한 건 나거든! 축복의 축문이 성전에 왜 없다는 거냐고!'

그렇게 생각한 순간 어떤 생각이 스쳤다. 그러고 보니 도서실에 있는 어떤 사본에는 축문이 빠진 것도 있었다. 그 성전처럼 중앙에 있는 성전도 누락이 있음이 틀림없다.

"제 성전에는 나와 있어요. 사본에도 시대에 따라 내용에 차이가 있으니 중앙 신전에서 사용하는 성전에 안 나와 있을 뿐이겠죠."

"지금 우리 쪽 성전이 잘못되었다는 말씀입니까?"

여태까지 이토록 부정당한 적이 없었던 것이리라. 임마누엘이 노기를 띠며 언성을 높였다. 하지만 무슨 말을 하든지 나는 의견을 반복할 생각이 없다.

"제 성전엔 있는 축문이 없다고 하니, 중앙 신전의 성전에 누락이 있다고 생각하는 게 자연스럽지 않나요. 신관장인 페르디난드 님도 축문을 확인하신걸요."

뭐, 뭐라, 하고 입을 뻐끔거리는 임마누엘을 루펜이 쳐다봤다.

"그리고 페르디난드 님이 검은 무기 주문과 어둠의 신의 축복에 관련된 축문은 다르다고 하셨어요."

"뭐라고?! 주문과 축문이 다르다고요? 효과가 같은데도요?"

이번에는 루펜뿐만 아니라 선생들까지 숨을 삼키는 것이 느껴졌다.

"전 주문을 모르고, 기사가 아니라서 가르쳐줄 수 없다고 하니까 자세히는 모릅니다. 하지만 양쪽을 다 알고 계시는 페르디난드 님이 그렇게 말씀하셨어요."

마력을 흡수하는 마물에 타격을 입힐 수 있다는 점은 같지만, 사실 자세히 따져 보면 효과가 다르다. 하지만 이것까지 알려줄 필요는 없겠지. 나는 그렇게 슬쩍 흘려 넘겼다.

"주문과 축문이 다른 줄은 몰랐습니다."

하아 하고 루펜이 한숨을 쉬자, 드레반헬의 사감인 군돌프가 발언권을 구하며 손을 들었다. 군돌프는 작년에 기수 제작 실기에서 만났던 할아버지 선생이었다. 힐쉬르의 연구 동료이며 라이벌이기도 하다고 들었다.

"로제마인 님, 내가 가장 흥미롭게 본 건 채집터 재생인데, 그것도 참 이상하더이다. 타니스베팔렌이 헤쳐 놓은 땅의 재생 의식은 청색 신관과 청색 무녀가 몇이나 달라붙어 며칠에 걸쳐서 하는 작업이오.

그런데 우리가 도착했을 땐 이미 재생이 되어 있었소.”

“그래요! 원래라면 에렌페스트의 채집터는 타니스베팔렌에 오염되어 있어야 했다고요. 로제마인 님, 대체 무슨 짓을 하신 겁니까? 솔직히 말하세요!”

벌떡 일어나 장승처럼 선 프라우렘의 고함에 귀가 따가웠는지, 군돌프가 귀를 막았다. 나도 막고 싶지만, 주목을 받고 있는 상황이라 그럴 수는 없었다.

“대체 어떻게 종 한 번 울리기도 전에 재생을 한 건지 저도 꼭 배워 보고 싶군요.”

신관장으로서 귀족원에서 의식을 담당하는 임마누엘이 미간을 찌푸리며 나를 쏘아보았다.

“중앙 신전의 신관장님 말씀에 동의합니다. 로제마인 님은 하나부터 열까지 비상식적이에요! 기수 사건 때도 그랬다고요!”

프라우렘은 작년의 기수 사건까지 들먹이며 뭐라고 떠들어대기 시작했다. 주변 선생들도 시끄럽다는 표정을 짓고 있지만, 나를 보는 눈빛은 프라우렘이나 임마누엘과 다르지 않았다.

‘방에 가고 싶다. 돌아가서 책 읽고 싶어.’

나는 현실도피를 하고 싶은 충동을 느끼며 주변 선생들을 쭉 돌아보았다. 선생이 몇이나 있는데 왜 이렇게 간단한 것도 모르는지, 그게 더 궁금했다. 솔직히 말해서 하나하나 설명하기가 영 성가셨다.

우아하게 “왜 이렇게 간단한 것도 모르지?”라고 했더니 힐쉬르가 “그렇게 웃으며 독설을 내뱉는 점까지 페르디난드 님을 닮지 않아도 됩니다.”라며 미간을 눌렀다.

‘응? 어리석다고 지적한 거지, 독설을 내뱉진 않았거든요?’

하지만 주변에서는 내 말을 힐쉬르의 말처럼 독설로 해석한 듯했다.

"그건 무슨 의미입니까? 전 신전에서 자랐기에 누구보다 신전을 잘 알고 있습니다만."

임마누엘이 나직이 말했다. 감정 없는 회색 눈동자가 똑바로 나를 응시했다.

'아, 신전 출신한테 내가 「신전에 대해 너무 모르네」라고 말해 버린 거로구나. 확실히 그렇게 들으면 내 말이 거슬리긴 했겠네.'

"방금 그 말은 선생님들께 한 말입니다. 신관장은 신전이 아니라 귀족에 대해서 잘 모르고 계시네요."

나는 미간을 팍 찌푸리는 임마누엘과 마찬가지로 내 말을 이해 못한 표정을 짓는 선생들을 쭉 돌아보았다.

"귀족원에 입학할 자격이 없고, 슈타프도 없고, 마력 압축조차 모르는 청색 신관이나 청색 무녀가 귀족원에서 최우수를 받은 영주 후보생인 저의 마력량이 같다고 보세요?"

루펜과 선생들의 눈이 커졌다. 그 눈에는 납득의 빛이 대부분이었다. 임마누엘은 뭔가 반론하고 싶으면서도 그러지 못하는 표정으로 입만 뻐끔거리다가 어금니를 꽉 깨물었다.

"의식을 치르려면 청색 신관 여러 명이 며칠을 해야 한다고 하셨는데, 루펜 선생님의 마력량은 청색 신관 몇 사람분인가요?"

"몇 사람분이라고 정확하게 말하기 어렵지만, 여러 사람이 할 마력 공급을 혼자서 할 순 있다고 생각합니다."

그야 그렇다. 루펜은 중앙으로 이적하여 교사직을 맡은 우수한 귀족이다. 청색 신관과 비교하는 것도 우스웠다. 루펜의 말에 납득한 듯 고개를 주억거리던 군돌프가 상체를 살짝 내밀며 나를 보았다.

"로제마인 님뿐만 아니라 우리도 청색 신관 몇 사람분의 마력을 담당할 수 있다는 건 알겠습니다만…… 대체 어떻게 며칠이나 걸리는 의식을 단시간에 해치운 게요?"

"귀족은 신관에겐 없는 물건을 많이 가지고 있습니다. 그래서 그런 거예요. 물론 단순히 마력의 양이 다른 것도 있겠지만, 그보다 훨씬 큰 이유는 회복약의 유무입니다."

내 대답에 "아, 회복약." 하고 중얼거린 군돌프는 자신의 허리춤에 찬 벨트와 거기에 걸어 둔 약주머니를 만지작거렸다. 수업에서 의도치 않게 마력을 과하게 쓸 때도 있어 귀족은 항상 회복약을 가지고 다닌다. 그러나 귀족원 수업을 받지 못하는 신관들은 스스로 회복약을 만들지 못한다. 가만히 회복되길 기다릴 뿐이다. 이 차이는 상당히 크다. 내가 가진 회복약은 페르디난드가 만들고 있어서 귀족원에서 배우는 회복약과 효력이 전혀 다르지만, 그 말까지 굳이 꺼낼 필요는 없었다. 요는 자연 회복을 기다리는 신관과 달리 귀족에겐 회복 수단이 있다는 것만 알면 된다.

"그러니까 로제마인 님은 마력의 양도 많고, 회복약도 가지고 있다. 며칠에 걸쳐 회복을 기다릴 필요도 없고, 의식을 교대할 요원도 필요 없다. 그 말이오?"

군돌프가 간단하게 정리하자, 선생들 사이에서 납득하는 분위기가 흘렀다. 이건 좋은 반응이다. 이대로 흘러가면 된다.

"군돌프 선생님의 말씀대로 영주 후보생인 제가 신전장직을 맡고 있는 점이 특별한 것뿐입니다. 신구가 있고 축문만 알면 선생님들도 채집터를 재생할 수 있어요. 전혀 이상한 일이 아니에요."

깔끔하게 정리했다, 하고 내가 안도의 한숨을 내쉰 순간, 루펜이 고개를 들었다.

"로제마인 님, 재생 의식 때 신구를 만들었다고 하셨는데, 거기에 대해서 자세히 설명해 주십시오."

"가짜 신구를 만들어 내다니 불경스럽습니다!"

프라우렘이 불쑥 끼어들었지만, 이젠 모두가 익숙해졌는지 힐끗 보기만 할 뿐 크게 반응하지 않았다. 나도 곁눈질만 한 번 하고, 루펜에게로 시선을 돌렸다.

"여러분도 아시다시피 저는 신전 출신이라 무기와 방패라고 하면 제단에 올라가 있는 신구밖에 모릅니다. 페르디난드 님은 일반적인 무기도 쉽게 만들어내지만, 부끄럽게도 저는 아직 부족합니다. 그래서 가장 쓰기 편한 신구밖에 변화시키지 못합니다. 아마 청색 신관도 슈타프를 소지했다면 신구를 소환했을 겁니다."

일반 귀족은 신구를 볼 일이 없어 이미지를 잘 떠올리지 못한다. 그래서 슈타프를 변형시키기가 어려운 것이다. 내 주장에 선생들이 납득한 그때 여태까지 얌전히 듣고 있던 힐데브란트가 밝은 보라색 눈을 반짝였다.

"로제마인, 신구는 어떤 물건인가요? 본 적이 없어서 보고 싶군요."

"……네?"

돌아가는 상황을 점잖게 지켜보던 왕족의 갑작스러운 발언에 그 자리가 단숨에 쥐죽은 듯 조용해졌다. 아르투르가 어깨를 누르자, 힐데브란트가 자신의 실수를 깨닫고 입을 틀어막았다.

"로제마인 님이 만들어 낸 신구라. 볼 수 있다면 나도 꼭 보고 싶구려."

"로제마인 님은 수업 중에 라이덴샤프트의 창을 만드셨는데, 파랗게 빛나는 것이 참 아름다웠습니다."

군돌프와 루펜이 힐데브란트의 실언을 무마하려는 듯 말했다. 나는 옆에 있는 힐쉬르의 표정을 슬쩍 살폈다. 힐쉬르는 잠시 생각하더니 조그만 목소리로 조언해 주었다.

"보여드리지 그래요? 신구를 만들어 낸다는 말 자체를 의심하는 선생도 있거든요. 신구를 만들어 내신다면 로제마인 님의 주장에 정당성이 생기는 겁니다."

힐쉬르의 시선으로 내 말을 처음부터 의심하는 사람이 프라우렘이라는 것을 알았다. 덧붙여 속삭이는 말에 의하면 힐데브란트의 실언을 무마해서 왕족에게, 정확하게는 그 측근에게 은혜를 베풀어 두라고 했다.

"알겠습니다. 슈타프를 변형한 신구를 보여드릴게요. 여기서 라이덴샤프트의 창을 소환하면 위험하니까, 땅 재생 의식에 썼던 플류트레네의 지팡이로 변형시킬게요. 힐데브란트 왕자님, 그래도 되겠습니까?"

자신의 실언에 쩔쩔매던 힐데브란트가 안심한 듯한 미소를 보였다.

"네. 고맙습니다. 로제마인."

나도 힐데브란트에게 싱긋 웃어 주었다. 그리고 옆에 있는 힐쉬르를 향해 손을 내밀었다. 누가 도와주지 않으면 우아하게 일어나질 못하니까.

몇 초간의 침묵이 흐르고, 내 의도를 알아챈 힐쉬르가 손을 내밀었다. 최대한 우아하게 일어난 나는 슈타프를 소환했다.

슈타프 자체는 심플하다. 빌프리트처럼 꾸미지도 않았다. 하지만 모두가 몸을 쭉 내밀면서 그 슈타프를 주목했다. 다들 표정이 크게 다르지 않았지만, 진지한 눈으로 뚫어지게 보고 있었다. 가장 흥미를 드러내며 나를 보고 있는 사람은 기사단장인 라오블루트였다.

수많은 시선을 느끼며 나는 숨을 삼켰다. 머릿속에 정확히 구상하지 않으면 슈타프는 변하지 않는다. 이 자리에서 실패하면 망한다. 나는 가볍게 눈을 감고 플류트레네의 지팡이를 머릿속에 그렸다.

"슈트레이트콜벤."

다음 순간, 내 손에 머릿속에 그린 플류트레네의 지팡이가 나타났다. 세밀하게 장식된 긴 손잡이에 촘촘히 박힌 작은 마석, 커다란 초록색 마석을 둘러싼 촘촘하고 복잡한 금세공. 나의 마력으로 만든 신구는 항상 마력이 가득 찬 상태다. 커다란 초록색 마석에서 나오는 빛이 일렁거린다.

갑자기 덜컹 소리를 내며 임마누엘이 일어섰다. 감정을 드러내지 않던 임마누엘의 회색 눈동자에 경악과 황홀함이 깃들었다. 마치 술에 취한 사람처럼 천천히 머리를 움직이고, 몸을 내밀어, 집어삼킬 듯 지팡이를 바라본다.

"플류트레네의 지팡이……."

얼빠진 듯한 임마누엘의 쉰 목소리로 내 손에 나타난 지팡이가 명백히 플류트레네의 지팡이임이 모두에게 전해졌다. 그 자리가 술렁거렸고, 모두의 얼굴이 놀라움과 흥분한 표정으로 바뀌었다. 그런데 힐데브란트 혼자만 천진난만하게 감탄의 한숨을 내뱉으며 동경의 눈빛을 내게 보냈다.

"신구는 정말 아름답군요. 처음 봤습니다. 나의 무리한 부탁을 들어줘서 감사합니다."

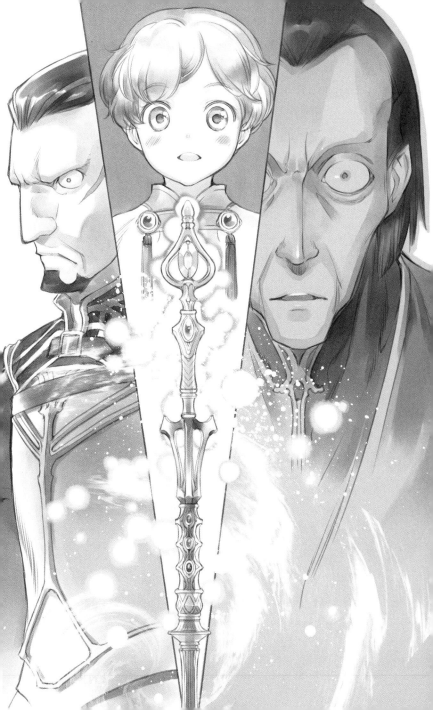

"아닙니다, 힐데브란트 왕자님. ……류켄."

힐데브란트도 만족했기에 나는 변형을 해제했다. 단숨에 지팡이가 사라졌다. 정신을 차린 선생들이 앞으로 내밀었던 상체를 바로 세웠다. 임마누엘은 부릅뜬 눈으로 나를 빤히 쳐다본 뒤 천천히 의자에 앉았다. 그러고는 천천히 눈을 감고 "정말 슈타프로 신구를 만들 수 있군요." 하고 중얼거렸다.

"잘 알았습니다. 정말 로제마인 님의 마력과 청색 신관의 마력은 양적으로 큰 차이가 있군요."

루펜의 말에 참고인 조사가 끝나려는 분위기를 느끼고, 나는 주먹을 불끈 쥐었다.

'좋았어, 납득시켰다. 잘 구슬렸어. 이제 돌아갈 수 있다!'

그렇게 생각한 그때 임마누엘이 천천히 눈을 뜨며 "저는 아직 납득하지 못하겠습니다." 하고 말했다. 지금까지와 변함없이 조용하고 정중한 말투임에도 조금 전과 달리 눈빛은 부리부리했다.

"확실히 의식에선 마력량의 차이가 크겠지요. 귀족만 쓸 수 있는 약을 먹으면서 거행하면 시간 단축도 될 겁니다. 그러나 어둠의 신의 축복에 관해서는 납득하지 못하겠습니다."

임마누엘의 말에 선생들이 귀를 쫑긋하며 고개를 들었다. 겨우 끝낸 토론에 다시 불이 붙었다. 이미 돌아갈 생각으로 가득했던 나는 페르디난드처럼 관자놀이를 누르며 '쓸데없는 짓 하지 마' 하고 소리치고 싶었다.

"로제마인 님은 중앙 신전의 성전이 잘못됐다고 하셨지요. 초대 왕때부터 맡아, 지금까지 지켜 온 중앙 신전의 성전에 누락이 있을 리 없습니다. 에렌페스트의 성전이야말로 누군가가 멋대로 가필한 것 아닙니까?"

임마누엘의 지적에 나는 대답하지 못하고 침묵했다. 확실히 전 신전장의 짓으로 보이는 낙서가 있었으니 내 성전에 가필이 있다는 건 틀린 말이 아니었다. 물론 축문을 적어 둔 것은 아니지만 말이다.

'큭! 전 신전장 이 자식이!'

"대답을 못하시는 걸 보니 가필된 것이 맞군요?! 아이고! 아이고! 비상식도 정도가 있지!"

그렇게 소리치는 프라우렘에게 나는 속으로 '그건 전 신전장이 했거든!' 하고 되받아치는데, 루펜이 프라우렘을 날카롭게 쏘아보았다.

"프라우렘, 좀 조용히 해. 지금은 신전 측이 발언하는데 교사가 끼어들면 어떡해? 품위를 지켜."

지적받은 프라우렘은 "참나!" 하고 한 번 더 소리친 뒤 얼굴을 픽 돌렸다. 정면에서 안절부절못하며 나를 바라보는 힐데브란트가 눈에 들어왔다.

'음, 성전은 신전장의 권위의 상징이기도 하니까 결손을 인정하고 싶지 않은 건 이해하겠어. 하지만 그 주장은 좀 이상하지.'

나는 과장되게 뺨을 괴고 고개를 갸웃거리며 임마누엘을 보았다.

"그것참 참신한 의견이네요. 대충 써 놓은 축문 때문에 에렌페스트가 어둠의 신의 축복을 받게 됐다는 말씀인가요?"

"그, 그런 뜻으로 한 말은……."

이번엔 임마누엘의 말문이 막혔다. 그 순간 기사단장이 크큭 하고 웃음을 터트렸다. 지금까지 발언하지 않았던 라오블루트가 옆자리에 앉은 임마누엘을 보면서 입가를 일그러뜨렸다.

"성전에 대충 써 놨는데 신에게 축복을 받았다면, 중앙 신전보다 에렌페스트의 신전이 더 우수한 것 아닌가."

같은 중앙 사람으로서 나란히 앉아 있기에 내 머릿속에 두 사람을 같은 그룹으로 묶어 놨었는데, 호의적인 관계는 아니었던 모양이다. 기사단장은 도전적으로 웃으며 임마누엘을 보았다.

"성전에서 가리키는 왕이야말로 옳은 왕이라 주장하는 중앙 신전의 성전에 '결손 가능성이 있다'라……. 그렇다면 그런 성전으로 뽑힌 왕은 정말 정통성이 있는 왕인가."

'어라? 설마 저 기사단장은 성전원리주의자를 반대하는 사람?'

"중앙 신전의 성전이야말로 옳습니다. 그런 불미스러운 말씀은 자제해 주시지요."

"글쎄, 과연 그럴까? 에렌페스트의 성녀는 그렇게 말하지 않았는데."

듣자 하니 성전의 결손을 지적한 나의 발언은 불꽃 튀기며 대립하는 왕당파와 성전원리주의자의 다툼에 기름을 부어 버린 모양이다. 나는 즉시 속으로 페르디난드에게 무릎을 꿇고 빌었다.

'죄송해요, 신관장님! 일이 커진 것 같아요! 하지만 제 탓이 아니에요. 처음에 어둠의 신의 축복을 받았다고 말해 버렸으니 축문의 출처로 거짓말을 할 수도 없고, 우리 성전엔 결손이 없잖아요!'

서로 노려보는 기사단장과 임마누엘을 보면서 페르디난드에게 무슨 변명을 할지 고민하는 그때, 군돌프가 "두 분 모두 진정하시오."라며 중재에 들어갔다. 온화한 미소로 말리는 선생의 중재에 두 사람은 입을 닫고 앞을 돌아보았다. 즉, 나를 말이다.

임마누엘은 할 말이 있는 눈빛으로 빤히, 라오블루트는 재미있어하는 눈빛으로 나를 보았다. 나는 그 자리에서 도망치고 싶어졌다. 군돌프는 그런 두 사람과 나를 번갈아 보며 수염을 쓰다듬었다.

"흠. 이렇게 됐으니 중앙 신전과 에렌페스트, 양측의 성전을 가져와 비교해 보는 편이 좋겠구려. 신전과 연이 없고, 두 성전을 본 적이 없는 우리로서는 보지 않고서 어느 쪽 주장이 맞는지 판단하지 못하니까 말이오."

중재를 명분으로 내세웠지만, 군돌프의 눈빛은 성전을 실제로 보고 싶어 하는 빛을 띠었다. 그저 연구 혼에 불이 붙은 것이리라. 성전원리주의자든 왕의 정당성이든, 나의 주장이든 관심이 없어 보였다.

"그거 좋은 생각이네요, 군돌프 선생. 두 성전을 나란히 두고 보면 누구 말이 맞는지 알겠군요."

내 옆에 서 있는 힐쉬르가 초롱거리는 눈으로 군돌프의 의견에 찬성했다. 재미있겠다, 라고 생각하는 것이 들뜬 목소리에서 느껴졌다. 연구에 미친 과학자들은 신전 간의 얘기에 끼지 말고 조용히 있었으면 좋겠다.

아주 난처한 제안이다. 내가 소유한 성전에는 기묘한 마법진과 문자가 떠 있었기 때문이다. 그것이 보이는 사람이라도 나타나면 지금의 왕에게 도전장을 내미는 꼴이 된다. 어쩌지?

"에렌페스트의 성전은 신전 밖으로 가지고 나오지 못합니다. 그것은 각 신전에 모셔 둬야 하는 거잖아요. 사본이라면 가져올 수 있어요."

"어머? ……그럼 에렌페스트의 성전이 가필된 것인지 아닌지 더욱 철저하게 조사해야겠군요. 방금 로제마인 님의 그 반응을 보니 틀림없이 켕기는 것이 있어요!"

"케, 켕기는 건 없습니다!"

프라우렘의 목소리에 반론한 순간, 임마누엘의 눈빛이 번쩍였다.

"각자의 성전을 가지고 와 비교해 봐야겠군요. 신전장님께 부탁해 보겠습니다."

표정 변화는 거의 없었지만, 임마누엘에게 의욕이 생겼다. 큰일이다. 이건 페르디난드에게 혼나는 전개가 되려는 조짐이었다. 그것만은 알 수 있었다. 어떻게든 회피해야만 한다. 성전을 여기에 가져오지 않고 원만하게 끝내지 않으면 나의 독서 시간이 줄어들 가능성이 컸다.

'어디보자, 여기서 「우리 성전은 반출이 불가하니 축문이 실려 있지만 그쪽이 옳은 거로 합시다」라고 말하면 어떨까. ……아니지. 지금보다 더 시비를 거는 줄 알고, 죽어도 가지고 오라고 할 게 뻔해. 아아아아! 좋은 아이디어야, 떠올라라!'

내가 끙끙 고민하는 사이, 잠시 생각에 잠겨 있던 루펜이 입을 열었다.

"중앙 신전의 성전은 성결식과 왕족 피로연을 열 때 신전장이 귀족원에 가지고 옵니다. 그러면 다른 영지도 가지고 나올 수 있는 것 아닙니까?"

"맞는 말이오."

'잠깐, 잠깐만. 가지고 나오면 안 된다니까. 내가 신관장님한테 혼난단 말이야.'

어떻게든 회피할 방법을 찾으려 했지만 도무지 떠오르지 않았다. 내가 머리 아프게 고민하는 동안 의견은 점점 모여 갔다.

'지금 궁리하고 있으니까 좀만 기다려 주라.'

하지만 무정하게도 내가 머리를 싸매는 동안, 성전 검증 회의 일정이 정해져 버렸다. "조만간 봅시다."라며 선생들이 자리에서 일어나기 시작했다.

"그럼 로제마인 님. 그렇게 정리해도 되겠지요?"

"일부러 비교하지 말구요. 중앙 신전의 성전이 옳은 것으로 해도 전 괜찮아요. 바쁘신 여러분의 시간만 잡아먹어요……."

그러니까 이런 검증 회의는 하지 말자, 라는 말을 이으려는데, 프라우렘이 "역시 켕기는 게 있군!" 하고 소리쳤다. 그런 그녀를 무시하자, 루펜이 씩 웃었다.

"걱정하지 마세요. 로제마인 님이 거짓말을 하고 있다고 생각하진 않습니다. 어둠의 신의 축복을 내린 것이야말로 성전에 축문이 있다는 증거이지 않습니까. 그것만 증명하면 됩니다."

"그냥 증명하지 말고 중앙 신전의 성전이 옳다고 치면 안 될까요?"

증명할 필요성을 못 느끼는 사람은 나뿐인 모양이다. 연구 의욕을 자극받은 선생들을 비롯하여 모두가 검증 회의에 적극적이었다. 가장 적극적인 사람은 임마누엘을 도발하듯 내려다보던 라오블루트였다.

"중앙 신전의 성전이 진정 옳은 것인지 어떤지 모르는 법이다. 그러니 제대로 조사해야지. 왕께서도 아마 그러길 바라실 것이다. 에렌페스트의 영주 후보생은 꼭 협력해 다오."

'협력하기 싫더라도 명령이니까 말 들어라, 라는 말씀입니까.'

나는 어깨를 축 떨구며 "알겠습니다." 라고 대답했다. 내 쪽에서 발 벗고 협력하는 것과 억지로 명령을 따르는 건 보호자들의 기분도 크게 다르리라.

"그럼 로제마인 님. 귀족과 신전, 양쪽 주장을 모두 이해하시는 페르디난드 님께 성전을 가지고 오라고 하셨으면 좋겠군요."

'네? 페르디난드 님? 그 이름이 여기서 왜 나오죠?'

눈을 끔뻑이는 내게 루펜이 시원하게 웃으면서 목패 초대장을 건네주었다.

"로제마인 님의 설명 사이사이엔 항상 페르디난드 님의 말씀과 행동이 들어가 있더군요. 또 어둠의 주문과 축문의 차이에 관해서도 이야기를 들어 봐야 할 듯합니다. ……그리고 이번 기회에 로제마인 님의 기사 코스 수강 얘기도 꼭 드리고 싶거든요."

'마지막 말은 전혀 관계없지 않아?!'

모두를 살살 구슬려서 끝내려고 했더니 어느새 내가 넘어가 있었다.

'이상해. 이럴 리가 없는데.'

나는 건네받은 초대장을 들고 반쯤 얼이 빠진 채 소강당을 뒤로했다.

기숙사로 돌아오자마자 빌프리트가 어땠는지 보고하라고 했다. 나는 측근들에게 둘러싸인 상태에서 흐름을 설명했다.

"뭐? 보호자를 불렀다고?! 어지간히 큰 문제를 일으켜서 퇴학을 시키느냐 마느냐의 사태가 아니고서야 보호자를 부르진 않아."

이번 일은 그런 개인적인 사정에 그치지 않는다. 더 심각한 사태다. 하지만 일단 조금이라도 모두의 충격을 덜어 주고자 나는 입을 열었다.

"……에렌페스트의 성전을 확인만 하려는 거니까 보호자로 호출될 사람은 양아버님이 아니라 페르디난드 님이에요. 귀족원에서 퇴학당할 일은 아니에요."

"그런 말을 하는 게 아니야! 보호자가 불려 오는 것 자체가 큰 사건이라고!"

"그건 그렇지만……."

나 역시 좋아서 호출된 것이 아니다. 모두가 나의 성전을 보고 싶어 해서다. 그리고 일이 이렇게 됐지만 어떻게든 회피하려고 고민했었다. 좋은 아이디어가 떠오르지 않았을 뿐이지.

"숙부님께 제대로 보고서 써 드려. 엄격하게 추궁하실 거야."

"알고 있어요."

오늘 참고인 조사 보고서와 함께 나는 루펜에게 받은 초대장을 첨부하여 에렌페스트로 보냈다. 호출은 사흘 후 오전이다.

'아아. 나의 독서 시간이 사라져 간다. 짧은 행복이었어.'

이리하여 나는 에렌페스트 역사상 처음으로 보호자가 불려 간 영주 후보생이 되었다.

성전 검증 회의

회의 전날 다섯 점 종이 울렸을 무렵, 회의를 대비한 의논을 하러 페르디난드가 유스톡스와 에크하르트를 데리고 기숙사로 왔다. 마중 나온 학생들이 긴장하며 기다리는 다목적 홀에서 페르디난드가 나란히 선 학생들을 쭉 둘러보며 지시를 내리기 시작했다.

"리카르다, 로제마인과 대화할 방을 잡아라."

"알겠습니다."

리카르다와 브륀힐데가 당장 홀을 나가자, 페르디난드는 가운데에 서 있는 빌프리트와 샤를로테에게로 시선을 돌렸다.

"이번 호출은 타니스베팔렌에 관련된 일이다. 에렌페스트가 토벌했다는 사실이 주변에 새어나가면 안 되니 비밀리에 나를 불렀을 것이다. 안심하라. 로제마인의 뒤처리는 내가 전부 해결할 테니 그대들은 기숙사를 관리하면서 사교에 힘쓰도록."

"잘 부탁드립니다, 숙부님."

보호자를 호출하게 된 건 아이들만으로 해결하기 힘들다고 교사진이 판단해서다. 큰 사태가 벌어진 게 아닐까 전전긍긍하던 빌프리트는 전부 자기가 해결하겠다는 페르디난드의 말에 안심하며 미소를 보였다.

"유스톡스, 방 준비가 끝나면 영지 대항전의 준비 진척 상황을 파악해라."

"알겠습니다."

유스톡스는 오늘 밤 묵을 방을 정리하러 몸을 돌려 사라졌다. 그 뒷모습을 힐끗 본 페르디난드는 곧바로 하르트무트를 응시했다.

"견습 문관들은 최상급생인 하르트무트를 중심으로 유스톡스에게 진척 상황을 보고할 수 있게 자료를 준비해서 다시 집합하도록."

신전에서 업무를 돕고 있어 페르디난드의 지시에 익숙한 하르트무트와 필린느가 곧바로 발걸음을 돌렸다. 하지만 대부분의 견습 문관들은 상황 파악을 못하고 멍해 있었다. 하르트무트가 방으로 돌아가면서 로데리히의 어깨를 툭 두드렸다.

"멍하니 있지 마, 로데리히. 유스톡스 님은 놀랄 정도로 일 처리가 빠르셔. 서둘러."

로데리히가 퍼뜩 정신을 차리고 하르트무트를 쫓아가자, 다른 견습 문관들도 허둥지둥 움직이기 시작했다. 다목적 홀에 분주한 분위기가 감돌 무렵, 회의실을 잡은 리카르다가 돌아왔다.

"로제마인, 날 따라와라."

페르디난드에게 불려간 나는 리카르다를 따라 작은 회의실로 연행되었다. 페르디난드가 내게 정면에 앉으라고 했다. 나는 리카르다가 빼 준 의자에 앉았다.

'우우,「귀족원에 불려오게 하다니, 또 사람 성가시게 하는구나」하고 혼나겠다.'

감정을 숨긴 페르디난드의 얼굴을 힐끔 살피며 위 언저리를 꾹 눌렀다. 내가 나쁜 짓을 하진 않았지만, 페르디난드를 귀찮게 만든 건 누가 봐도 사실이다.

"신전장만 다룰 수 있는 성전 얘기를 해야 하니 문 앞을 호위하는 기사만 남기고 신전 관계자가 아닌 자들은 나가거라."

측근들을 전부 내보내려는 순간, 리카르다의 눈꼬리가 치켜 올라갔다.

"페르디난드 도련님, 한 방에 두 분만 둘 순 없습니다!"

"리카르다, 물러나거라. 제삼자가 들으면 안 되는 내용이다. 지금은 한시가 부족해."

"도련님! 약혼자도 계시는 공주님이 있지도 않은 오해를 살 만한 계기를 만들게 할 순 없어요. 측근은 동석해야 합니다."

리카르다의 주장은 귀족의 상식선에서 생각하면 지극히 당연한 얘기다. 주변을 모조리 쫓아내고 공방에 틀어박힐 수 있는 신전이 이상한 것이다. 하지만 페르디난드와 나눌 내용에는 성전에 떠오른 마법진 처리 문제까지 포함되어 있었다. 측근들이 들으면 위험했다.

페르디난드는 미간을 잔뜩 찌푸리며 잠시 생각하더니 "……하는 수 없군. 그럼 에크하르트와 코르넬리우스만 남아라. 거기까지만 양보하겠다." 라고 하며 나머지는 나가라고 손을 휘휘 저었다. 리카르다는 "되도록 여자 호위 기사를 남겨 주셨으면 했지만, 혈족이 더 안심될 테니 어쩔 수 없지요." 라고 납득하며 퇴실했다.

에크하르트와 코르넬리우스만 남고 문이 완전히 닫힌 것을 확인하자, 페르디난드가 두 호위 기사에게 명령했다.

"둘은 문 쪽을 돌아보고 서 있어라."

"네!"

페르디난드가 명령한 대로 즉시 몸을 돌린 에크하르트와 달리 코르넬리우스는 "네?" 하고 눈을 끔뻑였다. 호위 기사가 호위 대상에게서 눈을 돌리라는 명령에 코르넬리우스가 당황하자, 페르디난드가 "어서!" 하고 질타했다.

"네!"

두 사람은 문 쪽으로 돌아섰다. 즉, 우리에게 등을 보이는 자세로 두 사람을 세워 놓고 페르디난드는 도청 방지 마술구를 꺼냈다. 입술 움직임도 읽지 못하게 하려는 의도였다. 페르디난드가 신중한 태세를 보이자, 나까지 긴장감이 커졌다.

"페르디난드 님, 정말 죄송해요. 저기, 호출하게 된 것도 그렇고, 성전을 비교하자는 걸 막지 못해서……."

된통 혼나기 전에 내가 먼저 선수 쳐야지! 라고 생각해 도청 방지 마술구를 쥐자마자 사과했다. 그러자 페르디난드는 "상관없다."라며 가볍게 손을 저었다.

"날 호출하리라는 건 진즉에 예상했다. 오히려 나를 호출하게끔 질문에 대답할 때 내 이름을 넣으라고 한 것이다. 그대만 있는 자리에서 성전을 비교하는 상황을 피하게 됐으니 좋게 끝난 셈이지."

놀랍게도 페르디난드에겐 보호자 호출이 예상 범위 내였다고 한다. 화가 난 것도 아닌 듯했다. 나는 가슴을 쓸어내리며 내일 열릴 회의를 떠올렸다.

"하지만 신전장의 성전을 비교해 본다니, 일이 커졌네요."

"무슨 일이 커졌다는 건지 이해가 잘 안 된다만."

"네? 아니…… 사람들이 그 마법진을 본다면 곤란해지는 것 아니에요?"

당신이 무시무시한 얼굴로 입막음했잖아. 그만큼 다른 사람이 보면 상당히 난처해지는 물건 아니냐. 그런 나의 의문에 페르디난드가 팔짱을 끼고 나를 가볍게 노려보았다.

"우리 눈에 보이지 않으면 아무 문제도 없다. 다시 말해서 그대가 입을 잘못 놀리거나 실언만 하지 않으면 돼. 나는 그걸 막으려고 여기에 온 것이다."

그 마법진은 유스톡스의 눈에도 보이지 않았다. 그 점에서 마법진이 보이는 조건에 마력 적성, 가호를 받은 속성, 마력량, 그리고 또 다른 조건이 있을 것이라고 페르디난드가 말했다. 그것이 아니고서야 갑자기 나와 페르디난드의 눈에 보일 리가 없다.

"아마 회의 참석자 중에도 마법진을 볼 사람은 없다고 봐도 무방하다."

"만약에 있으면 전 어떻게 해야 하나요?"

"할 게 뭐 있겠는가. 우리 눈엔 보이지 않는 거다. 보인다고 읽어 버리는 녀석이 어리석지. 그놈이 왕족의 의심을 사든, 은밀히 왕위를 노리든 그건 그자의 선택이다. 우리가 알 바 아니지. 에렌페스트에 피해가 없도록 노력하면 그만이다."

그런 게 보이세요? 하고 놀란 얼굴로 잡아떼라는 말에 나는 깨달았다. 마법진을 볼 소질이 있으면서 놀란 감정대로 솔직하게 입 밖에 낼 법한 인물이 머릿속에 떠올랐다.

"참고인 조사 자리에 힐데브란트 왕자도 있었어요. 왕족이니까 귀족원에서 일어나는 문제를 지켜봐야 해서 그렇겠지만, 다음 회의에도 나올 가능성이 커요. 힐데브란트 왕자가 그 마법진을 본다면 어떡해요?"

"왕의 자식 중에 진정한 왕이 나타나는 게 무슨 문제가 되지? 왕위와 관계도 없는 우리에게 보이는 것에 비하면 사소한 일 아닌가. 지기스발트 왕자와 힐데브란트 왕자에게 모두 보인다면 정정당당하게 왕위 다툼을 하면 돼. 한쪽만 보인다면 보이는 쪽이 왕이 되면 그만이다.

양쪽 모두에게 보이지 않는다면 지금과 달라질 건 아무것도 없지."

페르디난드의 주장에 나는 의아해졌다. 신하의 교육을 받으며 자란 힐데브란트가 왕이 될 소질이 있다는 사실이 알려지면 측근들이 들고 일어서리라. 차기 왕으로 거의 정해진 지기스발트와의 대립도 피할 수 없게 된다. 이는 매우 심각한 상황이다.

"하지만 힐데브란트 왕자는 신하가 되도록 교육을 받았다고……."

"세례를 받은 지 얼마 되지 않았고, 정식 데뷔도 아직이다. 소질이 있다면 앞으로 교육하면 그만이고, 모친이 단켈페르거 출신이라 후원자도 있지. 가령 힐데브란트 왕자가 구르트리스하이트를 손에 넣는다면 왕은 그를 다음 왕세자로 삼을 거다. 구르트리스하이트 없이 통치하는 어려움을 누구보다도 체감하고 있는 사람이 바로 현왕이니까."

페르디난드의 말이 이해되지 않았던 나는 무심코 고개를 갸웃거렸다.

"구르트리스하이트가 없으면 왕이 유르겐슈미트를 통치하기 어려워요?"

"……아마 영주가 차기 영주에게 주추의 마술을 가르치기도 전에 급사한 상황과 마찬가지인 셈이다. 주추의 마술을 제 것으로 만들지 못한 영주는 일족으로서 공급의 방에서 마력을 공급하면서 주추의 마술을 찾아야 하지. 마력만 계속 공급할 수 있다면 기존 상태는 유지된다. 하지만 영지의 주추에 관여하진 못해. 보수든 뭐든 영주가 손댈 수 없는 것이다."

평민촌의 엔트비켈른도 주추의 마술을 통해 치렀다. 핫세의 작은 신전도 영주의 허가를 받아 세웠다. 주추의 마술을 얻지 못한 영주는 진정한 영주라고 할 수 없으며 영주에게만 허가된 마술을 행사하지 못하는 셈이다.

"신관장님은 어떻게 그렇게 잘 아세요?"

"주추의 마술에 관해서는 영주 후보생인 그대도 조만간 배울 내용이다. 완벽하게 기억하고 있는지 아닌지는 둘째 치고, 질베스타도 알고 있겠지."

내일 회의를 앞둔 페르디난드의 얼굴엔 불안한 기색이 전혀 없었다. 안심이 되긴 하지만, 어쩜 그렇게 태연할 수 있는지 궁금했다.

"페르디난드 님은 성전 검증 회의가 불안하지 않으세요?"

"우리가 할 일은 에렌페스트의 성전에 어둠의 신의 축복에 관한 축문이 나와 있다는 것, 검은 무기를 만드는 주문과 축문이 별개라는 것, 에렌페스트 학생은 왕이 정한 규칙을 깨지 않았다는 것, 이것만 설명하면 된다. 성전에 나와 있는 내용만 보여주면 돼."

그 말에 나는 성전을 공개하게 된 발단을 떠올렸다. 도중부터 중앙 신전과 기사단장의 대립으로 흘러갔지만, 원래는 타니스베팔렌의 참고인 조사였다.

"중앙의 성전이 어떤 상태든 에렌페스트와는 아무 관계도 없다. 중앙 신전과 중앙 기사단장이 싸우든지 말든지 내버려 둬. 쌍방을 진압하든 대립을 부추기든 그건 왕의 역할이지, 그대가 관여할 일은 아니다. 솔직히 말해 나의 불안 요소는 그대 하나뿐이다."

해야 할 일을 명시해 주니 조금 마음이 편해졌다. 손쓸 수 없이 일이 커져서 어쩌나 했는데, 내일 회의는 페르디난드에게 맡겨 두면 문제없을 것 같다.

"전부 페르디난드 님께 맡기고 저는 얌전히 있을게요."

"제발 그래 다오."

그 외에도 세세한 의논을 끝낸 다음 날, 세 점 종과 동시에 회의가 시작되었다. 저번 참고인 조사 때와 똑같은 책상 배치였지만, 정면에 앉은 임마누엘의 옆에 중앙 신전의 신전장이 앉아 있었다. 나도 입는 하얀 의상이니 틀림없다. 신전장이라는 직책에 앉은 사람이라면 전 신전장의 인상이 강했는데, 중앙 신전의 신전장은 장년의 아저씨였다.

"이분은 중앙 신전의 신전장이신 렐리기온. 중앙 신전의 성전을 가지고 와 주셨다."

각자 소개를 하고, 인사를 나눈 후 본격적인 회의가 시작되었다. 라오블루트가 일어나서 지난 참고인 조사 때 나온 나의 발언으로 중앙 신전의 성전에 결손이 있는지 없는지 확인하게 되었다고 또박또박 설명했다.

"그럼 에렌페스트의 성전을 보여 보시오."

"이의 있습니다."

라오블루트의 발언에 이의를 제기한 페르디난드가 성전을 안은 채 일어났다.

"뭐라고?"

눈을 끔뻑이는 라오블루트에게 페르디난드는 귀족다운 미소를 띠며 입을 열었다.

"초대장에는 이번 회의가 타니스베팔렌의 토벌에 에렌페스트 학생이 왕의 법령을 거역한 것이 아님을 증명하는 자리라고 쓰여 있었습니다. 중앙의 성전에 결손이 있는지의 여부를 확인하려고 소집된 것이 아닙니다. 아무래도 제가 전혀 다른 회의에 참석한 것 같습니다."

'이거, 내가 기사단장의 입장이었다면「원래 목적을 잊었냐? 이 멍

청아」로 들리겠지?'

페르디난드는 중앙 신전의 성전에 결손이 있든 없든 에렌페스트와는 하등 관계가 없다고 설명한 뒤, 기사단장과 웃으며 서로를 노려보았다. 페르디난드의 견제가 먹혔는지, 라오블루트가 피식 웃으며 한발 물러났다.

"그래, 확실히 그런 이유로 소환하긴 했다. ……하지만 에렌페스트가 왕의 법령을 위반하지 않았다고 증명하고 싶으면 성전을 보여달라."

"알겠습니다. 로제마인, 책 자물쇠를 열어라."

페르디난드가 옅게 웃으며 기사단장의 앞으로 나가 성전을 단상 위에 올렸다. 귀족을 상대할 때의 미소였지만, 내 눈에는 악마처럼 보였다. 나는 힐쉬르의 손을 빌려 의자에서 내려와, 페르디난드가 단상에 올려 둔 성전에 열쇠를 꽂아 돌렸다. 표지를 펼친 페이지에는 얼마 전과 변함없이 마법진과 문자가 떠올랐다.

"……백지가 아닌가."

라오블루트가 책장을 넘기며 인상을 썼다. 나를 돕겠다는 명목으로 따라온 힐쉬르도 성전을 들여다보며 "아무것도 쓰여 있지 않은데요, 로제마인 님." 하고 미간을 찌푸렸다.

"세상에나! 이제 와서 가짜를 가져온 겁니까?! 비상식도 정도가 있지!"

"오호라. 정변 이후로 귀족원 졸업생의 수준이 떨어졌다 했더니, 학생이 아니라 선생 수준이 떨어졌던 거로군요."

페르디난드는 프라우렘을 바라보고는 불쾌함을 드러내면서 말했다. 그 의견에는 동의하지만, 조금만 부드럽게 말해 줬으면 좋겠네. 페르디난드 님 때문에 제자인 내가 더 눈 밖에 나게 생겼다.

"설명할 때까지 가만히 있지도 못하는 무능력자는 방해만 됩니다. 조용히 하시지요. ……신전장의 성전은 신전장의 허가 없이 읽을 수 없으니 백지로 보이는 게 당연합니다."

"그럼 이 자리에 있는 모두에게 허가를 내려 주시지요."

흥분했는지, 들뜬 목소리로 그렇게 말한 힐쉬르의 부탁을 페르디난드는 옅은 미소와 함께 일축했다.

"그럴 순 없습니다. 신전 관계자가 아닌 사람은 열람 자격이 없으니까요."

"예? 그게 무슨 말이죠?!"

"허 참!"

깜짝 놀라 한마디씩 하는 귀족원 교사진을 쭉 둘러보면서 페르디난드는 나지막이 말했다.

"성전은 원래 신전에서 반출해도 되는 물건이 아닙니다."

"하지만……."

"타니스베팔렌 토벌 문제의 입회인이신 힐데브란트 왕자님, 어둠의 주문을 알고 계시고 이번 토벌에 나가신 기사단장, 그리고 중앙 신전 관계자 분께 보여 드리는 것으로 충분하다 싶습니다만."

"페르디난드 님!"

너무합니다! 라며 소리칠 기세인 힐쉬르를 보면서 페르디난드는 가벼운 한숨을 쉬었다.

"어둠의 신의 축문이 검은 무기와 비슷한 효과를 가진 이상, 허가를 받지 않은 사람에게까지 부주의하게 공개하는 것은 득책이 아닙니다. 선생님들의 연구 의욕은 훌륭하나, 별개의 문제입니다."

검은 무기의 주문은 그것이 필요한 영지의 기사에게만 가르쳐 준다. 왕의 허가도 없이 문관 연구자에게 알려줄 순 없다. 페르디난드가 이유를 술술 꺼내자, 매드 사이언티스트 선생들은 반론하고 싶어도 할 수 없다는 표정을 지었다.

"로제마인, 열람 허가를 내려라."

"힐데브란트 왕자님, 라오블루트 님, 렐리기온 님, 임마누엘, 그리고 페르디난드 님께 열람을 허가합니다."

나는 한 명씩 이름을 부르며 열람을 허가했다.

'힐데브란트 왕자는 괜찮으려나?'

나는 슬쩍 표정을 살폈다. 왕족이니까 이 마법진이 보일지도 모른다. 페르디난드는 그가 봐도 문제 될 게 없다고 했지만, 불안해서 안절부절못했다.

"아, 이제야 글자가 보이네요."

"흠, 신전장의 성전은 마술구였던 건가."

걱정과 달리 힐데브란트에게는 빛을 내며 떠오르는 마법진과 문자가 보이지 않는 듯했다. 책장을 넘기길 가만히 기다리는 보라색 눈동자에는 아무런 놀라움도 찾을 수 없었다. 라오블루트도 표정 변화가 전혀 없었다. 두 사람 모두 보지 못하는 듯했다.

"중앙 신전의 성전도 펼쳐 주십시오. 그리고 열람 허가를 내려 주십시오."

페르디난드의 재촉에 렐리기온 신전장이 성전을 내려놓았다. 에렌페스트의 성전과 똑같은 책으로 보였다. 자물쇠를 열고, 마찬가지로 표지를 펼쳐 열람 허가를 내려 주었다. 물론 내게도.

'어? 마법진과 문자가 안 보여.'

성전에 적힌 글자는 똑같았지만, 떠오르는 마법진과 문자는 없었다.

"내용은 완벽하게 똑같네요."

책장을 넘기며 확인했지만, 내용은 토씨 하나 다르지 않았다. 아니, 에렌페스트의 성전에는 세례식과 성인식 축문의 커닝 메모가 군데군데 끄적거려 있었으니 완전히 똑같다고 말하기 어려울지도 모른다.

"에렌페스트의 성전에는 가필이 꽤 많군요."

임마누엘이 눈을 게슴츠레 뜨며 말했다. 내가 함부로 입을 놀리지 못하게 페르디난드가 얼른 입을 열었다.

"그 가필은 예전 신전장이 쓴 겁니다. 평민들 앞에서 연설할 때 고대어로는 이해하기 어려우니 새로운 말로 바꿔 쓴 부분이 많습니다."

'그걸 커닝이라고 하거든요.'

"그래서, 어둠의 신의 축복에 관한 축문은 어디에 쓰여 있나?"

기사단장의 목소리에 나는 해당 페이지로 넘겼다. 어둠의 신에 관한 축문은 사용 빈도가 낮아서 거의 뒤쪽에 실려 있다.

"여기예요. 이 부분이 어둠의 신의 축문입니다."

"……여기라고요? 아무것도 적혀 있지 않은데요."

내가 손가락으로 찍자, 임마누엘이 의아하다는 표정을 지었다. 중앙 신전의 두 사람은 눈을 가늘게 뜨며 살폈지만, 글자가 보이지 않는 듯했다.

"난 보이는데. 옛날 언어라 바로 판독하긴 어렵지만, 글자 자체는 보여."

"네. 저도 보여요. ……읽기는 어렵지만."

기사단장과 힐데브란트에겐 보이는 모양이다. 중앙 신전 두 사람이 성전을 뚫어지게 보았다.

"두 분은 어디까지 보입니까?"

페르디난드의 말에 중앙 신전의 두 사람이 중간 페이지까지 책장을 넘겼다. 마침 거기는 커닝이 많아진 부근이었다.

"이 성전은 마술구라서 마력이나 속성이 부족하면 읽지 못할 수도 있습니다. 중앙 신전의 성전도 결손이 아니라, 마력과 속성이 부족해서 그럴지도 모릅니다. 영주 후보생인 로제마인과 비교하면 당연한 결과겠지요."

"그렇군."

라오블루트가 중앙 성전의 책장을 넘겼다. 하지만 중간부터 하얀 백지가 나와 손을 멈췄다. 나도 기사단장이 손을 멈춘 부분부터는 글자가 보이지 않았다.

"모두에게 글자가 보이지 않는 페이지가 같은 것으로 보아 관리자인 신전장의 속성과 마력량에 따라 열람 제한이 있을지도 모릅니다. 모든 성전을 모아 검증해 보면 알게 되는 게 많겠군요."

페르디난드의 중얼거림은 완전히 연구자 모드였다. 페르디난드의 소매를 꾹꾹 잡아당긴 나는 힐쉬르를 가리켰다.

'신관장님이야말로 원래의 목적을 잊었어요? 성전 검증이 아니라 에렌페스트의 무고를 증명해야죠. 힐쉬르 선생님이랑 눈빛이 똑같아.'

무언의 지적이 통했는지, 페르디난드가 크흠 하고 헛기침을 했다. 정신을 차린 페르디난드와 반대로 성전이 보이는 자들은 비교하느라 여념이 없었다.

"제 눈에 로제마인의 성전은 여기서 끊겨요. 응? 이쪽은 보이네요. 왜 그럴까요?"

"저도 여기서는 공백인데 여기서부터는 또 보이는 것 같습니다. 여기서 끊기는군요."

힐데브란트와 기사단장이 내 성전으로 글자가 어디까지 보이는지 의견을 교환했다. 아무래도 기사단장이 몇 장을 더 볼 수 있는 듯했지만, 공통되게 끊기는 페이지가 있는 듯했다.

'혹시 생명의 적성이 없는 건가?'

두 사람 모두 백지로 보인다는 페이지의 내용을 토대로 두 사람의 속성을 추측하고 있는데, 힐데브란트가 싱긋 웃으며 나를 쳐다보았다.

"로제마인은 어디까지 보이나요?"

'마지막까지요.'

속마음을 그대로 드러내면 또 일이 꼬인다. 나는 한쪽 손으로 뺨을 괴고 천천히 고개를 갸우뚱하면서 한 걸음 물러났다. 대신 페르디난드가 한 발짝 앞으로 나왔다.

"로제마인과 제 눈에도 기사단장과 같은 부분까지 보입니다만, 기사단장이 아닌, 로제마인의 한계가 거기까지인가 봅니다."

"호오?"

라오블루트가 한쪽 눈썹을 씰룩이며 나와 페르디난드를 번갈아 보았다. 곤란한 질문은 전부 떠넘기기 작전을 들킨 걸까. 가슴이 콩닥콩닥 뛰는 나와 달리 페르디난드는 태연자약하게 성전을 어둠의 신의 축문 페이지로 돌렸다.

"이렇게 두 성전을 비교해 보니 중앙 신전의 성전에 축문이 없는 건 결손이 아니라 관리자인 신전장의 속성이나 마력이 다르기 때문이고, 에렌페스트에서는 영주 후보생이 신전장이므로 어둠의 신의 축문이 성전에 있음이 이로써 증명되었으리라 생각됩니다."

페르디난드의 말에 라오블루트가 고개를 가볍게 저었다.

"안타깝게도 성전 속 언어가 오래되어 우리가 평소에 사용하는 주문이나 축문과 무엇이 다른지 판별이 안 된다만."

"주문과 축문의 차이에 관한 검증이라면 제가 하겠습니다. 로제마인은 영주 후보생이지 기사가 아닙니다. 어둠의 주문을 공개할 필요는 없지요."

페르디난드가 라오블루트에게 도청 방지 마술구를 내밀었다. 각자 마술구를 쥐고, 다른 한 손에 슈타프를 소환하여 나이프로 변형시켰다. 그리고 입 모양을 읽지 못하게 하고 검은 무기로 바꾸었다.

"호오, 검은 무기가 이렇게 생겼군요. 처음 봤습니다."

그런 목소리가 선생들 사이에서 나오는 것을 보니 귀족원 선생 중에도 주문을 모르는 사람이 여럿 되는 모양이다.

두 사람은 잠시 이야기를 나누고 축복을 해제했다. 라오블루트가 "에렌페스트의 축문과 어둠의 주문은 별개의 것이다."라고 단언해 주었다. 그 덕분에 나와 에렌페스트의 견습 기사들이 검은 무기를 사용한 일은 눈감아 주기로 했다. 나는 열람 허가를 취소하고, 성전을 덮어 다시 자물쇠를 채웠다.

'좋아, 끝났다.'

큰 문제없이 회의가 끝나자 나는 안도의 한숨을 내쉬었다. 그런데 고개를 든 순간, 임마누엘의 이글거리는 회색 눈과 마주쳤다. 기묘한 열기를 품은 눈빛이 나와 성전에 쏟아졌다.

"로제마인 님은 에렌페스트가 아니라 중앙 신전의 신전장에 어울리는 인재가 아닙니까? 에렌페스트는 그런 청색 신관들 말고 로제마인 님을 중앙 신전으로 보냈어야 했습니다."

나는 임마누엘의 눈빛이 무서워서 얼른 몸을 돌렸다. 그리고 페르디난드의 소매를 잡고 그 뒤에 숨으려고 잡아당겼다. 페르디난드는 나를 임마누엘의 시선에서 보호하듯이 앞으로 나와 싸늘한 시선으로 내려다보았다.

"로제마인은 영주 후보생이다. 중앙에 보낼 턱이 없지. 그 정도 귀족 사회의 상식도 모르는 신관은 함부로 입을 놀리지 마라."

페르디난드가 차갑게 딱 잘라 말하자, 임마누엘은 "영주 후보생은 중앙 신전에 이적할 수 없군요." 하고 아쉽다는 듯 중얼거리며 얌전히 눈을 내리깔았다.

임마누엘의 갑작스러운 발언으로 신전장의 자리에서 내려오라는 소리를 들은 셈이 된 렐리기온 신전장이 발끈한 표정을 지었고, 귀족원 선생들은 이방인을 보는 듯한 눈길로 임마누엘을 보았다. 라오블루트도 뭔가 생각하는 표정으로 나와 페르디난드, 임마누엘을 번갈아 보았다. 그런 살벌한 공기 속에서 나는 페르디난드의 소매 뒤에서 안도의 한숨을 내쉬고 있었다.

'우우, 신관장님이 계셔서 다행이야. 아까 임마누엘, 진짜 무서웠어. 엄청 무서웠어.'

내가 페르디난드의 소매를 쥐고 뒤에 숨어 있는 동안 라오블루트와 루펜이 주문과 축문의 차이를 간단히 설명했고, 힐데브란트의 승인을 얻어 회의를 끝마쳤다.

"바로 돌아가자, 로제마인."

성전을 품에 안은 페르디난드가 몸을 돌렸다. 최대한 빨리 기숙사로 돌아가자는 의견에 대찬성이다. 나도 페르디난드를 뒤따라가려고 했다.

"잠깐만 기다리십시오. 로제마인 님의 기사 코스 수강에 대해서 부탁이……."

"거절한다."

루펜이 채 말을 끝내기도 전에 보호자인 페르디난드가 퇴짜를 놨다.

"그 안게리카를 졸업시키려고 고군분투하면서 기사 코스의 이론을 독학으로 끝냈다. 수강할 의미가 없지."

"하지만 디터가……."

그 순간, 페르디난드가 도청 방지 마술구를 손가락으로 튕기듯이 루펜에게 던졌다. 그것을 잡은 루펜에게 뭐라고 말하더니, "내놔라." 라는 듯 손바닥을 펼쳤다. 경악한 얼굴로 나를 내려다본 루펜이 도청 방지 마술구를 페르디난드에게 넘겼다.

"설마, 그럴 수가…… 진짜입니까?"

"내가 거짓말을 할 사람인가. 절대 입 밖에 내지 마라. 그리고 에렌페스트에서는 절대 허가하지 않으니 두 번 다시 기사 코스를 권유하지 말도록."

페르디난드는 곧바로 몸을 돌려 걷기 시작했다. 나는 총총걸음으로 그 뒤를 따라갔다.

"페르디난드 님, 루펜 선생님한테 뭐라고 한 거예요?"

기숙사로 돌아온 후에 물어보았다.

"유레베의 영향으로 지금도 여전히 보조 마술구 없이는 일상생활이 힘들고, 이런저런 이유로 보호구를 빼지 못한다고 했을 뿐이다. 심각한 바보가 아닌 이상 다시는 권유하지 않을 거다."

보통은 보조 마술구 없이 일상생활이 어려운 사람에게 기사 코스의 실기는 꿈도 못 꾼다는 것을 안다. 하지만 보조 마술구만 있으면 별 탈 없이 움직이겠구나 하고 해석하는 사람이 없다고 장담할 수는 없다. 그래서 페르디난드는 내가 보호구를 몇 개나 갖고 다닌다는 사실까지 밝힌 듯했다. 실기 훈련 중에 보호구가 발동하면 주변 학생들이 위험에 빠지겠지만, 뺄 생각은 없다.

"……이걸로 루펜 선생님이 포기할까요?"

지독하게 끈질긴 성질을 알기에 여전히 불안이 남았다. 나의 중얼거림에 페르디난드는 눈썹을 씰룩인 후 콧방귀를 뀌었다.

"그땐 내가 전력을 다해 녀석의 교사 생명을 끊어 버릴 테니 안심해라."

'어떻게 안심하란 말이야?!'

오히려 심장만 더 벌렁거렸지만, 다행히 루펜은 그렇게 바보가 아니었다. 그 후로 기사 코스 얘기는 쏙 들어갔다.

다과회 대책

　회의가 있고 난 후 페르디난드는 곧바로 영지로 돌아갈 계획이었지만, 유스톡스와 함께 문관들의 영지 대항전 진척 상황을 확인하고는 새 연구 성과 발표를 추가하라고 지시했다.

　"대체 무슨 연구를 더 넣으라는 거예요?"

　"성전 축문에 관련한 간단한 연구다. 보나 마나 내가 돌아갈 때를 노리고 힐쉬르 선생이 성전에 대해 자세히 알고 싶다, 뭐라도 자료가 없느냐고 물어볼 게 뻔하지. 그럴 때 대항전에서 발표하겠다고 답하고 쫓아낼 때 필요한 것이다. 두 번 세 번 불려 다닐 순 없지."

　페르디난드는 그렇게 말하고 하르트무트에게 지시를 내렸다. 나중에 참고하라고 줬던 메모를 연구 성과처럼 그럴싸하게 보이도록 만들 모양이었다.

　'성전 사본을 비교하면서 생각난 걸 대충 휘갈겨 쓴 건데, 그걸 영지 대항전 때 발표할 자료로 만들다니……. 역시 매드 사이언티스트. 대단해.'

　"잠깐만 보여줄 수 있어요?"

　청색 신관도 흔히 볼 수 있는 축문에 관한 연구다. 물, 불, 바람, 흙에 관해 쓰여 있었다. 사실은 내가 문관 코스를 듣는 내년 영지 대항전 때 발표하는 것이 제일 좋은 타이밍이라고 한다. 하지만 영지 대항전에서 신전장의 성전을 공개할 수도 없는 노릇이라, 사본 안에서 무난한 내용을 선별했다고 한다.

"그런데 이걸 누구 연구라고 하려고요? 일반 귀족은 신전에 드나들지 않으니 아무리 사본이라도 성전을 볼 기회가 없잖아요. 나라고 하면 신전 출신이니까 납득하겠지만."

"당연히 하르트무트가 아니겠는가. 성녀 전설의 연구에도 일조했지. 그대의 측근이 되고 나서부터 시작한 연구라고 해두면 다소 흠이 있거나 내용이 깊지 않아도 납득할 거다."

최상급생의 연구 성과치고는 질이나 분량이 부족하다고 한다. 하지만 하르트무트는 이미 스스로 준비한 연구도 있어 추가하는 데 특별히 문제는 없는 듯했다. 문제는 신전에 빈번히 드나드는 괴짜로 낙인 찍히게 된다는 것뿐이다.

"이미 로제마인 님의 신봉자로 유명해진 마당에 새삼스러울 것도 없습니다."

서글서글한 미소로 쾌활하게 웃는 하르트무트였지만, 발언의 내용은 전혀 쾌활하지 않았다.

"대체 언제부터 유명해진 거예요?!"

"로제마인 님이 오랫동안 잠이 드셨을 때부터입니다."

내가 데뷔 무대에서 페슈필 연주로 축복을 내린 뒤, 귀족원에 가서 바로 성녀 전설을 퍼트리기 시작했다고 한다. 하르트무트가 퍼트린 건 질베스타가 귀족용으로 설명한 과장된 설정이라고 한다.

'그래서 아나스타지우스 왕자가 첫 만남 때부터 나를 수상쩍게 쳐다봤구먼!'

"그때 하르트무트는 내 측근이 아니지 않았어요?"

"폭주한다고 어머님께 혼이 났거든요. 차분하게 정보를 얻은 후에 찬찬히 생각하라고 하셔서 1년간 기다리게 되었는데, 제 마음은 이미 측근이었습니다."

'으아! 측근이 되기 전부터 측근이었다니, 로데리히가 한 말과 비슷한데, 왜 이렇게 다르게 들리는 거야?! 오틸리에, 당신 아들은 몇 년이 지나도 차분해지지 않았어요!'

페르디난드는 견습 문관들에게 영지 대항전에 관한 지시를 내린 뒤 영주 후보생과 그 측근을 집합시켰다. 나의 다과회 참가에 대비한 대책 회의였다.

'방에서 책만 읽게 허락해 주면 그걸로 충분한데, 안 된대. 쳇.'

나를 방에서 끌어내 평범한 귀족 생활을 보내게 하려고 리카르다가 의욕을 불태우고 있고, 겨우 주인과 함께 유행을 퍼트리게 되었다며 브륀힐데가 기뻐하는 상황이라 최소한의 다과회에는 나가야 했다.

"하지만 요즘 다과회에선 에렌페스트의 책이 화제로 나온다면서요? 쓰러지지 않을 자신이 없어요."

어떻게든 다과회에 나가고 싶지 않았던 나는 이유를 줄줄이 늘어놓았다. 그러자 페르디난드가 큼지막한 마석이 여러 개 달린 목걸이를 내밀었다.

"다과회에 나갈 땐 이걸 차거라. 이 마석이 절반 이상 물들면 자리에서 빠져나오도록. 이미 그대가 허약하고 갑자기 쓰러지는 건 다른 영지에도 다 퍼진 상태다. 속이 좋지 않아 이대로는 쓰러질 것 같다고 하면 퇴실을 허가할 거다."

'……나, 완전 충전기 같잖아.'

"다만, 그대가 도중에 자리를 뜨면 그 다과회를 수습할 사람이 반드시 있어야겠지. 그러니 샤를로테가 동석할 수 있는 다과회 외에는 참석하지 않도록 해라.”

다과회 도중에 퇴장하고 끝내서는 안 된다는 페르디난드에게 빌프리트가 난색을 보였다.

“숙부님, 그러면 샤를로테의 부담이 커집니다. 아직 신입생이라 사교에 익숙지 않습니다. 샤를로테가 익숙해질 때까지 로제마인의 참석을 조금만 미뤄 주시면 안 됩니까?”

빌프리트의 주장에 반론할 수 없었던 나는 고개를 푹 떨궜다. 도서관 다과회라면 몰라도 영지 간의 다과회를 샤를로테에게 부담을 주면서까지 가고 싶지 않았다.

‘이래서 내가 방에서 얌전히 책을 읽고 싶다고 했거늘.’

우울해진 내가 몰래 한숨을 내쉬는 것과 동시에 페르디난드가 분노에 찬 차가운 눈빛으로 빌프리트를 내려다보며 어이없는 한숨을 내쉬었다.

“그대는 여전히 코앞의 일밖에 보지 못하는군.”

“예?!”

“지금 로제마인이 최대한 귀족원의 사교를 경험하지 않으면 나중에 곤란해지는 사람은 그대다. 차기 영주가 되었을 때 사교도 제대로 못하는 첫째 부인을 데리고 영주 회의에 참석할 셈인가. 그땐 뒤처리를 할 샤를로테도 없다. 여동생을 생각하는 마음은 기특하다만, 차기 영주가 되고 싶다면 통찰력을 가져라.”

오히려 무릎을 꿇어서라도 샤를로테에게 힘을 빌려 달라고 빌어라, 라고 페르디난드가 질책하자, 이번에는 빌프리트가 고개를 푹 떨구었다.

“샤를로테, 그대는 믿음직스럽지 못한 언니와 오빠를 보면서 자란 탓에 또래보다 성숙한 편이다. 부담이 크겠지만, 로제마인이 참가하는 다과회에는 반드시 동행해 다오."

"제겐 언니처럼 유행을 창조하고 다른 영지에 새로운 사업을 일으킬 능력이 없습니다. 그러니 제가 할 수 있는 일이라면 뭐든지 최선을 다해 노력하겠습니다."

의욕에 찬 샤를로테가 눈부시다. 하지만 귀족의 다과회는 변죽만 울리며 속을 떠보는 자리다. 원래라면 오빠와 언니가 경험이 부족한 샤를로테를 보호하며 참가해야 한다. 그런데 언니인 내가 짐처럼 도움을 받으며 다과회에 참가해야만 하는 것이다.

'나, 멋진 언니 실격이야.'

혼자 생각하고 혼자 풀이 죽었다. 내가 저지를 실수를 예측하여 미리 완장을 예비로 만들고, 머리 장식 디자인을 짜 주었던 투리처럼 샤를로테에게 든든한 언니가 되고 싶은데, 아무리 노력해도 멀기만 하다.

"난 샤를로테에게 큰 부담을 주고 싶지 않아요. 그냥 다과회에 안 나가고 방에서 책 읽을래요."

"책을 쥐여 주고 방에 가둬 두는 방법이 최고지만, 그러면 나중에 곤란해진다고 방금 설명했지 않은가. 대체 뭘 들은 거지? 대책을 짜면서 참가하는 수밖에 없다."

페르디난드가 엄하게 꾸짖자, 나를 감싸듯이 리카르다가 앞을 가로막았다.

"뭘 듣고 있었냐는 말은 페르디난드 도련님에게 그대로 돌려드리겠습니다. 옛날부터 제가 몇 번이나 말씀드렸죠. 도련님은 말투가 과하게 단호해지는 경향이 있으니 제발 신중하게 말을 골라서 쓰시라고요. 제 말 안 듣고 계셨습니까?"

살짝 눈을 내리까는 페르디난드를 보자 리카르다의 표정이 조금 누그러졌다.

"페르디난드 도련님이 공주님을 위해 마술구를 만들고 대책을 생각하면서 애써 주시는 건 알겠지만, 친구들과 다과회에서 좋아하는 얘기로 즐기지도 못하는 공주님에게 말씀이 너무 심하십니다."

그렇게 말한 뒤 빌프리트를 날카롭게 쏘아보았다.

"빌프리트 도련님도 그렇습니다. 매번 뒤치다꺼리로 고생하느라 부담스러우신 건 이해하지만, 공주님이라고 쓰러지고 싶어서 쓰러지시겠어요? 본인이 좋아하는 얘기가 나오면 누군들 흥분하지 않겠습니까. 도련님이 푹 빠져 계신 게빈넨에 이겨도 절대 좋아하지 마라, 좋아할 거면 아예 참가 자체를 하지 말라고 하는 것이나 마찬가지입니다."

그 지적에 안색이 싹 바뀐 빌프리트가 안절부절못하며 나를 보았다.

"미안하다, 로제마인. 그렇게 짓궂게 말할 생각은 아니었어. 올해는 샤를로테도 있고, 내가 여성들의 다과회에 불려 나가지 않게 되니까 네가 다과회에서 쓰러질 바엔 샤를로테가 혼자 맡는 편이 낫겠다는 생각에……."

빌프리트의 말에 나는 가볍게 고개를 끄덕였다. 악의가 없는 말이었다고 해도 내가 다과회에 나가지 않는 것이 에렌페스트를 위한 일임은 잘 안다.

"……내가 방에서 책을 읽는 것이 모두에게 행복한 일 아닌가요?"

"공주님, 그런 말씀 마세요. 이 일은 원래 공주님이 마지막까지 다과회를 즐기시도록 사전에 준비하지 못한 시종들의 책임입니다."

리카르다의 말에 정신이 번쩍 들었다. 어떻게 하면 방에서 나가지 않을까 생각하느라 얼굴에 복잡한 표정이 나온 것이지, 다과회에 못 가서 슬퍼하는 표정이 아니다.

"그런 생각은 하지 않았어요. 여러분들은 심각하게 고민하고, 항상 노력하고 있잖아요. 다 알고 있어요."

"공주님. 그렇다면 저희에게도 조금 기회를 주십시오. 자주 다과회에 참석하셔서, 어떨 때 공주님의 마력이 폭주하는지, 어디까지가 괜찮은지, 어떤 식으로 피해야 무사히 다과회를 끝낼 수 있는지, 시종도 경험을 쌓게 하셔야 합니다."

리카르다가 진지한 눈빛으로 말했다.

"두 번이나 다과회에서 쓰러지셨으니 두려우시겠죠. 하지만 경험을 쌓지 않으면 시종도 성장하지 못합니다. 도서관 다과회에서도, 책을 교환하고 감상을 나누는 것까지는 마석으로 충분히 해내셨습니다. 페르디난드 도련님이 준비해 주신 목걸이를 써서 다과회에 참석해 보시지 않겠어요?"

리카르다의 말에 조금 마음이 흔들렸다. 듣고 보니 책벌레 다과회에서도 왕궁 도서관이 화제로 나오기 전까지는 좋은 분위기로 다과회를 즐기고 있었다. 책 얘기가 전면 금지가 아니라면 잠깐은 참석해 봐도 괜찮지 않을까?

'책 감상이나 다른 영지의 일화는 관심이 있으니까.'

흔들리는 내 마음을 꿰뚫어 봤는지, 샤를로테가 조금 걱정을 띤 남색 눈동자로 나를 바라보더니 내 손을 살포시 잡았다.

"언니. 전 언니와 함께 다과회에 참가하는 날을 고대했어요. 에렌페스트에서 돌아오실 날만 손꼽아 기다리고 있었거든요. 다음 다과회에 저와 함께 참석해요."

'이렇게 귀여운 말을 하는데 이 언니가 어떻게 안 가겠니!'

"알겠어요. 다음엔 같이 가요."

후훗, 하고 웃자 샤를로테도 따라 웃었다.

"그렇다면 다음 다과회는 단켈페르거를 일정에 넣어 두어라."

"단켈페르거요?"

"그곳 영주 후보생이 가장 로제마인을 잘 따르지 않는가. 책을 빌려주는 사이이고, 로제마인과 말도 통하고, 몇 번 쓰러져도 다과회엔 와 주고 있으니 약간의 실수쯤은 넘어가 주겠지."

페르디난드의 말에 안색이 싹 바뀐 빌프리트가 벌떡 일어났다.

"숙부님은 한넬로레 님을 오해하고 계십니다. 한넬로레 님은 로제마인이 쓰러지는 것에 익숙한 게 아니에요. 얼마 전에 의식을 잃었을 때도 큰 충격을 받아서……."

"단켈페르거의 영애라면 어떠한 상황도 본인에게 유리하게 이용할 거다. 우리 쪽이 이용하려고 꾸민 일도 상대방 역시 역이용하려는 경우가 대부분이니 피장파장이다."

페르디난드는 문제없다며 손을 저었다. 한넬로레는 그럴 사람으로 보이진 않았지만, 단켈페르거의 여성은 책략가라서 그것도 연기일지 모른다고 했다.

몇 가지 주의 사항을 전한 뒤 페르디난드와 일행은 에렌페스트로 돌아갔다.

갑자기 늘어난 연구 발표 준비에 견습 문관들은 눈코 뜰 새 없이 바빠 보였지만, 하르트무트는 물 만난 고기처럼 오렌지색 눈동자를 반짝였고, 필린느는 조금이라도 배우려고 필사적이었다. 거기에 새로 참여한 로데리히까지 실로 즐거워 보였다.

단켈페르거 측에 다과회를 타진했더니 긍정적인 답장이 돌아왔다. 내가 준 단켈페르거 역사서의 현대어 번역에 관한 얘기를 듣고 싶으니 자기들 쪽에서 다과회를 열겠다며 반대로 초대해 준 것이다.

'인쇄 허가가 나오도록, 그리고 빌린 책 기간을 연장하기 위해서 열심히 할게요!'

아우렐리아에게 듣고 고아원 공방에서 인쇄한 아렌스바흐의 기사 소설을 선물로 챙긴 나는 페르디난드에게 받은 목걸이를 목에 걸고 샤를로테와 함께 단켈페르거의 다과회실로 향했다.

단켈페르거의 다과회실은 매우 심플한 방이었다. 섬세하고 화려한 장식이 없고, 흰색과 파랑으로 꾸며져 있었다. 테이블도 각이 잡힌 직육면체. 방 모퉁이에 어린애 크기만 한 기사가 무릎을 꿇고 있는 조각상이 있었다. 파란 크리스털처럼 아주 맑은 조각이다. 매우 아름다웠고, 당장에라도 움직일 것만 같았다.

'음, 심플하고 직선적이고 모던하네. 클라센부르크와는 다른 분위기인걸? 역사가 긴데 모던하다는 것이 조금 의아하긴 하지만.'

단켈페르거의 다과회실을 돌아보면서 그렇게 생각하자, 한넬로레가 볼을 붉히며 부끄러워했다.

"저희 방은 간소하죠? 영지의 색깔도 파란색이라 지금 계절에는 조금 춥게 느껴지기도 하고……."

영지에 돌아간 여름이나 기사들이 활약할 땐 꽤 좋은 분위기로 느껴지지만, 오늘처럼 겨울에 다과회를 할 때면 조금 춥게 느껴진다고 한넬로레가 중얼거렸다.

"군더더기 없이 깔끔한 분위기가, 질실강건(質實剛健)하며 무예를 중시하는 단켈페르거의 특색이 잘 드러나는 것 같은데요? 여성이 좋아하는 귀엽고 아기자기한 분위기는 아니지만, 정렬한 기사들이 자연스럽게 느껴지는걸요. 이 방에서 보니까 기사들이 매우 강해 보이네요. 정말 단켈페르거다운 방이에요."

한넬로레는 깜짝 놀라며 눈을 끔뻑이더니 방 안을 돌아보고 고개를 끄덕였다.

자리에 앉고, 한넬로레가 차와 디저트를 한입씩 먹는 것을 보았다. 나도 에렌페스트에서 가져온 쿠키를 한입 먹어 보인 후 한넬로레가 권하는 디저트를 먹었다. 건포도가 들어간 요거트에 꿀을 뿌린 디저트였다.

"이건 단켈페르거의 특산물인가요?"

"네. 이건 로우레라고 하는 과실인데, 로우레로 비제라는 술을 만들어요. 어른은 모두가 비제로 먹지만, 저는 말린 로우레를 좋아해요. 중앙과 귀족원에서는 로우레에 설탕을 발라 만든 디저트를 손님께 자주 내드리는데, 에렌페스트에서도 카트르 카르나 쿠키를 내시니까 이쪽을 좋아하실 것 같아서요."

내 취향을 고려해서 디저트를 준비해 준 한넬로레의 세심한 배려에 감동한 나는 웃으며 고개를 끄덕였다.

"네. 너무 맛있어서 말린 로우레가 갖고 싶어졌어요. 빵에 넣어도 맛있을 것 같아요."

"언니, 분명 카트르 카르에 넣어도 맛있을 거예요."

"어머, 카트르 카르에 로우레를 넣을 수 있어요? 맛있겠네요."

활짝 웃는 한넬로레에게 내가 "분명 맛있을 거예요."라고 고개를 끄덕이자, 한넬로레가 시종에게 지시를 내렸다. 돌아갈 때 말린 로우레를 선물로 주겠다고 했다.

"로우레를 넣은 카트르 카르를 만드시면 저도 살짝 맛보여 주세요."

"그럼요. 물론이죠."

'엘라한테 부탁해야지.'

"로제마인 님께서 만드신 단켈페르거의 현대어 번역본 말인데요……."

"뭔가 큰 문제라도 있었나요?"

"아니요, 그게 아니라 완성도가 정말 높았어요. 오라버니도 몇 번이고 읽어 보신 것 같았어요. 저기, 단켈페르거의 역사는 훌륭하다고 도취해 계셔서……."

나는 항상 시비를 거는 레스티라우트밖에 몰랐다. 그런데 같은 책을 재탕하는 문학 소년이었다니, 너무 의외잖아. 그것이 애국심에서 비롯되었다 해도 독서를 즐기는 자세가 훌륭하다.

'쪼끔 호감도가 올라갔어!'

"그래서, 단켈페르거에서도 사본을 만들게 허가해 달라고 아우브께서 제의하셨어요. 그, 자세한 건 영지 대항전 때나 영주 회의 때 얘기하자고 하셨는데, 그래도 괜찮을까요?"

예예, 얼마든지, 라고 내가 흔쾌히 승낙하기도 전에 샤를로테가 싱긋 웃으며 입을 열었다.

"저희도 아우브께 말씀드리겠습니다. 자세한 건 영지 대항전에서 아우브끼리 결정하시는 것으로 해요."

"감사하게 생각합니다."

'아, 경솔하게 허락하면 안 됐었나 보다. 나 아직 아무 말도 안 했으니까 된 거지?'

그 후로는 귀족원 로맨스 소설 감상으로 화제가 옮겨 갔다. 매우 훌륭했으며 남성분에게 이런 식으로 마석을 받고 싶다, 어떤 이야기가 좋았다 등 한넬로레의 풍부한 감상을 들었다. 의외로 질베스타와 플로렌치아의 사랑 이야기가 가장 좋았다고 한다. 황홀하게 빨간 눈동자를 글썽이며 어떤 점이 훌륭했는지 토로했다.

"자신의 영지보다 상위, 심지어 연상의 여성이 자신을 돌아보게 하려고 끝까지 노력하는 모습에 응원하고 싶어졌고, 그런 뜨거운 프러포즈를 받아보고 싶었어요."

'으아, 양아버님이 한넬로레 님을 황홀하게 만들 줄이야. 놀랄 노자네.'

그 이야기의 소재가 자기 부모의 첫 만남임을 아는 샤를로테는 어딘가 미묘한 미소를 지으며 한넬로레의 감상을 듣고 있었다.

"저는 이쪽에 실린 견습 기사 이야기가 좋았어요. 패배해도 포기하지 않고 사랑을 쟁취하기 위해 모든 힘을 쏟는 남성분은 좀처럼 보기 힘들잖아요."

샤를로테의 감상을 듣고, 이번에는 한넬로레가 미묘한 미소를 지었다. 어쩌면 그 이야기의 출처를 아는지도 모른다. 단켈페르거의 일화일까.

'하지만 이야기에선 마지막까지 지기만 하던데.'

"다른 분도 에렌페스트의 책을 빌릴 수 있게 된 덕분에 감상을 공유하게 되어 기뻐요."

한넬로레의 입에서 책 대여 얘기가 나왔다. 나는 바로 그 이야기를 덥석 물었다.

"그럼 이것도 읽어 보세요. 이건 아렌스바흐에서 시집온 여성이 제공한 기사 이야기예요. 전에 빌린 책을 조금 더 빌리고 싶어서 대신 가져왔어요. 한넬로레 님께선 책을 돌려주셨는데, 저는 지난번에 빌린 책을 아직 덜 옮겨 써서⋯⋯."

필린느가 한넬로레의 견습 문관에게 책을 내밀었다. 한넬로레가 견습 문관을 향해 가볍게 고개를 끄덕이자, 견습 문관이 책을 건네받았다.

"이렇게 배려해 주지 않으셔도 괜찮은데. 그래도 감사히 잘 읽겠습니다."

'대여 기간을 연장했다. 좋았어!'

속으로 주먹을 불끈 쥐고 있을 때 리카르다가 슬쩍 어깨를 내리눌렀다. 나는 목걸이를 내려다보았다. 절반 가량 색깔이 변해 있었다. 페르디난드가 말했던 퇴장 시간이다.

'아직 괜찮은데.'

돌아가기 싫어서 내가 미적대자, 샤를로테도 내 목걸이의 색깔이 변한 것을 눈치챘다. 흔들리는 남색 눈동자로 뺨을 괴고, 걱정스럽게 말했다.

"언니, 안색이 안 좋아 보여요."

"한넬로레 님. 대단히 죄송하지만, 오늘은 이쯤에서 물러나겠습니다. 또 쓰러져서 폐를 끼치고 싶지 않아서요."

내가 아쉬움을 드러내면서 목걸이를 꾹 누르며 말하자, 한넬로레의 표정이 어두워졌다.

"무리하시면 안 되죠. 전 신경 쓰지 마시고, 몸조심하세요."

"오늘 정말 즐거웠습니다. 또 감상을 들려주세요. ……샤를로테, 뒤를 부탁할게요."

"네, 언니. 맡겨 주세요."

퇴장 인사를 건네고, 나는 자리에서 일어났다. 뒷일을 샤를로테에게 맡기고 기숙사로 돌아왔다. 가는 길에 쓰러지지 않고 무사히 내 방까지 돌아와 안도의 숨을 내쉬었다. 나뿐만이 아니라 동행한 측근들도 안심한 건 마찬가지였다.

"……책 얘기를 나누고도 쓰러지지 않고 무사히 끝내셨네요."

"네, 가장 친한 친구의 다과회에서 쓰러지지 않고 끝나서 다행입니다. 드레반헬의 다과회도 큰 문제 없겠어요, 공주님."

리젤레타와 리카르다가 그렇게 말하며 함께 기뻐해 주었다.

'모두의 마음은 기쁜데, 드레반헬의 다과회는 다른 의미로 마음이 무거워.'

드레반헬의 다과회

"훌륭해요."

에렌페스트에서 보낸 머리 장식을 보며 브륀힐데가 감탄 섞인 한숨을 내쉬었다.

나무상자에 들어 있는 건 아돌피네의 물결치는 와인레드 머리카락을 돋보이게 할 순백의 꽃이다. 장미처럼 송이가 큰 레이스 꽃으로, 봄을 연상케 하는 부드러운 색조의 녹색 이파리가 그 주변을 감싸고 있다. 투리가 견적을 짜고, 디자인과 실을 준비해서일까. 꽃을 이룬 실이 정말 고급스러워서 마치 꽃잎에 윤기가 흐르는 듯했다. 그뿐만이 아니었다. 유리 같기도 하고, 비즈 같기도 한 것들이 꿰여 있는데, 마치 아침 이슬을 연상케 하듯 반짝거렸다.

'투리, 대단해.'

"지기스발트 왕자님이 아돌피네 님께 선물하기에도 완성도가 떨어져 보이지 않겠죠?"

내가 묻자, 브륀힐데가 황색 눈동자에 황홀한 빛을 드러내며 고개를 끄덕였다.

"예, 정말 아름다워요. 로제마인 님의 전속이 또 실력을 키웠네요."

측근 중에서도 상품을 보는 눈이 있고, 판단 기준도 엄격한 브륀힐데에게 칭찬받으니 나까지 기뻤다. 투리가 실력으로 칭찬을 받자 저절로 입가가 씰룩거린다.

"그럼 샤를로테의 시종과 일정을 맞추고 드레반헬에 연락을 넣어 주세요.”

“알겠습니다.”

시종을 통해 드레반헬에 다과회를 타진했더니 ‘마침 다과회를 열 예정이니 그쪽에 참가해 달라’는 답신이 왔다. 다과회를 개최하는 것보다 참석하는 쪽이 마음도 훨씬 편한 데다 특별한 일정도 없었던 나와 샤를로테는 이에 승낙했다. 하지만 정식으로 받은 초대장을 본 순간, 우리는 일제히 머리를 싸매야 했다.

“여기에 참석해야 한다고요?”

“이미 초대장도 받아 버렸으니 두 사람 다 불참할 순 없겠죠?”

‘다과회 준비하는 고생을 덜었다고 좋아하지 말고, 그냥 우리가 주최할걸 그랬어!’

후회해도 이미 늦었다. 한번 승낙하는 답장을 보내 버린 상태이고, 이렇게 상위 영지로부터 정식 초대장까지 받아 버린 마당에 참석하지 않을 수는 없었다.

‘그래, 상위 영지만 모이는 다과회에!’

1왕자와 혼인이 정해진 아돌피네가 장래에 유르겐슈미트를 이끌어 가는 중추가 될 상위 영지를 초대한 다과회였다. 참가자는 클라센부르크의 상급 귀족, 단켈페르거의 한넬로레, 드레반헬의 영주 후보생이며 아돌피네의 이복 여동생, 기렛센마이어의 1학년 영주 후보생, 하우프레체의 4학년 영주 후보생, 아렌스바흐의 디트린데. 이렇게 1위에서 6위까지 상위 영지가 쭉 이어지고, 7위 이하는 초대하지 않은 가운데, 순위가 한참 뒤인 10위 에렌페스트가 들어가 있는 것이다.

‘솔직히 말해서 겉돌아! 엄청 겉돌아! 이럴 때나 좀 쓰러지지. 흥분

은커녕 이상하게 냉정해져서 더 정신이 말짱해!'

현실이란 뜻대로 안 되는 법이다. 물론 샤를로테 혼자 이런 다과회에 내보낼 수 없다는 것도 잘 알고 있었다. 나도 각오를 하고 가야 했다.

"생각하기에 따라서 득일지도 몰라요."

"득이요?"

고개를 갸웃거리는 샤를로테를 보며 나는 고개를 끄덕였다. 어차피 꼭 가야 하는 다과회라면 조금이라도 긍정적인 자세로 임하고 싶었다.

"드레반헬만 상대하는 다과회였다면 피하고 싶은 얘기나 거절하기 어려운 요구를 했을지도 몰라요. 하지만 참여자가 많은 다과회라면 자연스레 무난한 대화를 나누게 되겠죠. 그런 점에서 보면 다행이에요."

무난한 화제로 시간을 보내면서 머리 장식을 건네주면 가장 중요한 미션을 끝낼 수 있는 셈이다. 잠깐 고민한 후 고개를 홱 들었다.

"우리 에렌페스트가 화제를 끌고 올 새로운 디저트를 도입해야겠어요."

"무엇을 가지고 가시게요?"

"밀크레이프요."

얇게 구운 크레이프 사이에 크림을 발라 겹친 케이크다. 이번에는 입맛이 까다로운 상위 영지가 상대이므로 메밀가루를 섞은 갈레트 대신 밀가루만으로 만든 크레이프로 하자. 손이 많이 가지만, 잘랐을 때 반죽과 생크림이 겹겹이 된 모양이 예쁘고, 개인 기호에 맞게 맛을 조절할 수도 있다.

카트르 카르처럼 케이크 위에 단맛을 더할 잼이나 꿀, 생크림, 룸토프, 조금 거친 슈거파우더도 준비하도록 했다. 슈거파우더라고 하기엔 알갱이가 크지만, 거름망으로 뿌리면 눈이 내린 것처럼 예뻐 보인다.

다과회 당일. 엘라가 힘들게 밀크레이프를 만들어 주었다. 나는 엘라에게 가르쳤던 때와 레시피를 익히려고 엘라가 연습할 때마다 먹었는데, 샤를로테는 몇 번 맛본 게 전부라고 했다. 여러 개를 만들기엔 시간이 걸리는지, 밀크레이프는 자주 나오는 디저트가 아니었다.

가져갈 디저트와 머리 장식 등 준비를 끝내고, 사랑 이야기를 수집할 견습 문관들을 이끌며 드레반헬의 다과회실로 향했다.

"초대해 주셔서 감사하게 생각합니다."

"어머, 로제마인 님, 샤를로테 님. 와 주셔서 기뻐요."

아돌피네가 미소를 지으며 맞이해 주었다.

드레반헬의 다과회실은 목재로 가득한 방이었다. 바닥부터 허리 높이까지 벽에 목재가 빙 둘러쳐져 있고, 그 위로 꽃과 나무가 그려진 벽지를 발라 놓았다. 또 관엽 식물인지, 약초인지, 금방 분간하기 어려운 나무나 화초를 심은 화분이 여기저기에 놓여 있었다.

"드레반헬의 다과회실은 나무 냄새로 가득하네요. 마치 숲속에 있는 것처럼 마음이 차분해져요."

"어머나. 후후……. 몸이 허약하신 로제마인 님도 이 다과회실에 오시면 숲에서 피크닉을 하는 기분이 들 거예요."

장황한 귀족의 인사를 끝내고, 자리로 안내받았다. 내 자리는 샤를로테의 왼쪽 옆자리였다. 정면에는 한넬로레가 있다. 조금 떨어진 곳에 디트린데의 자리가 있는 건 아마 작년 다과회의 상황을 고려해서

일까.

"안녕하세요, 한넬로레 님."

내가 인사하자, 정면에 앉은 한넬로레가 싱긋 웃으며 인사를 받아 주었다.

"안녕하세요. 로제마인 님께서 이 다과회에 오신다고 해서 놀랐어요."

"지기스발트 왕자님께서 아돌피네 님을 위해 주문하신 머리 장식을 가져왔거든요. 이 자리에서 공개하게 될 거예요."

"어머, 너무 기대되네요. 작년에 에그란티느 님의 머리 장식도 멋졌거든요."

한넬로레와 짧게 이야기를 나누고, 샤를로테가 옆에 앉은 영주 후보생을 내게 소개해 주었다.

"언니, 이쪽은 기렛센마이어의 루친데 님이세요."

루친데는 1학년 영주 후보생으로, 샤를로테와 매우 친한 친구라고 한다. 그리고 한넬로레에게 돌려받은 귀족원 연애 소설도 읽었다고 한다. 루친데의 아름다운 옅은 녹색 생머리가 찰랑거렸다.

"이렇게 다과회에서 뵙는 건 처음입니다, 로제마인 님. 전 샤를로테 님께서 알려 주신 모계 문양을 슈타프에 달았어요. 이것도 로제마인 님께서 가르쳐 주신 거라죠? 샤를로테 님께 그렇게 들었어요. 자랑스러운 언니라고요."

루친데가 귀띔해 준 '자랑스러운 언니'라는 말의 여운이 머릿속을 어지러이 맴돈다. 귀족원에 온 후로 도움이 전혀 안 되는 줄 알았는데, 샤를로테는 나를 자랑스러운 언니라고 친구에게 소개해 줬다니.

'어떡해, 미치도록 기뻐! 안 돼, 진정해. 다과회가 시작하기도 전에

퇴장하면 안 돼. 아아, 그치만 계속 웃음이 나와.'

"저보다 샤를로테가 더 대단하죠. 상냥하고 귀여운 나의 자랑스러운 여동생이에요."

내가 지지 않고 여동생을 자랑하려고 하는데, 샤를로테가 내 소매를 꾹 잡아당겼다. 루친데가 "두 분은 사이가 정말 좋으시네요."라며 키득거렸다.

"전 한넬로레 님께서 소개해 주셔서 에렌페스트의 책을 샤를로테 님께 빌렸었는데, 정말 재미있게 읽었어요. 이건, 늦어져서 죄송하지만 보답으로 빌려드리는 책이에요."

"송구스럽습니다."

기렛센마이어의 견습 문관이 품에 안은 책을 건네주었다. 그 책을 필린느와 마리안네가 넘겨받았다. 루친데에게 책을 빌린 것만으로 기분이 상승했다.

'진정해, 진정하라고. 아직 다과회 시작도 안 했어.'

참가자 전원이 모이고, 주최자인 아돌피네가 디저트와 차를 한입씩 먹는 것으로 다과회가 시작되었다. 차를 마시면서 각자 가져온 디저트를 한입씩 먹으며 소개한다. 에렌페스트의 디저트를 소개하는 건 내 역할이었다.

"이것은 밀크레이프라는 디저트입니다. 에렌페스트에서도 먹을 기회가 많지 않은 디저트인데, 이렇게 상위 영지의 다과회에 초대해 주셔서 감사하는 마음에 가져와 봤어요. 카트르 카르와 마찬가지로 잼이나 꿀, 설탕 등을 기호에 맞게 더해서 드시면 됩니다."

나는 설명을 끝낸 후 슈거파우더를 밀크레이프 위에 뿌리게 했다. 리젤레타가 거름망을 흔들자, 하얀 가루가 눈처럼 떨어졌다.

샤를로테가 카트르 카르를 열심히 선전했는지, 그들은 뭔가를 뿌리거나 발라 먹는 디저트에 익숙했다. 새로운 디저트가 등장해도 당황하는 시종은 없었다. 모두 자기 주인의 지시에 따라 밀크레이프에 감미료를 더했다. 역시 상위 영지는 강한 단맛을 선호하는지, 꿀을 발라 먹는 사람이 많았다.

"얇은 반죽을 여러 겹 겹친 건가요? 옆에서 보니 단층이 아름답네요."

"에렌페스트에는 카트르 카르 외에도 신기하고 다양한 디저트가 있군요. 전 카트르 카르보다 이 밀크레이프가 더 맛있어요."

밀크레이프의 평가는 꽤 좋았다. 칭찬에 감사의 뜻을 표한 나는 다른 영지의 특산품에 대해 화제를 넓혀 갔다. 맛있는 식재료가 있다면 갖고 싶었다.

"중앙에서 설탕 과자가 유행하는 것처럼 다른 영지에도 그곳 특유의 과자나 과일이 있지 않나요? 어떤 과자들이 있는지 궁금해요."

어떤 과일이 있는지, 어떻게 먹는지, 여러 이야기를 들은 결과, 의외로 영지 특유의 음식이 많다는 것을 알았다. 귀족원 다과회에서는 손님께 중앙에서 유행하는 음식을 내놓지만, 각자 자기 영지에 돌아가면 좋아하는 디저트가 따로 있다고 한다.

"다른 영지 디저트도 먹어 보고 싶어요. 새로운 발견이 있을 것 같아요."

"그거 좋은 말씀이네요. 로제마인 님은 매번 그렇게 새로운 맛과 새로운 종이를 발견한 건가요?"

아돌피네의 말에 나는 웃으며 고개를 끄덕였다.

"한넬로레 님께서 로우레를 알려 주신 덕분에 새로운 카트르 카르를 만들게 될 것 같아요."

"어머나, 새로운 카트르 카르라고요? 그렇다면 새로운 린샴도 나오겠네요. 올해야말로 꼭 에렌페스트와 거래하고 말 거예요. 작년에 받은 린샴을 분석해서 저희 드레반헬에서도 비슷한 상품을 만들긴 했지만, 에렌페스트의 린샴처럼 오염물이 깨끗하게 씻기지 않거든요."

아돌피네가 아쉽다는 표정으로 뺨을 괴었다. 머리카락에 윤기는 생기는데, 시원하게 씻기진 않는다고 한다. 그 얘기를 듣자마자 머릿속에 원인이 떠올랐다.

'아, 혹시 스크럽 제조에 실패한 건가?'

드레반헬이 완전히 재현하지 못한 것을 알고, 속으로 안도했다. 어쩌면 과하게 경계한 것일지도 모른다.

"에렌페스트에는 정말 신기한 물건들이 많네요. 린샴도 분석했을 땐 만들기 쉬워 보였는데, 완벽하게 똑같이 만들어 내지 못했거든요. 상인을 식별하는 종이도 정말 특별한 상품이더군요. 또 무엇이 있는지 궁금해서 좀이 쑤실 정도예요. 내 남동생인 오르트빈도 결국 에렌페스트에서 성적을 올린 비결을 찾지 못했다고 투덜댔답니다."

'하긴 디저트 레시피를 얻으려고 노력한 거라고 말하기는 빌프리트 오라버니도 부끄럽겠지.'

아돌피네는 비밀이 많으면 참을 수 없이 궁금해진다고 했다. 올해 영주 회의에서 거래 폭을 얼마나 늘릴 건지 은근슬쩍 떠보려고 했다.

"아시다시피 에렌페스트는 지금까지 하위 영지여서 많은 상인을 수용할 기반이 아직 없습니다. 제 생각에 거래 폭은 천천히 늘릴 것 같아요. 얼마나 늘릴지는 아우브께서 결정하실 사안이라 제 쪽에선 말씀드릴 수가 없네요."

싱긋 웃으며 '너무 기대하진 마'라는 말을 돌려 말한 나는 거래 얘기도 나왔겠다, 머리 장식을 납품하기로 했다.

"드레반헬과 거래가 성사될지 지금으로선 알 수 없어요. 하지만 아돌피네 님께선 이미 에렌페스트의 상품을 가질 수 있는 입장이시지 않습니까. 지기스발트 왕자님께서 선물을 보내셨습니다."

나는 사전에 말을 맞춘 대로 브륀힐데에게 눈짓했다. 고개를 끄덕인 브륀힐데가 머리 장식이 들어간 나무상자를 아돌피네의 시종에게 건넸다.

"아돌피네 님께서 성인이 되신 축하 선물로 지기스발트 왕자님께서 주문하셨습니다."

그 말에 다과회에 참가한 여성들이 선망의 한숨을 쉬었다. 역시 남성에게 선물을 받는 건 특별한 의미가 있는 모양이다. 특히 귀족원 로맨스를 읽은 한넬로레와 루친데의 눈에 서린 광채가 대단했다.

"멋져라……."

시종이 뚜껑을 연 나무상자를 들여다보며 아돌피네가 감탄의 말을 흘렸다. 자리에 앉아 있는 다른 이들에겐 상자 속 머리 장식이 보이지 않았다.

"머리에 달아 보시면 어때요? 시종도 다는 방법을 배울 겸 다른 분들께도 보여드리면 좋잖아요."

내 제안을 아돌피네가 받아들이자, 브륀힐데가 아돌피네의 시종에게 성인식 때처럼 머리를 묶게 하고, 머리 장식을 다는 방법을 알려주었다. 상상했던 대로 순백의 꽃은 아돌피네의 와인레드색 머리카락에 아주 잘 어울렸다. 당당하면서 화려한 분위기가 풍기는 아돌피네를 청초한 미인으로 보이게 했다.

위치를 확인하듯 아돌피네가 손끝으로 머리 장식을 살짝 건드렸다.

"……어때요?"

"아주 잘 어울리고, 아름다우세요."

"이렇게 어울리는 머리 장식을 선물하시다니, 지기스발트 왕자님은 멋진 분이시네요."

주변에서 칭찬이 쏟아져 나오자 아돌피네의 표정이 안심한 듯 풀어졌다.

"작년에 에그란티느 님이 너무 아름다우셔서, 그보다 덜하지만 않으면 좋을 텐데……."

아돌피네가 장난스러운 미소를 지으며 말하자, 주변에서 "걱정하지 마세요."라고 달래며 웃었다. 왕자의 부인으로서 에그란티느와 비교될까 봐 불안해하는 심정이 아돌피네의 미소 뒤로 전해져 왔다.

"플뤼트레네와 룽슈멜의 치유가 다르듯이, 아돌피네 님과 에그란티느 님의 매력도 다릅니다. 개성은 비교할 수 있는 것이 아니에요. 아주 아름다우세요."

부드럽고 잔잔한 분위기를 풍기는 에그란티느와 당당한 미소가 매력적인 미인, 아돌피네는 타입이 완전히 달라 비교할 수 없다. 내가 그렇게 말하자, 아돌피네는 호박색 눈을 크게 뜨더니, 키득키득하고 소탈하게 웃었다.

"정말 듣고 싶은 말을 해 주시는 분이라고 에그란티느 님께 전해 듣긴 했는데 정말이었네요……."

어깨의 힘을 뺀 아돌피네가 아름다운 미소를 보였다.

'에그란티느 님과 비교당해서 마음고생을 하겠지만, 조금이라도 아돌피네 님의 마음이 편해졌다니 다행이다.'

나와 아돌피네가 마주 보며 후훗 웃고 있는데, 조금 떨어진 자리에서 디트린데가 한숨을 휴 하고 쉬었다.

"내년 졸업식 땐 나도 그런 머리 장식을 달고 싶은데, 어떤 꽃이 어울릴까요?"

디트린데가 자신의 화려한 금발을 매만지면서 나와 샤를로테를 보았다. 그런 소리를 해도 디트린데에겐 머리 장식을 팔지 못한다. 에렌페스트보다 상위이고, 혈족이라는 이유로 억지를 부리면 다른 상위 영지도 똑같이 하려고 들 테니까 말이다.

"아렌스바흐와 거래를 하게 되면 흔쾌히 의뢰를 받겠습니다. 협정을 깨고 아렌스바흐만 편애할 수는 없어요. 아돌피네 님의 머리 장식은 드레반헬의 의뢰가 아니라, 왕족의 의뢰입니다."

"어머? 사촌지간인데도요……."

"영주 간의 매매 협정에 저희가 사촌자매라는 건 아무 관계가 없어요. 아우브의 마음을 움직이려면 핏줄 외에 다른 것이 필요해요."

이익이 생기는 이야기로 아우브와 협상하라는 식으로 말하고, 나는 싱긋 웃었다. 그래도 디트린데는 물러서지 않았다.

"어떻게 안 될까요? 이렇게 사이가 좋은데……."

이 고집은 아렌스바흐의 특색인 걸까. 프라우렘에게 지지 않는 집요함을 느낀 내가 숨을 삼키자, 머리 장식을 단 아돌피네가 웃으며 이쪽으로 다가왔다. 그리고 나와 샤를로테를 감싸 주듯이 막아섰다.

"이런, 이런. 로제마인 님을 상대로 억지를 부리려고 하지 마시고, 저처럼 선물해 달라고 남성분께 졸라 보지 그러세요?"

그 말에 디트린데의 뺨이 순식간에 달아올랐고, 분한 듯 입술을 꽉 다물었다.

'잔인해! 아직 에스코트 상대를 찾지 못한 디트린데 님한테 그 말은 너무 잔인해요, 아돌피네 님! 그 말은 중앙이나 클라센부르크의 남자를 한번 잡아 보라고 도발하는 말이잖아요.'

이걸 어떻게 수습해야 하나, 속으로 쩔쩔매는데, 샤를로테가 웃으며 앞으로 나와 디트린데의 손을 살포시 잡았다.

"디트린데 님은 내년 졸업이시잖아요. 그때면 상황이 바뀌겠죠. 지금은 아렌스바흐와 거래를 하지 않지만, 거래처를 결정하는 영주 회의도 곧 봄에 열리잖아요."

"그러네요. 거래처를 늘려 달라고 아우브께 부탁드려 주세요."

그것으로 분위기가 누그러졌고, 또다시 다과회가 재개되었다.

'샤를로테, 대단해.'

그 후에 에렌페스트의 책이 천천히 퍼지고 있다는 이야기가 화제로 나왔다. 아돌피네는 샤를로테가 빌려준 하르덴첼의 신간 로맨스 소설을 읽는 중이라고 했다.

"저는 재미있게 읽고 있는데 오르트빈은 사랑 얘기만 있어서 읽는데 곤욕이라네요. 에렌페스트에 남성분들이 읽는 책은 없나요?"

"기사 소설이 있어요. 그럼 빌프리트 오라버니를 통해서 빌려드릴게요."

대신에 아돌피네는 드레반헬의 책을 빌려주었다. 루친데가 빌려준 책까지 합쳐서 새로운 책이 두 권이나 생겼다. 어떡해. 좋아 죽겠다.

'진정해, 진정해.'

"에렌페스트의 책에는 어떤 이야기가 실려 있어요?"

그런 질문에 한넬로레와 루친데가 열을 올리며 설명하기 시작했다. 아돌피네도 새로 읽은 로맨스 소설을 몇 가지 소개했다. 신들이 잇달아 등장하는 사랑 장면도 그녀들이 말하니 정경이 눈앞에 펼쳐지는 듯했고, 듣는 이들도 그 심정이 깊이 이해되는 모양이다.

'아아아아! 난 틀렸어. 도무지 공감이 안 돼. 연인이 서로를 바라보는 장면에 봄의 여신들이 등장해서 노래를 부르는 게 뭐가 감동적이란 거야?!'

"제가 알고 있는 이야기는……."

다른 영주 후보생이 자신이 아는 사랑 이야기를 소개하고, 견습 문관들이 그것을 필사적으로 기록하는 가운데, 나만 혼자 거기에 공감하지 못하는 사태를 직면하고 머리를 싸맸다.

책 얘기로 대화를 나누었지만, 그녀들의 감동과 흥분에 전혀 공감하지 못한 탓일까. 마석 몇 개만 색깔이 바뀌었을 뿐, 의식을 잃지 않고 다과회를 끝낼 수 있었다.

이름을 바친 로데리히

최대 난제였던 드레반헬의 다과회에 관해 나는 에렌페스트 앞으로 보고서를 썼다. '업무 보고서 서식으로 써라'라는 지적을 받았기에 마음만 먹으면 할 수 있다는 것을 보여주려고 노력했다. 다과회 일시와 참석자 명단, 각자가 가져온 디저트와 그 평판을 비롯해 다과회에서 나온 화제를 항목별로 쓰고, 영지 대항전과 영주 회의에서 협상을 타진할 법한 영지와 그 내용, 그리고 생각나는 대책을 줄줄이 열거했다.

"이거면 페르디난드 님도 딴소리 안 하시겠죠?"

꽤 두꺼워진 보고서를 보고, 뻐근한 팔을 가볍게 돌리면서 성취감에 젖었다.

"로제마인 님, 이것을 힐데브란트 왕자님께 보내도 괜찮겠습니까?"

나는 브륀힐데가 가져온 편지를 읽었다. 완장을 보내고 싶은데 어떻게 하면 되냐는 내용의 편지였다. 나는 서식과 문장에 틀린 데가 없는지 확인하고, 편지를 돌려줬다.

"문제없네요. 이렇게 보내세요."

"알겠습니다. 그럼 다녀오겠습니다."

브륀힐데가 나가고, 나는 보고서 더미를 리젤레타에게 넘기며 에렌페스트에 보내라고 했다.

"리카르다, 책 가져와 주세요. 보고서 제출도 끝났으니 기렛센마이어의 책을 읽을래요."

할 일도 끝났고, 얼른 책을 읽으려고 했더니 어이없다는 표정의 리카르다에게 퇴짜를 맞았다.

"지금 영지 대항전 준비로 다들 고생하고 있으니 영주 후보생인 공주님도 그 모습을 보시고 전체 상황을 파악해 두셔야죠."

"……저, 올해는 출석할 수 있는 건가요?"

"되도록 참가하도록 허가하고 싶다고 페르디난드 도련님도 말씀하셨으니 웬만한 문제가 없는 한, 출석하실 수 있으실 거예요."

나는 리카르다에게 등 떠밀리듯이 다목적 홀로 향했다. 참석할 수 없는 이벤트라면 준비하는 모습을 봐도 헛헛해지기만 할 터라 책이나 읽겠다고 했겠지만, 참석할 수 있다면 축제 기분에 흠뻑 빠지고 싶었다.

다목적 홀에서는 문관들이 다과회에서 끌어모은 이야기를 베껴 쓰거나 연구 발표 준비를 하며 바빠 보였다. 그런데도 평소보다 한산한 건 견습 기사들이 최소한의 인원만 남겨 두고 디터 연습을 하러 갔기 때문이리라. 책장 앞에 빌프리트와 샤를로테가 보였다. 두 사람은 시종들과 함께 뭔가 얘기를 나누고 있었다.

"빌프리트 오라버니, 샤를로테. 무슨 얘기 중이에요?"

"아, 로제마인. 영지 대항전 일로 할 얘기가 있는데, 괜찮아?"

빌프리트가 고개를 들며 말했다. 나는 리카르다가 빼 준 의자에 앉아 이야기를 들을 자세를 취했다.

"올해는 영주 후보생이 세 명이나 있으니까 기사, 시종, 문관 코스로 담당을 나누려고 하는데, 어때? 지휘 계통을 딱 나누는 편이 낫지 않을까?"

그 제안에 나는 잠시 고민했다. 누가 어떤 코스를 맡아야 맞을까. 대답은 바로 나왔다.

"빌프리트 오라버니가 기사, 다과회에서 경험을 쌓은 샤를로테가 시종, 난 문관을 담당하면 되나요?"

"음, 솔직히 말하면 문관 코스에서 준비하는 연구 발표는 난 잘 모르겠어. 너는 내년에 문관 코스를 딴다고 했으니까 생소하진 않지?"

"그러네요. ……축문 연구도 추가되었고, 힐쉬르 선생님이 올 가능성도 크니까 제가 대응하는 것이 가장 좋겠어요."

나는 힐쉬르의 관심을 끌 자료를 페르디난드에게 여러 개 넘겨받았다. 유효할지 어떨지는 별개의 문제지만.

"내 측근엔 문관 코스 최종학년이면서 작년 우수자인 하르트무트가 있으니까 맡기면 되는데, 샤를로테가 힘들지 않을까요? 올해는 상위 영지 손님이 많을 거예요."

"작년처럼 디터가 끝난 뒤에 견습 기사들을 응대로 돌리면 되고, 아버님과 어머님도 오실 테니 그나마 나을 거야."

사교를 못한다는 자각이 있으니 다른 사람에게 떠넘길 수 있다면 그보다 좋은 방법은 없었다.

영지 대항전 일로 몇 가지 의논을 끝내고, 책장으로 손을 뻗으려던 나는 오르트빈에게 책을 빌려주기로 한 약속을 떠올렸다.

"빌프리트 오라버니, 남성 독자용 기사 소설을 오르트빈 님께 빌려드리고, 그걸 기회로 남성분들에게도 조금씩 에렌페스트의 책을 퍼트려 주세요. 지금은 로맨스가 많아졌지만, 기사 소설도 몇 가지 있잖아요."

드레반헬의 다과회에서 아돌피네가 부탁했다는 얘기를 전하자, 빌프리트는 고개를 끄덕였다. 그런데 "대신 책을 빌려오는 것도 잊으시면 안 돼요."라고 말한 순간, 인상을 찌푸렸다.

"너, 그거 네가 읽고 싶어서 그러는 거지?"

"비싼 책을 빌려주는데 보증이 없어서야 되겠어요?"

내가 태연하게 대답하고, 샤를로테가 "저도 친구에게 똑같이 부탁했어요."라고 덧붙이자, 빌프리트가 석연치 않은 표정을 지으면서도 수락해주었다.

'훌륭한 명분, 이게 중요해.'

다목적 홀에서 책을 읽고 있을 때 힐데브란트에게 편지를 전하러 간 브륀힐데가 돌아왔다.

"로제마인 님, 아르투르 님께 답장을 받았습니다. 완장은 측근을 통해 전달하기로 했습니다. 제가 대응해도 괜찮겠습니까?"

작년에는 아나스타지우스에게 불려 가는 바람에 시키는 대로 움직이면 됐었지만, 힐데브란트는 다른 학생과 접촉하지 못하게 외출 금지 명령이 내려진 상태. 어떻게 완장을 건네야 무난할지 판단이 서지 않아서 지시를 부탁드렸는데, 다행히 측근끼리 전달하기로 했다고 한다.

"중급 귀족인 리젤레타를 시키기엔 어깨에 짐이 무거울 테니 브륀힐데가 맡아 줘요."

"맡겨 주십시오."

시종끼리 몇 차례 편지가 오간 후, 무사히 힐데브란트에게 완장을 전달했다고 한다. 처음 지시를 부탁드린 후로부터 이틀쯤 되었을 때 올도난츠가 날아왔다. 받았다는 사인 대신 본인의 육성을 보낸다는 말을 전해 들은 후라 놀라진 않았다.

"로제마인, 힐데브란트입니다. 완장 잘 받았습니다."

하얀 새가 힐데브란트의 앳된 목소리를 내며 감사의 인사를 전했다. 동시에 현재 상황에 관한 불만도 늘어놓기 시작했다. 사실은 직접 완장을 받고 싶었는데, 학생과 마주치지 않게 방에 있어야 하는 의무가 있는 데다, 방에 한 학생만 특별히 초대하는 것도 금지라고 한다.

"로제마인이 어렵게 완장을 만들어 줬는데 도서관에도 가지 못하고 슈바르츠와 바이스도 보지 못해 너무 아쉽습니다. 하지만 로제마인은 수업을 일찍 끝냈지요? 내년 귀족원이 시작되길 기대하며 기다리겠습니다."

힐데브란트가 내년에는 함께 완장을 달고 도서위원을 하겠노라고 작정한 마음이 느껴져서 나는 그만 웃고 말았다. 노란색 마석으로 돌아간 올도난츠를 슈타프로 톡톡 두드려 하얀 새로 바꾸었다.

"저도 내년 귀족원에서 함께 도서위원 활동을 하길 기대하고 있을게요."

슈타프를 흔들자, 하얀 새는 날개를 크게 펼쳐 벽을 통과해 날아갔다.

"로제마인 님, 드디어 완성했습니다!"

자랑스럽게 미소를 지은 로데리히가 식물지 더미를 손에 들고 하르트무트와 함께 찾아왔다. '이야기와 함께 이름을 받아 줬으면 한다'고 본인 입으로 선언한 대로 그동안 필사적으로 이야기를 만들었던 것이다. 그것을 완성한 모양이다. 새로운 이야기의 도착에 내 가슴이 크게 뛰었다.

"고생했어요, 로데리히."

"로제마인 님, 저도 칭찬해 주십시오."

하르트무트가 째려보았다. 나는 조그맣게 웃으며 하르트무트도 칭찬했다.

로데리히가 해야 했던 과제는 이야기 만들기와 이름을 바치는 돌 만들기가 전부가 아니었다. 졸업 전까지 시간이 없는 하르트무트에게 끌려다니며 귀족원 내에 신분이 필요한 업무의 인수인계까지 병행해야 했다. 단시간에 익혀야 하는 로데리히도 고생이었겠지만, 거의 붙어 있다시피 로데리히를 지도한 하르트무트도 여간 고생한 게 아니다.

"하르트무트가 고생한 덕분에 로데리히도 이름을 바치는 돌을 준비했고, 측근이 되면 바로 업무에 투입될 수 있게 되었어요. 잘해 주었습니다. 고마워요, 하르트무트."

원래 성인이 되기 전에는 이름을 바치지 않는다. 그래서 로데리히는 이름을 바치는 돌을 만드는 법도 몰랐는데, 하르트무트가 가르쳐 줬다고 들었다. 내가 칭찬하자, 하르트무트가 기쁜 듯 활짝 웃었다.

"그럼 바로…… 시작하고 싶지만, 전 이름을 어떻게 받으면 되는지 잘 몰라요. 어떻게 하면 되죠?"

내가 고개를 갸웃거리자, 로데리히도 고개를 갸웃거렸다. 돌만 받으면 끝인가, 아니면 뭔가 특별한 의식이 있는 걸까. 당사자인 두 사람이 전혀 모르고 있는 사태에 리카르다가 씁쓸하게 웃으며 알려 주었다.

"이름을 바치는 돌을 받기만 하셔도 되지만, 준비도 필요하답니다."

리카르다가 말하길 이름을 바치는 과정엔 특별한 의식은 없고, 개인끼리 몰래 하는 일이라고 했다. 돌에는 바치는 사람의 이름을 새기는데, 주인에게 생사여탈권을 넘기는, 목숨 그 자체이므로 돌의 생김

새와 관리 방법 등을 타인에게 밝히지 않는다고 한다.

"다만, 돌을 받으실 때 참관인 한두 사람이 필요합니다."

이름을 바친다고 해 놓고, 주인 되는 자의 뒤통수를 치는 경우가 종종 있다. 이를 방지하기 위해 주인을 지킬 참관인이 필요하다고 한다.

"공주님이 믿을 수 있는 사람을 선택하세요. 개중에는 주인에게 바쳐진 이름을 가로채려는 사람이 있기도 하거든요."

"……내 주변엔 그런 나쁜 마음을 먹은 사람은 없어요."

유스톡스가 이름을 바칠 땐 리카르다가 참관했다고 한다. 당시 페르디난드에겐 신용할 만한 자가 극소수였고, 배신당할 것을 경계하여 유스톡스의 이름도 받지 않으려고 했다고 한다.

"에크하르트 오라버니가 이름을 바칠 때는 누가 참관했나요?"

"그거야 유스톡스지요. 그만큼 도련님에겐 믿을 만한 사람이 없었으니까요."

리카르다가 씁쓸해하며 알려 주었다. 에크하르트의 경우에는 로데리히처럼 미성년자였기 때문에 부모도 참관했다고 한다.

"로데리히의 부모는……."

"없어도 됩니다. 로제마인 님이 가장 믿어서는 안 되는 사람들이에요."

로데리히가 딱 잘라 말했다. 유스톡스도 그의 가정 환경을 내가 들으면 폭주할지도 모른다고 했으니 자세히 묻지는 않기로 했다.

"하지만 곤란해졌네요. 누구를 참관인으로 세우면 될까요? 리카르다가 가장 무난할까요?"

리카르다라면 참관한 적도 있고, 이름을 바치는 과정도 아니까 도와줄지도 모른다. 응응, 하고 혼자 생각하며 머리를 끄덕이자, 하르트무트가 팔을 들었다. 주황빛 눈동자가 집어삼킬 듯이 나를 쳐다보았다.

"부디 저를 지명해 주십시오, 로제마인 님."

'눈 좀 그렇게 부리부리하게 뜨지 말아 줄래?'

하지만 하르트무트는 지금껏 로데리히에게 돌 제작법을 알려 주고 인수인계하며 많은 것을 가르쳐 주었다. 어쩌면 제자의 성장을 지켜보는 스승처럼 감개무량해서인지도 모른다.

그런 생각을 하면서 나는 일단 하르트무트에게 참관인으로 서고 싶은 이유를 물었다. 하르트무트는 화사한 미소로 또박또박 대답했다.

"로제마인 님께서 처음 이름을 받는 귀한 장면을 이 눈에 똑똑히 새겨 넣고 싶기 때문입니다."

'로데리히는 안중에도 없었네, 예상을 훨씬 뛰어넘는 엉뚱한 이유야!'

"참관인은 리카르다에게 맡기겠습니다."

내가 그렇게 말하자, 하르트무트는 충격받은 얼굴을 하더니 어느새 진지한 표정으로 진지하게 고민하기 시작했다.

"로제마인 님께서 거부하시니 어쩔 수 없군요. 참관인으로 동석할 수 없다면 저도 이름을 바쳐 당사자로서 그 의식을 지켜볼 수밖에……."

하르트무트의 경우 이름을 바치는 의식을 보고 싶다는 이유 하나만으로 정말 자기 이름을 바치겠다고 할 것 같아 무서웠다. 만에 하나 하르트무트의 이름을 받으면 지금보다 더 심한 신봉자가 될지도 모른다.

"……알겠습니다. 하르트무트도 참관인으로 세울게요. 리카르다,

하르트무트를 잘 지켜보세요."

"알겠습니다, 공주님. 그럼 장소를 마련해서 의식을 치르도록 합시다."

로데리히와 리카르다, 하르트무트가 준비하는 사이, 나는 다목적 홀에서 대기했다. 결국, 하르트무트의 집요함에 져서 입술을 삐죽이는 나를 보고, 코르넬리우스가 놀리듯이 웃었다.

"차라리 하르트무트의 이름을 받아서 행동 제한 명령을 내리지 그러셨습니까? 마음이 가벼워지실지도요."

"그렇게는 하고 싶지 않아요."

내가 볼을 더 빵빵하게 부풀리자, 코르넬리우스의 표정이 진지하게 바뀌었다.

"알고 있습니다. 그러니까 로데리히가 더 이름을 바치려고 한 것이겠지요. 다른 이들도 주목하고 있습니다."

코르넬리우스가 시선으로 다목적 홀 내에 있는 구 베로니카 파 아이들을 가리켰다. 이름을 바친 로데리히의 처우가 어떻게 바뀔지, 그들은 마른침을 삼키며 지켜보는 듯했다.

"귀족원은 현재 빌프리트 님, 로제마인 님, 샤를로테 님이 영주 자리를 두고 파벌 싸움을 하기는커녕 서로의 장단점을 보완하면서 잘 운영되고 있습니다. 성적은 상승하였고, 다른 영지의 주목도 모으게 되었죠. 예전과 비교도 못할 정도로 성장했습니다."

에렌페스트의 지위가 급상승한 것이 피부로 느껴진다고 코르넬리우스가 말했다. 그것은 우리가 입학하기 전, 자세히 말하면 어린이 방이 변화하기 이전을 경험했던 상급생일수록 실감이 크다고 한다.

"샤를로테 님은 언젠가 다른 영지에 시집을 가실지도 모르지만, 빌프리트 님과 로제마인 님은 약혼을 하셨습니다. 이곳에 있는 누구의 눈에도 차세대 에렌페스트를 이끌 사람이 두 분인 건 분명합니다."

그렇다면 누구에게 붙어야 하는가. 그 선택의 결과로 인해 부모와 가족 관계가 어떻게 변하는가. 구 베로니카 파 아이들이 필사적으로 고민하고 있다고 한다.

"코르넬리우스 오라버니, 왠지 성장하신 것 같아요."

내가 빤히 바라보며 중얼거리자, 코르넬리우스가 얼굴을 찌푸렸다.

"로제마인 님은 제발 성장해 주십시오. 특히 책을 대하는 자세를 개선해 주시길 바랍니다."

"알겠어요. 더더욱 책을 좋아하고 독서 시간을 확보하기 위해 열심히 노력하겠습니다."

"아니! 그 반대야!"

코르넬리우스에게 찰진 한 소리를 들었을 때 리카르다가 나를 부르러 왔다. 준비가 끝난 모양이다.

나는 호위 기사를 문 앞에 세워 놓고 방으로 들어갔다. 방 안에는 오른편에 하르트무트가 서 있고, 로데리히가 무릎을 꿇은 채 기다리고 있었다.

"공주님은 로데리히의 앞에 서서 대기해 주세요."

시키는 대로 걸음을 옮기자, 리카르다가 다른 사람들을 내보내고, 문을 꼭 닫는 소리가 들렸다.

나는 로데리히의 앞에 섰다. 주황색에 가까운 갈색 머리카락이 내 시선보다 낮은 위치에 있다. 살짝 고개를 든 긴장한 로데리히의 얼굴과 흥분한 듯한 짙은 갈색 눈동자가 보였다. 그의 손에는 로데리히가 열심히 쓴 새로운 이야기와 이름을 바칠 때 쓰는 돌이 들어 있을 것으로 예상되는 금속 상자가 있었다. 원기둥꼴의 주먹만 한 크기다. 마치 약혼반지라도 들어 있을 듯한 상자다. 상자 윗부분에 하얀 마석이 박혀 있다.

리카르다가 하르트무트의 옆에 서서 긴장을 풀어 주듯 미소를 지었다.

"그럼 시작할까요. 어려운 건 없습니다. 이름을 바치는 절차는 신에게 맹세하는 것이 아니라, 자신이 주인으로 삼은 사람에게 맹세하는 것이니까 로데리히는 자신의 말로 공주님께 맹세하면 돼요."

로데리히가 고개를 끄덕였다. 그 모습을 본 리카르다도 고개를 한 번 끄덕이고 나를 쳐다보았다.

"공주님은 돌에 로데리히의 이름이 맞게 새겨져 있는지 확인하면 뚜껑을 닫고, 마력을 등록하십시오. 뚜껑 위에 박힌 마석을 공주님의 마력으로 물들이시면 됩니다. 그렇게 하면 다른 사람은 로데리히의 돌을 만질 수 없게 되지요."

리카르다의 설명에 내가 해야 할 일을 머릿속에 되새겼다.

'이름을 확인하고, 뚜껑을 닫으면 마력을 등록한다. 좋아, 할 수 있어.'

순서를 확인하는 나를 로데리히의 짙은 갈색 눈동자가 빤히 올려다보았다. 나는 고개를 끄덕였다.

로데리히가 심호흡을 하면서 눈을 내리깔고 고개를 숙였다. 소중히 가져온 종이 묶음과 보석 상자를 자신의 앞에 놓아 두고, 양손을 가슴 앞에서 교차했다.

"저, 로데리히는 로제마인 님의 충실한 신하로서, 이야기를 써서 바치는 문관으로서 일생을 바칠 것을 이곳에서 맹세하며, 그 증거로 새

로운 이야기와 제 이름을 바칩니다. 나의 이름은 항시 로제마인 님과 함께. 나의 목숨은 로제마인 님을 위해."

맹세의 말을 한 로데리히는 자기 앞에 놓아둔 상자로 손을 뻗었다. 조심스러운 동작으로 뚜껑을 열고 돌이 내게 보이도록 한 후, 종이 뭉치 위에 올렸다. 그리고 종이 뭉치를 양손으로 잡아 천천히 들어 올렸다. 무릎을 꿇은 로데리히의 머리 높이보다 높이 들어 올린 그것은 딱 내 눈앞에까지 왔다.

나는 종이 뭉치 위에 놓인 상자를 집었다. 금속제 상자 안에는 마치 바이컬러 보석처럼 아름다운 노란색과 빨강의 그러데이션이 들어간 투명한 돌이 있었다. 오벌 커트 같은 타원형으로, 돌 속에는 일렁이는 금색 불꽃으로 로데리히의 이름이 새겨져 있다. 가슴이 뜨거워졌다. 로데리히가 혼신의 마력을 써서 만들어 낸 돌임이 느껴졌다.

나는 상자 속에 돌을 되돌리고 뚜껑을 닫았다. 리카르다가 시킨 대로 상자를 감싸 쥐듯이 하여 뚜껑 윗부분에 박힌 하얀 마석에 마력을 흘려 넣었다. 그 순간, 로데리히가 "크윽?!" 하고 괴로운 비명을 질렀다. 종이 뭉치가 파라락 떨어졌고, 가슴을 움켜쥔 로데리히가 그 자리에서 몸을 웅크렸다.

"로데리히?!"

내가 눈을 크게 뜨고 상자에서 손을 떼자, 리카르다가 옆에 있는 하르트무트를 제지하면서 "공주님, 계속하셔야 합니다." 하고 침착한 눈빛으로 말했다.

"자신의 이름이 다른 사람의 마력으로 속박되어서 그런 겁니다. 충격이 있긴 하지만 절차가 끝나면 고통도 사라집니다. 로데리히를 위해서라도 질질 끌지 마시고 단숨에 끝내 버리세요."

"알겠어요."

생물의 마석을 물들일 때 저항이 있듯이 타인의 마력으로 속박하려고 하면 반드시 반발이 있다고 한다. 괴로운 시간을 더 끌지 말라는 지적에 나는 단숨에 마력을 흘려보냈다.

"크헉!"

로데리히가 다시 괴로운 비명을 지른 다음 순간, 상자 윗면의 하얀 마석이 빛을 뿜었다. 하얀 마력에 찬 선이 촘촘한 그물망처럼 상자 위를 뻗어 나갔다. 동시에 상자가 멋대로 형태를 바꾸기 시작했다. 빠른 속도로 작아지더니 하얀 그물코가 그 주위를 감쌌다. 마지막엔 돌에 형태를 맞추듯이 새하얀 누에고치처럼 되었다.

'나 이거 알아. 신관장님이 가지고 있던 거와 똑같아.'

허리에 달고 있는 마석과 약주머니 속에 있는 걸 본 기억이 난다. 나는 페르디난드를 흉내 내어 기수의 마석이 든 금속 상자 안에 돌을 넣고, 천천히 몸을 일으키는 로데리히에게로 손을 뻗었다. 내 손이 닿기 전에 로데리히가 고개를 들고 웃었다.

"……이제 괜찮습니다, 로제마인 님."

로데리히는 이마에 맺힌 진땀을 훔치고, 천천히 숨을 내뱉었다. 정말 고통이 사라진 모양이었다. 바닥에 떨어뜨린 종이들을 다시 들어 올려 내게 바쳤다.

"받아 주십시오."

나는 그것을 받아 원고를 파라락 넘겼다.

"귀족원에서 견습 문관과 견습 기사가 협력하여 승리를 위해 디터를 하는 소설입니다. 기사 이야기도 아니면서 로맨스도 아닌 소설을 써 보고 싶었습니다."

우라노 시절에서 있었던 소설로 따져 본다면 열혈 스포츠 소년들의 청춘 스토리 같은 걸까. 새로운 이야기의 탄생에 절로 미소가 지어졌다.

"로데리히, 당신의 이름과 이야기, 잘 받았습니다. 당신에게 좋은 주인이 되도록 노력할 것을 저도 이곳에서 맹세합니다."

나는 슈타프를 소환했다. 검을 바치는 기사에게 하듯이 무릎 꿇은 로데리히의 어깨에 살짝 갖다 대었다.

영지 대항전 시작(2년)

영지 대항전을 준비하면서 나는 문관 코스를 맡게 되었다. 하지만 정말 아이들에게 지시를 내리는 사람은 상급 귀족이면서 최상급생인 하르트무트였다. 나는 내년에 써먹기 위해 하르트무트의 일 처리 방식을 보며 메모를 했다. 업무를 척척 지시하며 확인하는 모습은 페르디난드나 유스톡스의 영향을 크게 받아서이리라. 그렇게 말하자, 하르트무트는 기쁜 듯이 미소를 띠었다.

"작년에 페르디난드 님과 유스톡스 님께 여러 가지로 주의를 받았죠. 그 두 분을 아주 잘 아시는 로제마인 님께서 제 일 처리 방식을 칭찬해 주시니 기쁘기 그지없습니다."

세 영주 후보생이 지휘권을 나눈 덕분에 준비는 매우 순조로웠다. 다른 것들을 신경 쓸 것 없이 견습 문관들의 업무에 집중할 수 있었고, 빌프리트와 샤를로테의 측근 수준을 직접 보게 된 것이 내겐 가장 큰 수확이었다.

'결론. 신관장님한테 시달리는 우리 견습 문관들, 정말 우수하다.'

물론 우수한 만큼 부담량이 많겠지만, 처리 속도가 천지 차이였다. 특히 필린느는 하급 귀족이라 웬만하면 나서지 않고, 하르트무트의 조수 역할을 하며 바쁘게 움직였다. 주변을 살피며 할 일을 찾는 모습과 자료를 정리하는 익숙한 솜씨를 보면 필린느가 얼마나 성장했는지 알 수 있었다.

그런 필린느를 초조한 눈빛으로 바라보는 건 막 측근이 된 로데리히였다. 하르트무트에게 휘둘리며 인수인계를 받았지만 아직은 두 사람과 일 처리 속도가 달랐다.

"저도 노력해서 따라잡을 겁니다."

로데리히가 의욕을 불태우기에 "1년간 신전에서 페르디난드 님한테 시달리다 보면 자연히 성장할 거예요." 하고 격려해 두었다.

올해 입학한 샤를로테는 자신의 시종과 다과회 준비를 돕는 브륀힐데 및 나의 시종들의 조언에 귀를 기울이는 듯했고, 빌프리트는 나와 샤를로테를 호위하느라 연습과 모집에 참가하지 못한 견습 기사들을 도왔다. 이따금 서로의 진척 상황을 확인하는 것 말고는 특별한 문제 없이 준비를 진행했다.

"그럼 행사장에 짐을 옮기러 갑시다. 어제 협의한 대로 진행하면 돼요."

눈 깜짝할 새에 영지 대항전 당일이 되었다. 일찍 아침을 먹고, 곧바로 자리 설치에 들어가야 했다. 내 말에 견습 문관들이 움직이기 시작했다.

"브륀힐데, 그쪽은 순조로워요?"

"네, 로제마인 님. 에렌페스트에서 보낸 오트마르 상회의 카르트 카르도 도착했고, 손님들께 낼 디저트도 주방에서 계속해서 굽고 있습니다."

브륀힐데의 말대로 기숙사 내에는 달콤한 냄새로 가득했다. 샤를로테는 다기를 확인하고 반입 지시를 내리고 있는 듯했다. 그런데 견습 기사들의 모습이 보이지 않았다. 내가 두리번거리자 호위 기사로서 내 옆에 있던 코르넬리우스가 귀띔해 주었다.

"빌프리트 님은 견습 기사들과 대전 상대로 나올 만한 마수의 약점과 공략법을 최종 확인하시면서 마력을 회복해 주는 회복약을 나눠 주고 계십니다."

"코르넬리우스도 같이 최종 확인을 하지 않아도 돼요?"

내가 묻자, 코르넬리우스는 "괜찮습니다."라며 힘이 넘치는 미소를 지었다.

"꾸준히 연습해 왔고, 약점과 공략법도 외우고 있습니다. 나머진 지시대로 공격만 하면 됩니다."

"그거, 지시를 내리는 레오노레와 말을 맞출 필요도 없을 만큼 마음이 통한다고 자랑하는 거예요?"

"아닙니다. 제 말을 어떻게 들어야 그런 결론이 나오는 겁니까?!"

'예에? 누가 들어도 자랑인데요.'

호위 기사로는 코르넬리우스를, 시종으로는 리카르다를 데리고 나는 문관들과 행사장으로 향했다.

영지 대항전은 기사 전문동에 있는 가장 큰 훈련장에서 열린다. 기수를 타고 날 수 있게 만든 타원형 훈련장은 작년에 디터 승부를 가릴 때 썼던 곳과 같은 구조였다. 가랑눈을 날리는 회색 구름에 하늘이 뒤덮인 것을 보면 언뜻 야외 경기장인 것 같지만, 바람도 눈도 일절 느껴지지 않는다. 마치 투명한 지붕에 덮인 것처럼 보이는 부분도 똑같았다.

다만 규모가 달랐다. 저번에는 원형 경기장에 가까웠다면 이번에는 원이 두 개가 들어가 있어 전체적으로 타원형을 띤다. 그 타원형 경기장을 둘러싸듯 관전석이 배치되어 있다. 시합하는 곳보다 훨씬 높은 위치에 있고, 평평한 구조인 점은 저번과 똑같았다. 전에는 계단식도 아니고 경사도 없어서 관전하기 불편하겠다고 생각했는데, 이곳에서 사교 다과회와 연구 발표까지 한다는 것을 알고 납득했다.

"로제마인 님, 여기서부터 저기 저 선까지가 에렌페스트의 사용 범위입니다."

문관들이 익숙한 동작으로 자리를 설치하는 사이, 코르넬리우스가 경기장에 관해 설명해 주었다. 바닥 부분은 하얀 건물과 마찬가지다. 그곳에 빨간 선을 긋고, 벽에는 영지의 망토와 같은 색깔 천을 걸었다. 그래서 어느 영지가 어디에서 관전하는지 알 수 있게 되어 있었다.

"정중앙쯤에 자리도 넓고 잘 보이는 곳이 상위 영지의 자리군요."

"에렌페스트도 10위까지 부상한 덕분에 옛날과 비교하면 넓고 좋은 자리를 배정받은 겁니다. 제가 1학년일 땐 저쯤이었습니다."

코르넬리우스는 씁쓸하게 웃으며 영지가 복작복작하게 모여 있는 일각을 가리켰다. 순위에 따라 관전 넓이도 달라진다고 한다. 지금은 중영지로서 어깨를 펼 위치가 되었지만, 소영지와 어깨를 나란히 했던 옛날엔 상당히 좁았다고 한다.

다른 영지 학생들도 잇달아 도착해서 준비하는 것이 보였다. 여러 색깔 망토가 분주하게 드나드는 광경이 참으로 다채로웠다. 그리고 각자의 기숙사와 연락을 주고받느라 수많은 올도난츠가 오가는 모습을 보는 것도 재미있었다. 분주하게 날아다니는 올도난츠를 구경하는 그 때 한 마리가 내 앞에 날아왔다. 코르넬리우스가 내 앞에서 팔을 뻗자, 올도난츠는 거기에 내려앉아 리젤레타의 목소리로 말하기 시작했다.

"로제마인 님, 아우브 에렌페스트께서 오셨습니다. 사전에 의논하고 싶다고 하십니다. 시급히 돌아와 주십시오."

세 번 반복하고 마석으로 돌아간 올도난츠를 슈타프로 톡톡 두드리고 알겠다고 대답했다.

"하르트무트, 아우브께서 부르시니까 기숙사로 돌아갈게요. 이쪽 준비가 끝나면 시종들을 도와주세요."

"명심하겠습니다."

서둘러 기숙사로 돌아가야 하는데 내 걸음 속도가 느리다는 이유로 훈련장을 나오자마자 기수를 타고 상공을 날아갔다. 넓은 귀족원 부지 안에 에렌페스트의 기숙사가 어디에 있는지 잘 모르는 내게 리카르다가 알려 주었다.

"보물 뺏기 디터가 있던 시절엔 상공을 날아가는 것이 당연했답니다."

기사동에서 꽤 멀었지만, 기수를 타고 간 터라 내가 걸어서 중앙동 문까지 가는 것보다 빨랐고, 피곤하지도 않았다.

"로제마인 님, 아우브께서 이쪽 회의실에서 기다리고 계십니다."

기숙사에 도착하자, 나를 기다리고 있던 질베스타의 시종이 회의실로 안내해 주었다. 회의실에는 질베스타, 플로렌치아, 페르디난드, 빌프리트 오라버니, 샤를로테가 있었다. 그중에 내 시선은 페르디난드를 향했다. 오늘 페르디난드는 귀족스러운 복장에 에렌페스트의 상징인 밝은 황토색 망토를 두르고 있었다.

"페르디난드 님이 에렌페스트의 망토를 두르신 건 처음 봐요. 평소에 쓰는 것과 달라서 그런지 굉장히 신선해 보이네요."

"오늘 받았으니까."

"네?"

페르디난드가 평소처럼 파란 망토를 두르고 오려고 하자, 질베스타가 "단켈페르거 사람으로 착각하겠다. 오늘만큼은 에렌페스트 색깔을 써."라고 지적했다고 한다.

"미안하지만 가지고 있지 않다. 수여식 때 아버님께 받은 망토는 신전행이 정해졌을 때 신관에겐 필요 없는 물건이라며 네 어머님에게 빼앗겼거든."

"그런 건 빨리 말해!"

"네 어머니에 관해선 굳이 말하지 않아도 이해한다고 하지 않았나."

그런 실랑이 끝에 페르디난드는 새로운 망토를 받게 되었다고 한다. "보호 마법진이 쳐져 있지 않아 불안하군." 하고 툴툴거리면서도 왠지 모르게 기분이 좋아 보인다. 아마 기쁜 것이리라. 파랑 망토는 유스톡스가 짐과 함께 가지고 왔다고 한다.

"그래서 무슨 얘기를 해요?"

"빌프리트가 각자 담당을 정했다고 하던데……."

"네. 맞아요. 덕분에 준비가 아주 수월했어요."

"준비 단계에선 충분했을지 몰라도, 영지 대항전에서 영주 후보생이 할 일은 사교다."

영지 대항전은 언젠가 하게 될 영주 회의를 대비한 예행 연습 자리라고 했다. 다른 영지 영주들의 얼굴도 익혀야 하므로 영주 후보생은 모두가 사교를 소화해야 한다고 한다. 그건 생각지도 못했다. 나는 얼른 영주 후보생 모두가 사교를 해야 한다는 것과 견습 문관의 책임을 하르트무트에게 맡길 것을 올도난츠로 전달했다. 이러면 알아서 해결해 주겠지.

"그래서 영주 후보생의 자리 배치 말인데······."

작년에는 영주 부부와 빌프리트로 갈라져서 손님의 중요도에 따라 대응을 나눴다. 올해는 작년보다 많이, 그리고 상위 영지의 손님이 몰릴 것이 예상되었다. 가능하면 남성과 여성으로 나뉘어 대응하는 쪽이 바람직하리라.

"빌프리트와 로제마인, 샤를로테와 페르디난드로 조를 나눠서 같이 대응했으면 하는데······."

"로제마인과 하라고요?"

불안한 목소리를 낸 빌프리트에게 플로렌치아가 고민하는 기색을 보였다.

"약혼한 사이가 되었으니 인사도 겸해서 두 사람이 한 조가 되는 게 제일 좋은 방법이란다. 빌프리트, 로제마인과 함께 해낼 수 있겠니?"

"그건······."

빌프리트가 나를 걱정스러운 눈으로 봤다. 하지만 대답은 하지 못하고 눈만 내리깔았다. 그런 모습을 보고, 플로렌치아는 상냥하게 웃으며 대답을 재촉했다.

"이런 자리에서는 솔직하게 말해 주련, 빌프리트. 영지 대항전에서 사교의 승패는 그 이후에도 영향을 끼친단다."

귀족원 내에서 아이들끼리 해오던 사교와 차원이 다르다. 다른 영지의 아우브들이 눈에 불을 켜고 있는 것이다. 짧게 고민한 빌프리트는 머뭇거리며 입을 열었다.

"······책만 엮이지 않으면 할 수 있습니다."

"오라버니, 오늘 영지 대항전엔 다른 영지 분들도 오시는데 새로운 책 얘기가 안 나올 리가 없어요. 여성들만 모인 다과회에서도 자주 나왔으니까요.”

샤를로테의 지적에 빌프리트가 몹시 난처한 얼굴로 나를 보았다. 플로렌치아는 그 표정으로 사정을 대강 파악했으리라. 싱긋 웃었다.

“그럼 빌프리트와 샤를로테로 조를 짜고, 로제마인은 후견인인 페르디난드 님께 맡기도록 해요. 그게 가장 무난하겠어요. 영지 대항전이라는 큰 무대에서는 실패할 요인을 조금이라도 줄이는 게 상책이지요.”

무난한 조합에 반대하는 사람은 없었고, 이렇게 사교 조가 결정되었다. 평소처럼 페르디난드가 감시자로 내 옆에 붙어 있게 되어 빌프리트도 안심했겠지만, 나 역시 안심했다. 안도감의 차원이 다르다.

“빌프리트, 샤를로테. 시작 직전까지 로제마인의 보고서를 읽어 둬. 중요한 정보가 잘 정리되어 있다.”

질베스타가 두 사람에게 한 부씩 건넸다. 아무래도 내가 쓴 보고서를 문관들에게 베껴 쓰게 한 모양이다. 빌프리트와 샤를로테가 그것을 읽더니 깜짝 놀라며 나를 보았다.

“……이 보고서를 로제마인이 썼다고?”

“편지가 아닌 업무 형식으로 보고서를 쓰라고 하셔서 신전 형식에 맞췄어요. 페르디난드 님, 어때요? 이번엔 불만 없으시죠?”

우후훗, 하고 내가 가슴을 펴자, 페르디난드가 피식 웃으며 “참 잘했다.” 하고 칭찬해 주었다. 질베스타와 칼스테드가 쓴웃음을 지었다.

“그래, 지적할 게 없더군. 여태껏 보낸 보고서와는 차원이 달라 놀랐다. 페르디난드가 신전에서 널 왜 쓰려는지 알겠더구나. 성에서도 일해 보련?”

“일거리는 사양하겠습니다. 오히려 줄여 주세요.”

웃음 섞인 가벼운 농담을 주고받는 사이에 견습 기사들이 출발할 시간이 되었다. 시종이 부르러 왔다.

"로제마인 님, 견습 기사들이 작년처럼 축복을 받고 싶다고 합니다."

코르넬리우스를 선두로 견습생들이 무릎을 꿇으며 청했다. 나는 무용의 신 앙리프의 가호를 내려 주고 그들의 출발을 지켜보았다.

"기사동까지의 거리도 있으니 로제마인은 바로 행사장으로 가야겠군. 우리는 먼저 가겠다."

"페르디난드, 로제마인을 잘 부탁한다."

질베스타와 사람들의 배웅을 받으며 나와 페르디난드는 먼저 기숙사를 나왔다.

영지 대항전은 디터 개시 선언과 동시에 시작되었다. 클라센부르크의 영주 후보생이 디터 개시를 선언하고, 제일 먼저 디터를 치를 영지를 호명했다. 전반은 하위 영지가 랜덤으로 불렸다. 에렌페스트는 역사상 처음으로 후반에 하게 되었다.

"15위 프뢰벨타크!"

그 목소리와 동시에 프뢰벨타크 진영에서 와아 하고 함성이 터져 나왔다. 기수를 탄 견습 기사들이 하늘색 망토를 펄럭이며 단체로 경기장에 내려갔다. 경기장 내를 한 바퀴 빙 돈 후, 위치에 서서 마물이 등장하기를 기다린다. 한 선생이 기수로 경기장에 내려서서 마법진에 마력을 주입하자, 확 하고 빛이 일더니 커다란 마물이 나타났다. 거대한 고양이처럼 생긴, 눈에 익은 마물이었다.

"저건 골체인가?"

"아니, 한 단계 하위인 질체다. 그게 중요한 게 아니지. 로제마인, 자리에 앉아라."

이제 시합이 시작하려는데 앉으라는 페르디난드의 말에 나는 인상을 찌푸렸다. 자신의 영지 시합을 관전할 때는 자리에 서서 봐도 무방하지만, 기본적으로 영주 후보생은 자리에서 벗어나면 안 된다고 한다.

'자리에 앉으면 디터도 안 보여서 지루하단 말이야.'

입술을 삐죽였지만, 곧 '지루하다'라는 말이 쏙 들어갔다. 디터의 시작은 영지 대항전의 시작이다. 개시와 동시에 손님들이 입장했다. 작년 영지 대항전 때 카트르 카르를 먹지 못한 귀족들이 올해야말로 먹고 말겠노라며 우르르 몰려왔다.

"영지 회의 때 먹어 보긴 했는데, 다른 맛도 꼭 먹어 보고 싶어서……."

"며칠 전부터 기대하고 있었습니다."

'언행은 우아한데, 한정판에 몰려드는 게 꼭 특별 할인에 몰린 아주머니들의 눈빛과 똑같아!'

디저트가 목적인 손님에게는 선물로 주고, 에렌페스트 진영에서 먹도록 유도하고, 거래를 원하는 손님은 빌프리트와 샤를로테의 자리로 안내한다. 영주 부부가 대응하는 자리로 유도하는 건 상위 영지의 영주 부부면 충분하다.

시종들에게 지시를 내리는데, 갑자기 이쪽으로 오던 사람들이 걸음을 멈추고, 길을 터 주듯이 물러나기 시작했다. 뭐지, 하고 눈을 끔뻑였다. 사람들이 비키면서 생긴 길을 빛의 여신님이 걸어왔다. 빨간 코라레리에 머리 장식이 복잡하게 땋은 빛나는 금발을 더욱 돋보이게 한다. 잔잔한 미소로 주변 사람들에게 가볍게 인사하며 이쪽으로 다가왔다. 작년보다 훨씬 어른스러워지고 아름다웠다.

"에그란티느 님! 과 아나스타지우스 왕자님이 아니세요? 여기까지 와 주시다니 영광입니다."

페르디난드가 내 허벅지를 때렸다. 아나스타지우스를 못 본 걸 들켰다. 귀족의 인사를 나누고, 영주 부부의 자리로 안내하려고 했더니, 아나스타지우스가 고개를 저으며 우리 테이블에 앉았다.

"난 너에게 할 얘기가 있다, 로제마인."

에그란티느도 슥 자리에 앉았다. 시종들이 총알같이 움직이며 차를 내오기 시작했다. 나는 올해 처음으로 귀족원에 낸 쿠키와 카트르 카르를 한 입씩 먹고, 두 사람에게도 권했다. 새로운 디저트에 흥미가 생겼는지, 아나스타지우스가 쿠키로 손을 뻗었다. 에그란티느는 카트르 카르를 부탁했다. 시종이 익숙한 동작으로 카트르 카르를 접시에 담았다.

"로제마인, 성전의 축문 연구가 뭐지? 다른 사람 이름으로 전시되어 있던데, 네가 한 연구지?"

아나스타지우스의 질문에 나는 제안자인 페르디난드에게로 시선을 돌렸다. 내 연구가 아니라 페르디난드의 연구라고 하는 것이 맞으리라. 페르디난드는 귀족스러운 미소로 아나스타지우스를 바라보았다.

"성전을 검증할 때 선생 분들께 다 설명해 드리지 못해 그걸 보충하려고 한 겁니다."

"자네가 주모자로군. 시간이 지나 조금은 가까워진 줄 알았던 신의 저택이 또다시 멀어지고, 성녀의 기도를 기다리는 자도 나타났는데, 어떻게 생각하지?"

"저희는 왕의 부르심에 따를 뿐입니다."

"……그 자신만만함이 과연 언제까지 갈까?"

흥 하고 아나스타지우스가 콧방귀를 뀌었다. 페르디난드와 아나스타지우스가 무슨 대화를 주고받는지 나는 도통 알 수 없었다. 그들의 대화는 흘려 넘기고, 에그란티느에게 미소를 지었다.

"에그란티느 님을 만나 뵈어 기쁩니다."

"나도 기뻐요. 이번에도 새로운 유행을 만들어 내셨다면서요?"

"네, 이건 신작인 로우레 카트르 카르예요. 단켈페르거의 한넬로레 님께 받은 로우레로 바로 만들어 봤어요. 드셔 보시겠어요?"

말린 로우레를 술에 절여 카트르 카르로 만들어 보았다. 꽤 맛있게 되었다.

"너무 맛있어요. 잘만 조합한다면 각 영지의 특산으로 여러 종류의 카트르 카르를 만들 수 있겠네요. 졸업한 게 너무 아쉬워요."

졸업한 후에 귀족원을 방문하니 그리워진 모양이다. 우라노 시절에 졸업을 겪어 본 나로선 에그란티느의 마음이 십분 이해되었다.

'허가 없이 도서관에 들어가지 못하게 되어 사이가 멀어진 기분이었지. 응응.'

"그리고 올해는 에렌페스트에서 재미있는 이야기를 만들었다고 들었어요. 로제마인 님은 책도 유행시킬 생각이신가요?"

"맞아요. 에렌페스트에서 만든 책인데요. 모두 재미있다고 말씀해 주시고 계세요. 그중에서도 로맨스 소설이 가장 인기가 많아요. 괜찮으시다면 에그란티느 님도 읽어봐 주시면 좋겠는데, 하필이면 지금 수중에 없어서……."

그러자 페르디난드가 "좀 진정하라."라며 속삭이듯 꾸짖었다. 나는 화들짝 놀라 등을 꼿꼿이 세웠다. 에그란티느가 키득키득 웃었다.

"이분이 페르디난드 님이세요? 그 전설의……."

조그만 목소리로 덧붙인 말에 나는 페르디난드의 얼굴을 힐끔 살폈다. 귀족용 미소지만, 눈이, 옅은 금색 눈동자가 화나 보였다.

'큰일이다. 신관장 전설을 까맣게 잊고 있었어.'

"소문이란 퍼지면서 과장되기 마련입니다. 믿을 가치도 없습니다."

페르디난드의 말에 고개를 끄덕인 에그란티느가 갑자기 걱정스럽게 나를 보았다.

"로제마인 님의 소문이 과장되었는지 사실인지 저는 잘 모르겠습니다. 하지만 시간의 여신에게 농락당하는 건 아닐지 걱정했답니다."

"에그란티느 님?"

"부디 건강 조심하세요."

아나스타지우스와 에그란티느는 또 가 볼 영지가 있다며 자리를 떴다. 역시나 그 말뜻을 모르는 나는 고개를 갸웃거렸다.

"방금 무슨 얘기였어요?"

"아나스타지우스 왕자가 하신 말씀 그대로다. 듣지 않았는가."

"들었는데도 잘 모르겠어요."

하아 하고 귀찮아하며 한숨을 내쉰 페르디난드가 도청 방지 마술구를 꺼냈다. 내가 그것을 쥐자 입을 열었다.

"그 성전을 검증한 일로 중앙 신전과 왕족 사이의 골이 깊어졌다는군. 그래서 본인들 성결식에 중앙 귀족이 아닌 에렌페스트의 성녀를 부르라고 주장하는 자들까지 나왔는데 어쩔 셈이냐고 묻지 않았는가."

페르디난드의 해석을 들으면 사태가 상당히 난처해진 것 같은데,

설명하는 당사자의 표정이 한결같아 얼마나 큰일인지 감이 잡히지 않았다.

"……그 말은, 큰일 났다, 이 뜻인가요?"

"왕족 입장에서는 그렇지. 하지만 소집한 것도 검증한 것도 왕의 뜻이다. 사태가 어떻게 굴러가든 에렌페스트엔 책임이 없지. 그대는 이러나저러나 휘말리겠지만."

"잠깐만요. 왜 그렇게 침착해요? 제 후견인이니까 페르디난드 님도 완전히 엮인 거잖아요."

"왕의 한마디로 사태가 급변할 텐데 벌써 급해질 필요가 있나."

나의 항의를 눈 하나 깜빡하지 않고 흘려 넘기던 페르디난드가 갑자기 오만상을 지었다.

"지금은 저걸 어떻게 처리할지나 생각해라. 손에 든 종이 더미만 봐도 그대의 손님이다."

순식간에 귀족용 미소로 돌아온 페르디난드의 시선 끝에는 파란 망토 집단이 있었다. 언뜻 서른 명은 훌쩍 넘어 보였다. 하지만 내가 알아본 사람은 한넬로레뿐이었다. 옆에서 걷는 몸집이 큼직한 남성의 안색을 살피는 모습으로 보아, 현대어 번역 원고를 품에 안은 우락부락한 저 사람은 아우브 단켈페르거가 아닐까.

'그나저나 두 사람의 측근이라기엔 사람이 너무 많은데?'

고개를 갸웃거린 나는 단켈페르거의 기사로 보이는 사람들의 시선이 내가 아닌, 페르디난드에게로 향해 있음을 깨달았다. 그러고 보니 단켈페르거는 재학 중이던 페르디난드에게 호되게 당한 적이 있다고 들었다.

'이 전개는 설마, 패싸움?!'

도움을 요청하려고 질베스타와 플로렌치아가 있는 테이블 쪽을 보았다. 망토 색깔로 보아 아우브 드레반헬과 얘기 중이었다. 빌프리트와 샤를로테 쪽을 보니, 모르는 귀족에게 둘러싸여 있어 도무지 도와줄 상태가 아니었다.

"하이스히체도 있는 건가. 귀찮게 됐군……."

페르디난드의 중얼거림에 나는 눈을 끔뻑였다. 처음 듣는 이름이었다.

"하이스히체가 누구예요? 페르디난드 님 친구예요?"

"친구가 아니라 파란 망토의 원래 주인이다."

패배의 증거로 파란 망토를 넘긴 주제에 '이겨서 빼앗겠다'라며 끈질기게 승부를 걸 정도로 루펜보다 몇 배는 더 성가신 남자라고 한다. 결국 하이스히체는 졸업할 때까지 페르디난드를 이기지 못했고, 파란 망토를 되찾지 못했다고 한다.

"또 승패를 겨루자고 하진 않겠지……."

그 중얼거림이 끝났을 때 단켈페르거 일행이 우리가 앉은 테이블 앞에 쭉 늘어섰다. 아우브 단켈페르거로 보이는 남성이 한 걸음 앞으로 나왔다. 우직하고 강해 보였다. 한눈에 봐도 단켈페르거의 기사들을 이끌 만한 용모였다.

"당신이 단켈페르거의 역사서를 현대어로 번역하여 책으로 만들고 싶다고 한넬로레에게 제안한 영주 후보생, 로제마인 님이 틀림없는가?"

무심코 "맞습니다!"라며 소리치려던 나를 페르디난드가 허벅지를 때리며 제지했다. 큰일 날 뻔했네. 상대는 대영지 아우브다. 우아함과 기품을 잊으면 안 된다.

"네. 제가 로제마인입니다. 허락해 주시겠습니까?"

최대한 기품 있게 묻는 내게 아우브 단켈페르거가 씩 웃었다.

"그쪽이 이기면 허가하마. 우리가 이기면 이 원고는 내가 거둬서 단켈페르거의 책으로 만들겠다."

"……예?"

"그대에게 디터 시합을 제안한다!"

툭 하고 원고가 테이블 위에 놓였다.

"아버님, 갑자기 무슨 말씀이세요?!"

한넬로레의 비명과 같은 목소리는 주변 기사들의 오오오오 하는 우렁찬 외침에 묻히고 말았다. 단켈페르거를 상대할 때 필요한 건 우아함과 기품이 아니라 디터였던 모양이다. 예상치도 못한 갑작스러운 제안에 나는 입을 쩍 벌리며 아우브를 올려다보았다.

'어쩌지? 이럴 땐 어째야 해?!'

그러나 대응 방법을 몰라 끙끙대는 사람은 나뿐만이 아니었다.

"아버님, 이런 제안을 하신 거 어머님도 알고 계세요? 확인할 거예요."

누가 봐도 당황한 것 같은 한넬로레는 눈물을 글썽거리며 올도난츠를 소환했다. 혹시 아우브 단켈페르거 개인의 폭주인 걸까?

'으아, 한넬로레 님도 힘들겠다……. 잠깐, 놀라고 있을 때가 아니지.'

영지 대항전에서 사교는 영주 후보생의 전쟁터와도 같다. 나는 영주 후보생답게 대응해야 했다. 그러나 궁중 예법 수업에서 '인사도 제쳐 놓고 디터부터 제안하는 상위 영주 아우브를 대응하는 법'을 가르친 적도 없고, 나는 단켈페르거의 대응 매뉴얼조차 모른다.

'맞다! 신관장님이라면!'

단켈페르거의 기사와 어느 정도 교류가 있는 듯했던 페르디난드라면 이런 사태에 익숙할지 모른다. '나서실 차례입니다'라는 마음을 담아서 옆에 앉아 있는 페르디난드를 올려다보았다. 그러나 그는 '그대가 어떻게 대응하는지 보자'라고 하듯이 나를 지켜보는 자제를 취했다. 단켈페르거의 기사와는 눈도 마주치지 않으려고 했다.

'신관장님, 이 바보! 이럴 때 도와줘야지!'

내 반응을 살피면서 아우브 단켈페르거를 막으려고 고군분투하는 사람은 한넬로레뿐이었다. 그때 화들짝 정신이 들었다.

이건 혹시 갑작스러운 상황에 놓였을 때 영주 후보생들이 어떻게 대응하는지 보호자들이 확인하려는 시험이 아닐까? 궁중 예법 수업에서도 학생을 곤란하게 만드는 문제가 군데군데 숨어 있었다. 마찬가지로 영지 대항전도 손님이 영주 후보생에게 문제를 던지는 것인지도 모른다.

그렇게 생각하자 갑자기 의욕이 샘솟았다. 나는 도서관 다과회와 한넬로레와 했던 다과회에서 현대어 번역 원고에 관해 나눴던 이야기를 퍼뜩 떠올렸다. 디터 제안을 진지하게 받아들이지 않아도 다른 해결책이 있을 터였다.

'아우브 단켈페르거의 과제에 합격해서 책 권리를 거머쥐고 말겠어!'

나는 등을 꼿꼿이 세우고, 한넬로레에게 미소를 지었다.

"한넬로레 님, 분명 역사서 사본 건은 아우브끼리 정하기로 하지 않았었나요? 영주 후보생인 제가 대답할 사안이 아니라고 생각됩니다……."

나는 '이해하기 어려운 질문은 아우브에게 통째로 넘겨 버리지 않을래요?'라고 제안했다. 내 의도를 바로 알아챘는지, 한넬로레는 정신을 차린 듯 눈을 깜빡이더니 방긋 웃었다. 역시 대영지 영주 후보생이다. 눈치가 빨랐다.

"그래요, 아버님! 아우브끼리 결정하기로 하셨잖아요. 갑자기 질문하시면 로제마인 님이 얼마나 놀라셨겠어요."

한넬로레의 말에 아우브 단켈페르거가 눈썹을 씰룩이며 재미있다는 표정을 지었다. 역시 디터 제안에 답하지 않아도 괜찮았던 모양이다.

'좋아, 양아버님한테 떠넘기고, 나는 도망가야지!'

내가 자리에서 일어서려고 하자, 페르디난드가 나를 제지했다. 그리고 먼저 일어나 단켈페르거의 기사들을 둘러보며 미소를 지었다.

"아니다, 로제마인. 그러면 안 되지. 그대는 그 원고를 쓴 당사자가 아닌가. 이 사안에 전혀 관계없는 내가 아우브를 모셔와 교대하는 편이 좋겠다."

페르디난드는 내가 도망갈 길을 막고는, 물 흐르는 듯한 우아한 움직임으로 질베스타와 자리를 교대하러 가 버리고 말았다.

'내가 아니라 신관장님이 도망갔잖아! 치사해!'

크으윽 하고 신음한 나는 일단 정신을 가다듬고 아우브와 인사를 나눈 후 자리에 앉기를 권했다. 내가 해야 할 일은 디터가 아니라 사교다. 브륀힐데가 재빨리 로우레 카트르 카르를 내왔다. 그것을 권하며 질베스타가 올 때까지 시간을 벌라는 뜻이었다. 나는 차와 디저트를 한 입씩 먹어 보았다.

"이것은 지난번 한넬로레 님께 받은 로우레를 써서 만든 카트르 카르입니다. 부디 감상을 들려주십시오."

"어머, 감사하게 생각합니다. 잘 먹을게요."

한넬로레와 특산품 이야기를 나누며 차를 마셨다. 스스로는 영주 후보생다운 대응을 해내고 있다는 생각이 들었다. 아우브 단켈페르거도 로우레 카트르 카르가 썩 마음에 든 모양이다. 보기엔 카트르 카르보다 장식으로 뿌린 룸토프를 더 좋아하는 것 같지만.

"이건 영주 회의에서도 먹어 본 적 없는 맛인데."

"아직 많이 만들지 못한 상품입니다. 작년에 귀족원에서 선보인 자리에서는 룸토프가 바닥이 났거든요."

내가 두 사람을 대접하는 사이에 페르디난드와 교대한 질베스타가 다가왔다. 아우브끼리 인사를 나누고, 착석했다.

"단켈페르거에서 역사서의 현대어 번역본으로 제안이 있다고 들었습니다만……."

설명하라는 듯한 시선을 받은 나는 책벌레 다과회에서 나왔던 얘기와 조금 전 아우브 단켈페르거가 낸 제안을 설명했다. 질베스타는 복잡한 표정으로 팔짱을 꼈다.

"로제마인, 원고는 포기해. 다과회에서 쓰러진 네가 단켈페르거의 아우브와 어떻게 디터를 겨루겠느냐. 그리고 넌 아직 어려서 이해를 못하겠지만, 디터는 구실일 뿐이다. 단켈페르거가 원고를 갖겠다는 이야기다. 만약 1년에 걸쳐서 측근들과 열심히 완성한 원고라고 해도 대영지가 달라고 하면 거절할 수 없어. 단켈페르거는 이미 사본을 만들고 있을 테고, 너도 사본이든 초고든 뭐라도 남아 있지 않느냐. 10위인에렌페스트는 대영지의 의도를 파악해서 순순히 따를 수밖에. 아쉽겠지만 원고는 포기해."

질베스타가 나를 달래듯 부드러운 목소리로 그렇게 말하자, 안색이 변한 사람은 단켈페르거의 두 사람이었다.

"아닙니다. 저흰 그럴 의도가⋯⋯."

"아우브 에렌페스트, 나는 그렇게 생각하고 있지 않네. 뺏으려는 것이 아니라 디터로 승패를 겨루자고 한 거요. 누가 들으면 오해하겠네."

아우브 단켈페르거는 그렇게 말했으나 나 같은 어린애한테 우락부락하고 무섭게 생긴 아우브가 시합을 제안했으니 주변 눈에는 완전히 공갈 협박으로 보였으리라.

단켈페르거의 의도가 어쨌든 간에 질베스타의 말처럼 단켈페르거의 역사서는 내 머릿속에 있고, 넘겨준 건 정서한 원고이므로 현대어본 초고도 수중에 있다. 단켈페르거 입장에서는 자기들 영지에서라면 책으로 만들고 싶지만, 다른 영지에 유출하고 싶지 않은 정보가 있었는지도 모른다. 인쇄해서 퍼트리는 건 포기하고, 초고만 정리해서 혼자 즐기며 읽을 책으로 만들자.

'솔직히 디터가 더 귀찮아.'

내가 "알겠습니다."라고 수긍하자, 질베스타도 고개를 한 번 끄덕이고, 아우브 단켈페르거에게로 몸을 돌렸다.

"아우브 단켈페르거, 그쪽에서 책으로 만들고 싶다면 에렌페스트는 이를 엄숙히 받아들여 반대하지 않겠소."

"잠깐만 있어 보게. 이걸 그냥 넘기겠다고? 그렇게 돈과 노력을 들인 원고다. 여기선 디터로 승패를 겨뤄야 맞지 않은가?"

그 말에 나는 광명을 찾았다. 이 현대어역 작업은 취미로 시작한 일이라 내 몫의 수수료는 필요 없다. 하지만 원고의 가치를 안다면 종이

와 잉크 비용은 줘야 하지 않을까? 전부 내 예산으로 처리했는데 보상도 없고 원고조차 뺏기면 내 손해다.

"훌륭하신 말씀이세요. 말씀하신 대로 그 원고에는 종이와 잉크 비용, 현대어로 번역 작업을 한 측근들의 수수료 등 막대한 비용이 들었어요. 권력으로 빼앗지 않고, 원고의 가치에 맞는 원고료를 지불해 주시는 건가요?"

초고는 가지고 있으니까 반값이라도 돌아오면 좋겠다고 생각하며 아우브 단켈페르거를 올려다보자, 질베스타도 조력해 주었다.

"그 현대어본은 로제마인이 취미로 작업한 원고라 전부 그녀의 예산에서 빠져나갔소. 대영지의 예산으로 따지면 대수롭지 않은 금액이겠지만, 로제마인의 예산으로 보면 큰 금액이오. 부디 고려해 주시길 바라오."

아우브 단켈페르거는 복잡한 표정을 짓더니 원고와 나와 질베스타를 번갈아 보았다.

"······이걸 취미로 작업했단 말인가? 비용이 꽤 들었을텐데."

"로제마인, 비용이 얼마 들었지?"

나는 즉시 종이 비용과 원고 쪽수를 곱했다.

"세세하게 말해야 한다면 바로 계산하는 건 어렵지 않은데, 조사나 초고에 쓴 것까지 포함해서 종이와 잉크 비용으로 대금화 15닢은 넘습니다. 측근들에게 들어간 수수료까지 더하면 대금화 18닢 정도일까요?"

"대, 대금화 18닢이요?! 취, 취미로 사용한 돈이요?"

한넬로레가 눈을 크게 뜨고 나를 보았다. 확실히 평범한 영주 후보생이 마음 놓고 쓸 금액은 아니다. 하지만 나는 책을 위해서라면 돈을 아낄 생각이 없다. 질베스타가 미간을 누르는 모습이 시야에 들어왔지만, 못 본 척했다.

"에렌페스트의 새로운 종이는 기존의 양피지보다 싸서 이것도 상당히 저렴해진 가격이에요. 그것보다 제 현대어역에 해독이나 서술 중 틀린 데는 없었나요? 전 그것이 걱정이라⋯⋯. 옳은 해석과 실제로 일어났던 사건을 알려 주신다면 그 정보료만큼 차감해드리겠습니다."

깊은 고민에 빠진 아우브 단켈페르거가 나를 보았다.

"에렌페스트에서 막대한 비용을 들여서까지 단켈페르거의 역사책을 만들어 어쩔 셈이었지? 비용과 노력과 목적이 전혀 맞지 않는다만⋯⋯."

"단켈페르거의 역사서가 정말 훌륭하니까요. 레스티라우트 님의 말씀처럼 장대한 역사에 압도되었습니다. 이걸 책으로 만들어서 많은 분께 퍼트려야겠다고 생각했을 정도로요. 책 제작을 허락받지 못해 아쉬울 따름입니다."

내가 어깨를 힘없이 늘어뜨리자, 아우브 단켈페르거가 호탕하게 웃었다.

"그럼 사본 판매를 걸고 디터를 겨뤄 보지 않겠나. 참가한다면 원고는 돌려주지. 그리고 우리를 이긴다면 판매 권리도 주겠다."

마음이 흔들렸다. 단켈페르거의 책 판매권을 손에 넣으면 앞으로 다른 영지와 책 권리를 놓고 거래할 때 지침이 된다. '단켈페르거와는 이 조건으로 거래하고 있습니다'라고 말할 수 있는 셈이다.

"아우브 단켈페르거께선 판매권을 주겠다고 하셨는데, 만약 에렌페스트가 이기면 앞으로 단켈페르거에서 빌린 책도 그 판매권에 적용되나요? 그때는 원본 자료를 제공한 공로로 단켈페르거에도 한 권을 납본해 드릴 수 있고, '인세'의 일부를 지불하겠습니다."

현대어 역으로 번역해서 제작한 곳이 에렌페스트이므로 모든 인세를 넘길 수는 없지만, 일부를 떼어 주겠다고 하면 다른 영지의 책도 쉽게 모일지 모른다.

"……에렌페스트는 책을 팔 계획인가?"

표정을 바꾼 아우브가 승부처를 잡은 영지의 얼굴이 되었다. 디터를 제안했을 때의 신난 표정이 아닌, 상대를 엄격하게 염탐하는 듯한 강한 시선을 보내 왔다.

나는 시선을 옆으로 돌렸다. 이젠 영주가 영주답게 딱 한 마디 해 줄 차례다. 내 시선을 느낀 질베스타도 승부처를 잡은 영주의 표정으로 자세를 고치고, 깊은 미소를 지었다.

"앞으로 에렌페스트의 주산업으로 키울 계획이오. 내년 이맘쯤에는 모두가 깜짝 놀랄 것이오."

잠시 웃으며 서로를 노려본 끝에 아우브 단켈페르거가 입술 끝을 끌어올렸다.

"재미있군. 네가 이기면 우리 쪽에서 빌려준 모든 책의 사본에 관한 판매권을 주겠다."

"제안은 감사하게 생각합니다. 하지만 저희로선 디터에 투입할 인원이 없습니다. 꼭 디터로 겨뤄야 한다면 개인전으로 부탁드리고 싶어요."

요란하게 싸웠다가 한동안 사기가 떨어져 힘을 못 쓰는 기사가 속출하면 곤란하다고 질베스타가 말했었다. 무엇보다 지금은 겨울의 주인을 쓰러뜨린 직후라 회복약 등 비품을 하나라도 아껴야 하는 시기다. 사람이 넘치는 단켈페르거와는 사정이 다르다.

"그럼 그 상대로 페르디난드 님을 희망한다."

"흠. 말은 해 보겠소."

그렇게 말하며 질베스타가 자리에서 일어났다. 단켈페르거의 기사들이 "오오!" 하고 함성을 질렀지만, 다음 순간 질베스타가 어깨를 으쓱했다.

"다만, 페르디난드가 디터에 출전할지 안 할지는 별개의 문제요. 본인에게 득이 없는 경기는 참가하지 않거든. 그럴 땐 우리 기사단장을 내보냈으면 하는군. ……로제마인, 조금이라도 우리가 유리하도록 페르디난드를 설득해."

질베스타는 내 머리를 가볍게 두드리고 자리에서 멀어졌다. 질베스타의 설명을 들은 페르디난드가 인상을 팍 썼지만, 아무렇지 않은 얼굴로 자리로 돌아왔다.

"페르디난드 님, 부탁드릴게요."

기대에 찬 나와 단켈페르거 사람들의 얼굴을 둘러본 페르디난드는 깊은 한숨을 내쉬면서 의자에 앉았다.

"디터에서 이겨서 판매권을 따 봤자, 앞으로 단켈페르거에서 책을 빌려 주지 않으면 의미가 없을뿐더러, 책을 빌릴 때마다 시합을 제안하면 곤란해질 뿐입니다. 그러므로 디터 제안은 거절하겠습니다. 꼭 해야 한다면 로제마인, 그대가 혼자 나가서, 지고, 원고만 돌려받고 와라. 그러면 그대 외에 곤란해질 사람은 아무도 없다."

"으으으으……."

아마도 페르디난드와 디터를 겨루는 것이 목적이었을 아우브 단켈페르거 입장에서는 나 혼자 설렁설렁 나와 봤자 아무 의미가 없으리라.

"페르디난드 님, 우리가 인쇄업을 유리하게 하려면 이 디터가 매우 중요한 일전이 될 거예요. 절대 져서도 안 되고, 피해서도 안 되는 싸움이라고요."

"그럼, 그럼."

내 말에 단켈페르거 기사들이 소리를 지르며 등을 밀어 주었다. 그들의 눈이 기대감에 반짝이는 것이 보인다.

"페르디난드 님, 저를 위해서가 아니라 에렌페스트 전체를 위해서 매우 좋은 제안이에요. 부탁이니까 제발 힘을 빌려주세요."

내 개인적인 이유가 아닌 에렌페스트의 이익을 전면으로 내세워 봤지만, 페르디난드는 귀족용 미소로 "내겐 아무런 득도 없는 일에 내가 왜 움직여야 하지?"라며 딱 잘라 거절했다.

나를 내려다보는 페르디난드의 시선과 말이 차갑다. 기가 꺾일 뻔했지만, 페르디난드의 참가 여부로 승패가 크게 갈린다. 나는 페르디난드의 소매를 잡아 제발 나가 달라고 필사적으로 설득했다.

"단켈페르거에서 빌린 책을 사본으로 만들면 페르디난드 님께도 드릴게요."

"딱히 필요 없다."

"어, 어, 그럼, 그럼 다른 걸⋯⋯."

내가 울상을 짓자, 단켈페르거의 기사 측에서 한 사람이 앞으로 나왔다. 페르디난드와 같은 세대 사람일까.

"아우브 단켈페르거, 페르디난드 님과의 승부, 제게 맡겨 주십시오."

"⋯⋯하이스히체, 자네가 저 사람을 경기장에 끌어낼 수 있겠나?"

"예!"

하이스히체는 페르디난드와 마주 보더니 "플랑메르츠 열매." 라고 말했다. 그 한마디에 페르디난드의 얼굴에서 여유로운 미소가 사라졌다. 페르디난드가 고민하듯, 노려보듯 그를 보았다. 걸려들었다, 하고 하이스히체가 자신에 찬 미소를 보였다. 주변 기사들에게서 "잘한다, 가라, 하이스히체.""힘내라." 하는 응원의 목소리가 터져 나왔다.

'이 사람이 하이스히체 씨? 대단하다! 신관장님을 노련하게 자극하고 있어!'

파란 망토를 되찾기 위해 끈질길 정도로 결투를 신청해 왔다고 조금 전 페르디난드가 말했었다. 그 말은 하이스히체가 몇 번이나 페르디난드를 결투에 끌어냈음이 틀림없다.

'힘내요, 하이스히체 씨! 나의 출판권을 위해!'

"크벨바이데 잎, 빈팔 모피."

하이스히체는 페르디난드와 마주 보며 귀한 듯한 소재의 이름을 언급했다. 전부 내가 모르는 소재들이다.

"페르디난드 님이 이기시면 이 중에 하나를……."

"글란츠링 가루까지 포함해서 전부다. ……그 망토라면 그만한 가치가 있겠지?"

페르디난드가 한쪽 눈썹을 치켜올리며 도전적인 미소로 하이스히체를 보았다. 그전까지 득의양양한 표정이던 하이스히체가 전 재산을 빼앗긴 사람처럼 "크으으으으……." 하고 신음했다.

'신관장님, 너무 하이스히체 씨를 괴롭히지 마세요! 불쌍하잖아!'

"어쩌겠는가, 하이스히체?"

말려든 하이스히체가 고개를 확 들었다. 그 얼굴에 결의가 엿보였다.

"이번에야말로 당신을 이겨서 그 망토를 되찾겠다. 결투다!"

"좋다. 그럼 이번에 지킬 상대는…… 각자의 영주 후보생으로 하지. 마침 학년도 같으니 안성맞춤이군. 그러면 아우브 단켈페르거의 결투 신청을 받은 장본인인 로제마인도 일단 참가를 표명한 것으로 볼 수 있겠지."

'네?'

"안심해라, 로제마인. 그대는 내가 반드시 지키겠다."

페르디난드가 수상하기 짝이 없을 정도로 환한 미소를 지었다. 뭔가 꾸미는 게 틀림없다. 하지만 출판권이 걸려 있는 이상, 가장 승률이 높은 페르디난드에게 부탁하는 것이 최고다. 나는 잘 부탁한다고 말할 수밖에 없었다.

"저, 저, 저기, 저도 참가한다는 말을 들었는데요……?!"

"한넬로레 님, 안심하십시오. 제가 지켜 드리겠습니다. 함께 에렌페스트를 무찌릅시다. 그래도 한 번은 에렌페스트의 성녀를 쓰러뜨리셨지 않습니까. 기대하고 있습니다."

"아니에요. 하이스히체, 무슨 말씀을 하시는 거예요……."

완전히 엮여 버린 한넬로레는 울먹이며 주변을 둘러봤지만, 단켈페르거 기사들은 모두가 페르디난드가 디터 신청을 받아들인 것만으로 흥분하여 한넬로레를 신경 쓰는 사람이 하나도 없어 보였다. 나는 페르디난드에게 의욕이 생겨서 기쁜 동시에 울고 싶었다.

'미안해, 미안해요, 한넬로레 님! 우리 신관장의 계획에 말려들게 해서 진짜 미안해!'

내가 속으로 싹싹 비는 사이, 페르디난드와 하이스히체 사이에서 빠르게 규칙이 정해졌다. 둘 사이에서는 다 아는 얘기인지, "원래 하듯이."라느니 "단켈페르거의 훈련장에서."라는 짤막한 말로 결투 사항을 확인했다.

"그럼 시합은 졸업식 후에……."

"귀찮으니 지금 당장 해치워 버리고 싶군. 단켈페르거도 에렌페스트도 영지 대항전 후반부에 출전한다. 고로 후반전 전에 결판을 내주지."

페르디난드가 흥 하고 콧방귀를 뀌며 그렇게 말하자, 유스톡스가 나무상자를 안고 다가왔다. 그 속에 파랑 망토가 있으리라.

"가지고 왔습니다, 페르디난드 님."

"그럼 가자."

디터 시합

    우리는 단켈페르거의 기숙사로 이동했다. 단켈페르거의 기숙사에는 훈련장이 있어 언제든지 디터를 할 수 있다고 한다. 대체 디터를 얼마나 좋아하는 거야?

    원래 귀족원 기숙사에는 다른 영지 사람의 출입이 불가능하지만, 오늘은 아우브 단켈페르거가 함께 있다. 브로치 대신 아우브의 마력을 담은 인증용 마석을 써서 들어가게 허가해 주었다.

    지금은 훈련장의 좌우로 나뉘어 작전을 회의 중이다. 의논하는 한넬로레와 하이스히체의 주변을 기사들이 둘러싸서 이렇게 하자, 저렇게 하자, 논쟁하는 모습이 보였다. 한넬로레는 어느새 마석으로 만든 갑옷으로 무장하고 있었다. 귀족원에서는 견습 기사가 아니면 간이 갑옷을 입지 않는다. 그래서 나는 기수용 마석은 가지고 다녀도 간이 갑옷용 마석은 휴대하지 않았다.

    '얌전해 보여도 역시 단켈페르거의 영주 후보생이구나.'

    내가 감탄하는데 누군가가 이마에 딱밤을 먹였다.

    "아야!"

    "멍하니 있지 말고 내 얘기를 들어라. 그대의 역할은 보물이다. 이원 안에서 나오지 않도록. 바람의 방패를 치고, 기수 안에 얌전히 있으면 된다. 아니, 이상한 짓 하지 마라."

    정복 위에 간이 갑옷을 입은 페르디난드는 내 팔에 낀 보호 팔찌 중두 개를 풀어 자기 손목에 찼다. 그리고 보호 마법진이 하나도 쳐져 있지 않은 에렌페스트의 망토를 벗고, 평소 두르는 파란 망토를 펄럭이며 펼쳤다. 유스톡스가 망토를 두르는 것을 도와주는 동안, 나는 영지 대항전을 생각하며 기사동 방향으로 시선을 돌렸다.

"영지 대항전을 내버려 두고 디터 시합을 해도 되는 걸까요, 페르디난드 님?"

손님도 많았는데 둘이나 빠졌으니 남은 사람들이 고생하리라. 내 질문에 페르디난드가 인상을 찌푸렸다.

"시합 일을 정해서 하면 의도치 않게 관객이 늘어나고, 왕족의 주목까지 끈다. 남들 모르게 처리하려면 모두 영지 대항전에 붙어 있는 지금밖에 없다. 내가 시합을 거절했는데도 결투를 수락한 그대가 불평할 입장인가."

생각이 없는 건 내 쪽이었다.

"죄송해요. 그런데 페르디난드 님은 대체 이 시합에서 뭘 노리는 거예요? 저나 한넬로레 님까지 끌어들일 필요는 없었잖아요."

"그대를 보물로 지정하면 자기 몸 정도는 스스로 지킬 것 아닌가. 보물의 움직임까지 신경쓰지 않고 마력을 절약해 시합에만 집중할 수 있어서다."

당연한 걸 묻느냐는 듯이 시치미 뗀 얼굴로 나를 내려다본다. 그냥 흘려듣지 못할 말이 나왔다. 페르디난드는 나를 지킬 생각이 없는 듯했다.

"자기가 지키겠다느니, 안심하라느니, 웃으면서 말한 사람이 누군데?! 아까 그랬잖아요!"

"에이비리베에게서 게두르리히를 구하려면 나름의 준비가 필요한 법이다. 그리고 애초에 그대의 책이 걸린 시합이지 않은가."

"그건 그렇지만…… 슈첼리아의 방패도, 앙리프의 축복도 한넬로 레 님은 못하시는데 치사하잖아요."

매우 비겁한 짓을 하는 기분이다. 내 말에 페르디난드가 콧방귀를 뀌었다.

"무슨 말이지? 전장에선 자신의 능력을 얼마나 잘 활용하는가가 승부의 결정 패다. 나는 이기는 승부만 하거든."

"알고 있어요."

"그럼 기수를 착지하자마자 바람의 방패를 만들어라. 출판권을 손에 넣고 싶지?"

나는 고개를 크게 끄덕이고 레서버스를 소환했다. 페르디난드와 하이스히체, 한넬로레도 각자의 기수를 소환해서 올라탔다.

"준비는 됐나?"

아우브 단켈페르거의 목소리에 기수들이 일제히 날아올라 각자의 진영에 착지했다. 보물 역할인 나와 한넬로레는 정해진 위치에서 나와서는 안 된다. 원에서 나가면 패배 확정이다.

"시작!"

아우브 단켈페르거의 우렁찬 목소리가 시합 개시를 알렸다. 구경하는 단켈페르거 기사들이 환성을 지른 순간, 하이스히체와 페르디난드의 기수가 달렸다.

나는 페르디난드가 시키는 대로 반지에 마력을 담았다.

"수호를 관장하는 바람의 여신 슈첼리아여. 그 곁을 모시는 권속의 열두 여신이여. 나의 기도를 듣고 거룩한 힘을 내려 주시어 악의를 품은 자가 가까이 오지 못하도록 바람의 방패를 내 손에 주소서."

쨍! 하고 건조한 소리를 내며 슈첼리아의 방패가 완성되었다. 그와 동시에 당황한 페르디난드의 목소리가 들려왔다.

"로제마인!"

"하아아아아아앗!"

'어?'

가볍게 눈을 감고 신에게 기도한 후 고개를 들었을 때, 하이스히체가 나를 향해 마력을 쏘고 있었다. 그와 동시에 "아앗!" 하고 한넬로레의 비명이 들린 듯했다. 하지만 푸르스름하게 빛나는 마력 덩어리가 나를 향해 날아오는 탓에 무슨 일이 일어났는지 전혀 보이지 않았다. 방패 안에서 히익! 하고 숨을 멈춘 나는 눈을 질끈 감았다. 나를 향해 뭔가가 날아오면 방패가 있어도 무서운 법이다.

새까만 시야 속에서 펑! 하고 슈첼리아의 방패에 마력이 튕겨 나가는 요란한 소리가 났다. 움찔 몸을 떤 후, 슬그머니 눈을 떴다. 이미 마력의 덩어리는 사라지고 없었고, 낯익은 노란색의 투명한 슈첼리아의 방패만 있을 뿐이었다.

"하이스히체의 공격을 막아 내다니. 저건 뭐지?! 게티르트가 아닌데?"

"반구형 방패라고?"

"한넬로레 님! 위험해요!"

슈첼리아의 방패를 보며 제각기 말하던 기사들 속에서 찢어지는 듯한 외침이 터져 나왔다. 하이스히체와 동시에 페르디난드에게 공격을 가한 한넬로레를 향해 페르디난드의 보호 팔찌가 반격한 것이다. 가느다란 빛이 일직선으로 한넬로레에게 날아간다.

"게티르트!"

재빠르게 방패를 소환한 한넬로레는 방패 뒤로 주저앉으며 겨우 반격을 막아 냈다. 그리고 그 자세로 굳어 버렸다. 무서웠으리라. 울먹이고 있었다. 페르디난드가 가져간 보호 반격은 기껏해야 2배 정도의 위력이다. 한넬로레의 공격력이 약했던 만큼 반격도 강하지 않아 그나마 다행이었다.

'다행이야. 한넬로레 님이 무사해서 정말 다행이야!'

슈첼리아의 방패 안에서 나는 레서버스에 탄 채로 가슴을 쓸어내렸다. 그러나 안도한 내 표정과 달리, 페르디난드는 매우 불쾌한 표정을 지었다. 본인의 예상대로 일이 풀리지 않을 때의 얼굴이다. 아마 한넬로레가 아니라 하이스히체의 공격을 되돌려주고 싶었던 것임이 틀림없었다.

'시작하자마자 하이스히체가 자기한테 강한 공격을 퍼부으리라고 예상한 거야.'

다행히 하이스히체의 공격은 슈첼리아의 방패에 막혔지만, 페르디난드는 지금까지의 경험상 그 공격이 자신에게 올 것이라고 생각하지 않았을까? 그래서 보호구로 반격할 계획을 세웠다. 한넬로레와 내가 멀찍이 떨어져 있으니 하이스히체가 나를, 한넬로레가 페르디난드를 공격한 것일지도 모른다. 아니면 하이스히체가 내 방어력을 확인하려고 그랬을까? 어떤 이유였든 페르디난드는 뒤통수를 맞은 셈이 됐다.

"하이스히체, 조심해!"

"상대는 반격하는 마술구를 갖고 있어!"

관전하던 기사들은 나를 공격한 하이스히체가 미처 보지 못한 보호 마술구의 작동 현장을 관전석에서 목격한 것이리라. 소리치며 조언하는 목소리가 여기저기서 쏟아져 나왔다.

"물리 공격에 대한 반격이다. 공격 방법을 잘 생각해!"

"아니, 페르디난드 님은 같은 효과가 있는 마술구를 몇 개나 가지고 다닐 사람이 아니야! 오히려 물리 공격이 정답이야."

'정답! 맞춘 하이스히체에게 박수!'

하이스히체의 말대로 페르디난드가 가져간 보호구는 두 개뿐이다. 하나는 물리 공격에 반격하는 것, 또 하나는 마력 공격에 반격하는 것이다. 다시 말해 시합이 시작되자마자 보호구 하나를 써 버린 셈이다. 그것도 강력한 공격을 할 거라 예상했던 하이스히체가 아닌, 강하지도 않은 한넬로레의 견제 공격으로 말이다.

'으아, 혀 차는 소리가 들리는 것 같아.'

매서운 표정으로 한넬로레를 공격하려고 한 페르디난드에게 하이스히체가 검을 들고 속공으로 달려들었다. 그 속도는 페르디난드보다도 빠르고 날카로웠다. 페르디난드가 눈을 부릅뜨며 공격을 막아 냈다.

날과 날이 맞부딪치며 둔탁한 소리가 울렸다. 손목의 움직임으로 검을 빼는 즉시 다음 공격이 이어졌다. 하이스히체의 공격을 페르디난드가 사나운 표정으로 막아 냈다.

하이스히체가 입술을 비틀었다.

"10년 전과 똑같은 줄 알면 오산이다!"

그때부터 하이스히체의 맹공이 시작되었다. 페르디난드는 이를 필사적으로 막아 내며 버텼다.

나는 놀라움에 눈을 크게 떴다. 에렌페스트에서 대적할 사람이 없다고 해도 과언이 아닌 페르디난드가 속도와 검술에서 하이스히체에게 밀리고 있었다. 한눈에도 방어하는 데 급급해 보였다.

"좋아, 가라! 잘한다!"

"거리를 벌리지 마! 무기를 바꿀 여유도 주면 안 돼!"

"속도와 기술만 따지면 네가 한 수 위다! 해치워 버려!"

아마도 이것이 하이스히체가 가장 자신 있어 하는 공격 방법이리라. 주변 기사들의 응원으로 알 수 있었다.

귀족원을 졸업하고 대략 10년, 줄곧 단켈페르거에서 기사로 활약했던 하이스히체는 강했다. 기사단의 요청으로 가끔 힘을 빌려주곤 하나, 대체로 신전에서 지내는 페르디난드보다도 강했다. 물론 이 시합을 위해 살아 온 듯한 하이스히체의 공격을 막아 내는 페르디난드도 매우 대단하지만, 밀리고 있는 건 분명했다. 표정에 초조함이 엿보였다. 페르디난드가 이렇게 고전하는 모습은 처음 보았다.

"마술구를 쓸 수작이겠지만, 그렇게 놔둘까 보냐!"

하이스히체의 목소리가 울렸다. 페르디난드가 마술구를 들거나 슈타프를 변형할 여유조차 주지 않으려고 근거리에서 맹공격을 퍼부었다.

하얀 선이 번쩍이며 날과 날이 부딪치는 소리가 들렸다. 어마어마한 공격을 받고 있다는 것만 알 수 있을 뿐 신체 강화를 쓴 내 눈으로도 따라가지 못할 정도로 빨랐다.

"신전 생활이 길어서 몸이 둔해졌군. 훈련을 안 했나?"

"나는 기사가 아니니까."

평소와 다름없는 말투였지만, 목소리에서 분한 기색이 느껴졌다. 평소답지 않은 페르디난드의 모습에 나는 숨을 멈췄다.

'어떡해?! 신관장님이 지겠어!'

페르디난드라면 쉽게 이길 줄 알았다. 이렇게 고전할 줄은 상상도 못했다. 생각지 못한 전개에 심장이 쿵쿵거린다. 불안감에 심장이 심하게 고동치고, 등줄기에 불쾌한 땀이 흘러내렸다.

'신관장님의 방해가 되지 않으면서 내가 할 수 있는 일 없을까?'

하이스히체의 공격에 밀리고 있는 페르디난드를 올려다보며 머리를 싸맨 나는 슈타프를 소환하고 마력을 담았다.

"로제마인 님을 조심해!"

"슈타프를 소환했어!"

나는 가만히 기도했다. 이만한 거리라면 아무도 목소리를 듣지 못할 터였다.

"불의 신 라이덴샤프트의 권속, 무용의 신 앙리프의 가호를 페르디난드 님에게."

슈타프에서 파란빛이 일직선으로 발사되었다. 조금이라도 편하게 싸울 수 있길 바랐다. 나는 페르디난드가 지는 걸 보고 싶지 않았다.

"뭐야? 뭘 한 거야?"

"축복인가?"

술렁이는 기사들의 시선 속에서 앙리프의 가호를 받은 페르디난드의 기세가 회복되었다. 조금 전보다 여유가 생긴 것 같았다. 얼굴에서 초조함이 사라지고 평소의 무표정이 돌아왔다. 하지만 앙리프의 가호로도 하이스히체의 우위는 흔들리지는 않았다.

'어쩌지? 어쩌지? 또 뭘 해야 하지……?'

내가 초조해하며 고민하는 그때, 페르디난드의 노성이 날아왔다.

"로제마인! 허튼짓 마라! 반드시 이길 테니 꼼짝 말고 기다려라!"

"네!"

나는 물총으로 변형하려고 쥐고 있던 슈타프를 서둘러 없애고, 레

서버스 안에서 등을 꼿꼿이 세웠다. 그리고 천천히 몸의 힘을 뺐다.

'괜찮아, 반드시 이겨. 신관장님은 이기지 못할 결투는 하지 않으니까.'

그래도 역시나 신에게 비는 마음으로 깍지 낀 손가락에 꾹 힘을 주었다. 상공에서는 기수가 날렵하게 움직이고, 칼이 부딪치는 소리가 끊임없이 이어졌다.

연달아 이어지는 공격에 지치기 시작했는지, 페르디난드의 움직임이 점차 둔해졌다. 내 눈에도 보일 정도면 단켈페르거의 기사들 눈에는 더욱 확실히 보이리라. 응원에 힘이 들어갔다. 흥분한 기사들이 관람석에서 몸을 내밀며 소리친다.

"거기다! 아! 아쉬워!"

"고비가 눈앞이다!"

"단숨에 밀어 버려!"

그런 응원을 받은 하이스히체의 움직임은 더욱 민첩해졌다. 이어지는 공격에 페르디난드의 호흡이 거칠어진 듯했다.

"하앗!"

하이스히체의 공격을 페르디난드가 아슬아슬하게 막아 냈지만, 결국 빈틈을 내주고 말았다.

"이걸로 끝이다!"

"큭!"

하이스히체가 검을 치켜들었다. 그러자 페르디난드가 파란 망토를 움켜쥐더니 자신의 앞에 크게 펼쳤다.

"뭐야?!"

이대로 베면 전리품인 파란 망토를 본인의 손으로 베게 된다.

하이스히체가 보인 한순간의 망설임.

그것을 놓칠 페르디난드가 아니었다.

마술구가 뜯겨 나가며 두 사람 사이에 작은 폭발을 일으켰다. 폭발 지점의 중심에 있던 두 사람도 멀리 튕겨 나갔다.

"이런!"

폭발로 생긴 거센 바람에도 태세를 바로잡은 하이스히체의 안색이 바뀌었다. 마찬가지로 페르디난드도 몸이 날아갔지만, 자세를 고쳤을 때 그 손에는 이미 마석과 같은 몇 개의 마술구를 쥐고, 슈타프도 변형을 해제한 상태였다.

"형세가 역전되었군, 하이스히체."

페르디난드가 여유로운 미소로 하이스히체를 향해 웃었다. 그 관록은 그야말로 마왕이란 별명에 어울렸다. 용사의 미소는 절대 아니었다.

'다행이다. 평소의 신관장님이야!'

늘 보아 왔던 페르디난드의 모습에 나는 가슴을 쓸어내렸다.

"망토를 방패로 쓰다니!"

"역시 마왕이라 불리는 남자! 악랄한 함정만 파다니!"

"비겁하다! 하지만 저런 게 보고 싶었어!"

응원석은 온통 흥분의 도가니였지만, 페르디난드의 악랄한 방식은 새삼스러운 일이 아니다. 조금 전까지 호흡이 거칠어 보이던 페르디난드가 지금은 아주 태연한 얼굴을 하고 있었다. 하이스히체를 속이려고 일부러 연기한 것이었다.

"큭! 간단히 주도권을 넘길 순 없지!"

하이스히체가 다시 한번 자신에게 유리한 전개로 바꾸려고 검을 들어 자세를 취했지만, 마술구가 날아와 또다시 작은 폭발을 일으키는 바람에 제지당했다.

"이 정도로 나를 막을 수 있을 것 같으냐!"

하이스히체는 마술구를 검으로 베어 버렸다. 작은 폭발 따위 아랑곳하지 않고 거침없이 돌진했다. 오로지 힘으로 꺾어 누르며 기수를 몰아 페르디난드와 거리를 좁혔다.

"그 기세로 조금만 더 버텨!"

"마술구가 몇 개 더 있든 별것 아냐!"

나는 움찔했다. 기사들의 말이 맞았다. 이번 디터 시합은 영지 대항전 중에 갑자기 정해진 것이라 공방에서 마술구를 준비해 올 여유가 없었다. 철저한 사전 준비로 덫을 계획하는 것이 특기인 페르디난드에겐 상당히 불리한 싸움이었다. 만전의 태세가 아닌 셈이다. 내게서 가져간 보호구 외에 소지한 마술구도 많지 않을 터였다.

'신관장님, 정말 괜찮겠어요?'

불안이 엄습했다. 그 순간이었다.

"물총."

페르디난드의 중얼거림과 함께 슈타프의 형태가 변했다. 페르디난드가 방아쇠를 당기자 수많은 화살이 날아갔다.

"으악! 으아아악! 이거 뭐야?!"

본 적도 없는 무기에 하이스히체가 경악한 표정을 지으면서도 어떻게든 공격을 피했다. 페르디난드는 무표정으로 물총을 쏘면서 틈틈이 마술구를 던졌다. 피하는 방향까지 계산해서 쏘았다. 하이스히체는 점점 피하는 것도 힘들어 보였다. 새로운 무기의 정체가 무엇인지, 어떻게 대항해야 하는지 파악하지 못해 방어전만 펼치는 것이다.

"저 무기 뭐야?!"

"처음 보는데!"

그때 술렁이는 기사들을 향해 한넬로레가 소리쳤다.

"저건 수업 중에 로제마인 님이 만드신 '물총'과 비슷하게 생겼어요. 하지만 로제마인 님은 물을 쏘는 장난감이라고 하셨고, 저도 그 위력을 직접 봤었는데 저런 무기가 아니었어요."

경악하는 한넬로레를 내려다보며 페르디난드가 흥 하고 콧방귀를 뀌었다.

"무기로 쓸 수 있게 개량한 것이다. 꽤 편리하지. 자, 이렇게."

페르디난드는 하이스히체를 향해 쏘자마자 한넬로레를 겨냥해서도 화살을 쏘았다. 여러 개로 나뉜 화살이 한넬로레를 향해 쏟아져 내렸다.

"위험해요, 한넬로레 님!"

나는 무심코 소리치며 레서버스 안에서 벌떡 일어났다. 방패를 꺼내 화살을 피하는 한넬로레가 보였다. 다행이다, 하고 내가 안도의 숨을 내쉬는데, 차가운 목소리가 위에서 내려왔다.

"로제마인, 그대는 누구 편인가?"

"미, 미, 미, 미안해요! 친구가 위험에 빠질까 봐 저도 모르게……."

얼른 사과했지만, 페르디난드는 봐주지 않았다. 멋대로 움직이지도 말고, 쓸데없는 말을 못하게 입도 닫으라고 명령했다. 나는 입에 지퍼를 잠그고 다시 앉았다.

'그치만 신관장님이 너무 악당처럼 보이는걸. 열세에 놓인 정의의 편을 응원하고 싶어지는 게 사람 마음 아니겠어?'

나는 얌전히 입을 닫고 지켜보았다. 페르디난드는 물총과 마술구를 써서 하이스히체를 기수에서 떨어뜨리자마자 공격 대상을 한넬로레로 옮겼다.

'으아아아아아아아아! 한넬로레 님! 누가 좀 도와줘!'

나는 입을 틀어막으며 눈을 끄게 떴다. 그 시야로 푸르스름한 빛이 보였다. 그 빛은 현을 그리며 굉장한 속도로 페르디난드를 향해 공격하듯 날아갔다. 하이스히체가 낙하하면서 페르디난드에게 마력 덩어리를 쏜 것이다.

'안 돼! 기다려!'

"좋았어!"

"해냈다!"

관람석에서 하이스히체의 공격에 환호하는 소리가 터져 나왔지만, 나는 반대로 핏기가 싹 가셨다.

'보호구가!'

페르디난드가 가지고 간 또 하나의 보호구는 마력 공격에 반응해 작동하는 물건이다. 한번 막힌 하이스히체의 공격이 이번엔 커다란 반격이 되어 본인에게로 날아갔다. 기수에서 떨어져 낙하 중인 하이스히체에겐 그 반격을 피할 방법이 없다.

"하이스히체!"

"저런 마술구를 또 가지고 있었다니?!"

기사들은 비명을 질렀다. 하이스히체는 조금이라도 직격에서 피하려고 공중에서 몸을 비틀었다. 그렇다고 완전히 피할 수는 없었다. 반격의 직격을 맞고 엄청난 속도로 내 쪽을 향해 떨어졌다.

"꺄악!"

거구가 날아오자 나는 몸을 확 움츠렸다. 슈첼리아의 방패에 부딪힌 하이스히체의 몸은 바람에 날려 더 멀리 날아가더니 털썩 하고 묵직한 소리와 함께 바닥에 처박혔다. 나도 모르게 레서버스에서 벌떡 일어났다.

"괘, 괜찮아요?!"

몸을 꿈틀거리고 있으니 죽지는 않았지만, 상당한 중상을 입은 듯했다. 너덜너덜해진 하이스히체에게 치유를 걸어 주고 싶었다. 하지만 아무리 생각이 없는 나라도 시합 중에 적을 치유해 주면 안 된다는 건 안다.

레서버스 안에서 안절부절못하며 하이스히체의 상태를 보는 사이에 그가 회복약을 입에 털어 넣는 모습이 보였다. 저 상태로 회복을 기다려야 하는 모양이다.

'빨리 좋아지기를.'

그렇게 생각하며 나는 하이스히체에서 한넬로레로 시선을 옮겼다. 보물 자리의 경계선을 끼고 페르디난드와 한넬로레가 대치하고 있었다. 한넬로레는 울먹이며 방패를 쥐고 있다.

"하이스히체는 당분간 움직이지 못한다. 패배를 인정한다면 스스로 진을 나와라."

슈타프를 쥔 페르디난드를 올려다보고, 방패에 숨긴 몸을 바들바들 떨면서도 한넬로레는 그 제안을 거부했다.

"저, 저는 단켈페르거의 영주 후보생입니다. 아무리 패색이 짙다 해도 내 발로 진을 나가진 않을 겁니다!"

한넬로레의 말에 페르디난드가 놀란 듯 눈을 크게 떴고, 응원석에 있는 기사들은 뜨겁게 외쳤다.

"오오오오오오오! 한넬로레 님!"

"훌륭하다! 단켈페르거의 영주 후보생이라면 과연 그래야지!"

한껏 달아오른 응원석을 힐끗 본 페르디난드가 귀찮은 듯 숨을 내쉬었다.

"그럼 완력으로 끌어내야지. 얼른 결판을 내지 않으면 후반전이 시작되겠군."

페르디난드는 슈타프에서 빛의 띠를 발사하여 한넬로레를 꽁꽁 묶어 옛날에 나에게 했던 것처럼 물고기 낚듯 단켈페르거 진지에서 끌어냈다.

"꺄아아아아아악!"

한넬로레가 비명을 지르며 포물선을 그리듯 공중으로 날아올랐다.

"한넬로레 님!"

약으로 약간 회복했지만 여전히 너덜너덜한 하이스히체가 비명과 동시에 튕기듯이 일어나 사력을 다해 달렸다. 낙하지점에서 팔을 뻗어 한넬로레를 받아 냈다.

'굉장해! 하이스히체는 기사 중의 기사야!'

결국엔 버티지 못하고 하이스히체는 그대로 쓰러졌지만, 한넬로레에게 큰 상처는 없는 듯했다.

"거기까지! 승자, 에렌페스트!"

한넬로레가 진에서 끌려 나온 순간 에렌페스트의 승리로 결정되었다. 아우브 단켈페르거의 목소리가 결말을 지었다. 나는 슈첼리아의 방패를 해제하고 레서버스로 하이스히체와 한넬로레에게로 달려갔다.

"페르디난드 님, 저 두 사람에게 룽슈멜의 치유를 걸어 줘도 될까요?"

"……그렇게 해 주실 수 있으세요? 저희야 감사하지만."

한넬로레가 눈을 깜빡이며 내가 아닌 페르디난드의 눈치를 봤다. 페르디난드가 어깨를 으쓱하며 "하고 싶으면 하라."라고 말했다.

"그대가 주변에 자비를 뿌리고 다니는 것이 어제오늘 일이더냐. 다만, 자비를 베풀 거면 싸운 상대만 주지 말고, 나에게도 줬으면 한다만……."

"……네?"

표정이 전혀 없어서 알아채지 못했는데, 가까이서 보니 페르디난드의 몸도 상처투성이였다. 이렇게 다쳐 놓고 어떻게 무표정일 수 있는지 감탄스러웠다.

"페르디난드 님은 아픈 티를 좀 내세요. 다친 줄도 몰랐잖아요."

"자신의 불리함을 적에게 알리란 말인가, 어리석은 녀석."

'같은 편도 모르니까 하는 소리잖아요!'

볼을 빵빵하게 부풀리면서 나는 레서버스에서 내렸다. 세 사람을 바닥에 앉히고, 슈타프를 소환하여 마력을 불어넣으며 한 사람씩 치유를 걸어 주었다.

"룽슈멜의 치유를."

슈타프에서 넘쳐 나온 초록빛이 각자의 상처를 치료해 간다. 한넬로레는 안도의 숨을 내쉬며 일어나 "감사합니다." 하고 사랑스러운 미소를 지었다.

가장 부상이 심했던 하이스히체도 움직이는 데 지장이 없을 만큼 회복했다. 하이스히체가 일어나 자신의 몸을 내려다보았다. 손발을 살짝 움직이더니 놀란 표정으로 나를 보았다.

"마력을 과하게 사용하셨겠군요. 송구합니다, 로제마인 님."

"흠, 이 정도면 지장도 없겠군."

몸을 일으킨 페르디난드는 아우브에게 인증용 마석을 돌려주고 마수에 타라고 했다.

"승패는 났다. 받기로 한 소재 얘기는 나중에 하지. 기숙사로 돌아가 서둘러 점심을 먹지 않으면 후반전에 늦겠다. 코르넬리우스의 활약을 보고 싶겠지?"

"네."

페르디난드의 재촉에 나는 훈련장에 출입할 때 빌렸던 마석을 아우브에게 돌려주고 레서버스에 올라탔다. 페르디난드도 마석을 돌려주고 기수를 탔다.

"그럼 이만."

"잠깐 기다려! 그 새로운 무기에 관해 묻고 싶은 게 있다."

하이스히체가 페르디난드를 붙잡으려고 팔을 뻗었다. 페르디난드는 공중에서 잠깐 기수를 멈추고, 뒤돌아보며 씩 웃었다.

"내가 왜 가르쳐 줘야 하지? 알고 싶으면 한 번이라도 이겨 보시지. 단련과 마력 압축이 전부가 아니다. 다른 수단을 유효하게 쓰는 방법을 익히지 않으면 나한테 못 이긴다, 하이스히체."

'그렇게 도발하니까 계속 결투를 신청하잖아요! 아이 정말!'

등 뒤로 재대결을 주장하는 단켈페르거 기사들의 외침이 들려왔다.

영지 대항전 디터

"로제마인, 회복약을 다오. 방에 여분이 있지?"

기숙사에 들어가기 전에 꺼낸 페르디난드의 말에 나는 고개를 갸웃거렸다. 치유는 상처와 고통을 덜어 주지만, 마력은 회복되지 않으니 회복약이 필요하다는 건 이해했다. 하지만 페르디난드도 회복약을 상비하고 있을 터였다.

"페르디난드 님도 가지고 계시잖아요."

"이것마저 쓰면 회복약도 없다. 마술구도 바닥나서 회복약 정도는 남겨 둬야겠다."

'여유로워 보이더니 사실은 꽤 간당간당했나?'

나는 허리춤에 달린 회복약을 페르디난드에게 넘겼다. 그와 함께 팔도 뻗어서 "보호구도 하나는 가지고 계셔야 하지 않아요?"라고 물어보았다.

"아니. 그대에게 보호구가 없는 상황은 피하고 싶군."

페르디난드는 표정 한번 바꾸지 않고 맛도 없는 약을 단숨에 들이켰다. 그러고는 빈 통을 리카르다에 넘겨 채우라고 하고, 기숙사에 들어가려고 했다. 나는 무심코 페르디난드의 소매를 붙잡았다.

"저기, 페르디난드 님."

"걱정하지 마라. 느닷없이 디터 시합을 거는 영지는 또 없다."

그 얘기는 여기서 끝이라며 말을 끝맺어 버리려고 했다. 나는 잡고 있던 소매를 놓고, 분위기를 풀려고 웃어 보였다.

"단켈페르거 같은 영지가 또 있으면 곤란하죠."

"아니지. 몇 군데나 더 있었다면 자기들끼리 지칠 때까지 싸울 테니 우린 상당히 편해지겠지."

"과연 그럴까요? 하이스히체 씨는 죽나 사나 페르디난드 님한테만 싸움을 걸 것 같은데요."

"……끔찍한 소리 마라."

기숙사로 돌아왔지만, 이미 다들 점심을 먹고, 후반전을 하러 돌아간 모양이다. 식당엔 사람이 없어 한적했다. 나와 페르디난드도 서둘러 점심을 먹고, 영지 대항전이 한창인 기사동으로 돌아갔다.

"안 늦었나요?"

"아, 지금은 아렌스바흐가 디터를 하는 중이니까 에렌페스트는 다다음이다."

후반전 순서는 수업 중에 한 모의전 결과로 결정된다. 올해 에렌페스트는 상당히 높은 성적을 받았는지 차례가 뒤쪽이었다.

나는 에렌페스트의 진지로 가면서 다른 영지들의 사교 활동을 보았다. 평소엔 검은색 의상이 눈에 띄는 귀족원에 부모 형제들의 방문으로 형형색색의 의상이 보여 눈이 즐거웠다. 다들 중앙의 유행에 맞춘 옷차림이었지만, 자세히 보면 분위기가 조금씩 달랐다.

"핀스톰인가. 곧 끝나겠군."

페르디난드가 경기장을 흘끔 보았다. 훈련에 자주 등장하는 흔한 마수라서 금방 처치할 거라고 중얼거렸다.

아렌스바흐 사람들이 앞쪽에 모여 응원하고 있었다. 내 작은 키로는 연보라색 망토들과 이따금 경기장 높이 오르는 기수가 연보라색 망토를 휘날리며 나는 것이 보일 뿐이다. 어떤 마수가 있는지조차 보이지 않았다. 아렌스바흐의 전투를 보는 건 포기하고, 열심히 다리를 움직였다. 에렌페스트 차례가 오기 전에 우리 자리로 돌아가야 했다. 그것이 지금 가장 중요한 미션이다.

"이 디터에서 에렌페스트는 몇 위가 될까요?"

"이 종목은 운도 크게 따라야 한다. 잘 아는 마물이 나오느냐 아니냐에 따라 시간 격차가 크게 벌어지지. 하지만 어차피 공격력만으로 처리되는 녀석들만 나올 거다. 학생들끼리 대처하기 애매한 마물은 위험하니까. 그래서 견습 기사들이 머리를 쓰지 않게 되었지만……."

어려운 문제다, 라며 페르디난드가 중얼거릴 때 에렌페스트 자리에 도착했다.

우리의 모습을 발견한 질베스타가 "이겼어?" 하고 물었다. 나는 고개를 크게 끄덕이며 대답했다.

"아주 훌륭한 마왕의 모습을 보여 줬어요. 상품인 망토를 펼쳐서 적을 동요하게 만든 틈에 반격한 페르디난드 님껜 기사다움이 없다고 재인식하게 됐어요."

"난 기사가 아니니 기사답지 않아도 상관없다. 그대야말로 시합 중에 적을 응원하지 않았나. 조금은 성녀다운 일면을 보여주지 그랬는가."

흥 하고 콧방귀를 뀌면서 페르디난드가 나를 노려보았다.

"어머, 전 슈첼리아의 방패를 치고, 무용의 신 앙리프의 축복도 주고, 마지막으로 룽슈멜의 치유까지 했잖아요. 다른 사람들 눈에는 성녀처럼 보였을걸요?"

작년 보물 뺏기 디터처럼 기책을 쓰지도 않았고, 지시도 내리지 않았다. 아주 얌전하게 기수 안에서 시합을 지켜봤단 말이다.

그러자 질베스타가 내 반론을 자르듯이 가볍게 손을 들었다.

"로제마인, 시합 과정은 나중에 얘기해. 결국 누가 이겼어?"

"책 판매에 관련된 자세한 얘기는 나중에 정하기로 했어요."

내 말에 질베스타가 "알겠다."라고 말하면서 옆에 앉은 플로렌치아를 보았다. 플로렌치아가 한층 더 깊은 미소를 지었다. 조금 위압감이 느껴지는 건 내 기분 탓인가?

"저쪽도 첫째 부인을 포함해서 주변과 의논을 해야 할 거야. 시간이 필요하게 되는 건 피차일반이야."

남자들의 폭주로 멋대로 시합을 벌였으니 지금쯤 여성들이 핏대를 세우고 있을 거라며 질베스타가 중얼거렸다. 아무래도 상의도 없이 디터 시합을 받아들여 플로렌치아에게 한마디 들은 모양이다.

"영주 회의 때 단켈페르거가 중요 안건으로 인쇄에 관해 우리 의견을 어느 정도 수용해 주는 대신 거래를 요구할 겁니다. 아우브의 수완을 기대하고 있겠습니다."

페르디난드가 은근히 무례하게 미소를 지었을 때 우와 하고 환성이 일며 소리 증폭 마술구로 크게 키운 루펜의 목소리가 행사장에 쩌렁쩌렁하게 울렸다.

"에렌페스트는 앞으로!"

경기장이 보이는 전방에서 진을 치고 있던 견습 기사들이 기수를 타고 우르르 경기장으로 내려갔다. 기수를 탄 밝은 황토색 망토가 뭉치며 경기장을 한 바퀴 돈다.

"과연 얼마나 성장했을까?"

흥미진진하게 말한 사람은 기사단장인 칼스테드였다. 그 한 발짝 뒤에는 코르넬리우스의 활약을 보려고 온 엘비라도 있었다.

질베스타와 플로렌치아를 비롯한 빌프리트와 샤를로테도 견습 기사들이 자리를 비운 앞쪽에 모였다. 영주 후보생인 나도 제일 앞에서 볼 수 있게 자리를 비워 줬다. 그런데 그 자리에서도 은근히 벽이 높았다. 열심히 까치발을 들면 보이긴 하겠지만, 우아하지 않다. 영주 후보생 실격이다.

"공주님, 이걸 쓰세요."

내가 돌아보기도 전에 리카르다가 슬쩍 받침대를 놓아 주었다. 그 위에 올라가니 얼굴이 벽 높이를 가볍게 넘겼다. 각자 위치를 잡은 견습 기사들의 모습이 한눈에 보였다.

"고마워요, 리카르다."

"자, 응원합시다."

내 주변으로 측근들이 모여들었다. 기대감에 두근거리며 경기장을 지켜보는데, 마물을 생성할 선생이 마법진으로 다가갔다. 와아 하고 터지는 함성에 가볍게 손을 흔들며 응하는 사람은 프라우렘이었다. 에렌페스트 쪽을 힐끗 보더니 후훗 하고 웃는다. 아주 불길한 예감이 들었다. 그렇게 느낀 건 나뿐만이 아닌지, 주변에서도 "으아…….""하필이면……." 하는 목소리가 들렸다.

"어째서 루펜 선생님이 아니죠?"

프라우렘의 등장에 내가 뾰로통하게 볼을 부풀리자, 매년 디터를 관전하는 칼스테드가 알려 주었다.

"교사 한 사람이 모든 마법진을 기동하기 힘들어서 여러 선생이 디터 시합을 담당하고 있지. 람프레히트와 코르넬리우스한테 들었다만, 의도적으로 봐줄 가능성을 고려해서 출신 영지는 담당하지 못하게 하는 규칙이 있다더군. 출신 영지 외에 어디를 담당할지 목패를 뽑아 정한다고 하니 이것도 다 운이겠지."

'그렇단 말은 에렌페스트의 운이 나쁘다는 거네.'

"하지만 이상한 장난을 치지 않을까요?"

내 말에 칼스테드는 어깨를 으쓱했고, 페르디난드는 "대단한 짓은 할 수 없을 거다."라고 답했다.

"이렇게 많은 눈들 앞에서 자기 평가를 깎지 않고 장난을 치려고 한다면 알려지지 않은 마물이나 처리하는 데 애먹는 마물을 소환하는 정도겠지."

"페르디난드 님은 쉽게 말씀하시는데요. 그건 속도를 겨루는 시합에선 굉장한 불이익 아닌가요?"

에렌페스트는 모의전 6위라는 좋은 성적으로 디터에 임하는 것이다. 앞뒤에서 순조로운 결과를 보여주는 가운데, 꼴사나운 모습을 보인다면 그것만으로도 순위를 단숨에 끌어올린 에렌페스트는 비웃음을 사게 된다.

"인지도가 낮은 마물이 나왔을 때도 차분하게 대응했으니 큰 걱정은 안 해도 된다."

목소리를 낮추며 페르디난드가 속닥거렸다. 아무래도 페르디난드는 타니스베팔렌의 대응을 높게 평가하는 모양이다. 즉, 레오노레가 마물을 아느냐 모르느냐로 순위가 크게 바뀌는 셈이다. 나는 숨을 삼키며 경기장을 내려다보았다.

프라우렘이 슈타프를 소환하여 뭐라고 주문을 외웠다. 마법진이 기동되더니 눈부신 빛을 발했다. 빛이 약해졌을 땐 꾸물꾸물하는 거대한 덩어리가 보였다. 크기는 크지만, 지금까지 본 마물과 달리 포효하거나 곧바로 공격을 가해 오지도 않았고, 머리가 어디에 있는지 알 수가 없었다. 나는 처음엔 프라우렘이 마물 제작에 실패한 줄 알았다.

"훈더트타이렌이라. 귀찮게 됐군."

페르디난드가 성가시다는 듯이 중얼거렸다. 공격할수록 분열하는 마물이라고 한다. 최소한의 크기가 될 때까지 분열을 반복할 뿐, 강하진 않지만 쓰러뜨리는 데 상당한 시간이 걸린다고 한다. 아렌스바흐의 바다 근처에 사는 마물이라고 했다.

"뭐야? 저건. 처음 보는데?"

"마물 맞아?"

경기장을 내려다보던 관객들이 술렁대는 가운데, 프라우렘이 우리를 힐끔 쳐다보며 퇴장했다. 그 후 심판을 맡은 루펜이 "시작!" 하고 소리쳤다.

움직임이 전혀 없는 훈더트타이렌을 내려다보는 상태에서 레오노레가 모두를 집합시켜 무어라 말했다. 갑자기 트라우고트와 코르넬리우스가 전력 공격을 가하기 위해 마력을 모으는 모습이 보였다. 다른 견습 기사들은 사방으로 흩어져 방패를 들고 충격에 대비할 준비를 마쳤다. 레오노레는 방패를 들고, 코르넬리우스의 바로 옆에 붙어 섰다.

"호오, 훈더트타이렌의 대처 방법을 알다니. 열심히 공부했군."

매우 만족스럽다는 듯 페르디난드의 목소리가 감탄을 자아냈다. 갑자기 전력 공격? 하고 의아하던 나는 페르디난드의 말에 트라우고트가 폭주하려는 것이 아님을 깨닫고 안도했다.

슥 들어 올린 레오노레의 오른팔이 샥 하고 내려가자, 코르넬리우스가 검을 휘둘렀다. 마력 덩어리가 훈더트타이렌을 향해 날아갔다.

코르넬리우스와 타이밍을 맞추듯 트라우고트도 검을 휘둘렀다.

그 직후, 트라우고트가 방패를 들어 충격에 대비하는데, 코르넬리우스는 다시 마력을 모으기 시작했다. 그러자 방패를 든 레오노레가 코르넬리우스의 앞에 서서 충격에서 그를 지켜 준다.

'저렇게 싸우는 자리에서도 두 사람의 세계로 보이네.'

그렇게 생각한 건 나뿐만이 아닌지 엘비라가 들뜬 소리를 질렀다. 새로운 기사 이야기의 희생물로 낙점이다.

레오노레의 방패 뒤에서 마력을 모은 코르넬리우스가 검을 들었다.

"야아아아앗!"

첫발보다 작아 보이는 마력 덩어리가 훈더트타이렌을 향해 날아갔다. 쿵 하는 큰 소리와 공기가 파르르 진동하는 듯한 충격과 함께 작은 것들이 폭발하며 사방에 튀었다.

"머리를 노려! 또 합체하기 전에 재빠르게 없앤다!"

마티아스의 목소리와 동시에 대기하던 견습 기사들이 일제히 움직였다.

꾸물거리는 덩어리로 보였던 훈더트타이렌은 작은 뱀들이 모여 합체한 거대 뱀 같은 마물이었다. 그것을 트라우고트와 코르넬리우스의 전력 공격으로 완전히 분열시켰다.

"훈더트타이렌은 완전히 분열시킨 후, 하나씩 숨통을 끊는 방법이 최고다. 어중간한 힘으로 분열시키면 수만 늘어나고, 가까운 놈들끼리는 다시 합체하지. 시간만 끌면 피로만 쌓인다. 마력으로 한 방에 타격을 줘서 완전히 분열시키는 것이 승패의 갈림길이다."

페르디난드의 해설에 나는 고개를 끄덕이며 눈 아래에서 펼쳐지는 싸움을 지켜보았다. 최대한 합체하지 못하도록 흩어진 뱀들을 일일이 처치해야 하니 견습 기사들도 여간 고생이 아니었다. 하지만 작은 뱀은 머리에 칼만 꽂으면 나도 쉽게 처치할 정도로 약한 듯했다.

코르넬리우스가 회복약을 먹으러 뒤로 물러나고, 다른 견습 기사들이 경기장을 뛰며 돌아다닌다.

"내 정면에 있는 사람은 잠시 뒤로 물러서세요!"

레오노레가 기수에 탄 상태로 팔을 휘둘러 무언가를 던졌다.

"그물?"

예전에 슈첼리아의 밤에 넓은 범위의 마수들을 쓰러뜨리려고 페르디난드가 썼던 그물과 비슷한 물건이 넓게 퍼졌다. "하얏!" 하고 레오노레가 소리친 순간, 그물이 빛나며 그 안에 갇힌 훈더트타이렌이 소멸했다. 뭉쳐 있는 훈더트타이렌을 그물망으로 세 덩어리 소멸시킨 레오노레는 마티아스에게 지휘를 맡기고 회복을 위해 뒤로 물러났다.

"저 그물은 마력 소비가 상당하다. 평소에 훈련할 때는 잘 몰랐는데, 제법 마력을 올린 모양이로군."

칼스테드가 경탄하듯 레오노레의 활약을 칭찬하자, 엘비라가 칠흑 같은 눈동자를 반짝이며 기쁜 숨을 내쉬었다.

"코르넬리우스에게 다가가려고 레오노레가 노력한 결과겠지요. 사랑은 여성을 강하게 하거든요. 조금이라도 상대방과 어울리는 사람이 되기 위한 소녀의 강한 정신력. 감동했어요. 이건 꼭 소설로 써야 해."

'으아. 레오노레, 코르넬리우스 오라버니. 깊은 조의를 표합니다.'

엘비라와 결탁할까 봐 나한테까지 숨긴 두 사람이다. 엘비라를 막지는 말자. 플로렌치아와도 레오노레가 기숙사에서 지내기 불편하지 않게 배려해 달라는 약속만 했다. 상황이 어떻게 돌아갈지 잠자코 지켜보자.

'레오노레가 졸업하고 책으로 나올 때 둘이서 골머리 한번 앓아보라지, 흥.'

"오! 유디트가 대활약을 하는데? 저 아이도 네 호위 기사 아니냐?"

칼스테드의 목소리에 경기장을 보았다. 유디트가 손에 잔뜩 쥔 작은 칼들을 "얍!"하고 연속으로 던지는 모습이 보였다. 날아간 칼은 훈더트타이렌의 머리에 정확하게 명중했다. 칼에 찔린 작은 뱀이 스르륵 사라진다.

"유디트, 3-1-1에 광범위하게 퍼져 있으니까 거길 부탁해. 트라우고트, 2-5-1에서 합체하고 있어. 루돌프는 6-4-3, 나탈리에는 1-4-2 벽에 붙은 놈들 처리해 줘."

레오노레에게 지휘권을 넘겨받은 마티아스가 조금 높은 위치에서 일일이 지시를 내리는 모습이 보였다. 작년에는 눈에 띄려고 독주했던 트라우고트도 중급 기사인 마티아스의 지시를 따르는 모습을 보면 조금은 성장했는지도 모르겠다.

"마티아스가 말하는 저 숫자는 뭐예요?"

"경기장 공간을 파악할 때 쓰는 숫자다. 지시를 내리기 쉽고, 게빈넨으로 개선책을 모색할 때 나도 자주 쓰고 있지."

'아~, 혹시 신관장님의 자료를 참고하면서 쓰게 된 건가?'

"선도 표시도 없는데 위치를 어떻게 파악하죠? 저런 숫자로 지시해도 즉시 못 움직이겠는데요?"

마물이 등장하는 원과 대기하는 원, 그 사이에 선이 몇 줄 그어져 있을 뿐, 그런 세세한 숫자를 알 만한 표시도 없었다. 지금 내게 그 숫자로 지시를 내리면 어디로 가라는 말인지 전혀 모를 것 같았다.

"네 말처럼 여기사 몇 명은 위치 파악을 어려워하더군. 지시대로 움직이게 되기까지 상당한 시간이 걸렸지. 훈련을 되풀이해서 익숙해지는 수밖에."

코르넬리우스와 레오노레도 부활하여 작은 훈더트타이렌을 처리해 갔다.

"유디트, 저게 마지막이야!"

마티아스의 목소리에 유디트가 칼을 휙 던졌다. 던져진 칼은 정확하게 훈더트타이렌의 머리에 꽂혔다. 다음 순간, 여태껏 옅은 빛을 발하던 마법진의 빛이 사라졌다.

"에렌페스트, 종료!"

우리는 견습 기사들이 돌아오도록 관전하던 자리의 공간을 비웠다. 에렌페스트의 견습 기사들이 잇달아 관람석으로 돌아오고, 교대하듯 하우프레체의 보라색 망토가 경기장으로 들어간다.

돌아온 견습 기사들은 기수를 해제하고 질베스타와 플로렌치아의 앞에 정렬하여 무릎을 꿇었다. 최상급생 코르넬리우스가 입을 열었다.

"아우브 에렌페스트, 송구스럽습니다. 기대하신 만큼 순위를 올리지 못했습니다."

"아니다. 페르디난드밖에 모를 만큼 인지도가 낮은 낯선 마물인데 잘 대처했지 않느냐. 너희들이 열심히 배우고 연습했다는 것이 느껴졌다. 작년보다 마력, 기술, 협조성도 올랐다. 잘했다."

"과분한 칭찬입니다."

견습 기사들이 일제히 머리를 숙였다. 질베스타가 고개를 한 번 끄덕이고, 칼스테드를 보았다.

"칼스테드, 기사단장의 눈엔 어떻게 보였나?"

질베스타가 발언권을 칼스테드에게 넘겼다. 질베스타의 호위 기사로 항상 뒤에 서 있는 칼스테드가 한 걸음 앞으로 나왔다. 어깨너비로 다리를 벌리고, 견습 기사들을 내려다보았다.

"확실히 영지 대항전에서는 속도를 겨루므로 성적이 떨어진 것처럼 느껴질 수도 있다. 허나, 마물 운이 나빴다. 그런데도 처음 본 마물과 싸운 것 같지 않게 훌륭히 잘 싸워 줬다. 또 서툰 부분은 있으나 지시를 따라 각자가 할 일을 찾고, 주변이 어떻게 움직이는지 살피게 되었다. 크게 성장했다. 앞으로도 힘쓰도록."

"네!"

견습 기사들이 해산하자, 우리는 다시 사교로 돌아가기 위해 테이블 자리로 움직였다. 빌프리트와 샤를로테는 견습 기사들의 활약 얘기를 주고받으며 제일 가까이에 있는 자기들 자리에 앉았다. 나는 자리가 더 뒤에 있는 질베스타와 함께 걸음을 옮겼다.

"……이렇게 보고서대로 기숙사 전체가 하나가 되어 열심히 노력하는 걸 보니 마력 압축을 배우지 못한 구 베로니카 파 아이들이 불쌍해지는군."

질베스타가 그렇게 중얼거렸다. 영주 후보생이 셋이나 있는데도 제각기 파벌 다툼을 하지 않고 협력하는 이런 상태는 거의 보기 어렵다고 한다. 우리가 재학 중일 때와 졸업 후로 성장률이 달라질 수 있었다. 그래서 질베스타는 장래에 에렌페스트를 짊어질 아이들이 마력을 늘리길 바라는 듯했다.

"현재로서는 어렵다는 건 잘 알고 있다만……."

그 중얼거림에 나도 고개를 끄덕였다.

하르트무트의 결혼 상대

나와 페르디난드가 자리에 앉자, 시종들이 바쁘게 움직이며 사교 재개 준비를 시작했다. 그때 하르트무트가 다가왔다.

"로제마인 님, 제 에스코트 상대를 소개해 드리고 싶은데, 시간을 내주실 수 있으십니까?"

"오틸리에에게 듣자 하니 아주 많은 여성과 친밀하게 지낸다던데, 한 사람으로 정했나요? 칼부림이 일어나진 않았나 보네요."

내 말에 하르트무트가 눈을 크게 뜨더니 상쾌한 미소를 지으며 오른손을 가슴에 댔다.

"누가 들으면 오해하겠습니다, 로제마인 님. 전 '나의 이름은 항시 당신과 함께. 나의 목숨은 당신을 위해'를 가슴에 새기며 하루하루를 보내고 있습니다."

"감동적인 로데리히의 대사를 훔쳐 쓰지 말아 줘요."

내가 발끈하자, 페르디난드가 한숨을 내쉬며 "조용히 하거라." 하고 가볍게 손을 흔들었다.

"그대에게 소개하고 싶다지 않는가. 분명 결혼까지 생각하는 상대 겠지."

상사인 내게 정식으로 소개한다는 것은 졸업식 에스코트뿐만 아니라 이 영지 대항전에서 서로의 부모를 소개하고, 결혼 얘기가 오갔다는 뜻이라고 했다.

"로제마인의 측근인 하르트무트가 어떤 여성을 선택했는지 나도 알아야 하겠지. 데리고 오거라."

"알겠습니다."

문관들이 있는 자리로 간 하르트무트가 파란 망토를 두른 여성과 함께 돌아왔다. 어디서 본 적이 있는 것 같다 했더니, 도서관 다과회에서 한넬로레와 동행했던 견습 문관이었다.

등 뒤로 땋은 짙은 갈색 머리가 흔들렸다. 눈동자도 단켈페르거의 망토 색과 똑같은 파란색이었다. 키가 큰 하르트무트 옆에 서도 위화감이 없었다. 그녀도 키가 큰 편이리라. 수줍은 듯 볼을 발그레하게 물들이며 하르트무트의 반보 뒤를 걸어오는 모습이 매우 순진해 보였다.

"단켈페르거라……."

페르디난드의 중얼거림에 불쾌한 울림을 느낀 나는 그를 힐끗 쳐다보았다.

"단켈페르거 여성은 계산적인 사람이 많다. 정보를 얼마나 빼내 갈지 걱정이군. 과연 하르트무트가 그녀를 제어할 수 있을까?"

"페르디난드 님, 단켈페르거 여성한테 뭐 당한 적 있어요?"

"……아니, 일반론이다."

계산적이라는 평가가 일반론으로 알려진 영지인 걸까. 단켈페르거 여성은 한넬로레밖에 모르지만, 딱히 계산적으로 보인 적은 없었는데 말이다.

"단켈페르거 상급 견습 문관 5학년생, 클라리사입니다."

놀랍게도 하르트무트의 짝은 내게 단켈페르거의 이야기를 선물한 클라리사였다. 이미 그녀의 글을 몇 개나 읽은 적이 있어 호감도가 쭉 쭉 올라갔다.

클라리사는 첫인사를 하고, 감개무량한 얼굴로 "드디어, 드디어 로제마인 님을 소개받을 수 있게 되어 기쁩니다."라고 했다.

'하르트무트가 여자들을 수두룩하게 사귀었다고 했지?'

"이렇게 소개해 준 걸 보면 클라리사는 하르트무트와 결혼하기로 한 거죠? 어떤 점이 결혼을 결정하게 된 요인이었나요? 참고만 하려고 하니 알려 주세요."

대체 별난 하르트무트의 어디가 그렇게 좋았니? 라는 질문을 던질 수는 없었다. 나는 완곡하게 결혼을 결정하게 된 요인을 물었다.

"작년에 단켈페르거와 디터 시합을 하셨을 때, 기억하고 계십니까?"

"그럼요. 물론이죠."

디터 정보를 교환하면서 친해졌나? 의아해하는 내게 클라리사는 뺨을 붉히며 입을 열었다.

"그때 전 정말 감동했습니다."

파란 눈을 반짝이는 클라리사의 입에서 나온 얘기는 두 사람의 첫 만남 얘기가 아니었다. 귀족원에서 가장 체격이 작은 내가 기책을 써서 단켈페르거 견습 기사들을 가지고 노는 모습이 너무 멋있었다는 얘기였다.

"언젠가 로제마인 님을 모시고 싶어서 에렌페스트의 남성과 결혼하기로 결심했습니다."

'뭐? 하르트무트랑은 전혀 관계없는데요?!'

그때부터 클라리사는 자신의 조건에 맞는 남성을 찾으며 정보를 수집하기 시작했다고 한다. 동급생이나 연상이 아니면 결혼까지 시간이 걸린다. 또 결혼 후엔 나를 모시고 싶었으므로 나의 측근이 결혼 상대로 바람직했다. 또 부모가 허락해 줄 만한 사람이어야 했다. 에렌페스트의 순위를 따지면 상대가 상급 귀족이라도 마력량에 차이가 나는 경우도 빈번하기 때문이다.

클라리사의 조건에 딱 들어맞은 사람은 우수자로 표창을 받은 코르넬리우스와 하르트무트밖에 없었다. 코르넬리우스에겐 '마음에 둔 사람이 있다'며 거절당했지만, 하르트무트는 여러 영지의 여성과 친밀하게 지내며 정보를 얻는 자유로운 남자였다.

"제가 하르트무트에게 결혼을 전제로 사귀어 달라고 제안했습니다."

흠흠 하고 듣고 있는 내 뒤에서 "그래서 그랬군요."라는 엘비라의 목소리가 들렸다. 깜짝 놀라 뒤돌아보니 그녀는 꼭 나의 전속 문관 같은 얼굴로 메모를 하고 있었다.

"하르트무트에게 어떻게 마음을 전했죠?"

엘비라의 질문에 대답한 사람은 하르트무트였다. 조금 먼 곳을 바라보며 입을 열었다.

"클라리사는 정말 정열적이었습니다. 갑자기 내 발을 걸어 넘어뜨리더니 목에 무기를 들이댔거든요."

"……예?"

"순간 어안이 벙벙했습니다."

클라리사는 무려 몸으로 자신의 무력을 과시해 결혼 과제를 넘기라며 협박했다고 한다. 생명의 위험을 느낀 하르트무트에게 과제를 받아 냈고, 전부 통과했다. 그 과정에서 하르트무트와 친밀했던 연적들을 하나씩 밀어냈다고 한다. 클라리사에게 연애란 열의와 근성으로 거머

쥐는 것인 듯했다.

'단켈페르거의 사랑은 남녀 역전도 성립하는구나. 새로운 발견이지만 알고 싶진 않았어. 언뜻 보면 클라리사도 평범한 아이인데.'

"과제를 달성했고, 우린 결혼을 전제로 사귀게 되었습니다. 그래서 이렇게 영지 대항전에서 로제마인 님을 소개받을 수 있게 된 겁니다."

이렇게 제 연애사를 밝히니 부끄럽네요, 라며 클라리사는 수줍은 얼굴로 말했지만, 솔직히 연애사를 들은 것 같지가 않았다.

'칼부림으로 두 사람이 친해졌을 줄은 몰랐네.'

나는 클라리사의 옆에 서 있는 하르트무트를 보았다. 평소와 같은 얼굴이지만, 갑자기 무기를 들이미는 여성과 결혼해도 정말 괜찮은 걸까?

"하르트무트는 결혼을 어떻게 생각해요? 그, 아주 충격적인 만남이었던 것 같은데……."

"확실히 충격적인 만남이긴 했습니다. 하지만 제가 아무리 로제마인 님 얘기에 심취해도 클라리사는 열심히 들어 주고, 로제마인 님께 푹 빠져 있어도 전혀 질투하지 않으니, 제겐 더할 나위 없이 좋은 연이라고 생각합니다."

'어떡해. 하르트무트를 위해선 축하해 주고 싶은데, 나를 위해선 축하해 주고 싶지 않은 조합이야.'

내가 심각하게 고민하는데, 수줍은 표정을 진지하게 바꾼 클라리사가 나를 똑바로 바라보았다. 내가 반대한다고 느꼈는지도 모르겠다. 아차 하고 입을 열려는 순간, 클라리사가 단켈페르거다운 강렬한 푸른 눈을 희번덕 떴다.

"하지만 이 결혼과 로제마인 님을 모실 수 있느냐 없느냐는 별개의 문제입니다. 저는 꼭 로제마인 님을 주인으로 모시고 싶습니다. 그 진심을 인정받고 싶어, 하르트무트에게 이 자리를 마련해 달라 부탁한 겁니다."

그때부터 클라리사의 자기 어필이 시작되었다. 견습 기사가 되는 선발 시험에 떨어진 탓에 문관이 된 케이스로, 지금도 견습 기사와 함께 훈련하며 몸을 단련하고 있어 호위도 가능하다. 에렌페스트와 단켈페르거의 협상에서도 전면적으로 나설 수 있다며 호소했다.

'잠깐? 나 지금 부하의 결혼 상대를 소개받고 있는 거 맞지? 왜 취업 면접관이 된 기분일까?'

"무(武)에 가까운 문관이라서 호위도 가능하다고 하지만, 본업인 문관으로선 뭘 할 수 있지? 내년에 졸업을 앞두고 어떤 연구에 힘을 쏟고 있는가?"

옆에 있던 페르디난드도 완전히 면접관 자세였다. 귀족원에서 어떤 연구를 하고 있는지를 상당히 세세하게 물었다. 클라리사는 광범위하게 영향을 끼치는 마술을 보조하기 위한 마술구와 마법진을 연구하고 있다고 답했다.

"전 일반 문관이 아닌, 로제마인 님의 문관으로 인정받기 위해 이만큼 노력했습니다."

클라리사가 종이 뭉치를 내밀었다.

"저희 집에 있는 책들을 베껴 쓴 사본입니다. 하르트무트에게 듣고, 에렌페스트의 장서와 겹치는 책은 제외하고 두 권 분량입니다. 인사드릴 때 드리려고 준비했습니다."

"하르트무트! 클라리사는 정말 열정적이고 멋진 분이네요. 전에도 이야기를 줬는데, 이렇게 사본까지 주다니…… 합격입니다!"

"좀 더 깊이 생각해, 멍청한 녀석! 적어도 내용을 본 후에 평가해라."

페르디난드에게 지적당한 나는 클라리사가 내민 사본을 신나게 훑어보았다. 그러면서 클라리사가 하르트무트와 결혼해서 나의 측근이 되는 것도 함께 생각해 봤다. 에렌페스트 입장에서 손해는 아니다. 솔직히 말하자면 하르트무트 2호라 할 만한 성녀 신자가 한 명 더 늘어나 성가셔질 뿐이다.

"글씨체도 반듯하고, 잘 쓴 것 같아요. 그리고 단켈페르거와 연결고리가 생기면 에렌페스트 입장에서도 나쁠 것 없잖아요. 안 될까요, 페르디난드 님?"

반대하려나, 하고 불안해하며 옆을 올려다보았다. 나의 후견인이며 결정권을 쥔 페르디난드가 무슨 말을 할지 클라리사도 긴장한 표정으로 가만히 기다렸다.

"……흠. 무에 가까운 문관이면 협상 면에선 불안하긴 하다만, 그건 하르트무트가 보완하겠지. 클라리사를 품고 싶다면 좋을 대로 하라."

페르디난드에게 허가를 받은 클라리사의 기대감에 찬 파란 눈동자가 내게로 향했다.

"그럼 하르트무트와 결혼해서 에렌페스트로 이적하면 측근으로 받아들이겠습니다."

"감사하게 생각합니다."

기뻐하며 뺨을 물들인 클라리사와의 면접이 일단락되자, 하르트무트가 한 걸음 앞으로 나왔다.

"페르디난드 님, 조금 전에 라이문트가 왔습니다. 시간을 내주실 수 있다면 과제를 직접 제출하고 싶다고 합니다."

"알겠다, 데려와라."

하르트무트와 클라리사가 함께 에렌페스트의 문관 자리로 걸어갔다. 기쁜 표정으로 클라리사가 말을 걸면 하르트무트도 그에 대답하는 모습이 보였다.

"클라리사는 단켈페르거의 일반적인 여성이에요?"

내가 질문하자, 페르디난드가 복잡한 표정으로 클라리사에게 시선을 보냈다.

"내가 알고 있는 단켈페르거의 여성과는 분위기가 상당히 다르군. 아마 사고 회로가 기사 쪽에 가까워서 그렇겠지. 구혼 방법도 평범하지 않아."

"무력을 들이밀면서 마음을 고백하다니 충격적이었어요."

"네, 정말로요. 어떻게 써야 좋을까요? 고민되네요."

엘비라가 곤란하다는 표정으로 자리를 떴다. 꼭 힘들게 연애 소설로 써야 할까. 단켈페르거 여성이 남성의 마음을 차지하는 법 같은 실용서면 되지 않은가. 단켈페르거 여성에게 고백받을 가능성이 있는 타영지 남성의 필독서가 되지 않을까.

"페르디난드 님, 로제마인 님. 라이문트를 데려왔습니다."

두 사람이 라이문트를 데리고 돌아왔다. 클라리사는 페르디난드와 내가 인정하는 문관의 실력이 어떤지 궁금한 듯했다. 아렌스바흐 학생이면서도 유용성을 인정받은 라이문트는 클라리사 입장에선 목표를 높이기 위한 라이벌이라고 한다.

'음, 신관장님과 하이스히체 씨의 관계와 비슷한 걸까?'

아렌스바흐의 연보라색 망토를 두른 라이문트는 깔끔하고 청결한 차림이었다. 하지만 얼굴에는 수면 부족의 기색이 짙었다. 페르디난드에게 직접 과제를 보여주려고 직전까지 연구한 듯했다.

라이문트는 긴장한 표정으로 인사하고, 과제를 제출했다. 과제를 건네받은 페르디난드가 그 자리에서 첨삭을 시작했다. 하르트무트와 클라리사도 흥미진진하게 마법진을 들여다보았다. 전이 마법진을 절약형으로 만들어 달라는 내 의뢰였으므로 나도 목을 쑥 내밀었다.

"이런 식의 개량도 나쁘지는 않군. 하지만 여기에 이런 식으로 마법진을 추가하면 마석으로 마력이 보완되니 결과적으로 술사의 마력 양을 절약할 수 있겠지."

"마석으로 보완하라는 말씀입니까. ……하급 귀족도 간편하게 작업할 수 있게 하라는 과제였는데 마석을 그렇게 쉽게 구할 수 있습니까?"

"마석을 구하는 게 그렇게 어렵지 않을 텐데?"

마력의 양뿐만 아니라 연구 소재도 부족함이 없는 페르디난드를 기준으로 삼아서는 안 된다. 내가 그렇게 말하려고 할 때 마법진을 감탄하며 보고 있던 클라리사가 먼저 의견을 냈다.

"평민도 마수를 잡으면 마석을 구할 수 있으니 보완 마법진은 있어도 좋다고 생각합니다."

페르디난드와 라이문트가 깜짝 놀라며 클라리사를 보았다.

"평민이 마석을 구할 수 있다고?"

"숲에 사냥을 하러 가면 평민도 마수와 맞닥뜨립니다. 약한 마수라면 그들 힘으로도 잡을 수 있고, 평민이 채집한 마석을 사들이는 가게도 마을에 있는데, 하급 귀족이 마석을 구하지 못한다는 말은 이해가 되지 않습니다."

'내가 보기에 단켈페르거는 평민도 강한 거야. 나, 단켈페르거 출신

이 아니라 천만다행이다. 거기였으면 이미 죽었어.'

"평민촌에 마석을 사들이는 가게도 있는 건가."

고개를 갸웃거리는 페르디난드와 라이문트를 보면 아렌스바흐와 에렌페스트에는 없을지도 모른다. 나는 평민촌에 살았지만, 밖을 돌아 다니지 않아서 잘 모르겠다.

어쨌거나 하품 마석도 유효한지 어떤지 확인하고, 유효하다면 보완 마법진을 늘리는 점도 시야에 넣어 두라는 말로 페르디난드는 첨삭을 끝냈다.

"새로운 과제는……. 로제마인, 필요한 것 있는가?"

수중에 자료가 없어 바로 다음 과제가 떠오르지 않는지, 페르디난 드가 내게 넘겼다. 나는 크게 고개를 끄덕였다. 개량이 필요한 마법진 이라면 얼마든지 넘쳐 나니까.

"솔랑쥬 선생님에게 빌린 자료에 나오는 도서관 마술구를 개량해 줬으면 좋겠어요."

나는 솔랑쥬의 자료에 있던 도서관 마술구를 열거했다. 시간을 알 리며 빛내는 마술구와 관내를 청소하는 마술구, 열람실 내의 소음을 줄이는 마술구, 오래된 자료를 썩히지 않고 보관할 때 필요한 시간을 멈추는 마술구, 햇빛에 책이 상하지 않게 하는 마술구 등이다.

"어떤 마법진입니까?"

"몰라요. 자료에 나와 있지 않았어요. 하지만 도서관에 도움이 되는 마술구가 필요해요. 마력을 최소한으로 절약하는 마법진이 나온다면 솔랑쥬 선생님도 편해질 테고요."

나의 명분을 듣던 페르디난드가 가볍게 한숨을 쉬었다.

"도서관에서 사용하는 마술구 자료라면 나도 몇 점은 가지고 있다.

그걸 토대로 과제를 내마."

힐쉬르의 스승의 스승의 스승이 만든 마술구도 있다며, 약간의 자료도 남아 있다고 한다.

"한 번 도서관에 가 보면 연구에 도움이 될지도 모르겠습니다. 쉽게 알 만한 곳에 마법진이 있으면 좋은데……."

라이문트가 다음 일정을 세우기 시작하자, 갑자기 클라리사가 파란 눈을 반짝였다.

"페르디난드 님, 제게도 과제를 주십시오."

"그대는 로제마인의 측근 희망자이지, 나의 제자 희망자가 아니지 않은가. 과제라면 로제마인한테 받아라."

대번에 거절당한 클라리사가 내게 조르는 듯한 시선을 보냈다. 나는 도서관에서 책을 무단 반출하는 이용자를 잡는 마술구를 고안해 달라는 과제를 줬다.

도서관에 있는 마술구 얘기를 나누는 사이에 디터가 끝난 모양이다. 루펜의 목소리로 모든 디터를 마쳤음을 알렸다.

"곧 표창식이 거행된다. 학생들은 다섯 점 종이 울리면 경기장에 내려오도록."

종이 울리기 전까지 간단히 자리를 정리해야 했다. 견습 문관들은 꺼내 놨던 연구 발표 마술구들을, 견습 시종들은 손님에게 낸 다기와 디저트를 하나하나 정리하기 시작했다.

"그럼 그대들은 각 영지의 대기 장소로 돌아가거라."

페르디난드의 재촉에 라이문트와 클라리사가 아쉬운 표정으로 각자의 영지로 돌아갔다. 어지간히 마술구 담소가 재미있었나 보다. 나도 도서관에 설치할 마술구 얘기로 정말 즐거웠다.

덩덩 하고 다섯 점 종이 울렸다.

대기하며 들떠 있던 빌프리트와 샤를로테가 못 기다리겠다는 얼굴로 일어났다.

"경기장에 내려가자, 로제마인."

"단체로 가면 혼잡해지니까 빌프리트 오라버니부터 먼저 내려가셔서 아래에서 학생들을 모아주세요. 샤를로테는 순서대로 내려가도록 지시를 내려 줘요. 난 조금이라도 체력을 아껴야 해서 시작하기 직전까지 여기 있을게요."

귀족들 앞에서 쓰러지지 않게 체력을 아끼는 것이 나의 가장 중요한 임무였다. 빌프리트와 샤를로테는 고개를 크게 끄덕이고 학생들에게 지시를 내리기 시작했다.

에렌페스트 학생들의 대부분이 경기장 아래로 내려간 것을 확인하자, 페르디난드가 "슬슬 가거라. 그대가 내려가면 우리도 앞에서 지켜보마."라고 했다. 보호자들은 디터를 관람했던 곳에서 표창식을 지켜본다고 한다.

"에렌페스트에서 성적 우수자가 많이 나왔으면 좋겠어요."

내가 의자를 밀며 일어나는 그 순간이었다. 허리춤에 달린 보호구가 반응하며 빛을 뿜어냈다. 다음 순간, 루펜에게 자동 반격했듯이 푸르스름한 빛이 날아갔다.

"……어?"

너무나도 갑작스러운 사태에 내가 눈을 깜빡이는 찰나 페르디난드가 나를 끌어당겼고, 에크하르트가 슈타프를 소환하여 경계했다. 그리고 한 박자 늦게 코르넬리우스와 레오노레, 유디트가 슈타프를 쥐었다.

"으앗?!"

꽤 가까이에서 비명이 들렸다. 코르넬리우스와 레오노레가 목소리가 나온 곳으로 달려갔고, 유디트는 혼자 경계 태세를 취했다. 코르넬리우스는 금방 보호구의 반격을 받은 학생을 질질 끌고 왔다.

"이 녀석이 로제마인 님을 공격한 범인입니다."

"아닙니다. 전 영주 후보생을 공격하려고 한 게 아닙니다!"

보호구의 반격을 맞고, 새파랗게 질린 채 질질 끌려 나온 사람은 작년까지 10위였다가 에렌페스트에 밀린 것으로 앙심을 품은 임멜딩크의 상급 귀족이었다. 영지 순위가 뒤로 밀렸다는 이유로 대영지 영애에게 차였다고 한다. 그 불만과 분노의 화살을 대영지 출신인 클라리사와 연을 맺게 된 하르트무트에게로 돌렸다.

그는 충동적으로 하르트무트의 다리를 노리고 마석을 던졌다고 한다. 하지만 내가 자리에서 일어났고, 그에 맞춰 하르트무트가 움직인 탓에 보호구가 작동했고, 반격을 맞게 된 것이다. 지지리 운도 없는 사람이라는 생각이 들었지만, 목표물이 달랐다 한들 타 영지의 영주 후보생을 공격한 건 사실이므로 눈감아 줄 순 없었다. 하지만 표창식을 앞에 두고 굳이 소란을 만들 필요는 없었다. 나중에 어른들끼리 정하도록 하는 게 최선이리라.

"다친 데도 없고, 저 사람도 안 좋은 일을 당했으니 처벌할 생각은 없어요. 아우브 임멜딩크께는 양아버님께서 말씀드리세요."

임멜딩크 측과의 처리를 질베스타와 페르디난드에게 맡긴 나는 기수를 타고 측근들과 경기장으로 내려가려고 했다. 그 순간, 페르디난드가 내 팔을 덥석 잡았다. 그리고 손에 힘을 주며 잡아당겼다.

"로제마인, 방금 그 일로 물리 공격에 반응하는 보호구를 전부 다 썼을 거다. 옆에서 호위 기사를 절대 떼어 놓지 말아라. 순위 변동으로 질투한 녀석들이 어떤 식으로 나올지 모르니까."

페르디난드가 속닥이며 충고하자 내가 아닌 코르넬리우스가 굳은 표정으로 고개를 끄덕였다.

습격

표창식이 열리는 경기장에는 이미 많은 학생이 내려와 있어 형형색색의 망토가 무리 지어 서 있는 모습을 볼 수 있었다. 에렌페스트의 밝은 황토색도 있었다. 먼저 내려간 빌프리트와 샤를로테도 그 속에 있을 터였다.

"저기가 에렌페스트네요."

"저 원 안에 기수를 내리십시오."

하르트무트를 선두로 견습 문관, 견습 시종이 내려가고, 나는 호위 기사에게 둘러싸인 형태로 이동했다.

학생들 전원이 경기장에 모이자, 왕족이 입장했다. 검은색 망토를 펄럭이는 기사단에 둘러싸여 큰 날개를 펼친 기수가 잇달아 경기장에 내려섰다. 낯익은 기사단장, 라오블루트가 호위하며 따라오고, 아나스타지우스와 에그란티느보다 앞쪽에 있는 것을 보면 누가 왕인지 바로 알 수 있었다.

'생각보다 젊네.'

왕은 칼스테드와 동년배로 보였다. 아나스타지우스와 닮았지만, 좀 더 관록이 엿보였다. 왕과 첫째 부인을 시작으로 장식이 잔뜩 달려 무거워 보이는 차림을 한 왕족들이 단상에 올랐다. 1왕자 지기스발트와 그의 아내, 2왕자 아나스타지우스와 그의 약혼녀 에그란티느. 보아하니 아직 데뷔를 하지 않은 3왕자 힐데브란트는 참석하지 않은 모양이다.

"생명의 신 에이비리베의 엄격한 선별을 받은 겨울에 그대들 역시 엄격한 선별을 받아 이곳에 모였다."

왕의 인삿말로 표창식이 시작되었다. 소리를 증폭하는 마술구가 낭랑한 왕의 목소리를 경기장에 울려 퍼지게 했다. 나는 첫 표창식에 설레는 마음으로 전방에 있는 왕족들을 보았다. 이렇게 멀리서 봐도 에그란티느는 아름다웠다. 그녀의 금발을 돋보이게 하는 투리의 머리 장식도 예쁘다. 나는 감탄의 한숨을 내뱉으며 넋을 잃고 바라보았다.

갑자기 여기저기서 커다란 폭발음이 울리며 불기둥이 솟아올랐다. 관람석 쪽에서 두 곳, 학생들이 모여 있는 경기장 내에 한 곳. 전부 에렌페스트의 위치에서 떨어진 곳이었지만, 굉음에 무심코 뒤돌아보았다. 시야에 솟구치는 불기둥이 보였다.

"……꺄아아아아아아악!"

잠깐의 침묵 후, 사방에서 비명을 질러대는 가운데, 나의 호위 기사들이 "게티르트!" 하고 즉시 방패를 소환하여 나를 보호할 태세를 갖췄다. 그 모습에 정신을 차린 주변 학생들도 자기 몸을 지키기 위해 방패를 소환했고, 견습 기사들은 영주 후보생을 지키러 움직였다.

호위 기사 세 사람의 방패에 보호받는 동안 나는 슈첼리아의 방패를 소환했다.

"수호를 관장하는 바람의 여신 슈첼리아여. 그 곁을 모시는 권속의 열두 여신이여."

그때 기도를 끊듯이 가까이서 커다란 폭발음이 터져 나왔다. 전투 훈련을 받지 못한 견습 문관과 견습 시종 몇 명이 방패를 쥔 채로 팅겨 날아갔다.

"위험해!"

내가 고개를 들어 무심코 손을 뻗으려던 순간, 레오노레가 질책하며 소리쳤다.

"움직이시면 안 돼요! 위험한 건 로제마인 님이에요!"

"로제마인 님의 안전이 최우선입니다. 보니파티우스 님이 그러셨어요."

유디트도 엄격한 얼굴로 주변을 살피며 "호위 기사는 영주 일족을 지키기 위해 존재합니다. 문관과 시종은 나중의 일입니다." 라고 말했다.

그 말에 정신을 차린 나는 뻗으려던 손을 거뒀다. 그러는 와중에도 경기장 여기저기서 폭발음이 일었다. 하지만 이번에는 불꽃이 솟지 않았다. 굉음만 사방에서 울릴 뿐이다. 하지만 경기장에 모인 학생들에겐 효과가 충분했는지, 비명과 혼란은 더욱 커져만 갔다.

'진정해. 우선은 안전 확보. 치유는 그 뒤야.'

다친 사람을 보지 않으려고 눈을 꼭 감으며 기도를 올렸다.

"수호를 관장하는 바람의 여신 슈첼리아여. 그 곁을 모시는 권속의 열두 여신이여. 나의 기도를 듣고 거룩한 힘을 내려 주시어 악의를 품은 자가 다가오지 못하도록 바람의 방패를 내 손에 주소서."

쨍 하고 건조한 소리가 나더니 살짝 노란 기운이 도는 투명 반원형 방패가 완성되었다. 에렌페스트가 배정받은 자리가 들어갈 만한 크기라 끄트머리에 서 있어서 범위 안에 들어오지 못한 학생도 몇 있었다.

"우리 학생들이 다 들어올 것 같나요? 아직 스스로 방패를 만들지 못하는 1학년을 최우선으로 해서 싸우지 못하는 견습 문관과 견습 시종들을 데리고 들어와 주세요."

내 지시를 따라 상급생인 견습 기사들이 방패 밖으로 나가 1학년생들을 안으로 데리고 왔다. 코르넬리우스를 비롯해 주변에 있던 측근들이 신비한 물건 보듯이 슈첼리아의 방패를 올려다보았다.

"로제마인 님, 이건……."

"슈첼리아의 방패예요. 게티르트보다 조금 크죠?"

"조금이 아니잖아요, 언니."

견습 기사들이 손에 든 게티르트와 슈첼리아의 방패를 번갈아 보던 샤를로테가 어이없다는 눈빛으로 나를 보며 말했다.

"내게 적의가 있는 자는 이 방패 안에 들어오지 못하니까 안심하세요. 그리고 아까 다친 학생들 있었죠? 내 손이 닿는 데까지 오세요. 치유해 줄게요."

"치유를 받을 만큼 심하진 않습니다. 가벼운 찰과상과 타박상입니다."

마력이 아깝다며 부상자들은 사양했지만, 나는 물러서지 않았다.

"언제 또 신속하게 움직일지 모르는 일촉즉발의 상황이에요. 최대한 만전을 기해 둬야죠. 디터에 출전한 견습 기사들도 준비는 완벽한가요? 여유가 있을 때 회복약을 먹어 두세요. 나중에 무슨 일이 생길지 몰라요."

"감사합니다, 로제마인 님."

슈첼리아의 방패를 치고, 부상자를 치유해서 일단은 에렌페스트의 안전을 확보했다. 우리의 안전을 확보한 뒤, 주변을 둘러보니 혼란에 빠진 영지와 신속하게 방어 태세를 갖춘 영지로 나뉘어 있었다.

학생 전체가 전투요원을 방불케 하는 단켈페르거는 모두가 간이 갑옷과 방패로 몸을 보호한 채 기수를 타고 순서대로 경기장에서 관람석으로 이동했다. 반대로 관람석 쪽에서 불기둥이 솟아오른 영지에서는 위험에서 도망치고 싶어도 어디로 도망가야 할지 몰라 우왕좌왕했다. 전투 능력이 없는 견습 문관과 견습 시종들은 혼란에 빠졌다.

"으아아아아아악! 마수다! 쓰러뜨려!"

"너희들 방해되니까 비켜!"

사방에서 외치는 소리가 들리자, 내 주변 견습 기사들이 다시 전투 태세를 취했다.

"뭐야?! 거대해졌잖아!"

"타니스베팔렌이 왜 여기에 있는 거야?!"

소란의 중심부에서 거대한 모습을 드러낸 건 얼마 전에 쓰러뜨렸던 타니스베팔렌이었다. 거대한 검은색 개처럼 생긴 마수의 이마에는 색색의 작은 눈이 이리저리 징그럽게 움직였다.

폭발 소리만으로 혼란에 빠진 경기장은 견습 기사들의 공격을 먹어 더욱 거대해진 낯선 마수의 등장에 통제 불능과 공황 상태에 빠졌다.

"공격하면 안 돼! 비켜!"

중앙 기사가 큰소리로 지시했지만, 완전히 패닉에 빠진 학생들의 귀에는 들리지 않았다. 비명을 지르며 무작정 무기를 휘둘렀다. 그때마다 타니스베팔렌이 마력을 흡수하여 몸집을 키웠다.

"크아아아아아아아아아악!"

타니스베팔렌이 포효했다. 중앙 기사는 이미 검은 무기를 든 상태였다. 왕족을 지키는 자와 검은 무기를 들고 타니스베팔렌을 무찌르는 자로 나뉘어 움직이고는 있지만, 패닉에 빠져 무작정 공격하는 견습 기사들이 그들의 발목을 잡았다.

타니스베팔렌이 입을 쩍 벌려 학생들을 물려고 했다. 일촉즉발로 중앙 기사의 공격이 작렬하여 무사했지만, 금방 또 누군가가 희생될 건 명명백백했다.

내가 본능적으로 슈타프를 소환한 순간, 왕족이 있는 단상 근처에서 시꺼먼 작은 산이 나타났다. 경기장 내에 나타난 타니스베팔렌을 토벌하던 중앙 기사단은 그곳은 제쳐두고 왕족을 지키려고 즉시 몸을 날렸다.

"로제마인 님, 저쪽 타니스베팔렌을 쓰러뜨려야 하니 축복을 주십시오."

"저들은 내버려둘거예요?!"

저대로 놔둘 순 없었다. 하지만 교육 과정에서 검은 무기를 배우지 못한 견습 기사는 에렌페스트 내에서도 써서는 안 된다. 귀족원에서, 그것도 왕 앞에서 쓸 수 없는 셈이다. 나는 입술을 꽉 깨물며 전력이 있는 관람석을 올려다보았다. 미성년자인 우리는 못해도 에렌페스트의 성인 기사라면 검은 무기를 쓸 수 있다.

'신관장님! 아버님!'

그때 굵직한 목소리가 울려 퍼졌다.

"중앙 기사단에 힘을 보태겠습니다! 검은 무기 사용 허가를 내려 주십시오!"

내가 올려다본 에렌페스트와 다른 방향이었다. 목소리가 들린 곳을 돌아보니, 파란 망토를 두른 단켈페르거의 기사들이 쭉 늘어서 있었다. 그 최전방에 아우브 단켈페르거가 있었다. 각자 무기를 쥐고, 출격 지시를 기다리는 것이다.

"검은 무기를 가진 영지는 이곳에서 사용할 것을 허가한다. 검은 마수를 처치하라!"

"분부 받잡겠습니다!"

왕의 허가가 떨어지자 단켈페르거의 파란 망토가 일제히 경기장으로 내려왔다. 마수 토벌에 아우브가 선두에 서도 괜찮은 건지, 여성이나 문관들을 방치해도 되는 건지, 여러 의문이 뇌리를 스쳤다. 하지만 자세히 살펴보면 단켈페르거 학생들은 모두가 관람석에 있는 보호자 쪽과 합류하였고, 견습 기사는 비전투원을 보호했다. 숙련도가 너무 다르다.

입을 쩍 벌리며 단켈페르거를 보는데, 페르디난드가 에크하르트, 유스톡스와 함께 내려왔다.

"그대가 견습생들에게 검은 무기를 내려 주는 줄 알고 불안해서 보러 왔는데, 이쪽 상황은 어떤가?"

검은 무기를 원한다고 했던 견습 기사들이 일제히 난처한 표정을 지었다.

"폭발에 휘말려서 찰과상과 타박상을 입은 사람도 있지만, 치유를 받아 언제든 움직일 수 있습니다. 관람석으로 올라갈까요?"

"아니, 위에도 크진 않지만 타니스베팔렌이 설치고 있다. 몇몇 영지 기사들이 허가를 받고 퇴치하고 있으니 잠시 여기서 대기하라."

딱 부러진 해답을 내주는 페르디난드를 올려다보며 나는 안도했다. 든든한 어른이 한 명 있어 주는 것만으로 정신적인 안도감이 이렇게나 다르다.

"단켈페르거엔 기사들이 참 많네요."

"저긴 디터를 관전하려고 아주 최소한의 기사만 영지에 남겨 두고 영지 대항전에 몰려왔다더군. 여태껏 왜 저렇게 디터에 미쳐 있는지 이해를 못했었는데, 도움이 될 때도 있군. 솔직히 비상사태에 이만큼

통솔이 잘 되고 자유롭게 움직이는 기사단이 도와주면 든든하지."

에렌페스트는 영주 부부와 자식들의 활약 무대를 보러 온 친족을 지킬 소수 정예만 이끌고 왔다. 마수 퇴치에 할애할 인원이 거의 없다고 한다.

"저렇게나 강한걸요. 단켈페르거한테 맡겨 두면 금방 퇴치하겠죠?"

페르디난드가 심각한 표정으로 왕족의 근처에 나타난 타니스베팔렌을 노려보았다. 그러자 주변을 경계하던 빌프리트의 목소리가 등 뒤에서 울렸다.

"숙부님, 이쪽에도 타니스베팔렌이!"

뒤돌아보니 타니스베팔렌이 갑자기 나타나 여기저기서 비명이 일었다. 에렌페스트 자리에서 아주 가까운 곳, 아마 임멜딩크 주변이리라. 진녹색 망토를 두른 학생들이 기수로 날아오르려다 타니스베팔렌에 맞아 나동그라지고, 잡아먹힐 뻔한 순간에 필사적으로 도망치는 것이 보였다.

"비켜라! 기수를 소환한다!"

"어둠의 주문을 외울 거니 귀 막아!"

페르디난드와 에크하르트가 즉시 무기를 꺼내고는 기수를 소환할 빈 공간으로 이동했다. 학생들이 귀를 막자, 두 사람은 작은 목소리로 주문을 외워 검은 무기를 쥐고 기수에 올라탔다.

"에렌페스트 사람은 로제마인이 친 슈첼리아의 방패에서 절대 나오지 마라!"

공격한 만큼 거대해지는 특성은 이젠 누가 봐도 명백했지만, 마물이 가까이 오면 공포 심리로 저도 모르게 공격이 나가 버리는 모양이었다. 페르디난드가 공격하려고 무기를 치켜든 순간, 타니스베팔렌이 거대해졌다.

"페르디난드 님!"

초조한 에크하르트의 목소리가 울렸다. 갑자기 거대해진 타니스베팔렌의 발톱 끝에 페르디난드의 망토가 걸려 버렸다. 평소 쓰는 파란 망토와 달리, 새로 두른 에렌페스트의 망토에는 보호 마법진이 걸려 있지 않아 걱정된다고 했었다. 순간 핏기가 싹 가셨다. 나는 소리도 내지 못한 채 부릅뜬 눈으로 입만 크게 벌렸다.

"문제없다. 에크하르트, 한 방에 해치운다. 지금은 상황을 볼 여유가 없어."

괜한 걱정이었던 모양이다. 페르디난드는 곧바로 자세를 잡고, 검은 무기에 마력을 실으며 기수로 하늘 높이 달려 올라가기 시작했다. 상공에 있는 풍부한 마력을 눈치챘는지, 타니스베팔렌이 경계하듯 페르디난드의 움직임을 여러 개의 눈으로 바쁘게 좇았다.

"칼스테드, 와라!"

기수로 상공으로 올라가면서 페르디난드가 영주 부부를 호위하는 칼스테드에게 명령했다. 관람석에서 타니스베팔렌에 대응하고 있던 칼스테드가 검은 무기를 쥔 채 즉시 기수를 타고 달려왔다. 뭘 하라는 말이나 지시가 없었는데도, 누가 어느 위치에서 어떻게 공격할지 정해진 것처럼 세 사람은 검은 무기에 온 힘의 마력을 담으며 각자 이동했다.

"전원 대비해라! 적, 아군 관계없이 통째로 날아간다!"

통솔이 잘 되는 기사단이 아닌, 뭘 하는지도 모르는 학생들이 수두룩한 상황에서는 얼마나 빨리 쓰러뜨리느냐가 관건이다. 아무리 주변 피해가 커도 일격으로 쓰러뜨리겠다고 페르디난드가 선언했다. 나는 세 사람의 공격 여파를 견딜 수 있게 슈첼리아의 방패에 마력을 최대한 쏟아부었다.

"하아아아아아아아아앗!"

세 방향에서 주변 영향을 아예 무시한 어마어마한 마력이 타니스베팔렌에 내리꽂혔다. 타니스베팔렌은 마석을 남기며 싱겁게 소멸했지만, 주변엔 그만한 충격이 향했다.

"꺄악!"

"으아아앗!"

슈첼리아의 방패가 끼긱끼긱 소리 내며 떨었지만, 나는 죽을힘을 다해 마력을 쏟아부어 충격을 견뎌냈다. 하지만 타니스베팔렌의 근처에 있던 학생들은 자기 방패만으로는 충격을 견디지 못했다. 임멜딩크를 중심으로 많은 학생이 날아가 버렸다.

영향을 받은 건 학생뿐만이 아니었다. 다른 곳에서 학생에게 피해가 가지 않게 타니스베팔렌과 싸우던 단켈페르거 기사들도 영향을 입었다. 갑작스러운 충격에 대비하지 못하고 기사 몇 명이 튕겨 날아갔다.

"사람이 이렇게 많은데 이딴 짓을 하는 멍청한 놈이 누구야?!"

"나다."

무기를 치켜든 상태로 튕겨 날아간 하이스히체가 버럭 화를 내자 페르디난드의 시치미 뗀 목소리가 돌아왔다.

"멍청하지 않으니까 얼른 처리해라. 시간을 허비하면 적을 돕는 거다."

페르디난드가 방패 안으로 돌아왔다. 기수를 해제하고, 똑바로 나를 향해 걸어왔다. 학생들이 샤샤샥 길을 터 주었다.

"타니스베팔렌에 당했다. 로제마인, 치유해라. 플류트레네부터."

페르디난드가 내게 등을 돌렸다. 새 망토는 찢어져 있고, 페르디난드의 등에는 시뻘건 선이 그어져 있었다. 벌건 피뿐만 아니라 채집터에서 봤던 시꺼먼 진흙 같은 것이 상처에 달라붙어 꿈틀거렸다.

"이게 문제가 없다고요? 문제투성이잖아요!"

"그놈을 쓰러뜨리는 게 먼저였다. 툴툴거릴 시간 있으면 얼른 치유해라."

나는 시키는 대로 플류트레네의 치유로 상처를 치료하고, 마력을 빼앗긴 상처에 마력을 채워 룽슈멜의 치유로 벌어진 상처를 막았다. 그동안 페르디난드는 회복약을 단숨에 들이켰다. 에크하르트도 마찬가지로 회복약을 마시고 있었다.

"여기서 못 빠져나가나요?"

"위의 상황에 달렸다. 적은 왕족과 전투력이 낮은 학생들이 경기장에 모이는 기회를 노렸을 텐데, 폭발로 혼란을 일으키고, 타니스베팔렌 몇 마리만 풀어 놓는 정도로 만족할 리가 없지."

섣불리 분산해서 움직여 공격을 당하는 것보다는 슈첼리아의 방패 안에서 상황을 살피는 쪽이 안전하다고 페르디난드가 속삭였다.

"그대의 마력은 괜찮은가?"

"아직 여유 있어요."

페르디난드가 학생들을 사정없이 날려 버린 탓일까. 아니면 페르디난드의 도발로 단켈페르거가 주변 영향보다 빠른 처치를 선택한 탓일까. 학생들을 지키러 경기장으로 내려오는 다른 영지 기사들의 모습이 보이기 시작했다.

"기사들이 움직이는 걸 보니 위에도 어느 정도 처리했나 보군."

페르디난드가 경기장에 내려오는 기수들을 보면서 그렇게 중얼거렸다. 그런데 내 눈엔 자기 영지 학생을 구조한다고 하기에는 기수의 행동이 이상해 보였다. 어째서인지 몇몇 기수가 왕족을 향해 돌진하고 있는 것이다.

"페르디난드 님, 저 기수……."

이상하지 않아요? 라는 말을 꺼내기도 전에 페르디난드가 경계 태세를 취했다.

"구르트리스하이트를 가지지 못한 가짜 왕! 우리 동포들의 한이다! 깨달아라!"

사방팔방에서 돌진해오는 기수가 겨드랑이에 낀 바구니에서 타니스베팔렌을 꺼내어 떨어뜨렸다. 그들은 정변에서 패배한 영지의 귀족 중 숙청에서 살아남은 자들이었던 모양이다. 검은 무기를 든 중앙 기사 몇 명이 타니스베팔렌을 베어 나갔지만, 그 틈에 기수를 탄 자들이 왕에게 접근했다.

'자폭 테러?!'

자기 목숨까지 바쳐 가며 오로지 표적을 공격하려는 자들이 왕족에게 다가간다. 그 테러리스트들의 눈앞에 있는 건 방패를 든 에그란티느였다.

"에그란티느 님!"

뛰쳐나가려는 나를 페르디난드가 얼른 낚아채서 막았다.

"멍청하긴! 가뜩이나 호위가 약해졌는데, 에렌페스트 사람들을 지킬 방패를 친 그대가 움직이면 안 되지!"

"하지만……."

"저쪽은 중앙 기사에게 맡겨라. 왕족을 지키는 건 그들의 임무다.

그대가 할 일은 보호받는 것, 여력으로 에렌페스트를 지키는 것이다."

내 시야 안에서 테러리스트가 중앙 기사단장인 라오블루트의 칼에 맞아 기수에서 떨어졌다. 그 몸이 기묘하게 일그러지며 부풀어 올랐다.

"보지 마. 샤를로테도."

눈앞이 페르디난드의 소매로 가득 찬 순간, 크지 않은 폭발음이 들렸다. "우읍." 하고 구토를 참는 주변 반응으로 무슨 일이 일어났는지 대충 감이 왔다.

"숙부님……."

나와 마찬가지로 페르디난드의 다른쪽 소매 속에 갇힌 샤를로테가 불안한 목소리를 냈다.

"로제마인은 핫세에서조차 정신적으로 불안정해졌다. 불면증에 시달리기 싫으면 둘 다 눈을 감아."

"……네."

샤를로테와 둘이서 페르디난드의 소매에 숨어 있는 동안, 소리만으로도 주변 상황이 빠르게 변하고 있음이 느껴졌다. 단켈페르거가 잇달아 타니스베팔렌을 토벌했고, 중앙 기사단은 왕족을 지켜 냈다.

많지 않은 테러리스트들은 정변에서 승리한 왕족은 물론이고, 가짜 왕을 앉혀 만족하는 승리 조 영지에 한을 터트리며 사라져 갔다.

모든 타니스베팔렌을 소탕하고 테러리스트들을 처리한 후, 각자의 기숙사에서 부상자들을 실어 날라 치료하게 되었다. 그리고 테러리스트에게 굴복할 수 없으니 남은 자들만으로 표창식을 하자는 의견이 나왔다.

"로제마인, 그대는 부상자들과 함께 기숙사로 돌아가라."

"네?"

"슈첼리아의 방패를 쳐서 학생들을 지킨 데다 치유까지 여러 번 썼지 않은가. 마력이 부족할 테니 여기에 계속 있으면 위험하다. 더 성가신 일이 생길 수 있다."

'마력이 모자라진 않는데요?'

의아해하면서도 나는 수긍했다. 페르디난드도 망토에 보호 마법진이 없고 마술구도 없는 이 상황이 위험하다는 이유로 함께 기숙사로 돌아간다고 했다.

"시종은 리카르다가 있으니 호위로 유디트만 데리고 돌아가라. 코르넬리우스와 레오노레는 표창을 받게 될 테니 이곳에 남도록."

"아, 저도……."

"코르넬리우스, 이번이 마지막 표창이다. 부모에게 자랑스러운 모습을 보여드려야지. 그걸 보려고 엘비라가 여기까지 오지 않았겠는가."

뜻밖에 페르디난드가 상냥한 목소리로 말했다. 코르넬리우스는 반론하지 못하고, 에크하르트에게 시선을 보냈다. 에크하르트는 코르넬리우스를 안심시키려는 듯이 조그맣게 웃었다.

"어머님이 기대하고 계셔. 너와 레오노레가 함께 표창을 받는 모습을 말이야."

코르넬리우스의 고개가 힘없이 떨어졌다. 하지만 "로제마인 님은 내가 보호할 테니 걱정하지 마." 하고 에크하르트가 어깨를 토닥이자, 포기한 얼굴로 고개를 끄덕였다.

나는 최우수면서 또다시 표창식에 빠져야 했다.

졸업식

　표창식에서 에렌페스트는 각 학년에 2명이나 호명되는 좋은 성적을 거두었다. 중급 귀족과 하급 귀족의 경우, 이론은 흠잡을 데 없이 우수하더라도 실기에선 좀처럼 우수자로 표창을 받는 수준까지 못 간다고 한다. 마력의 양이 달라 출발선부터 차이가 나는 셈이다.

　'그렇게 따지면 중급 귀족인데 실기는 검무에 뽑힐 정도로 수준급이면서 이론이 낙제 수준이었던 안게리카는 정말 특수한 케이스였구나.'

　"오라버니가 우수자고, 언니가 최우수자인걸요. 저도 우수자로 뽑혀서 안심했어요."

　샤를로테가 가슴을 쓸어내렸다. 언니 오빠가 너무 뛰어나서 부담이 아주 크다며 조그맣게 푸념했다. 빌프리트는 우수자로 뽑혔는데도 얼굴에 불만이 가득했다.

　"빌프리트 오라버니는 우수자로 뽑혔는데 뭐가 불만이에요?"

　"호명된 순서로 보면 오르트빈에게 졌어."

　오르트빈은 드레반헬의 영주 후보생답게 적당한 선에서 끝내는 요령이 있었다. 아마 빌프리트는 멋진 갑옷과 무기에 너무 집착한 나머지 실기 성적에서 밀린 것이리라.

　"내년엔 반드시 이기겠어."

　표창식을 보고한 후에는 엘비라의 얘기를 들었다. 코르넬리우스와 레오노레가 표창식에서 얼마나 잘 어울렸는지, 엘비라는 신나게 재잘거렸다.

"로제마인을 돌려보내길 백 번 천 번 잘했어, 페르디난드."

그것이 다른 사람들보다 한참 늦게 표창식에서 돌아온 질베스타가 꺼낸 첫마디였다. 무슨 일이 있었나? 의아하게 생각하고 있는데, 질베스타가 나를 영주의 방으로 불렀다.

"내일 일을 의논해야지. 페르디난드, 로제마인. 따라와라."

"내일 성인식 때 에렌페스트의 성녀에게 축문을 맡길 수 없겠냐고 제의가 들어왔었다. 거절했긴 했다만."

질베스타가 기숙사에 늦게 돌아온 건 왕족의 호출이 있어서였다.

"차근차근히 말해, 질베스타."

오늘 기습한 자들이 '구르트리스하이트를 가지지 못한 왕은 물러나라'라는 주장을 펼친 탓에 관련성은 둘째치고, 중앙 신전의 수많은 성전원리주의자가 들썩이기 시작했다고 한다. 왕의 입장으로선 중앙 신전을 견제해야 하리라.

"왕족과 중앙 신전이 싸우든 말든 우리 알 바 아니지 않은가. 애초에 아무런 준비도 없이는 제사를 치를 수도 없다."

"그건 그렇지만 왕족을 상대로 그런 말을 할 수 있겠어?"

페르디난드보다 질베스타가 상식적으로 보이기는 처음이다. 묘한 감동을 하면서 나는 다음 말을 재촉했다.

"그래서 양아버님은 뭐라고 대답하셨는데요?"

"오늘 습격이 체력으로 보나 마력으로 보나 로제마인에게는 부담이 컸기 때문에 표창식도 사퇴했는데, 성인식을 집행하긴 어렵다는 식으로 거절했지. 왕께 직접 칭찬을 받을 기회마저 놓쳤다…… 고 한탄하니까 믿어 주더군. 일부는 몸 상태가 좋다면 어떻게 안 되겠냐고 물고 늘어지기에 임멜딩크 얘기로 못을 박았지."

경기장에서 습격이 있기 전, 내가 임멜딩크의 상급 귀족에게 공격당한 일까지 이유로 들었다고 한다. 임멜딩크는 하르트무트를 노렸다고 주장했지만, 실제로 공격을 받은 것이 나인 이상, 상대의 주장이 어디까지 진실인지 알 수는 없다. 신전장으로서 집무를 할 때, 즉 단상에서 제사를 치를 때는 호위를 대동하지 못한다. 무방비한 상태로 사람들 앞에 내보내고 싶지 않다고 주장했다고 한다.

"회피했다면 됐다. 로제마인이 중앙 신전의 신전장을 대신해서 축복을 내리는 전례를 만들고 싶진 않군. 로제마인은 에렌페스트의 신전장이지, 중앙 신전의 신전장이 아니다. 쓸데없는 업무는 사양해야지."

안도하듯 한숨을 내쉰 페르디난드의 소매를 나는 가볍게 잡아당겼다.

"페르디난드 님, 그럼 내일 봉납 가무와 졸업식은 보러 가도 돼요?"

올해는 코르넬리우스가 검무를 추고, 졸업하는 특별한 해다. 기숙사에서 집을 보는 게 아니라 직접 보러 가고 싶었다. 내가 빤히 올려다보자, 페르디난드가 관자놀이를 톡톡 두드리며 고민했다.

"허약하다는 핑계를 앞으로도 대고 싶다면 오전과 오후, 둘 중 하나만 정해서 참석하거라. ……어차피 이런 조건을 붙이지 않아도 화려하게 차려입은 코르넬리우스가 레오노레와 나란히 있는 모습을 보고 흥분해서 반나절도 안 되어 퇴장하겠지만."

페르디난드는 불길한 예상을 했지만, 절대 출석하면 안 된다는 말은 하지 않았다. 드디어 졸업식 첫 참가다.

하지만 코르넬리우스와 레오노레가 졸업식에 출석하면 나의 호위 기사는 유디트 한 사람뿐이다. 그래서는 불안하므로 코르넬리우스의 친족 중에 램프레히트와 안게리카를 불러 호위에 붙이기로 하고, 약 준비와 주변에 누구를 배치할지 등을 세세하게 의논했다.

회의가 끝난 후, 페르디난드는 기숙사에 남지 않고 에렌페스트로 돌아갔다. 다 써 버린 보호구를 재사용할 수 있게 하고, 망토에 자수를 넣는 마법진 대신 쓸 만한 보호구를 준비해야 한다고 했다. 공방에 틀어박힐 게 눈에 훤해서 저녁만은 기숙사에서 먹게 했다. 이러면 내일 아침까지 공방에서 나오지 않아도 괜찮으리라.

다음 날, 아침을 먹은 학생들이 한둘씩 다목적 홀로 모이기 시작하자, 졸업생의 부모가 전이 마법진으로 방문할 시간이 되었다. 전이 마법진 앞에서 견습 시종들이 대기해 있다가 자기 자식의 방으로 안내하게 된다.

"로제마인 님, 안녕하십니까."

"오틸리에."

하르트무트의 부모가 인사를 하러 다목적 홀에 들렀다. 하르트무트의 모친은 오틸리에라서 잘 알지만, 부친과는 첫 만남이다. 어떤 사람일까 궁금했는데, 플로렌치아의 측근 문관이라고 한다. 얼굴이나 분위기가 하르트무트와 매우 닮아서 꼭 나이 든 하르트무트 같았다. 장황한 귀족의 인사를 나눌 때밖에 접촉하지 못했지만, 하르트무트에게서 성녀 전설의 광신도 느낌을 빼면 이런 느낌이겠다 싶을 정도로 차분한 사람이었다.

'응? 하르트무트한테 그 부분을 빼면 붙임성이 좋고, 정보 수집 실력이 뛰어난 엘리트 아냐? 아니지, 아니지. 하르트무트의 아빠야. 분

명 하르트무트처럼 언뜻 봐서는 알 수 없는 결점이 있을 거야.'

그렇게 생각하면서 두 사람이 하르트무트의 방으로 가는 것을 배웅하자, 코르넬리우스의 가족이 다가왔다. 칼스테드와 엘비라, 람프레히트, 안게리카까지 대인원이었다. 오늘 칼스테드는 질베스타의 호위 기사가 아니었다. 부단장에게 호위 임무를 맡기고 휴가를 받았다고 한다.

"대신 친족끼리 네 호위를 하라더군."

"기사단장이신 아버님의 호위를 받다니, 제가 꼭 높은 사람이 된 것 같아요. 람프레히트 오라버니와 안게리카도 갑자기 불러내서 미안해요."

어제 귀환한 칼스테드와 엘비라가 시켜 호위로 불려 나왔을 두 사람은 "이런 기회가 없으면 귀족원에 올 기회가 없거든요."라고 웃으며 이해해 주었다.

칼스테드와 엘비라는 코르넬리우스의 방으로 가고, 두 사람은 다목적 홀에서 내 옆에 남았다. 에렌페스트의 상황을 물어보니, 오늘 다무엘은 함께 성에 남았다는 이유로 보니파티우스의 개인 지도를 받게 되었다고 한다.

"다무엘이 자기도 가고 싶었다며 한탄했습니다. 전 보니파티우스 님의 지도를 받는 다무엘이 부러운데 말입니다."

"우리를 불렀다는 건 뭔가 사태가 일어났던 것 아닙니까? 무슨 일이 있었던 겁니까?"

어젯밤 귀족원에서 돌아온 부모님은 명령만 하고 '내일 일정이 빨라서'라며 하나도 설명해 주지 않았다고 한다. 람프레히트의 질문에 나는 습격이 있었다고 대답했다.

"듣고 보니 그런 상황에서 호위가 한 사람뿐이면 위험하군요."

램프레히트는 납득한 듯했다. 그러나 안게리카는 완전히 이해하지 못한 듯한 미소로 한 발짝 뒤에서 듣고만 있었다. 이번엔 안게리카가 흥미를 보일 만한 화제를 꺼냈다. 페르디난드와 하이스히체의 디터 시합 얘기다. 아니나 다를까, 안게리카가 마구 흥분하며 화제를 덥석 물었다. 깊은 파란색 눈동자가 반짝이는 것이 클라리사와 똑같았다.

"안게리카는 영지를 잘못 택해서 태어난 것 같아요."

안게리카는 단켈페르거에서 태어났어야 하지 않았을까? 내가 그렇게 중얼거리자, 안게리카는 슬픈 표정을 지었다.

"아닙니다, 로제마인 님. 단켈페르거는 디터도 강하지만, 성적까지 뛰어난 사람이 많습니다. 제가 단켈페르거 사람이었다면 견습 기사 선발에서 떨어졌을 겁니다."

안게리카가 기사 코스를 목표로 삼게 된 건 어린이 방에서 상급생에게 귀족원 얘기를 들은 후부터였다고 한다. 단켈페르거였다면 선발 시험을 치르기엔 늦은 출발일 거라고 말했다.

"그리고 로제마인 님께서 계시지 않으니 귀족원을 졸업하지 못했을 겁니다. 전 에렌페스트에서 태어나서 다행이라고 생각합니다."

안게리카는 뺨을 발그스름하게 물들이며 활짝 웃었다. 그 사랑스러운 미소와 안타까운 주장의 간극에 그녀의 본색을 깨달은 램프레히트가 화들짝 놀란 표정을 지었다.

'느려, 램프레히트 오빠.'

"램프레히트, 벌써 왔군. 오늘은 로제마인을 호위한다고 했지?"

빌프리트가 다목적 홀에 모습을 드러내더니 자신의 호위 기사인 램프레히트가 내 옆에 있는 모습을 보고 가까이 다가왔다.

"빌프리트 님도 호위할 겁니다. 서로 약혼한 사이이시니 가까이 앉으시지요?"

"글쎄? 나와 샤를로테는 아버님과 어머님 옆에 앉지만, 로제마인은 호위를 늘려야 하니까 코르넬리우스의 친족과 앉지 않을까? 로제마인, 아버님한테 들은 거 없어?"

영주 일족의 자리와 그 외의 자리는 조금 떨어져 있는 모양이다.

"좌석 순서는 잘 몰라요. 하지만 페르디난드 님이 내가 코르넬리우스의 검무를 보고 흥분해서 쓰러질 거라고 예측하셨으니 페르디난드 님 근처이면서 퇴장하기 편한 자리에 앉지 않을까요?"

"하긴 숙부님은 네 주치의나 마찬가지니까. 오늘 몸 상태는 좋아?"

빌프리트가 몸 상태를 물었다. 나는 내 손을 보았다.

"나쁘진 않은 것 같지만, 감정이 격해지면 갑자기 쓰러지니까 제 몸 상태와는 별로 관계가 없어요."

"음. 넌 졸업식이 처음이니까 감정이 격해질 가능성이 있겠네. 람프레히트, 로제마인을 주의 깊게 지켜봐."

"알겠습니다."

람프레히트가 그 자리에 무릎을 꿇어 빌프리트의 명령을 받았다.

"오라버니의 호위 기사를 흔쾌히 빌려주셔서 감사하게 생각합니다. 빌프리트 오라버니."

"아냐. 네가 잠깐이라도 귀족원 행사에 참여할 수 있다면 그걸로 됐다."

"언니가 준비 중에 쓰러져서 기대하고 있던 검무를 올해도 못 보게 되면 저 역시 슬펐을 거예요."

출발 준비를 끝낸 샤를로테가 말했다. 나는 얌전히 있겠다고 약속했다. 언니를 생각해 주는 귀여운 여동생에게도 고맙다고 하고, 두 점 반의 종에 맞춰 출발하는 학생들을 배웅했다. 모두 지금부터 강당에서 성인식과 졸업식 준비를 해야 해서다. 세 점 종에 보호자들이 입장하고, 그다음에 졸업생이 입장하는 순서지만, 나는 보호자들과 입장하기로 했다.

"공주님, 페르디난드 도련님이 오셨습니다."

리카르다의 목소리에 고개를 들자, 마침 페르디난드가 다목적 홀로 들어오는 참이었다. 타니스베팔렌의 발톱에 찢긴 망토가 새것으로 바뀌어 있었다.

"로제마인, 팔을 내밀어 보아라."

평소보다 미간에 주름이 더 깊은 건 수면부족 때문이겠지만, 왠지 기분이 상당히 언짢아 보였다. 신전에 드나들어 익숙한 나의 측근들과 달리 페르디난드에게 익숙하지 않은 람프레히트가 움찔거렸다.

나는 순순히 팔을 내밀었다. 페르디난드는 내 팔목에 보호 팔찌를 채웠다. 그리고 슈타프를 소환하여 "스틸로." 하고 외워 마법진을 손보기 시작했다. 조금씩 마력이 보호구에 흡수되는 느낌이 들었다.

"흠. 이러면 되겠지. 그래서 오전과 오후 어느 쪽에 출석하기로 했지?"

"오전이요. 검무와 봉납가무를 보고 싶어서요."

"……봉납가무라."

복잡한 표정으로 페르디난드가 중얼거리며 팔짱을 끼고 생각에 잠겼다.

세 점 종이 울리기 전에 준비를 마친 졸업생들이 다목적 홀에 하나

둘 모였다. 코르넬리우스는 검무 의상을 입고 있는데, 음악 담당인 하르트무트는 그대로 졸업식에 나갈 수 있는 의상이었다.

"하르트무트는 이제 클라리사를 데리러 가야 하죠?"

"네. 다른 영지 사람도 출입할 수 있는 다과회실에서 만나기로 했습니다."

에스코트 상대가 같은 영지의 사람이면 다목적 홀이나 현관홀에서 만나지만, 상대 여성이 다른 영지인 남성은 상대방의 기숙사로 가고, 여성은 본인 영지의 다과회실에서 기다린다.

"그럼 데리러 올 남성분을 기다리면서 가슴을 두근거리고 있겠군요. 나도 한 번쯤은 경험해보고 싶었어요."

엘비라는 귀족원 로맨스의 마지막을 장식하는 졸업식이 기대되어 참을 수 없는 모양이다. 아침부터 기분이 상당히 들떠 보였다.

"당신은 나와 같이 졸업식장에 가는 게 불만이었소?"

"어머, 칼스테드 님. 불만이라니요. 다른 영지 남성분을 기다릴 때 흔들리는 마음은 불안을 대변하기도 하는 거랍니다."

정말 데리러 와줄까, 이대로 결혼까지 갈 수 있을까, 이 에스코트로 관계가 끝나 버리는 건 아닐까. 여러 가지 불안이 있기 때문에 한층 더 기쁜 거라고 엘비라가 말했다.

"소설은 그런 흔들림이 있어야 재미있지만, 내 인생은 흔들림 없이 안정적인 쪽을 좋아한답니다."

'인쇄업에 뛰어들고, 신관장님한테 들키면 안 되는 책을 만드는 건 스릴 만점인 것 같은데.'

안정이라는 말의 의미를 페르디난드에게 물어서 귀족과 나의 상식에 차이가 있는지 확인해 봐야 할지도 모르겠다.

"우린 먼저 강당에 갈 테니 졸업생들도 출발해서 미리 정렬하도록."

페르디난드가 졸업생에게 지시한 후 기숙사를 나갔다. 보호자들도 함께 나와 이동했다. 칼스테드와 엘비라, 램프레히트, 안게리카만으로도 북적이는데, 시종인 리카르다, 페르디난드와 그의 측근들까지 함께하니 대행렬이었다.

'주변 시선이 따가워.'

나는 칼스테드에게 안겨서 이동 중이다. "그대의 속도에 맞추면 다른 사람들이 고생한다."라고 페르디난드가 말했기 때문이다.

"아버님, 제 발로 걸어갈 수 있어요."

"또 쓰러지면 어쩌려고. 얌전히 있으려무나."

졸업식에 가고 싶어 하는 아픈 딸자식의 부탁을 들어주는 아빠 노릇까지 하려고 한다. 전망은 좋다만 주목도로 따지면 부끄러워 미칠 것 같다.

강당에는 이미 많은 사람이 모여 있었다. 강당에는 지금까지 수업 시간에 봤던 벽을 떼어내고 꼭 콜로세움 같은 계단형 관람석이 생겨 있었다. 강당 중심에는 모든 학생이 모여 수업을 들을 때 썼던 책걸상 대신 봉납가무와 검무에 쓰는 하얀 원기둥꼴 무대가 설치되었다. 콜로세움과 다른 점은 강당 뒤가 예배실과 이어져 있다는 점이었다. 제단이 있는 그 예배실은 신의 뜻을 받을 때 딱 한 번 들어갔었다. 아마 위에서 보면 전방후원분 같은 형태이리라. 강당이 이렇게 변신할 줄 몰랐던 나는 멍하니 두리번거렸다.

"……내가 알던 강당과 다르네요."

"신기하지? 이렇게 계단형으로 되어 있어서 검무와 봉납가무를 보기 편할 거야."

오늘의 나는 영주 후보생이 아닌, 코르넬리우스의 여동생이라는 포지션으로 졸업식에 출석한 것이라서 가족석에 앉는다. 영주 부부의 자리에서는 조금 멀지만, 상급 귀족이므로 꽤 좋은 앞쪽 자리다. 내 자리는 오른쪽에 페르디난드, 왼쪽이 안게리카, 앞에 칼스테드와 엘비라가 나란히 앉고, 뒤에 람프레히트와 리카르다가 앉아 주변을 철통 방어하고 있다.

"로제마인, 이것을 들고 있어라."

"도청 방지 마술구예요?"

"……그대가 얌전히 있을 턱이 없으니 만약을 대비해서다."

이상한 소리를 지르면 곤란하니 계속 쥐고 있으라는 말을 들어 버렸다. 행사 중에 소리를 지를 생각은 없지만, 나는 시키는 대로 마술구를 손에 쥐었다.

세 점 종이 울리고, 잠시 뒤 졸업생이 입장하여 무대 위에 일렬로 섰다. 학년이 다른 에스코트 상대가 자리로 이동하자 이번엔 왕족이 입장했고, 중앙 신전의 신전장이 제단 앞으로 나왔다.

몇 번이나 경험했던 신전의 성인식과 규모 외에는 별반 다르지 않았다. 성인과 관련된 신화 낭독이 있고, 축복이 내려졌다. 각 계절에 태어난 자들이 모여 있어 축문을 외는 데 시간이 꽤 걸렸지만, 내가 아는 축문 그대로였다.

"……전 신전장처럼 축복의 빛은 안 나오네요."

"그대처럼 이곳 모든 사람에게 축복을 내릴 만한 마력이 있었을 턱이 없지."

도청 방지 마술구를 쥐고 있어 나와 대화가 가능한 사람은 페르디난드뿐이다. 성인에게 축복을 내리자, 지금까지의 가호에 감사하는 마음으로 신들에게 음악과 검무와 가무를 봉납한다.

모두 일단 무대에서 내려오고, 음악 연주자들이 악기를 들고 다시 무대 위로 올라왔다. 악기를 들지 않은 사람은 노래를 부른다. 나는 페슈필밖에 연습해 보지 못했는데, 피리나 북 등 여러 악기가 있었다.

모두 제단을 향해 일렬로 서서 자세를 잡았다.

"나는 세상을 창조한 신들에게 기도와 감사를 바치는 자."

익숙한 기도문과 함께 곡을 연주하고 노래를 부른다. 봄의 기쁨을 노래하는 곡으로, 상처받은 게두르리히를 치유하고, 생명의 싹이 돋아나기를 비는 곡이었다.

한 곡이 끝나자, 연주자들은 무대에서 내려와 무대를 둘러싸듯이 이동했다. 그 대신 무대 위로 올라간 건 봄의 의상을 차려입은 검무자들이었다. 스무 명이 무대에 섰다.

"아, 코르넬리우스 오라버니예요."

"보면 아니까 진정해라."

코르넬리우스가 슈타프로 소환한 검을 들고 자세를 취했다. 음악이 흐르자 그에 맞춰 검이 빛을 반사하며 번득였다. 우아했던 안게리카의 검무와 달리 남성이어서일까. 검을 휘두를 때마다 힘이 넘쳐 났다. 안게리카의 움직임이 물 흐르듯 했다면 코르넬리우스는 움직임마다 절도가 있었다.

성적 우수자를 검무에 뽑은 만큼 다들 기량이 대단했다. 점점 빨라지는 음악에 맞춰 검을 휘두르는 동작의 속도도 점차 빨라졌다. 영상으로 보는 것과는 차원이 다른 박력이었다.

"저게 정말 코르넬리우스라고?"

"예, 맞아요. 램프레히트 님이 아시던 것보다 많이 성장하셨죠?"

"응, 깜짝 놀랐어."

램프레히트와 리카르다의 대화를 들은 안게리카가 "많이 성장하셨습니다." 하고 고개를 끄덕였다. 작년까지 함께 검무를 연습했던 안게리카의 중얼거림에 엘비라가 웃으며 돌아보았다.

"사랑하는 레오노레에게 멋진 모습을 보여 주고 싶어서 열심히 연습했나 보군요. 안게리카도 에크하르트에게 멋진 모습을 보여 주려고 생각하면 더 강해지지 않겠어요? 아, 이렇게 된 거 자수와 사교에 힘을 써 볼까요?"

"에크하르트 님께 멋진 모습을……? 로제마인 님, 전 어떤 모습이 멋집니까? 생각나는 것 없으십니까?"

엘비라의 제안을 흘려 넘기고 안게리카가 질문했다. 거기에 싱긋 웃으며 대답한 사람은 내가 아니라 페르디난드의 옆에 앉아 있던 에크하르트였다.

"결혼을 서두르지 않고, 진지하게 로제마인을 호위하려는 태도가 너의 좋은 점이다."

"알겠습니다. 그럼 결혼을 서두르지 말고, 더 강해져서 호위에 힘쓰겠습니다."

'에크하르트 오라버니!'

약혼자의 대화 같지 않은 대화에 엘비라가 한숨을 내쉬며 고개를 저었다. 이 두 사람이 결혼할 날은 멀고도 험할 듯하다.

검무가 끝나면 다음은 봉납가무다.

하늘하늘한 긴 소매를 살랑이며 일곱 명의 영주 후보생들이 무대로 올라갔다. 바람의 여신의 귀색인 노란색 의상을 입은 아돌피네가 보였다. 깔끔하게 묶은 와인레드 머리카락이 투리가 만든 머리장식 덕분에 더욱 반짝거린다. 뤼디거는 생명의 신의 귀색인 하얀 의상을 입고 있었다. 머리카락 색도 옅어서 전체적으로 허여멀건한 인상이다.

음악과 검무와 마찬가지로 제단을 향해 영주 후보생들이 각자 신의 위치에서 무릎을 꿇고 무대를 만진다.

"나는 세상을 창조한 신들에게 기도와 감사를 바치는 자."

영주 후보생의 목소리가 나온 순간, 새하얬던 봉납가무 무대에 마법진이 떠올랐다. 모든 속성을 내포한 마법진이었다. 각 속성의 위치에 각자의 신에게 기도를 바치는 영주 후보생이 있었다.

"페르디난드 님, 저 마법진, 성전에 떠올랐던 것과 똑같아요……."

"로제마인, 그대는 아무것도 모른다. 내 말이 틀렸는가?"

도청 방지 마술구를 쥐여 주길 천만다행이군, 하고 페르디난드가 중얼거렸다.

"맞는 말씀입니다. 아무것도 못 봤어요."

"그래."

나는 작년 봉납가무도 비디오 같은 마술구로 보았다. 하지만 그때는 분명 마법진이 없었다. 저것도 성전 마법진을 보게 된 것과 같은 원리로 보이는 걸까? 대체 무슨 마법진일까. 다른 사람에겐 보이지 않나? 왜 페르디난드의 눈에는 보일까?

몇 가지 의문들이 머릿속에 계속해서 떠올랐다.

답을 알더라도 절대 가르쳐 주지 않을 페르디난드의 옆얼굴을 올려다보며 나는 한숨을 쉬었다.

도서관과 귀환

봉납가무가 끝나고, 나는 예정대로 속이 안 좋다는 핑계를 대며 일찍 자리에서 일어났다. 칼스테드와 엘비라에겐 계속 코르넬리우스를 지켜봐 달라고 하고, 안게리카와 램프레히트의 호위를 받으며 리카르다를 대동해 기숙사로 돌아왔다.

"별 탈 없이 끝나서 다행이다. 로제마인은 위험한 일에 휘말리는 확률이 높잖아."

기숙사에 도착하자, 램프레히트가 안도의 한숨을 내쉬며 씁쓰레하게 말했다. 안게리카도 같은 심정인지 "그러네요." 하고 고개를 끄덕인다.

"그래서 더욱 호위하는 보람이 있는 겁니다. 스승님께서도 로제마인 님을 매우 걱정하고 계십니다. 겨우내 스승님과 훈련에 빠져 살다 보니 슈팅루크도 강해졌답니다."

안게리카는 보니파티우스와의 훈련이 어땠는지 신나게 떠들었지만, 샥 혹은 크악 하는 의성어가 많아서 뭔 말인지 잘 모르겠다.

"램프레히트 오라버니는 오랜만에 귀족원에 오셨는데 즐기셨어요?"

내가 화제를 바꾸자, 램프레히트는 잠시 생각에 잠겼다.

"즐거웠다기보다는 당황스러웠지. 내가 알던 귀족원 분위기와 너무 달랐어. 안게리카와 코르넬리우스가 검무에 선발되고, 어머님과 오틸리에 님도 당당하게 귀족원에 오시고 말이야. 정말 시대가 바뀌었나 봐."

예상외의 대답에 나는 무심코 숨을 삼켰다. 옛날엔 엘비라 파벌 여성들이 당당하게 귀족원에 오지 못했다는 말인가.

"베로니카 님의 견제가 심했었거든. 특히 내겐 빌프리트 님의 호위 기사라는 이유로 아렌스바흐의 영애와 혼인하라는 명령을 내렸지. 어머님께서 반대하시니까 베로니카 님은 아우렐리아의 가족에게 태도가 나쁘다며 귀족원 출입을 금지했었어."

"그건 너무한 거 아니에요?"

"당시엔 그런 게 통했어. 그리고 아우렐리아의 아버님이 결혼을 반대하셨기 때문에 부모님께 소개할 필요가 없다고 생각했었고, 베로니카 님의 체면을 봐서 아렌스바흐의 영애를 에스코트해야 했지. 혹시나 어머님께 불이익이 갈까 봐…… 베로니카 님의 말을 그대로 전했던 거야. 내 나름 어머님을 지키려고 한 행동이었는데, 오늘 어머님을 보니 내가 불효자였어."

나는 침울해하는 램프레히트를 달래 주려고 미소를 지었다.

"어머님은 램프레히트 오라버니의 마음을 알고 계세요. ……졸업식에 참가하지 못해서 쓸쓸하셨겠지만, 지금은 어머님을 심하게 대하는 사람도 없고, 아우렐리아와도 친하게 지내시잖아요. 시련의 신이 고난을 내려서 시험하신 거예요."

램프레히트의 얼굴에 희미한 미소가 돌아왔다. 이 기회에 임신 중인 아우렐리아의 상황을 물어보고 싶었다. 이곳은 친족만 있으니 물어봤다고 혼내진 않을 테니까.

"그나저나 램프레히트 오라버니. 아우렐리아의 건강은 어때요? 안정됐어요? 심심하진 않으시대요?"

"어머님이 심심할 때 보라고 주신 책을 읽으면서 편하게 지내고 있어."

"너무 부럽다…… 가 아니라, 가족과 멀리 떨어진 타지에서 처음 회임하신 거니까 램프레히트 오라버니가 신경을 많이 써 주세요. 램프레히트 오라버니는 어머님한테 다 떠넘기는 구석이 있어서 아우렐리아에게 소홀할까 걱정이에요."

내 걱정과 달리, 주인인 빌프리트가 귀족원에 가서 없는 동안, 램프레히트는 아우렐리아와 사이좋게 지냈다고 한다.

"그런데 얼마 전에…… 고향의 맛이 그립다고 했어."

"생선 말이군요. 에렌페스트에 돌아가면 내 전속이 궁중 요리사에게 조리법을 배우기로 했어요. 양아버님께 허락도 받았답니다."

"그거 고맙네."

드디어 웃는 램프레히트를 향해 나도 방긋 웃었다.

"재료를 제공해 주신 아우렐리아에게 맛을 보여 드리는 것이야 전혀 문제가 없는데, 레시피와 조리법을 오라버니의 요리사에게 가르치는 건 유료예요. 사랑스러운 아내를 위해 열심히 돈 버세요."

"나한테까지 돈을 받겠다고?"

램프레히트가 눈을 부릅떴다. 나는 "당연하죠." 하고 고개를 끄덕였다.

"아버님과 페르디난드 님, 양아버님도 돈을 내셨고, 귀족원 학생들에게 레시피를 넘겨줄 때도 성적향상 위원회의 포상이었어요. 그리고 이번에 궁중 요리사에게 조리법을 배우게 된 것도 제 레시피와 교환해서 그런걸요. 무상으로 거저 준 적 없었어요."

아우렐리아가 생선 요리 레시피를 알고 있었다면 교환했을 테지만,

아우브의 조카인 영애가 조리법을 알 리가 없다. 참고로 말하자면 아우렐리아가 가져온 식재료는 에렌페스트의 천으로 바뀌어 지금은 아우렐리아의 베일이 되었다. 내가 선물로 주겠다고 하니 미안했는지, 아우렐리아의 제안으로 교환이라는 형태를 취했을 뿐이다.

"아렌스바흐에서 생선을 매입해 주신다면야 교환해도 무방하지만, 현재 아는 데도 없으시잖아요."

"하는 수 없지. 열심히 돈 벌게."

램프레히트가 풀 죽어 말했다. 나는 웃으며 격려해주었다.

"가족을 위해 노력하는 만큼 오라버니는 좋은 아버지가 될 거예요."

'우리 아빠처럼 말이지.'

봉납가무가 끝난 후, 중앙 신전장의 짧은 인사를 끝으로 점심을 먹기 위해 모두가 돌아왔다. 전부 들어가기에는 식당이 좁기 때문에 영주 일족과 졸업생, 그 보호자들이 먼저 점심을 먹고, 재학생들은 나중에 식사를 하게 된다.

나와 같은 테이블에는 칼스테드, 엘비라, 램프레히트, 안게리카, 코르넬리우스, 그리고 레오노레가 앉았다. 졸업식을 위한 특별 메뉴를 먹으면서 성인식과 검무가 어땠는지 얘기했다.

"코르넬리우스 오라버니. 정말 멋진 검무였어요."

"고맙다, 로제마인."

긴장이 풀린 부드러운 표정으로 편하게 말하는 코르넬리우스와 반대로 그 옆에 앉은 레오노레는 긴장으로 딱딱하게 굳어 있었다. 나는 조금이라도 긴장을 풀어 주고자 그녀에게 화제를 던졌다.

"레오노레는 내년 검무에 뽑혔죠? 레오노레의 검무도 기대돼요."

"로제마인 님께서 코르넬리우스보다 못한다고 생각하시지 않게 열심히 연습해야겠습니다."

"그래. 에렌페스트에서 검무 선발자가 많이 나와서 기사단에서도 다들 기뻐하고 있다. 열심히 하거라."

기사단장인 칼스테드가 격려하자, 레오노레가 "기대에 응하도록 노력하겠습니다."라고 대답했다. 레오노레는 성실하니 분명 열심히 연습해서 안정감 넘치는 검무를 보여주리라.

"그나저나 레오노레의 의상은 오늘을 위해 제작한 거지요? 내년에도 성인식 때 쓸 옷을 다시 제작할 건가요?"

성인이 되면 치마 길이가 달라지므로 올해와 같은 의상을 입지 못한다. 모처럼 질 좋은 천으로 예쁜 의상을 만들었는데 아깝네요, 라고 말하는 엘비라의 질문에 레오노레가 조그맣게 웃으며 고개를 저었다.

"브륀힐데에게 상담했더니, 로제마인 님의 의상을 참고해서 내년엔 치마 길이와 장식만 바꿔서 입으려고 합니다. 새로운 의상 제작법을 아는 건 로제마인 님 측근의 특권이에요."

내가 천을 덧붙이거나 장식을 바꿔 의상을 재사용하는 모습을 가장 가까이서 지켜봐 온 브륀힐데에게 여러 조언을 얻어, 레오노레도 처음부터 쉽게 수선할 수 있게 의상을 제작했다고 한다.

화목한 분위기로 점심을 먹고, 코르넬리우스는 서둘러 방으로 올라갔다. 검무 의상에서 정복으로 갈아입어야 해서 정신없이 바쁜 것이다.

재학생이 점심을 다 먹을 때쯤에 코르넬리우스도 옷을 갈아입었고,

모두가 오후 졸업식에 참여하러 갔다.

"난 여기서 얌전하게 책 읽고 있을게요."

"올해는 축복이니 뭐니 아무것도 하지 말고 꼼짝 말고 있어."

질베스타의 말에 "조심할게요."라고 힘차게 고개를 끄덕인 나는 기숙사에서 얌전히 책을 읽으며 시간을 보냈다. 할 수만 있다면 도서관에 가고 싶지만, 돌아다니다가 누가 발견하면 꾀병으로 졸업식을 빠진 일을 들켜 버린다. 앞으로 '몸 상태가 나빠서' '허약해서'라는 이유를 유리하게 쓰지 못하니 난처해진다.

기숙사에 남은 나를 감시하는 사람은 항상 그렇듯 페르디난드였다. 나는 페르디난드에게 솔랑쥬에게 빌린 자료를 보여주면서 라이문트가 개량해 줬으면 싶은 마술구 얘기를 꺼냈다.

"페르디난드 님, 이 자료에 나오는 도서관 마술구를 알고 계세요?"

"……이건 알지. 연구실에 자료가 있으니 라이문트에게 다음 과제로 낼 생각이다. 이건 도서관에서 본 적이 있군. 이건 모른다. 어쩌면 이미 망가졌을 수도 있겠군. 제작자가 없으면 수리도 할 수 없으니까."

선생이 연구 지속을 위해 발표해야 할 때와 중앙이 구매해서 전국에 퍼트릴 때를 제외하고는 마술구 제작법을 대대적으로 공개하진 않는다고 한다. 제작자가 사망하여 방치되는 경우도 많은 모양이었다.

"귀족원의 교사가 제작한 마법진 자료라면 대부분 제자가 자료를 이어받고, 감당이 안 될 때 도서관에 기부하지. 하지만 그렇지 않은 연구자의 마술구는 은폐하는 경우가 많다."

"페르디난드 님도 숨겨 둔 마술구 있죠?"

위험한 물건, 세상에 내놓지 말아야 한다고 판단한 물건, 힐쉬르의 연구실에 방치해 둔 물건, 페르디난드에겐 숨겨 둔 마술구가 넘쳐날 것 같다.

"그래야 한다고 판단했기 때문이지. 그리고 내가 만든 마술구는 마력 소비량이 커서 다른 사람은 쓰지도 못한다. 일반인이 못 쓰는 마술구 따위 세상에 내놔 봤자 하등 소용이 없지."

"그럼 라이문트가 마력 절약형을 만들어서 세상에 내놓으면 되겠네요."

내 딴에는 편리한 마술구가 많아지면 좋겠다, 정도의 가벼운 발언이었다. 그런데 페르디난드는 매우 의아한 표정으로 나를 보았다.

"어째서?"

"네? 그야…… 내가 열심히 만든 물건이 세상에 도움이 되고, 많은 사람이 좋아해 주면 기쁘잖아요. 뛰어난 재능인데 세상을 위해 씁시다."

"딱히. 내가 만들고 싶은 걸 만들었을 뿐이다. 세상에 도움이 되고 싶다고 생각한 적은 없다. 결과적으로 도움이 되었다고 해도 그런 생각으로 마술구를 만드는 일은 앞으로도 없을 거다."

참으로 페르디난드다운 대답이었다. 내가 눈을 끔뻑이자 유스톡스가 씁쓸하게 웃었다.

갖고 싶은 도서관 마술구 얘기로 페르디난드와 대화하는 사이에 졸업식이 끝났다. 졸업식 다음 날부터는 에렌페스트로 귀환할 준비를 해야 한다.

슈바르츠와 바이스에게 마력을 공급하러 도서관에 가도 된다는 허가를 받고, 나는 솔랑쥬에게 돌려줄 자료와 새로 마력을 담은 마석을 안고 일어났다. 이 마석은 책 감상을 공유하는 다과회에서 흥분과 함께 목걸이에 채워진 마력을 옮긴 것이다.

오늘은 페르디난드도 함께였다. 표면상으로는 오랜 기간 마력을 담아 둘 커다란 마석의 소유주이기 때문이라는 것이지만, 진짜 이유는 독촉 올도난츠 때문이었다. 힐데브란트가 독촉 업무를 하러 도서관에 나타날 가능성을 고려하여 나 혼자 도서관에 보낼 수 없어서라고 한다.

"그대가 왕자를 끌어들이지만 않았어도 이런 걱정을 할 필요도 없었다……."

"대단히 죄송합니다."

'왜냐면 일이 이렇게 커질 줄 몰랐단 말이야.'

입술을 쭉 내밀며 나는 계속해서 걸었다. 중앙동을 나와 통로를 걷는데, 상공에서 수많은 기수가 날아가는 모습이 보였다.

"망토가 검은색인데 중앙 기사단인가요?"

"그런 습격이 있었으니 어디와 관계가 있는지 의도를 파헤치고, 각지의 영주를 심문하고 조사하느라 할 일이 태산이겠지."

페르디난드의 설명에 납득하면서 나는 열심히 다리를 움직였다. 최근 운동 부족인지 도서관까지 가는 길이 매우 멀게 느껴졌다.

"솔랑쥬 선생님, 오랜만이에요. 드디어 도서관에 왔어요."

"어머나, 로제마인 님! 페르디난드 님까지. 잘 오셨습니다. 슈바르츠와 바이스한테 오신다는 말을 듣긴 했지만 그래도 놀랍네요. 정말 오랜만에 뵙습니다."

열람실에 들어가자, 솔랑쥬가 눈을 동그랗게 뜨고 맞이해 주었다. 슈바르츠와 바이스도 함께였다.

"최종 시험이 남은 사람들이 많을 거라고 페르디난드 님이 도서관에 못 가게 하셨거든요. 너무하지 않아요?"

내가 고자질하자, 솔랑쥬는 "페르디난드 님도 이래저래 걱정되어서 그러셨겠죠." 하고 웃어넘겼다. 페르디난드는 콧방귀 한 번으로 끝이다.

그런 대화에 전혀 흥미가 없는지 슈바르츠와 바이스가 내 주변을 폴짝폴짝 뛰어다녔다.

"공주님, 오랜만."

"공주님, 책 읽어?"

"오늘은 마력 공급을 하러 왔어요. 에렌페스트로 또 돌아가야 하는 시기가 왔거든요."

두 마리의 귀여움에 마음이 사르르 녹는다. 나는 둘의 이마를 쓰다듬으며 마력을 공급했다. 마력을 듬뿍 넣어 주는 동안, 솔랑쥬에게 도서위원 활동에 관한 이야기를 들었다. 다과회가 있고 난 후, 얼마간은 힐데브란트가 종종 와서 마력을 공급해 주었고, 이용객이 많아지면 한넬로레가 대신해 주었다고 한다.

"한넬로레 님이 마력 공급을 하시는 걸 보고 슈바르츠와 바이스를 만진 학생이 있다고 들었는데……."

"그 일로 완장을 단 사람이 특별한 사람이란 걸 주변에서 인식하게 되었지요."

벌써 도서위원 완장이 도움이 된 모양이다. 완장을 단 사람이 3왕자와 대영지의 영주 후보생이라서 그런지, 다들 질투도 하지 않고, 슈바르츠와 바이스에게 마력을 공급하는 모습을 받아들인 듯하다.

"큰 문제는 없었군요. 안심했어요. 독촉 올도난츠는 어떻게 됐어요? 힐데브란트 왕자가 왕에게 허가를 받았나요?"

"청은 올렸지만, 방 밖으로 나가지 못한다고 하세요. 올도난츠로 미안하다는 연락을 주셨거든요. 하지만 작년에 페르디난드 님께서 독촉 올도난츠를 보내 주신 덕분에 올해도 자진 반납률이 매우 높았습니다. 또 독촉하지 않아도 될 정도예요."

솔랑쥬가 "정말 감사합니다."라고 고마워하자, 페르디난드가 미소로 대답했다.

"그 대신이라고 하기엔 그렇지만, 작동을 멈춘 도서관 마술구를 보여주실 수 있겠습니까?"

"작동을 멈춘 도서관 마술구요?"

의아해하는 솔랑쥬에게 나는 그녀에게 빌린 자료를 보여주었다.

"이 자료에 의하면 도서관에는 상급 귀족 사서가 세 사람이 없으면 작동시키지 못할 정도로 많은 마술구가 있었던 거죠? 괜찮다면 그걸 연구용으로 빌릴 수 있을까요? 라이문트라는 아렌스바흐의 견습 문관이 개량해 줄지도 몰라요. 라이문트는 마력 소비량을 줄이는 실력이 뛰어나거든요."

나는 내 도서관을 세울 때 참고할 수 있게 마술구 실물을 봐 두고 싶다. 페르디난드는 자기가 모르는 마술구를 보고 연구해서 만들어 보고 싶다. 라이문트는 새로운 과제를 원한다. 솔랑쥬는 자신의 마력으로 작동하는 마술구가 늘어나면 업무가 편해진다. 모두에게 좋은 결과가 될 터였다. 내 주장에 솔랑쥬가 씁쓸하게 웃으며 승낙해 주었다.

"적은 마력으로 움직일 수 있다면 큰 도움이 되겠네요."

"그럼 라이문트를 불러내겠다. 직접 봐야 더 잘 알 테니까."

페르디난드가 곧장 올도난츠로 라이문트를 호출했다. 힐쉬르의 연구실에 있었으리라. 오래 기다릴 것도 없이 라이문트가 열람실로 헐레벌떡 뛰어 들어왔다. 제대로 차려입을 여유도 없었는지 머리는 헝클어져 있고, 옷도 꾀죄죄했다.

"연구실을 나오기 전에 행색을 좀 갖추어라. 보기 흉하다."

페르디난드가 인상을 찌푸리자, 라이문트가 서둘러 슈타프를 소환했다. 간단히 깨끗해지는 바셴을 쓰려는 것임을 깨닫고, 나는 얼른 그를 말렸다.

"라이문트, 바셴은 도서실 밖에서 써 주세요. 책이 젖어요!"

"……여기에서 책이 있는 곳까지 바셴을 쓸 사람은 그대뿐이다."

페르디난드가 어이없다는 얼굴로 그렇게 말했지만, 만일을 대비해 라이문트를 열람실 밖으로 내보내서 차림새를 단정케 하도록 했다. 그리고 솔랑쥬의 안내로 열람실에서 집무실로 자리를 옮겨 작동을 멈춘 마술구를 보았다.

"이건 관내를 청소하는 마술구이고, 이것이 열람실 내의 큰 목소리를 죽여 주는 마술구입니다."

도서관이 넓어서 힘들긴 해도 청소는 본인이 할 수 있고, 다들 도서관에서는 잡담 금지라는 것을 알고 있다. 큰 소리를 내면 공부 중인 이용자들이 눈치를 주므로 마술구가 없어도 큰 지장은 없었다고 한다. 있다면 편리하고 없어도 그만인 셈이다.

"이거라면 연구에 쓰셔도 됩니다."

"받아도 될까요? 만약에 개량에 실패해도 당분간 작동하도록 마력을 넣어서 돌려드릴게요."

페르디난드에게 중요도가 낮은 마술구를 넘기고, 솔랑쥬는 천천히 집무실을 둘러보았다.

"평소 업무에 쓰는 마술구는 연구 중에 망가지면 곤란해지고, 대여해 드린다면 업무가 밀리는데, 보기만 하셔도 되겠습니까?"

"보는 걸로 충분합니다. 도서관의 중요한 마술구를 볼 기회가 그리 많지 않거든요."

솔랑쥬와 이런 이야기를 할 기회도 없었던 라이문트는 도서관 마술구에 관해 여러 질문을 던졌다. 그중엔 솔랑쥬가 대답할 수 있는 것도 있었고, 페르디난드가 자세히 아는 것도 있었다.

"이걸 개량한다면 이 부분을 떼어내서 이렇게 연결하면 어떻겠습니까?"

"아니, 그것보다 먼저 이쪽을 움직여 보지. 이거라면 바람과 흙의 속성을 가진 소재로 이 부분을 통째로 줄일 수 있을 거다."

도서관 건물에 단단히 고정된 마법진을 보면서 페르디난드와 라이문트가 의논하기 시작했다. 솔직히 두 사람이 무슨 이야기를 하는지 도통 모르겠다.

즐겁게 의논하는 두 사람은 내버려 두고, 나는 리카르다가 가져온 자료를 솔랑쥬에게 돌려줬다. 솔랑쥬도 내게 빌린 연애 중심 기사 소설을 돌려주었다.

"많은 도움이 되었어요. 제가 언젠가 도서관을 세울 때 도입하고 싶었던 마술구들이 잔뜩 있었고, 사서의 일상을 알게 되어 너무 재미있었어요."

"저도 에렌페스트의 책에 푹 빠져 읽었습니다. 이해하기 쉬운 말로 쓰여 있어서 학생에게 인기가 많겠더군요. 또 다른 작품이 있다면 빌려주세요."

각자의 책 감상을 주고받는 그때 집무실 문 앞에서 딸랑, 하고 작은 종소리가 울렸다.

"누구지? 졸업식이 끝난 후로는 아무와도 약속을 잡지 않았는데……."

솔랑쥬가 책상 위의 종을 울리자, 사서 기숙사에서 업무 중이던 솔랑쥬의 시종이 나와 문을 열러 갔다.

문 너머에 있는 사람은 중앙의 기사단장인 라오블루트였다. 마석이 박힌 장신구를 보여주면서 집무실로 들어왔다.

"습격 사건으로 왕족의 외출이 금지되어 있어 제가 힐데브란트 왕자님을 대신해서 왔습니다."

놀랍게도 기사단장이나 되는 사람이 독촉 올도난츠를 가져왔다고 한다. 생각지도 못한 인물의 등장에 솔랑쥬가 눈이 휘둥그레진 채 당황했다.

"올해는 반납률이 높아서 독촉 올도난츠를 보내지 않아도 된다고 힐데브란트 왕자님께 말씀드렸는데……."

"연락이 엇갈렸나 보군. 하지만 내 용건은 그것뿐만이 아니다. 열리지 않는 서고에 관해 자세히 물어보고 싶었다. 왕자님께서 도서관 다과회 얘기를 하실 때 나왔는데, 그런 얘기는 지금까지 들어 본 적이 없었다."

페르디난드가 나와 라이문트의 팔을 덥석 잡고, "나가자." 하고 짧게 말했다. 라오블루트와 솔랑쥬를 방해하지 말자는 뜻이리라. 솔직히 열리지 않는 서고 얘기를 자세히 듣고 싶었지만, 우린 완전히 제삼자에 방해꾼이었다. 나는 찬성했다.

"열리지 않는 서고는 상급 사서가 세 사람이 있어야 열리는 서고를 말해요. 지금은 그 열쇠가 그분들 방에 보관되어 있어서 저도 들어가지 못합니다. 새로운 사서가 선출되길 바랄 뿐이지요."

"응? 왕족만 들어갈 수 있는 서고를 말한 것이 아니었나?"

"그건 로제마인 님이 말씀하신 진짜인지 거짓인지 모르는 소문입니다."

퇴실 인사를 하려는 순간 갑자기 내 이름이 튀어나와 움찔했다. 라오블루트가 나를 보며 "에렌페스트의 성녀로군. 마침 잘 됐다."라며 깊게 웃었다.

"누구에게 그 얘기를 들었습니까, 로제마인 님?"

나를 빤히 쳐다보는 라오블루트의 다갈색 눈동자에 나는 히익 하고 기겁하며 페르디난드의 등 뒤에 숨었다. 열리지 않는 서고를 처음 말한 유스톡스는 페르디난드의 측근이다. 유스톡스가 입수한 정보면 페르디난드도 알 터였다. 개인의 이름을 꺼내도 될지 몰라 페르디난드에게 대응을 떠넘겼다.

"출처조차 알 수 없는 소문입니다, 기사단장."

페르디난드가 한 걸음 앞으로 나가며 그렇게 말했다.

"다만, 며칠 전에 로제마인이 솔랑쥬 선생에게 빌린 자료를 보니 왕족이 도서관 서고에 출입했다는 기술이 있었습니다. 실제로 존재할 수도 있고, 솔랑쥬 선생이 말했듯이 열쇠가 있으면 들어갈 수 있는 서고를 말하는 건지도 모릅니다."

라오블루트가 진의를 묻듯이 솔랑쥬를 쳐다보자, 솔랑쥬는 조금 전에 내가 돌려준 자료를 기사단장에게 내밀었다.

"예전에 일했던 사서의 일지예요. 페르디난드 님의 말씀처럼 영주회의 무렵에 성인 왕족이 도서관을 방문했다는 기술이 있습니다. 가져가서 읽어 보셔도 됩니다."

라오블루트는 그 자료를 들고 고개를 끄덕였다. 그리고 페르디난드를 빤히 응시했다.

"아달지자의 열매인 페르디난드 님은 알고 계십니까?"

"나의 게두르리히는 에렌페스트입니다."

페르디난드는 그렇게만 대답하고, 솔랑쥬에게 퇴실 인사를 한 후 도서실을 나왔다. 라이문트도 함께 물러났다.

"페르디난드 님, 즐거운 시간과 과제를 내주셔서 기쁩니다."

라이문트는 오른쪽으로 꺾어 문관동으로 돌아갔다. 나와 페르디난드는 일직선으로 중앙동을 향해 걸었다.

"페르디난드 님, 조금만 천천히 걸어 주세요."

"⋯⋯."

평소보다 엄격한 표정으로 빠르게 기숙사로 향하는 페르디난드는 내 말을 듣지 못했는지, 속도를 떨어뜨리지 않고 걸었다.

"페르디난드 님!"

"⋯⋯느리다."

"페르디난드 님이 빠른 거예요. 대체 왜 그러세요?"

내가 올려다보자, 페르디난드는 깊은 한숨을 내쉬며 머리카락을 쓸어 올렸다. 상공을 달리는 중앙 기사들을 올려다본 후 천천히 고개를 저었다.

"⋯⋯아무것도 아니다."

아무것도 아닐 턱이 있나. 페르디난드의 행동이 이상해진 건 라오블루트와 만난 후부터다. 성전 검증 회의에서도 만났으니 라오블루트 때문만은 아니리라.

"다음 겨울까지 라이문트가 마법진을 개량해낼 수 있을까요? 전에 제출했던 과제처럼 쉽지는 않겠죠? 빌린 마술구 마법진은 해석할 수 있을까요?"

페르디난드는 내 속도에 맞춰 걸어 주긴 했지만, 왠지 평소보다 말수가 적고, 마술구 얘기에도 반응이 없다.

'저기, 신관장님. 아달지자의 열매가 뭐예요?'

묻고 싶어도 입 밖에 꺼내지 못하는 질문이 또 하나 늘면서 나의 귀족원 2학년 생활은 끝이 났다.

에필로그

 귀족원 졸업식이 끝나고, 영주와 학생들이 차례차례 영지로 돌아가는 시기가 되었다. 모두가 허둥지둥 짐을 정리하는 바쁜 시기다. 그런 시기에 에그란티느는 약혼자인 2왕자, 아나스타지우스에게 긴급 호출을 받았다.

 "대단히 죄송합니다만, 왕족 안건이라 에그란티느 님 한 분만 들어가실 수 있습니다. 측근 여러분은 이쪽에서 대기해 주십시오."

 별궁에 도착하자, 아나스타지우스의 수석 시종, 오스빈이 클라센부르크에서 함께 온 측근들을 물리쳤다. 왕족 안건이란 왕족 내에서만 공유하고 외부에는 공개하지 않는 정보를 말한다. 봄의 끝 무렵에 열리는 영주 회의 때 결혼하여 왕족에 속하게 되는 에그란티느에게는 공개해도 된다고 아나스타지우스가 판단했을 경우만 이렇게 호출해서 몰래 알려 준다.

 '오늘 저녁 식사 때 아우브께서 계속 추궁하시겠네.'

 아우브 클라센부르크는 아직 기숙사에 계신다. 오늘도 나올 때 "왕족의 약혼녀답게 행동해라."라며 잔소리를 했다. 그는 다른 영지보다 조금이라도 정보를 빠르게, 그리고 많이 얻으려는 사람이다. 에그란티느는 기숙사로 돌아간 후의 일을 생각하며 조금 우울해졌다.

 "에그란티느, 이쪽으로."

 응접실에는 약혼자인 아나스타지우스가 기다리고 있었다. 그가 에그란티느를 손짓하여 불렀다. 그런데 그에게선 평소와 같은 달콤한 미소 대신 터질 듯한 긴박감이 흘렀다. 아나스타지우스의 측근들은 오스빈만 남겨 두고 에그란티느와 교대하듯 응접실에서 물러났다. 오스빈만 남긴 건 아나스타지우스와 에그란티느 두 사람만 남겨 두지 않기 위해서다.

측근들을 떼어낸 후, 아나스타지우스가 아무 말 없이 도청 방지 마술구를 내밀었다. 에그란티느는 순순히 받아서 손에 쥐었다.

"오늘은 아주 엄중하네요."

"그래. 얼마 전에 있었던 습격에 관해서거든."

에그란티느는 자신도 모르게 숨을 삼켰다. 영지 대항전 표창식 때 일어난 그 사건을, 에그란티느는 아나스타지우스의 약혼자로서 단상에서 직접 겪었다.

"영주 회의에서 보고된 내용과 그렇지 못한 내용도 있으니까 클라센부르크에 새어 나가지 않게 조심해 줘."

'얼마 전 습격에 관한 얘기.'

아나스타지우스의 말로 에그란티느의 뇌리에 '죽여!' 하고 소리 지르던 남성의 노성과 마력을 담은 무기를 높이 치켜든 채 기수를 타고 달려오던 자들의 모습이 스쳐 지나갔다.

"왕을 죽여! 지금의 왕은 구르트리스하이트도 가지고 있지 않은 가짜다!"

"그렇게 놔둘까 보냐!"

슈타프 무기를 쥐고 어둠의 주문을 외우면서 아나스타지우스가 기수에 뛰어올랐다. 왕좌를 양보한 입장인 그는 보호받는 것이 아닌 함께 싸우는 쪽을 선택했다. 그 모습이 자랑스럽게 느껴지면서도 남겨진 에그란티느는 너무나도 불안했다.

아나스타지우스의 약혼자로 단상에 선 그녀는 왕족이나 마찬가지다. 아직 정식 결혼식을 치르지 않았다는 사정 따위 습격자들은 고려해 주지 않는다. 그녀는 공격 대상 중 하나였을 뿐이다.

경기장 내 여기저기에서 거대화하여 포효하는 타니스베팔렌. 공격하면 마력을 흡수한다고 알렸음에도 아무도 그 말을 듣지 못한 양 공격을 퍼붓는 기사들. 에그란티느에게는 타니스베팔렌보다 집단으로 혼란에 빠진 그들이 더 두려웠다.

"흐아아아아아아아아!"

무기에 담긴 마력과 살의가 자신을 향해 덮쳐 오는 것을 알아챈 순간, 호흡이 빨라지고 괴로웠다. 자신을 향한 분노와 살의에 찬 눈에서 공포를 느끼고 몸이 경직되었다.

"에그란티느, 게티르트다!"

아나스타지우스의 외침에 에그란티느는 떨리는 목소리로 게티르트를 외워 방패를 만들었다. 마력의 차이가 컸는지 위험한 마력 공격을 막아 냈다. 하지만 게티르트는 악의와 살기를 품은 눈빛과 노성까지 막아 주지는 못했다. 공격과 맞바꿔 눈앞에서 폭발하여 자살한 자, 스스로 먹잇감이 되어 타니스베팔렌을 성장시키는 자, 처음부터 기사에게 몸을 던져 같이 죽으려는 자……. 그들은 핏발 선 눈으로 오로지 복수밖에 생각하지 않았다.

에그란티느는 할 수만 있다면 이성을 잃고 싶었다. 공포를 외면하고 쭈그리고 앉아 구해 달라고 고함치고 싶었다. 하지만 중앙 기사단의 보호를 받는 왕족은 이성을 잃는 것조차 용서받지 못하는 처지다. 왕족이 공포에 빠진 모습을 보여주면 학생들도 불안해진다. 기사단의 방해가 되어서는 안 된다. 오열과 구역질을 참으며 꼿꼿이 게티르트를 들고 서 있는 것이 에그란티느가 할 수 있는 최선이었다.

습격의 정경이 뇌리에 생생하게 되살아나자, 에그란티느는 도망치고 싶은 거북함과 불안을 참으며 아나스타지우스를 바라보았다. 최대한 동요를 억누르고 미소를 지으며 고개를 끄덕였다. 하지만 마술구를 쥔 손에는 부자연스럽게 핏줄이 불룩 솟았다. 그녀의 감정이 유일하게 드러난 부분이었지만, 아나스타지우스는 그것을 미처 보지 못하고, 보고를 시작했다.

"중앙 기사단에서는 연일 조사를 진행하고 있고, 왕족 안에서는 빈번히 보고와 회의를 하고 있어. 하지만 당신은 아직 정식 왕족이 아니라 약혼녀라서 회의에 출석할 수 없어."

"……그 내용은, 제가 알아도 되는 내용인가요?"

회의에 출석할 자격도 없는 자신이 보고를 들어도 되는 것인가, 에그란티느는 확인했다. 내키지는 않았다. 습격을 떠올리고 싶지 않았다. 하지만 아나스타지우스는 "알아도 되는 것만 얘기할 테니까 안심해."라며 조그맣게 웃었다.

"다음 영주 회의 때 성결식이 열릴 거고, 그다음 날부터 왕족으로 대우받게 될 건데 모르면 어떡해? 어떤 의견이 오갔는지 내가 알려줘도 괜찮다고 아버님께 허가도 받았다."

아무래도 안 듣고 넘어가도 될 사태가 아닌 듯하다. 에그란티느가 굳게 마음을 먹으며 뒷말을 재촉하자, 아나스타지우스가 고개를 끄덕였다.

"먼저 안심되는 얘기부터 하지. 흉행을 저지른 자들은 모조리 잡았다. 전부 폐영지 출신이었는데, 한 군데가 아니었어."

폐영지란 정변 후 왕에게 영주 일족이 처형되어 망해 버린 영지를 말한다. 대영지였던 구 베르케슈토크는 두 구역으로 나뉘어 단켈페르거와 아렌스바흐로, 구 자우스거스는 클라센부르크로, 구 트로스트벡과 구 샤르퍼는 중앙으로 귀속되었다.

"폐영지는 중앙과 대영지가 관리하고 있어요. 그곳에 책임을 묻기는 어렵겠네요."

한 영지에서 역적이 나왔으면 몰라도, 여러 출신자가 일제히 봉기를 일으켰다면 관리가 엉성해서 역적이 나왔다는 이유로 영주들을 규탄하기 어렵다. 구르트리스하이트를 가지지 못한 왕은 영지의 경계선을 다시 나누지도 못한다.

"섣불리 규탄했다가 전부 중앙에서 관리하라며 대영지가 떠넘기면 곤란해지니까."

아나스타지우스가 동의하며 고개를 끄덕였다. 하지만 그것은 어디가 책임을 져야 하는지 모르겠다는 말과 무엇이 다르단 말인가. 과연 이번에 피해를 본 사람들이 납득할까? 그 불만이 또다시 역적을 만드는 것이 아닐까……. 에그란티느의 머리엔 비관적인 생각들만 자꾸 떠올랐다.

"다만, 습격에 타니스베팔렌이 사용된 것으로 보아 주모자가 구 베르케슈토크에 속하는 자가 아닐까 하는 의견이 지배적이야. 구 베르케슈토크라면 단켈페르거나 아렌스바흐가 배후에 있을 가능성이 있다는 의견도 기사들 사이에서 오르내리고 있지."

에그란티느는 순간적으로 현기증이 일었다. 역적의 배후로 의심을 받는 건 참을 수 없는 모욕이었다. 가령 아우브 클라센부르크가 그런

소리를 들었다면 그 말을 꺼낸 기사들의 모습이 일순에 사라질 수도 있을 정도다.

"승리한 대영지가 대체 무엇을 위해 왕족을 덮쳤다는 건가요? 그런 의견을 대놓고 주장하게 된다면 단켈페르거와 아렌스바흐를 적으로 돌릴 수도 있어요."

"알고 있어. 왕도 그런 의견은 묵살하고 있어. 다만……."

거기서 잠깐 입을 다물었다. 팔짱을 끼고 생각에 잠겼다. 말해도 될지 말지 고민하는 것이다. 그렇게 판단한 에그란티느는 조용히 그의 결단을 기다렸다.

"……타니스베팔렌을 옮기는 데 구 베르케슈토크 기숙사의 전이 마법진을 사용했을 가능성이 커."

영지 대항전 이전에도 에렌페스트 채집터에 타니스베팔렌이 나타났다고 한다. 그 얘기는 클라센부르크에서 보고를 들은 에그란티느도 알고 있었다. 그래서 기숙사 내의 견습 기사들이 망을 보며 자령의 채집터를 지키고 있다고 들었다.

"루펜과 귀족원 교사들이 기숙사를 탐색했는데, 전이 마법진이 사용된 흔적을 군돌프가 발견했어. 소란이 커지지 않게 귀족원이 끝난 후에 영주 후보생 교육을 받은 형님과 내가 조사를 나갈 예정이었지."

조사를 나가기 전에 영지 대항전에서 습격이 일어난 것이다. 에그란티느는 의아해졌다. 그런 정보가 있었는데도 불구하고 어째서 표창식에서 타니스베팔렌이 날뛰게 된 걸까.

"중앙 기사단은 경계를 안 하고 있었나요?"

"물론 방관하고 있었던 건 아니야. 많은 영지 관계자가 모이는 영지 대항전이나 졸업식이 위험해질 것을 예상하고 경계했어. 구 베르케슈토크 기숙사도 감시했고, 당일엔 왕족의 호위며 순찰도 강화했고, 기사동 주변엔 마수의 접근을 알리는 마술구도 설치했지."

그 마술구가 있으면 당일에 보호자들 속에 섞여 반입하려는 자가 있어도 잡아낼 수 있다는 판단에서였다. 귀족원의 교사와 중앙 기사단이 낸 결론은 타니스베팔렌을 사용하지 않으면 문제없다는 판단이었다고 한다. 구 베르케슈토크 기숙사의 전이 마법진을 사용한 흔적이 적었고, 만약 사건을 일으키려는 자들이 있더라도 소수일 거라 예상했다.

"하지만 타니스베팔렌은 외부가 아닌 내부에서 나타났고, 역적은 예상보다 10배는 더 많았다. 경계하겠다고 마술구를 설치하기 전에 현장에 마수를 숨겨 두면 의미가 없어."

"마수를 기사동에 숨겨 놨었다고요? 대체 어떻게……."

"새끼 때 마력을 차단하는 가죽 주머니에 담아 두고 약을 먹여 재운 모양이야. 학생 중에 협력자가 있었다면 기사동에 미리 옮겨 두는 정도야 식은 죽 먹기지."

"학생 중에 협력자가 있다고요?!"

공격자들은 모두가 에그란티느보다 나이가 많았다. 설마 학생 중에 협력자가 있을 거라는 생각은 하지도 못했다.

"친족이 잡히면 다 파멸이다. 그러니 친족에게 협력하는 학생이 있어도 이상할 게 없지. 또 역적도 정변 후부터 계속 어딘가에 숨어 살았던 건 아니야. 승리자가 관리하는 폐영지에서 평범하게 살던 자들이었지. 그들은 졸업생의 친족 입장으로 각자 다른 기숙사를 경유해 들어온 것이 확인되었을 정도니까."

믿을 수 없었다. 10년 넘게 평범하게 살다가 왜 그런 흉행을 저질렀을까. 에그란티느는 이해할 수 없었다.

"난처하게도 붙잡힌 자들은 아는 게 많지 않았어. 아주 치밀하게 계획한 거다. 자살한 자들에게 증거나 기억을 남기지 말라고 지시를 내렸던 모양이야."

자신의 눈앞에서 몸이 터지고, 타니스베팔렌에 일부러 몸을 던졌던 자들을 떠올리며 에그란티느는 입을 틀어막았다. 방심하다간 토할 것 같았다.

"재발을 막기 위해 구 베르케슈토크의 전이 마법진을 조사하러 조만간 라오블루트와 중앙 기사단을 파견하기로 했어. 결과는 영주 회의 때 나오겠지."

"지금 그 문제의 전이 마법진이 있는 곳을 관리하는 게 아렌스바흐지요?"

"맞아. 기숙사를 탐색할 때 옷이 더러워진다는 핑계로 바센을 쓴 프라우렘을 의심하는 사람도 상당수 있어. 그들도 조사할 예정이다."

이야기를 들으면 매우 수상쩍게 느껴지지만, 정말 범인이라면 그렇게까지 노골적으로 의심받을 만한 짓을 할까? 가령 자신이 범인이라면 그러지 않을 것이라고 에그란티느는 생각했다.

"영지 내의 조사를 승낙해 주면 교환 조건이 붙겠지만, 아우브 아렌스바흐는 협력을 아끼지 않겠다고 했다는군."

어쨌든 간에 재발 방지를 위해 중앙 기사단이 움직여 주면 마음이 든든하다. 사감에게 쏠린 의심을 풀기 위해서라면 아렌스바흐도 흔쾌히 협력하리라. 에그란티느의 손에서 아주 조금 힘이 빠졌다.

"그리고 타니스베팔렌의 피해 상황인데, 집합 장소 한가운데에 나타난 탓에 임멜딩크와 노이에하우젠의 피해가 심각했다. 사망한 학생도 몇이나 나왔어."

에그란티느의 손에 다시금 힘이 들어갔다. 역적들의 목적은 왕족이었고, 중앙 기사단과 검은 무기를 든 영지 기사들까지 합세해서 싸웠다. 그래서 그렇게 피해가 컸을 줄은 몰랐다.

"임멜딩크에 큰 피해를 입힌 타니스베팔렌은 에렌페스트의 기사들이 처치했다. 거긴 검은 무기를 허가받은 영지거든. 페르디난드가 지휘를 잡았다고 하더군."

"……에렌페스트에는 피해가 없었나요?"

"이상한 반구형 물체로 집합 장소를 완전히 덮어 버렸으니까."

단상에 있었는데도 에그란티느는 그렇게 큰 물건을 인식하지 못했었다.

"페르디난드의 마술구라는 말도 있지만, 로제마인이 소환한 신구라는 말도 있어. 실제론 뭔지 모르겠지만, 에렌페스트의 피해는 거의 없었다. 부상자는 있었지만, 치유 마술로 해결되는 사람들뿐이었다더군."

"그랬군요. 안심했어요."

로제마인의 영지에서 피해가 적었다니 다행이다. 에그란티느는 가슴을 쓸어내렸지만, 아나스타지우스는 오히려 복잡한 표정을 지었다.

"그런데 '이번에도' 피해가 없었다는 이유로 에렌페스트의 관여를 의심하는 자도 있어."

"'이번에도'라니요? 잡힌 사람은 전부 폐영지 사람들이었다면서요."

"맞아. 에렌페스트 사람은 없었어."

아나스타지우스는 싱긋 웃으며 말을 끊었다. 더 추궁해도 대답해 줄 수 없다는 미소였다. 에그란티느에게조차 말하지 못하는 왕족 안건이 있는 모양이다.

"우린 전력을 다하고 있어. 그러니 안심해도 돼."

그 정도의 말로 안심할 수 있을까. 평소라면 웃으며 수긍한 뒤 아나스타지우스의 말을 흘려 넘겼을 에그란티느도 무심코 미간을 찌푸리고 말았다. 약간이나마 짜증을 드러내 버린 데 대해 자기혐오가 들었지만, 억지로 미소를 지어 보아도 별수 없었다.

"에그란티느, 안색이 안 좋아 보이는군."

세세한 차이라도 찾아내려는 듯 아나스타지우스의 회색 눈동자가 빤히 바라본다. 그 진지한 표정에 에그란티느는 살짝 놀랐다. 뺨에 손을 대며 일부러 싱긋 웃어 보였다.

"어머, 제 안색이 안 좋아 보이나요? 해가 가려서 그런가 봐요."

"이런 때에 당신은……. 돌려 말하면 진심이 전해지지 않잖아. 로제마인도 솔직하게 말하라고 해서 우리도 오해를 풀었지 않은가. 난 당신의 모든 것을 받아들일 수 있어. 고민되거나 불안한 것이 있다면 내게 털어놔."

아나스타지우스가 손을 뻗어 도청 방지 마술구를 쥔 에그란티느의 손 위에 손을 겹쳤다. 그 온기와 가만히 대답을 기다리는 표정에 경직됐던 몸이 조금씩 풀어지는 것을 에그란티느는 느꼈다. 동시에 얼굴에서 미소가 사라지고, 음울한 표정으로 바뀌었다.

"……저에겐 벌어진 지 10년도 지났을 정변이 아직 끝나지 않았어요."

저도 모르게 말이 나왔다. 더 무슨 말을 해야 할지 몰라 입을 꾹 닫았다. 하지만 아나스타지우스는 재촉하지 않았다. 손을 꼭 쥐고 있을 뿐이다.

"부끄럽지만, 이번 일로 어릴 적에 클라센부르크로 옮기게 되었던 야습이 떠올라서 잠을 잘 수가 없어요."

"야습이라니?"

아나스타지우스가 의아하다는 표정을 지었다. 에그란티느는 그에게 사정을 자세히 말하지 않았음을 떠올렸다.

"어렸을 때…… 정변 도중에 3왕자였던 제 아버님이 암살당한 사건, 알고 계시죠?"

"응. 저녁 식사에 독이 들어가 있었고, 어린이 방에서 혼자 따로 밥을 먹은 당신만 살아남았지. 세례 전이어서 선대 아우브 클라센부르크가 당신을 거뒀다고……."

아나스타지우스가 아는 것은 전반부뿐이다. 그 뒤에 있었던 야습에 관해서는 모르는 듯했다. 당시에 그는 어렸고, 5왕자였던 그의 부친은 정변에 발을 들이지 않으려고 했던 무렵의 이야기다. 모르는 게 당연하다. 어쩌면 그 사건을 자세히 아는 사람은 이젠 클라센부르크 외부에는 남아 있지 않을지도 모른다.

"……가족이 암살당한 그날 밤, 혼란을 틈타 제가 살던 별궁에 야습이 있었어요. 1왕자파 사람들은 아버지가 구르트리스하이트를 숨겨 뒀다고 의심했는지, 구르트리스하이트를 찾으라는 소리가 들렸죠."

당시의 에그란티느는 세례를 받기 전이었다. 그녀가 지내던 어린이 방은 영주 부부의 거주 구역에 있었다. 이변을 눈치챈 유모가 에그란티느를 드레스룸의 찬장에 숨겨 두고 귀족원까지 도망쳐 클라센부르크에 연락을 넣었다. 암살 연락을 받은 당시의 아우브 클라센부르크가 귀족원의 기숙사까지 달려와 준 덕분에, 단 한 명 남은 왕녀를 구하기 위해 클라센부르크가 궐기했다.

그러나 중앙 귀족이 이끄는 습격자와 달리, 다른 영지 사람은 별궁에 출입하지 못한다. 유모는 에그란티느를 클라센부르크의 기사들이 들어올 수 있는 곳까지 데려가야 했다. 습격자들을 피해 필사적으로 달리던 유모가 "먼저 가서서 클라센부르크 기사들이 들어올 수 있게 문을 열어 두십시오."라고 부탁했고, 에그란티느는 고개를 끄덕였다. 자신을 위해 목숨을 건 유모를 위해 온 힘을 다해 달려 문을 열었다. 왕족인 에그란티느의 도움으로 빨간 망토를 두른 기사들이 별궁으로 진입하여 적을 전멸시켰다.

"별궁은 지옥이 따로 없었습니다. 수많은 사람이 죽었어요. 습격한 사람도, 별궁에서 지내던 중앙 귀족도……."

에그란티느는 살아남았지만, 유모는 목숨을 잃었다.

"그로부터 10년이 넘는 세월이 흘렀는데, 또 이런 습격이 일어났습니다. 습격자들은 그날 밤의 역적들과 똑같은 눈을 하고 있었어요. 평온해 보여도 정변은 아직 끝나지 않았어요."

"그런 일이 있었다니…."

아나스타지우스가 달래듯이 에그란티느의 손등을 쓰다듬었다. 더 묻지도 않고, 의견을 말하지도 않고, 포개듯이 살포시……. 가슴에 퍼지는 그 따듯함에 에그란티느의 경직된 몸도 풀어지는 듯했다. 자연스레 미소가 지어졌다.

"……전, 또다시 분쟁이 일어나는 걸 원치 않아요."

"알아. 당신은 평온을 원하지. 그러니 당신이 어떤 평온을 원하는지 알려 주지 않겠어?"

어떤 평온을 원하는가. 아나스타지우스의 물음에 에그란티느는 눈을 깜빡였다.

"평온에 종류가 있나요?"

"역적이 원하는 평온은 아버님이 아닌 자신들이 원하는 왕을 모시는 세계겠지. 당신도 그런 평온을 원해?"

그런 평온을 원하진 않는다. 완전히 반대다. 에그란티느는 자신의 소망을 찾으려고 가볍게 눈을 감았다.

"제가 원하는 평온은……."

진정한 정변의 끝이 에그란티느가 원하는 평온이다. 반역자가 파고들 여지도 주지 않는, 정당한 왕이 통치하는 유르겐슈미트. 피로 피를 씻어 내는 분쟁이 일어나지 않는 세계를 원한다.

'구르트리스하이트…….'

정변 중에 사라져 버린 왕의 증표가 있다면 다른 누구도 왕에게 반기를 들지 못한다. 현재 유르겐슈미트의 귀족들이 안고 있는 문제의 절반이 단숨에 해결된다.

자신이 바라는 평온을 가져다줄 구르트리스하이트가 다시 유르겐슈미트에 돌아오기를, 에그란티느는 강렬히 바랐다.

답을 발견하고 천천히 눈을 뜨자, 아나스타지우스가 대답을 재촉했다.

"에그란티느, 당신이 바라는 평온은 뭐지?"

"정변의 끝이에요. 피로 피를 씻는 전쟁이 두 번 다시 일어나지 않으리라 믿어 의심치 않는 날이 오기를……."

에그란티느는 거기서 말을 끊고 아나스타지우스의 표정을 살폈다. 자신의 진의를 털어놓아도 괜찮을까. 겹쳐진 손을 바라보았다. 도청 방지 마술구가 있으니 에그란티느의 말을 들을 수 있는 사람은 이 사람뿐이다.

'정말 진심을 말해도 될까.'

속마음을 밝힌 에그란티느를 과연 그가 받아 줄까. '전부 받아들이겠다'는 명분으로 귀족답게 대응하는 편이 나을까. 아나스타지우스의 진심을 시험해 본다면 앞으로의 행동 지침이 되리라. 에그란티느는 잠깐 망설인 후 결심했다.

"저는 분쟁 없이 구르트리스하이트를 손에 넣을 것과, 그에 따른 정당한 왕의 탄생을 바라 마지않습니다."

강한 의지를 보이는 에그란티느의 밝은 주황색 눈동자와, 그녀의 진심을 이해하려는 회색 눈동자가 교차했다. 단 몇 초간의 침묵이었지만, 에그란티느에겐 매우 길고 무겁게 느껴졌다.

"……알았어. 당신을 분쟁에 휘말리게 두진 않겠어. 내 힘을 다 바쳐, 모든 것을 희생시킨다 해도 당신을 지키고, 구르트리스하이트를 찾아내겠어."

부드럽게 휘어진 회색 눈이 에그란티느를 응시했다. 아나스타지우스의 말대로 에그란티느의 모든 것을 받아들이고 다가가려 애쓰고 있음을 한눈에 알 수 있는 미소였다. 아나스타지우스가 자신을 마음에 두었다는 건 알고 있었지만, 그 깊이를 처음으로 깨달은 기분이다. 왠지 모르게 겹쳐진 손이 갑자기 뜨거워졌다. 부끄러워 숨고 싶다. 자신의 뺨도 가슴도 뜨거워졌다.

"저기, 아나스타지우스 님……."

손을 빼려는 순간, 놓치지 않겠다는 듯이 아나스타지우스의 손에 힘이 들어갔다. 도저히 제정신으로는 그의 얼굴을 볼 수가 없어 에그란티느는 시선을 내리깔았다.

"약속하겠다. 나의 빛의 여신."

툭 하고 조그만 소리가 났다. 한 손에 쥐고 있던 도청 방지 마술구가 아나스타지우스의 손에서 떨어졌다. 자유로워진 그의 손이 에그란티느의 머리로 뻗어 왔다.

"아나스타지우스 님! 장난은⋯⋯."

에그란티느의 제지는 마술구를 놓아 버린 아나스타지우스에겐 통하지 않았다. 말이 통하지 않아 초조함을 느낀 그 순간.

"크흠!"

지금까지 공기처럼 존재감을 지우고 있던 오스빈이 헛기침으로 아나스타지우스를 쫓아냈다.

정자에서의 맹세

로제마인 님이 귀환하신 직후 흙의 날에 있었던 일입니다. 문관동 회의실에서는 10위 이내 영지의 상급 견습 문관이 모이는 정보 교류회가 열렸습니다. 당연하게도 새로운 유행을 선도하시는 로제마인 님의 귀환이 가장 큰 주목을 받았습니다.

"네? 로제마인 님이 벌써 영지로 돌아가셨다고요?"

"이 짧은 기간에 두 번이나 쓰러지셨습니다. 수업도 전부 끝낸 터라 영주께서 명령을 내리신 겁니다."

하르트무트는 조금 걱정스러운 표정을 지으며 정보 교류회에 모인 문관들에게 설명했습니다. 한넬로레 님과 동행하여 그 자리에 있었던 저는 로제마인 님이 의식을 잃는 현장을 보았고, 그것이 왕족이 참여한 다과회였다는 것도 알고 있습니다. 로제마인 님의 용태가 궁금해서 정보 교류회에 참가했더니 하르트무트는 '건강이 좋지 않아 작년처럼 영지로 돌아가셨다'라는 결과만 공유하고 싶어 합니다.

'과연 그것으로 모두가 납득할까?'

로제마인 님은 에렌페스트의 유행을 이끌어 가는 분이십니다. 영주 회의에서 중앙과 클라센부르크로부터 교역 제안을 받아 인정받게 되면서 그 유행이 단발성이 아니라는 인상이 퍼졌습니다. 또 귀족원에서는 디저트만 나오지만, 영주 회의 때 에렌페스트의 초대를 받은 사람들은 요리까지 훌륭해서 놀랐다고 합니다.

결국 에렌페스트의 순위는 훌쩍 뛰어올랐고, 교역 신청을 거부당한 상위 영지는 은근슬쩍 교류할 기회를 엿보고 있습니다. 정변에서 중립파였던 에렌페스트는 지금까지 다른 영지와 활발히 교류하지 않았지만, 지금은 중앙과 급속도로 가까워졌습니다. 그 계기를 만든 로제마인 님의 정보를 조금이라도 얻고 싶은 영지가 수두룩합니다. 단켈페르거만 틀어쥐고 있는 정보를 풀어야 하나 궁리하면서 저는 주변 상황을 살폈습니다.

"그럼 올해도 영지 대항전 직전에 돌아오실까요?"

"영주와 주치의의 판단에 달렸습니다. 측근인 저로서는 일찍 돌아오셨으면 하지만……."

"다들 안심하세요. 올해는 샤를로테 님도 계시니 사교가 막힐 일은 없습니다."

"남성의 사교는 빌프리트 님, 여성의 사교는 샤를로테 님께서 맡으실 겁니다. 아우브 에렌페스트께서도 적극적으로 유행을 퍼트리라고 명령하셨으니까요."

하르트무트는 말끝을 흐렸지만, 그를 제외한 에렌페스트의 상급 견습 문관들은 로제마인 님이 계시지 않아도 문제 될 게 없다고 주장하기 시작했습니다. 조금 무례하게 들렸지만, 힐데브란트 왕자와의 접촉을 숨기려는 양동 작전일지도 모릅니다.

'로제마인 님의 자세한 얘기를 듣고 싶으면 하르트무트와 개인적으로 만나는 시간을 만들어야겠어.'

한넬로레 님 앞으로 고맙다는 답장이 왔고, 눈을 뜬 후 귀환하셨다는 것을 알았지만, 로제마인 님이 실제로 어떤 상태인지는 전혀 모릅니다. 하르트무트는 로제마인 님의 귀환 준비로 정신이 없었는지, 올도난츠로 무뚝뚝한 대답만 보내 주었습니다.

'내가 로제마인 님의 측근이었다면 이렇게 애태우며 시간을 보내진 않았을 텐데…….'

"단켈페르거의 클라리사 님. 보고할 것이 있습니다. 잠깐 시간을 내

주시겠습니까?"

정보 교환회가 끝나자, 하르트무트가 싱긋 웃으며 물었습니다. 공적인 자리에서 하위 영지가 상위 영지에 말을 걸 때는 이렇게 정중해야 하는 게 당연합니다.

'약혼자가 아니라면 그렇겠지.'

며칠 전, 드디어 구혼 과제에 합격한 저는 그의 서먹서먹한 말투에 거리감을 느꼈습니다. 이 자리에는 상위 영지의 동향을 따라 에렌페스트와 교류하려고 하는 사람이 많은데, 누구보다 빨리 접근하려고 하르트무트의 에스코트 자리를 노리는 상급 견습 문관이 몇이나 있었습니다.

'나로 정해졌으니 이제 와서 들이대도 늦었어.'

하지만 로제마인 님께 정식으로 소개받기 전까지는 방심은 금물입니다. 저는 주위를 휙 둘러본 후, 하르트무트에게 다가가 친밀한 척 미소를 지었습니다.

"어머, 하르트무트. 회의도 끝났는데 클라리사라고 부르세요. 시간이 있으면 약혼한 사이답게 정자에서 시간을 보낼까요?"

자신이 약혼녀임을 드러내며 연인이 가는 정자를 지명했으니 하르트무트에게 접근하려던 여성의 가슴에 못이 단단히 박혔을 겁니다. 그걸 알면서도 접근하려는 여자가 있다면 단켈페르거 사람답게 정면으로 격파할 생각입니다.

"……그럼 클라리사."

제가 투지를 불태우면서 주변을 견제하며 웃는 사이, 잠시 고민하던 하르트무트는 호칭과 말투를 고치기로 한 모양입니다.

"바람의 날의 세 점 종에 만나자. 내 기수 알지?"

그가 제안한 바람의 날은 수업이 있는 평일입니다. 수업 진도까지 파악하는 사이임을 알리려고 일부러 평일을 지정한 것이겠지요. 친밀한 사이를 과시하려는 의도는 통했으니 다행인데, 어떻게 제 수업이 비는 날까지 파악하고 있는 걸까요? 약간의 의문과 찝찝함을 느꼈지만, 저는 웃으며 고개를 끄덕였습니다.

"그럼요. 멋진 시간을 보내 봐요."

약속한 바람의 날, 저는 로제마인 님께 드릴 문안 선물을 안고 정자로 향했습니다. 중앙동에서 회랑을 걸어 문관동을 지나쳐 바깥으로 나갑니다. 그러자 주변에 눈이 하나도 보이지 않았습니다. 기숙사 근처에 있는 채집터 같았다고 할까요. 선생님들이 키우는 약초원이 있고, 그 너머로 주변의 설경과는 전혀 다른 꽃밭이 펼쳐졌습니다. 그 안에 하얀 정자가 몇 군데 있습니다. 귀족원은 채집터를 제외하고 대부분이 눈에 덮여 있어서 이 꽃밭이 보이는 정자가 연인들이 밀회를 즐기는 성지가 되었습니다.

"하르트무트의 기수는 어느 정자에 있지?"

저는 제 기수를 타고 꽃이 피어 있는 광장을 달리며 하르트무트의 기수가 있는 정자를 찾았습니다. 기수를 타고 상공을 이동하면 찾기가 쉽거든요.

'에렌페스트의 귀족원 로맨스 소설이 다른 영지에도 유행한다면 인기 폭발일 거야.'

지금은 모두가 수업에 나가는 기간이라 하르트무트가 기수를 세워둔 정자를 금방 발견했습니다. 저는 그 정자를 목표로 내려갔습니다.

"응?"

연인이 밀회하는 정자인데 어째서인지 에렌페스트의 망토를 두른 인영이 셋이나 있는 겁니다. 앉아서 무슨 서류를 읽는 하르트무트와, 몸 둘 바 모르는 사람처럼 안절부절못하며 주변을 둘러보는 저학년 남녀가 있었습니다. 여자아이는 로제마인 님의 측근인 필린느인데, 남자는 누구일까요? 모르겠습니다.

"하르트무트, 그분이 오셨어요."

하르트무트는 불안하게 내 눈치를 보는 두 사람을 쳐다본 후 나를 불러들였습니다.

"정자에 다른 사람을 데려와서 멋없어 보이겠지만, 이들의 소개가 오늘 만남의 가장 큰 목적이니 이해해 줘."

"저도 목적이 있어서 정자를 지정한 것이라 대화에 관련된 동행자가 있어도 상관없어요. 그런데 따라온 두 분은 어딘가 불편해 보이네요. 편하게 계세요."

저는 손에 든 짐을 내려놓으면서 두 사람에게 미소를 지었습니다. 하르트무트가 제게 소개하려는 에렌페스트 사람이라면 로제마인 님의 측근이 틀림없습니다. 미래의 동료에게 조금이라도 좋은 인상을 남기면 언젠가 측근으로 들어갈 때 도움이 되겠지요.

"클라리사, 이쪽은 필린느. 로제마인 님의 하급 견습 문관이다. 로제마인 님을 위해 도서관에서 다른 영지 학생들에게 이야기를 모으고 있으니까 알지?"

"그럼요. 하급 귀족이 영주 일족의 측근이 되는 게 어디 평범한 일인가요. 필린느는 정말 뛰어난 견습 문관인가 보군요."

로제마인 님과 그 측근을 조사할 때부터 하급 귀족 필린느의 존재가 궁금했습니다. 제 질문에 하르트무트가 팔짱을 꼈습니다.

"필린느는 로제마인 님이 유레베에서 잠드신 2년 동안, 로제마인 님과 한 약속을 끝까지 지키고, 끊임없이 이야기를 모은 사람이지. 충성심이 아주 훌륭해. 로제마인 님께서 필린느를 적극적으로 측근에 넣고자 하실 정도야."

어린아이에게 2년이란 시간은 아주 깁니다. 그리고 유레베에 2년간 잠겨 있었다면 보통은 생존이 절망적이라고 할 수 있을 세월입니다. 흉흉한 이야기가 돌고 있음에도 로제마인 님과 한 약속을 믿으며 계속 이야기를 모았으니 심지가 곧고 훌륭한 문관입니다.

"그리고 이쪽은 로데리히. 새로운 이야기를 쓰는 능력을 인정받아 조만간 측근으로 들어오게 될 중급 견습 문관이다."

'부러워 미치겠어!'

로제마인 님께 자기가 쓴 글을 바치다니…… 그런 설레는 일이 또 어디 있겠습니까. 할 수만 있다면 저도 하르트무트의 구혼 과제로 자작 소설을 내고 싶었습니다. 하지만 새로운 이야기를 쓰는 건 어려웠습니다. 하는 수 없이 단켈페르거의 책으로 사본을 만들고, 기사 이야기를 모은 겁니다. 제겐 없는 재능을 가진 두 사람을 바라보니 왠지 모르게 초조해졌습니다.

'내가 과연 로제마인 님께서 원하시는 측근이 될 수 있을까?'

"이쪽은 클라리사. 나의 에스코트 상대이고, 단켈페르거의 상급 견습 문관이다. 영지 대항전 때 로제마인 님께 소개할 생각이야."

"어머, 약혼녀라고 소개해 주지 않을 거예요?"

"정식 약혼은 아직 멀었잖아. 적어도 당신 부모님을 뵈어야 약혼녀라고 말할 수 있지."

여러 영지의 여성들과 노는 것처럼 보였지만, 의외로 하르트무트는 보수적인 구석이 있나 봅니다. 새로운 발견에 기뻐하면서 두 견습 문관에게 시선을 돌렸습니다.

"영지 대항전 때가 아니라 일부러 시간을 만들어 따로 소개하는 걸 보면 뭔가 중요한 일이 있는 모양이죠?"

"내년 귀족원에서는 나 대신 당신이 정보 수집을 맡아 줬으면 해."

"어머, 정보 수집을 내가요?"

여러 영지의 견습 문관과 교류하며 정보를 얻고, 소문의 진위를 확인하는 건 견습 문관의 중요한 역할입니다. 그것을 다른 영지 사람인 제게 맡긴다니 대체 무슨 말일까요?

"이 둘은 중급과 하급 귀족이야. 그리고 로제마인 님이 원하는 이야기 수집이나 집필엔 능력이 뛰어나지만, 측근 견습 문관으로써의 기본 능력은 높지 않아. 그래서 다른 영지의 상급 견습 문관 사이에서 오가는 정보는 로제마인 님께 들어가지 않을 가능성이 높지."

저는 하르트무트의 말을 곰곰이 생각해 보았습니다. 다시 말해 내년엔 로제마인 님의 측근에 상급 견습 문관이 없다는 뜻입니다. 약혼녀지만 다른 영지 학생인 제게 정보 수집을 부탁할 정도라면 정보 교류회에 출석했던 빌프리트 님과 샤를로테 님의 상급 견습 문관과 하르트무트는 교류가 깊지 않은지도 모릅니다. 아니면 그들의 능력을 못 믿는 걸까요?

"로제마인 님을 위해서니까 흔쾌히 협력해야죠. 하지만 저한테 무슨 이득이 있나요?"

하르트무트가 준비하지 않았을 리가 없지만, 제삼자도 있는 자리에서 확실히 말하도록 해서 언질을 받는 것이 중요합니다. 하르트무트가 주황색 눈을 살짝 가늘게 뜨며 저를 봅니다.

"그렇군. 우선은 로제마인 님 측근과의 우호 관계. 조만간 상급 견습 기사와 견습 시종도 소개해 주려고 해. 물론 클라리사가 잘해야 하는 것이 전제 조건이지만……."

"어머, 내가 실수할 것 같아요?"

"이렇게까지 대비하는데 실수할 사람을 내가 배필감으로 삼을 리가 없잖아?"

"대비? 그러네요. 내가 로제마인 님의 측근이 될 대비가 확실히 끝났다면 내게도 모든 정보를 알려줬겠죠."

"로제마인 님이 이름과 얼굴도 기억하지 못하는 사람을 측근으로 추천하는 건 에이비리베에게 게두르리히 말고 다른 여신을 보라고 설득하기만큼 어려워."

생글생글 웃고는 있지만, 저와 하르트무트 사이에서는 다음엔 어떤 조건과 정보를 끌어낼까 탐색하는 기분 좋은 긴장감이 풍겼습니다. 하지만 문관다운 대화를 기분 좋게 느끼는 사람은 저와 하르트무트뿐이었던 모양입니다.

"저, 저기, 두 분 진정하세요."

필린느가 중재하듯 끼어들었습니다. 로데리히는 관계없는 척 시선만 왔다 갔다 하고 있습니다.

"네? 매우 진정하고 있는데요? 그렇죠, 하르트무트?"

"그래. 우리가 감정적으로 구는 것 같아?"

두 사람 모두 보기엔 귀엽지만, 정보를 캐야 하는 문관에 적합하다고 하긴 어렵습니다. 잠깐 대화한 것만으로도 제가 그렇게 느낄 정도니까요. 둘 외에 소개하는 다른 견습 문관이 없으니 하르트무트가 아주 곤란한 입장인 건 알겠습니다. 동시에 이 두 사람을 아끼는 로제마인 님이 어떤 측근을 원하는지 헷갈리기 시작했습니다.

"하르트무트, 로제마인 님의 측근이 되기가 어렵다는 게 무슨 의미죠?"

어느 영지에서든 영주 일족의 측근은 추천으로 정해집니다. 세례 전이라면 부모와 조부모, 그 이후에는 기존의 측근이나 같은 파벌의 추천으로 새로운 측근이 정해집니다. 결혼해서 들어온 다른 영지 사람은 결혼 상대가 추천해 줍니다. 그러니 저의 경우는 영지 대항전에서 하르트무트가 약혼녀로 로제마인 님께 저를 소개해 주고, 인정을 받으면 결혼 후에 자동으로 측근이 되는 줄 알았습니다.

"……하르트무트가 견습 문관 중에 유일한 상급 귀족인데 추천이 어렵다는 말이에요?"

계획이 와르르 무너지는 심경이었습니다. 저는 침을 꼴깍 삼켰습니다. 최대한 동요를 숨기고, 굳은 미소를 지으며 뺨을 괴었습니다. 하르트무트가 어지간히 신용도가 낮은 측근이 아닌 한, 제가 측근이 되는 건 기정사실입니다.

"……아! 설마…… 로제마인 님께 신용을 못 얻은 거예요?"

제가 아주 당연한 의문을 입에 담자, 하르트무트의 얼굴에서 표정이 싹 사라졌습니다. 팔짱을 끼고 꼰 다리를 바꾸며 정면에 앉은 필린느와 로데리히에게로 시선을 돌렸습니다.

"필린느, 로데리히. 내가 신용이 없는 측근인지 아닌지 클라리사에게 알려 주지 않겠어?"

바로 정면에서 하르트무트의 무표정을 직면한 두 사람은 꼭 혼나는 사람처럼 새파랗게 질려서 울먹이며 하르트무트를 칭찬하기 시작합니다.

"클라리사 님, 하르트무트는 대단한 분이세요! 어, 신전의 회색 신관들도 잘 따르고 있고, 로제마인 님의 일이라면 모르는 게 없어요. 일처리도 번개 같아서 후견인이신 페르디난드 님도 자주 칭찬하세요!"

"문관의 능력 요구 수준이 높아진 건 하르트무트 님의 능력이 뛰어나기 때문입니다! 당연히 로제마인 님도 그 높은 능력을 인정하고 계……신다고 생각합니다."

두 사람이 어찌나 필사적인지, 가여워 보이기까지 했습니다. 상급 견습 문관들이 모이는 정보 교류회에서 보여주는 실력만 봐도 하르트무트가 얼마나 우수한지는 저도 잘 압니다. 하위 영지 사람과 결혼하기로 한 이상, 저도 그 사람의 능력을 파악해야 하니까요.

"하지만 능력과 신뢰는 별개잖아요. 그게 아니고서야 하르트무트의 추천이 받아들여지지 않을 이유가 없습니다."

"……로제마인 님은 특별해."

"알고 있는데요? 디터에서 기발한 전술을 내고, 여러 유행을 퍼트리고, 축복으로 도서관 마술구의 주인으로 인정받고, 아나스타지우스 왕자님과 에그란티느 님의 혼인에 큰 공헌을 하고, 타니스베팔렌이 파헤친 채집터를 기도로 치유한 에렌페스트의 성녀니까요."

내 말에 하르트무트는 "잘 아네."라며 만족스럽게 고개를 끄덕인 후, 천천히 숨을 내뱉었습니다.

"로제마인 님은 신전 출신이시다. 그래서 일반 귀족과는 판단 기준이 달라. 연줄로 측근을 고르지 아니하신다. 로데리히가 측근이 된 경위만 봐도 알 수 있잖아. 로데리히는 친족과 측근이 추천하지 않았어. 오히려 주변에서는 말렸지. 신분도 높지 않고, 파벌도 다르다. 문관 능력도 측근 기준에 못 미치지. 하지만 이야기를 만드는 그 한 가지 능력을 로제마인 님은 높게 평가하셨고, 그 대가로 측근으로 삼기로 하신 거야."

하르트무트의 신랄한 설명에 로데리히가 점점 움츠러들었지만, 반론이 전혀 없는 걸 보니 사실인 모양입니다. 로데리히의 눈치를 힐끗 보던 필린느가 상황을 해결하려고 입을 열었습니다.

"누군가가 추천한다고 해서 확정을 받지는 못해요. 로제마인 님은…… 트라우고트 님 사건도 겪으셔서요."

"트라우고트라면 작년에 보물 뺏기 디터 때 발목을 잡았던 호위 기사 말이죠?"

디터 중에 명령 위반 등, 단켈페르거라면 두 번 다시 디터를 못하게 만들 수 있는 위반 행동입니다. 저는 그런 견습 기사가 있다는 사실에 놀랐고, 로제마인 님의 측근을 조사할 때여서 그가 호위 기사라는 걸 알고 화가 났었기에 이름을 똑똑히 기억합니다.

"지금은 호위 기사가 아니에요."

필린느가 트라우고트의 일을 들려주었습니다. 스스로 측근 자리를 원해서 조모의 연줄로 견습 기사가 됐으면서 '사실은 비실비실한 주인 따위 사절이다. 자기 꿈만 이뤄지면 그만둘 생각이었다'라며 개인 사정으로 사임했다고 합니다. 그 이후로 로제마인 님은 측근의 배신에 상처를 입으셨는지 호위 기사를 보충하려 하지 않았고, 주변도 연줄로 추천하기 꺼리는 분위기가 되었다고 합니다.

'디터에서 발목을 붙잡은 것도 모자라 터무니없는 사정으로 사임하고, 내 측근 길까지 막다니……. 트라우고트, 만나기만 해 봐라!'

"그리고 후견인이신 페르디난드 님께서 에렌페스트에 유익하다고 인정하지 않으신다면 다른 영지 출신의 측근을 허가하지 않으실 거야."

"미안하지만, 이해가 조금 되지 않는데⋯⋯. 이미 귀족원에 다니시는 로제마인 님의 측근 선별을 후견인이 참견한다는 말이에요? 양부모님이어도 간섭이 심하다고 할 판에, 후견인이요? 에렌페스트에서는 그런 참견을 해도 되는 거예요?"

영주 후보생이 장래에 곁에 둘 측근의 선택은 보통 영주 후보생 본인의 판단으로 이루어집니다. 로제마인 님의 경우, 그 판단 기준이 강고하고, 주변이 그것을 인정하고 있기 때문에 연줄이 안 먹히는 줄 알았는데 하르트무트의 말을 들으니 후견인이 좌지우지한다는 겁니다. 대체 이게 무슨 일일까요? 도무지 의미를 모르겠습니다.

"로제마인 님은 신전에서 지내신 기간이 길어. 그래서 신전 생활을 보필하는 회색 신관을 무시하는 사람이나 유행 만들기의 일부분을 떠맡은 전속이 있는 평민촌의 평민을 하대하는 자는 가령 가까운 친족이라도 후견인 페르디난드 님이 불허하고 있어. 그분은 신전 내의 보호자면서도 우수한 교육 담당이고, 약사면서 주치의다. 로제마인 님에 관해서는 양부모님보다 발언권이 강해."

하르트무트의 말을 들어보면 에렌페스트 전체가 아니라 로제마인 님만 특수하다는 것을 알 수 있었습니다. 측근이 되고 싶은 사람에게는 중요한 정보지요. 하르트무트와 결혼하면 취직 활동이 끝날 줄 알았는데, 그때부터 시작일 줄은 몰랐습니다.

"너무 특수해서 예측하기가 힘들어요."

내가 이마를 짚으며 정신적인 충격을 견디고 있는데, 필린느의 어린잎 같은 녹색 눈동자가 걱정스럽게 저를 들여다보았습니다.

"저기, 하르트무트. 클라리사 님이 측근이 될 방법이 없을까요? 전 로제마인 님을 위해 정보를 모아 주시는 클라리사 님의 소망이 이뤄졌으면 좋겠어요."

정보 수집을 위해서라면 웃으며 뒤통수치는 일도 서슴지 않는 견습 문관으로서는 지나치게 순수하고 상냥한 필린느의 모습에 저는 눈을 끔뻑거렸습니다. 놀라는 저를 본 것일까요. 하르트무트가 동의하듯 피식 웃었습니다.

"우선은 로제마인 님께 존재를 어필하는 것부터 시작해야 해. …… 다른 영지 사람이 로제마인 님의 측근으로 들어오는 건 생각보다 더 어려워. 포기하겠어?"

그런 말을 듣는 순간, 제 가슴 속에 투지가 불타올랐습니다.

"무슨 소리. 내 결심이 그렇게 쉽게 흔들릴 줄 알아요? 적이 강할수록 불타오르는 법. 고난 따위 모조리 쳐부숴 주겠어요."

"클라리사라면 그렇게 말할 줄 알았어."

하르트무트가 웃음을 피식 흘렸습니다. 본인의 계획에 제가 동참했다고 깨달은 것이겠지요. 기분 좋은 미소를 지으며 돌아갈 준비를 시작합니다.

"필린느, 로데리히. 내년 정보 수집은 내게 맡겨 줘요. 단켈페르거의 상급 견습 문관이 모은 정보를 전부 넘겨줄게요. 그 대신에 내가 준 정보라는 걸 로제마인 님께 알려 주세요."

"알겠습니다. 잘 부탁드려요. 클라리사 님."

필린느와 로데리히에게서 협력을 받아낸 저는 하르트무트에게 종이 뭉치를 내밀었습니다. 로제마인 님께 드리려고 여기까지 가져온 문안 선물입니다.

"이건 문안 선물로 내가 단켈페르거에서 모은 이야기집이에요. 내가 드리는 거라고 강조해서 에렌페스트에 계시는 로제마인 님께 보내 주세요. 우선은 이름부터 기억하도록 해야겠으니까요."

"구혼 과제 말고도 이것까지 준비한 거야? ……다시 봐야겠는걸."

하르트무트가 감탄하며 종이 뭉치를 들었습니다. 제가 준비한 건 구혼 과제용 사본뿐만이 아닙니다. 소개받을 때 선물로 드릴 사본도 준비되어 있습니다.

'해낼 거예요. 해내 보이겠어요. 반드시 로제마인 님의 측근이 되어 보이겠어요.'

"자, 볼일은 끝났으니 돌아갈까."

일어나서 제게 손을 내미는 하르트무트의 망토를 필린느가 살짝 잡아당겼습니다.

"저기, 하르트무트. 저와 로데리히는 돌아갈 테니, 시간의 여신의 정자에서 네 점 종이 울리기 전까지 클라리사 님과 단둘이 지내시면 어떨까요?"

저학년이라 아직 연애나 사랑을 잘 모를 나이인데도 눈치 빠르게 굴려고 노력하는 필린느를 내려다보며 하르트무트가 잠시 생각에 빠집니다.

"클라리사는 나와 둘이서만 할 얘기가 있어?"

"로제마인 님의 용태, 신전 사정, 후견인, 로제마인 님이 일으키신 여러 기적……. 나의 어둠의 신께 묻고 싶은 것이라면 셀 수가 없죠."

제가 손가락을 접으며 말하자, 필린느와 로데리히가 경악하는 표정을 지었습니다. 무엇 때문에 놀랐는지는 모르겠지만, 두 사람과 달리 저는 로제마인 님의 정보에 굶주려 있답니다.

"이렇게 어렵게 하르트무트와 만났는데, 로제마인 님 얘기는 별로 하지도 않았잖아요. 내가 이 정도로 만족하는 여자라고 생각하면 곤란해요."

하르트무트가 내민 손을 잡고 살짝 애교를 부리듯 끌어당겼습니다. 하르트무트는 이끄는 대로 다시 자리에 앉더니 잠시 생각에 빠졌습니다.

"……그럼 신전에서 입수한 것 중에 로제마인 님의 어렸을 적 성녀 활약상을 얘기해줄까? 나의 빛의 여신."

"나의 어둠의 신은 정말 멋진 얘기를 많이 알고 계시네요. 부디 들려주세요."

필린느와 로데리히가 후다닥 도망치듯 정자를 빠져나간 후, 네 점 종이 울릴 때까지 저는 로제마인 님의 찬양을 들으며 시간을 보냈습니다. 막힘없는 하르트무트의 목소리가 정자에 떠돕니다.

전설처럼 시간의 여신이 장난을 친 걸까요? 네 점 종까지의 시간은 정말 아쉬울 정도로 짧았습니다.

정자에서의 밀회

"최대한 빨리 수업을 끝낼 수 있게 저는 방에서 공부할게요. 샤를로테 님의 사교도 도와드려야 할 것 같고……."

"저도 오후부터 실기 준비를 해야 해요."

귀환하시는 로제마인 님을 배웅한 후, 측근들은 각자의 방으로 돌아갑니다. 저도 그들과 함께 계단을 올라가려는데, 하르트무트가 불러 세웠습니다.

"레오노레. 시간 여유 있지?"

"난 영지 대항전의 디터 대책으로 마수의 성질과 약점을 정리해야 해서 로데리히의 교육 보조나 조합을 도와줄 순 없어요. 로데리히를 못 써먹겠다 싶으면 로제마인 님께 로데리히의 능력이 부족해서 견습 문관이 부족하다고 말씀드리고, 다른 견습 문관을 측근으로 받아들이세요."

하르트무트가 꺼낼 법한 용건이 나오기 전에 먼저 못을 박아 뒀습니다. 하르트무트가 바빠서 고생하는 건 알지만, 전 호위 기사입니다. 로제마인 님의 명령도 아닌데 굳이 문관의 일을 맡고 싶진 않습니다.

"레오노레, 너무 모질잖아. 코르넬리우스가 아니라도 좀 상냥하게……."

"한 번 도와주면 또 당연하다는 얼굴로 도와 달라고 할 거잖아요."

딱 잘라 거절하자, 조금 멀리서 "레오노레." 하고 저를 부르는 목소리가 들렸습니다. 로제마인 님과 함께 에렌페스트로 귀환했을 코르넬리우스의 목소리입니다. 깜짝 놀라 뒤돌아보니, 코르넬리우스가 빠르게 걸어왔습니다.

"왜 이렇게 빨리 왔어요? 호위 임무도 인계하고, 보고도 해야 해서 아무리 빨라도 내일쯤 올 줄 알았는데."

"코르넬리우스를 잘 모르네. 로제마인 님을 마중 나오신 엘비라 님이 캐물으실까 봐 얼른 도망친 거지?"

키득거리며 웃는 하르트무트에게 코르넬리우스가 언짢은 얼굴로 대답을 대신했습니다. 아무래도 정곡을 찔린 모양입니다. 저는 쓸쓸하게 웃었습니다.

"도망치고 싶은 마음은 이해해요."

예전에 제가 에스코트 상대를 정했다고 엘비라 님께 슬쩍 말씀드렸더니 엘비라 님이 칠흑 같은 눈을 반짝이며 어떻게 만났느냐고 물어오셨습니다. 평소와 달리 뜨거운 심문에 압도되었습니다. 코르넬리우스와 철저하게 비밀로 하기로 약속했던지라 뭐라고 대답해야 하나 난처했던 기억이 있습니다.

"어머님이 귀찮았던 것도 있지만, 최종학년이잖아. 조금이라도 귀족원에 오래 있고 싶었지."

"오호라, 오호라. 호위 업무가 적은 귀족원에서 레오노레와 어떻게든 오래 밀회를 즐기고 싶었던 거로군."

"하르트무트, 엉뚱한 데서 화풀이하면 보기 흉한 거 알죠? 말조심하는 게 좋을 거예요."

조금 전에 거절했다고 복수하는 걸까요. 제가 차갑게 째려보자, 하르트무트가 어깨를 으쓱하며 서둘러 계단을 올라갔습니다.

"레오노레가 째려보면 나중에 귀찮아지니까 피신할게. 둘이 좋은 시간 보내."

'그 마지막 말은 꼭 해야 하니?'

후다닥 도망가는 하르트무트를 노려보자, 코르넬리우스가 쓸쓸하게 웃으며 손을 뻗었습니다.

"그렇게 화내다니, 나랑 둘이 있기 싫어?"

저는 주위를 둘러보며 사람이 없는 걸 확인한 후에 코르넬리우스의 손을 살포시 잡았습니다.

"하르트무트처럼 놀리는 사람들은 싫지만, 코르넬리우스와 지낼 시간이 늘어서 기뻐요. 내 마음 다 알면서 짓궂게 그러지 마요."

저는 에스코트를 받으며 천천히 계단을 올라갔습니다. 성에 있을 때와 달리 귀족원에서는 교대 인원이 많지 않아 코르넬리우스와 둘이서 지내는 시간이 거의 없었습니다. 나란히 계단을 올라가는 시간조차 가슴이 뭉클해져서 표정이 풀어집니다.

"나도 그래. 어차피 수업이 끝날 때까지밖엔 시간이 얼마 없어. 로제마인이 없을 때 최대한 둘이 있자. 다행히 로제마인이 도서관을 다니는 시기에 맞추려고 수업도 거의 끝냈잖아?"

만약 공동 휴일인 흙의 날에 합동 채집이나 디터 훈련 일정이 들어와도 둘이서 지낼 수 있는 시간은 많습니다.

로제마인 님이 도서관에 가실 때 호위 기사로 동행했던 시간이 우리 측근들에게는 자유 시간이 되었습니다. 측근들은 그때 각자 편하게 움직입니다.

"레오노레, 오늘 수업이 없는 날이지? 어디 가고 싶은 데 있어?"

"……둘만 있을 수 있으면 어디든 좋아서 딱 떠오르는 데가 없네요. 이왕이면 귀족원의 로맨스 소설을 참고해 볼까요?"

"어머님들의 소재거리가 될 걸."

언짢은 표정을 짓는 코르넬리우스를 보니 웃음이 나왔습니다. 엘비라 님의 추궁에서 벗어나려고 발버둥 치는 모습이 믿음직스럽기보다 귀여워 보이는 건 어쩔 수 없나 봅니다.

"나도 화제를 제공하는 입장이 되긴 싫지만, 엘비라 님이 쓰신 이야기는 재밌는걸요."

"……여성들이 좋아하는 이야기란 건 알아. 너도 그래?"

"읽기만 하는 거라면."

"그런 이야기를 참고로 행동을 요구하면 현실 남성은 난처할 뿐이야……."

코르넬리우스는 심드렁한 얼굴로 이야기와 현실은 다르다며 툴툴거리면서도 내 손을 잡고 기숙사를 나와 중앙동 회랑을 걷기 시작했습니다.

"여성들도 동경은 하지만 진심으로 소설과 같은 사랑이 현실에서 실현될 거라 생각하는 사람은 없어요. 나도 누가 연애 소설에 나오는 여성상을 강요하면 곤란한걸요."

귀족원의 로맨스 소설은 실제로 있었던 연인의 사연을 아름답게 다듬은 이야기입니다. 특별한 분들의 이야기를 따라 하자고 하면 곤란하다는 주장도 이해는 됩니다. 제 말에 코르넬리우스가 걸음을 멈추더니 저를 빤히 바라보았습니다.

"동경은 하지만 진심으로 실현될 거라 생각하는 사람은 없다……. 처음 듣는 의견이야."

"……대놓고 말하면 귀엽지 않을까 봐 다들 속에 담아 두기만 하는지도 모르죠."

너무 현실적이거나 냉정하게 꼬집으면 귀엽지 않다는 소리를 들을 때가 많은데도 또 저지르고 말았습니다. 적어도 코르넬리우스의 앞에서만큼은 귀엽게 행동하고 싶었는데, 생각처럼 잘 안 되네요.

조금 풀이 죽은 저는 코르넬리우스의 반보 뒤를 걸었습니다. 반성 중이라 최대한 거리를 두고 싶었지만, 손을 잡고 있어서 더 떨어질 수가 없었습니다.

'유디트나 필린느처럼 내게도 천진난만한 귀여움이 있다면 코르넬리우스에게 귀엽게 보일까?'

"……넌 귀여워."

"네?"

"현실적이지 않다고 하면서 사랑 이야기를 동경하는 거."

순간 온몸에 마력이 도는 것 같은 기분에 휩싸였습니다. 뺨에 열이 집중되고, 그 자리에서 도망치고 싶을 정도로 수치심이 덮쳐 왔습니다. 저 먼 곳의 신에게서 숨고 싶어 하는 봄의 여신에 대한 표현이 귀족원의 로맨스 소설에 있었는데, 꼭 지금의 제 심경과 똑같습니다.

"그, 그러니까…… 반응하기 곤란한 말을 진지한 얼굴로 말하지 마요."

코르넬리우스는 저의 항의를 웃으며 그냥 넘기고는 중앙동에서 바깥으로 나가는 문을 열고 계단을 내려가 눈 쌓인 밖으로 나가더니 기수를 소환했습니다. 저도 기수를 소환하려고 하자, 코르넬리우스가 피식 웃으며 말렸습니다.

"네 기수는 없어도 돼. 타."

"……잠깐만요. 같이 타자고요?!"

저와 코르넬리우스는 졸업식 에스코트 상대로 정해져 있어 누가 본다 해도 체면이 깎일 일은 없습니다. 만약 기수가 없는 나이의 아이를 제외하고, 연인이나 약혼자도 아닌데 이성과 함께 기수를 타면 문제가 되겠지만요. 하지만 지금 이건 체면 문제가 아닙니다. 좋아하는 사람과 함께 타는 것이 처음인 데다, 어떻게 해야 좋을지 대처 방법을 몰라 눈앞이 깜깜해졌습니다.

"그렇게 싫으면 기수를 소환해도……."

"싫지 않아요. 싫지는 않은데, 마음의 준비가 안 됐어요."

"그렇구나. 그럼 마음의 준비는 나중에 하지 않을래?"

또 저의 항의를 웃으며 흘려 넘깁니다. 정신을 차렸을 땐 어느새 코르넬리우스의 기수 위에 앉아 있었습니다.

"간다."

같이 타고 있으니 당연한 거지만 바로 뒤에 앉은 코르넬리우스의 목소리가 너무 가까이서 들립니다. 머리가 어질어질해서 똑바로 앉아 있지 못할 지경입니다. 눈이 쌓여 있어 쌀쌀해서 그런 걸까요. 등에서 코르넬리우스의 온기가 느껴져 가만히 있을 수가 없습니다.

"어디에 가는 거예요?"

"귀족원의 로맨스를 참고한다면 시간의 여신이 장난을 치는 정자로 가야겠지?"

엘비라 님께 툴툴거리면서도 귀족원의 로맨스 소설을 제대로 읽긴 한 모양입니다. 오른손으로 고삐를 쥐고, 왼손으로는 제가 떨어지지 않게 잡아 주고 있습니다. 책에 나온 내용 그대로지만, 꼭 안긴 듯한 감각에 당황한 나머지 도무지 봄의 여신들의 춤을 느끼며 몸을 맡길 만한 상황이 아니었습니다.

'마물 도감보다 귀족원의 로맨스 소설을 더 꼼꼼히 읽을 걸 그랬어요!'

코르넬리우스는 영지, 신분, 파벌 등을 고려한 결과, 결혼 상대의 조건에 가장 부합하는 사람이 저여서 선택했을 뿐, 동료로서의 호감 외에 연애 감정이 없을 줄 알았습니다. 이렇게 둘이서 한 기수를 타고 정자로 향하는 지금 상황이 꿈만 같습니다.

'정말 코르넬리우스는 허를 찌르는 데는 선수예요.'

◆

그날은 여름 끝 무렵, 여름 성인식과 가을 세례식이 있는 시기였습니다. 제사가 있는 기간이면 로제마인 님은 항상 신전에서 지내십니다. 주인이 없는 동안 여성 측근은 총출동하여 슈바르츠와 바이스의 의상에 열심히 자수를 넣고 있었습니다. 그날은 우연히 시종이 계절 변화에 맞춰 방 배치를 바꾸던 날이었습니다. 게다가 유디트는 자수, 필린느는 신전에 업무를 도우러 간 탓에 측근의 방에서 자수하는 사람은 저뿐이었습니다.

"레오노레, 리카르다 있어?"

측근의 방에 코르넬리우스가 얼굴을 내밀며 물었습니다. 저는 로제마인 님의 방으로 이어지는 문을 힐끔 쳐다보았습니다.

"지금은 새로 방 배치를 하는 중이라 웬만큼 중요한 용건이 아니면 쫓겨날 거예요."

최대한 빨리 끝내려고 리카르다가 분발하는 중이라고 하자, 바로 상상했는지 코르넬리우스는 웃으면서 의자를 끌어당겨 앉았습니다.

"대충 마무리할 때까지 기다려야겠네. 다섯 점 종에는 잠깐 쉬겠지?"

"그렇겠죠?"

다섯 점 종이 울리면 아무래도 잠깐은 쉴 겁니다. 저는 동의하고,

이어서 자수를 시작했습니다. 코르넬리우스와 모처럼 둘만 있으니 뭔가 얘기하고 싶은데도 적당한 화제가 떠오르지 않았습니다.

'에스코트 상대는 정했어요?'

제게는 너무나 신경 쓰이는 주제지만, 엘비라 님이 이런 걸 물으면 기겁한다는 얘기를 들은 적이 있습니다. 혹여나 분위기가 무거워져 어색해질 것 같아 도무지 입 밖에 꺼낼 수가 없었습니다. 저희는 호위 업무에 관해서는 많은 얘기를 나누지만, 로제마인 님이 계시지 않으면 할 얘기가 없습니다.

'보니파티우스 님의 훈련은 어떠냐고 물어볼까? 너무 뜬금없나?'

무슨 말을 해야 좋을지 고민하면서 묵묵히 손을 움직였습니다.

"……그건 참 세밀해서 어려운 작업이네. 로제마인이 왜 하기 싫어하는지 알겠어."

감탄하는 목소리에 고개를 들자, 코르넬리우스가 제 손을 빤히 보고 있는 것입니다. 그의 시선을 느낀 순간 손끝이 떨렸습니다.

"자수 실력은 리젤레타가 뛰어나요. 촘촘하게 잘하고, 항상 즐겁게 작업하거든요. 벌써 자기 몫을 끝내고 지금은 로제마인 님의 새 의상에 자수를 넣고 있어요. 슈바르츠와 바이스와 세트로 된 옷을 입히고 싶대요."

"아……."

리젤레타의 스밀 사랑은 측근들 사이에선 유명합니다. 본인은 로제마인 님이 모르시는 줄 알지만 분명 다 들켰을 겁니다.

"여성들은 각자 자수 할당량이 있구나……. 설마 안게리카도?"

그 목소리에 걱정이 담겨 있는 건 '안게리카의 성적 올리기 부대'에서 코르넬리우스가 고생한 적이 있어서일까요. 아니면 에크하르트 님과 약혼하게 된 안게리카에게 미련이 남아서일까요.

"의외라고 생각하겠지만, 안게리카는 자수를 잘해요."

"정말?"

"네. 협력하면 앞으로 자기 망토에 이런 마법진을 넣어도 된다는 허가를 페르디난드 님께 받을 수 있거든요. 방어구를 강화하기 위해서라면 아낌없이 협력할 거라고 했어요."

"공부에도 노력을 아끼지 말아 줬으면 했어, 나는."

코르넬리우스가 과장되게 한숨을 쉬었습니다. 저도 한숨을 쉬고 싶은 심정입니다. 안게리카 얘기만 나오면 말이 많아지는 코르넬리우스를 보니 마음이 착잡해집니다.

문득 침묵이 찾아왔습니다. 서로서로 눈치를 보는 듯한 기색이 풍겼지만, 아무도 말을 꺼내지 않았습니다. 스륵스륵 하고 실이 천을 뚫고 지나가는 소리만 미세하게 들리는 침묵이 이어졌습니다.

숨 막히는 정적을 깬 사람은 코르넬리우스 쪽이었습니다.

"너도 강화하고 싶어서 열심히 자수하는 거야? 아니면 장래를 대비한 연습?"

코르넬리우스의 입에서 '장래'라는 말이 나와 심장이 덜컹했습니다. 장래에, 남편 될 사람의 망토에 자수를 넣을 수 있는 사람은 아내뿐입니다. 저도 그때를 대비해 자수 연습을 하고는 있지만, 제가 자수해 주고 싶은 물건은 코르넬리우스의 망토입니다.

"둘 다, 맞아요. ……애써 연습한 건데 쓸모가 있으면 좋겠네요."

그렇게 농담하며 웃는 것이 고작이었습니다. 코르넬리우스는 "흠, 그렇구나……."라며 가볍게 흘려 넘기고, 제 손끝을 빤히 바라봅니다.

"쓸모없진 않을 거야. 내 망토에 넣으면."

"후훗, 확실히 그렇게 하면 헛되진 않겠네요."

하고 싶어도 못한답니다, 하고 속으로 한마디 덧붙이면서 한 바늘, 두 바늘, 세 바늘…… 코르넬리우스의 말이 머릿속에 들어오는 동시에 딱 하고 바늘의 움직임이 멈췄습니다.

'내 망토에 넣으면? 응? 잠깐만. 그건…….'

아무렇지 않게 튀어나온 말이라 이해를 바로 못했던 모양입니다. 저는 고개를 확 들었습니다. 코르넬리우스를 빤히 바라보았습니다. 장난을 치는 표정은 아니었습니다. 오히려 제 대답이 모호해서 곤란해하는 표정이었습니다.

"……아……. 그럼 내게 망토를 맡겨 주시겠어요?"

◆

"생각보다 많네."

귓가에 울리는 코르넬리우스의 목소리에 번쩍 정신이 들었습니다. 가슴을 두근거리며 아래를 보았습니다. 문관동의 안쪽에 있는 수많은 정자, 그 앞에 세워 둔 기수로 사용 중임을 알리는 곳이 여러 군데 있었습니다.

"저기가 제일 경치가 좋겠어."

다른 사람들처럼 기수를 세우고 정자로 들어갔습니다. 코르넬리우스가 마석을 꺼내어 기수 위에 올려 둡니다. 다른 일에 집중하다가 마력이 바닥나 기수가 사라지지 않도록 하기 위해서입니다. 로제마인 님의 기수에 짐을 실을 때 마석을 올려 두는 모습을 본 적이 있지만, 기수를 소환한 채 기수에서 멀어지는 경우가 평소에 없어 왠지 기분이 이상합니다.

　귀족원과 마찬가지로 하얀 돌로 만든 정자는 조금 서늘했습니다. 하지만 기숙사의 채집터처럼 이 주변만 눈이 없고, 꽃밭이 펼쳐져 있어 추위가 심하진 않았습니다.

　연인이 오는 정자는 귀족원만의 밀회 장소입니다. 마치 소설 속 주인공이 된 듯한 기분입니다. 엘비라 님이 지금 저희의 모습을 글로 쓰신다면 분명 꽃의 여신, 에플로레루메를 중심으로 봄의 여신들이 춤을 추고 있겠지요.

　"레오노레, 이렇게 둘만 있는데 너무 떨어져 앉는 거 아냐?"

　"그, 그러네요……."

　제가 코르넬리우스의 맞은편에 앉자, 피식 웃으며 옆에 앉으라고 손으로 가리킵니다. 최대한 자연스러운 척하며 앉긴 했는데 이건 너무 가깝지 않을까요? 코르넬리우스에겐 전혀 긴장한 기색이 없지만, 전 벌써 머리가 터질 것 같습니다.

　"저, 코르넬리우스. 흙의 날에 있을 디터 연습 말인데요……."

　둘만 있고, 팔이 닿을락 말락 할 정도로 가까이 앉은 상황에 긴장한 저는 어떻게든 평소처럼 행동하려고 익숙한 화제를 꺼냈습니다. 제겐 날씨 얘기만큼 익숙한 것이 훈련 일정이나 영지 대항전 대책, 조사한 마물에 관한 이야기였거든요.

　"레오노레, 업무에 열심인 건 좋지만, 오늘은 둘이 있을 때 할 수 있는 얘기를 하면 어떨까?"

　"둘이 있을 때 할 수 있는 얘기가 뭐가 있죠?"

　"글쎄……. 졸업식 에스코트라든지 수업을 끝내고 귀환해서 열게 될 약혼식 같은 거?"

코르넬리우스와 연인 사이가 된 후로 한 계절이 넘는 시간이 흘렀지만, 그동안에 저는 코르넬리우스의 에스코트 상대로 졸업식 때 입을 의상을 준비하고, 집안의 데뷔 무대 준비에 여념이 없었습니다. 우리는 수업이 끝나 에렌페스트로 돌아가면 약혼식을 열 예정입니다.

'몇 번이나 확인하고 준비했는데 또 깜빡한 게 있나?'

귀족원에서 할 수 있는 준비는 거의 없습니다. 핏기가 싹 가시는 듯했습니다. 정자에서 느긋하게 보내고 있을 때가 아니었습니다.

"뭐 빠뜨린 게 있나요? 지금이라도 늦지 않았을까요?"

"아니, 그게 아니라…… . 준비에 빠뜨린 건 없어."

코르넬리우스가 조금 곤란한 표정을 지으며 일어서려는 저를 붙잡았습니다. 빠진 건 없다는 말에 몸에서 힘이 빠져나갑니다.

"……넌 귀족원의 로맨스 소설을 좋아한댔지?"

"네. 내 얘기가 아니라면…… ."

"그럼 나도 따라 해 볼까."

"예?"

코르넬리우스가 한 손으로 망토를 펼치자, 저는 눈을 끔뻑거렸습니다.

악동 같은 미소로 휘어진 칠흑 같은 눈. 망토 속에서 얼굴이 끌어당겨진 순간 소설 내용이 떠올랐습니다. 정자에서 어둠의 신이 망토를 크게 펼쳐, 빛의 여신을 숨기는 장면이 있었습니다. 그 장면의 재연이 틀림없습니다.

"내 망토로 그대를 숨겨도 되겠소? 나의 빛의 여신."

"……나의 어둠의 신이 바라신다면."

거부할 생각도 못했지만, 어떻게 반응해야 좋을지도 모르겠습니다. 제가 머뭇거리며 몸을 기대자, 그는 마치 망토로 감싸듯 저를 꼭 끌어안았습니다. 이렇게 안겨 있으니 코르넬리우스의 온기와 마력이 매우 가까이서 느껴집니다.

"아, 저기, 코르넬리우스."

안도감이 느껴지면서도 왠지 도망치고 싶은 부끄러움이 더욱 커져서 살짝 몸을 뺐습니다.

"레오노레."

코르넬리우스가 마주 보듯 몸의 위치를 살짝 틀어 제 눈앞에 오른쪽 손바닥을 펼쳤습니다. 그 손바닥에, 마치 슈타프라도 소환하듯 의도적으로 마력을 모았습니다. 마력을 느낀 저는 당혹스러웠습니다. 아직 약혼 마석도 교환하지 않았는데, 마력을 포개려고 하는 걸까요? 이런 상황을 부모님이 본다면 뭐라고 말씀하실까요.

"싫어?"

"……그렇게 묻는 건 치사해요."

귀족원의 로맨스 소설을 읽은 후로 이렇게 코르넬리우스와 마력을 포개는 상상을 해 왔던 제가 어떻게 싫다고 하겠습니까.

저는 처음으로 코르넬리우스의 마력을 받아들이는 행위에 숨을 삼키고, 눈앞의 손바닥을 향해 천천히 손을 뻗었습니다.

후기

오랜만입니다, 카즈키 미야입니다.

이번 「책벌레의 하극상 ~사서가 되기 위해서라면 뭐든지 할 수 있어~ 제4부 귀족원의 자칭 도서위원Ⅶ」를 구매해 주셔서 감사합니다.

강제로 귀환한 로제마인의 에렌페스트 생활에서 2학년 마무리까지 이벤트가 줄줄이 이어집니다. 신전에서 신나게 책을 읽을 줄 알았더니 이상한 마법진과 문자가 떠오르지 않나, 참고인 조사가 성전 검증 회의가 되지 않나, 처음 참가한 영지 대항전에서는 아우브 단켈페르거와 하이스히체 때문에 디터를 겨루게 되고, 테러리스트와 타니스베팔렌이 나타나 또 표창식에 참석하지 못한 채 끝. 거기다 중앙의 기사단장 라오블루트와 페르디난드 사이에는 묘한 긴장감이 흐릅니다.

저는 집필 중에도 몇 번이나 '사건만 연달아 일어나는 귀족원 빨리 끝내고 싶다'라는 생각을 합니다. 뭐, 평화로운 일상만 이어지면 '빨리! 다음 이벤트, 컴온!' 하고 소리치게 되겠지만…….

자, 이번 프롤로그의 주인공은 한넬로레입니다. 책벌레들의 다과회에서 로제마인이 쓰러진 장면부터 시작합니다. 본편에서는 로제마인이 쓰러진 뒤 시간을 훌쩍 뛰어넘어 버리는데, 그 사이에 주변 인물들이 얼마나 고군분투했는지 잘 알 수 있습니다.

에필로그는 에그란티느. 약혼녀 입장인 그녀는 표창식에서 일어난 습격 때 무대 위에서 정면에 서야 했습니다. 그러나 그것은 과거의 트라우마를 자극하는 계기가 되고 말았습니다. 아나스타지우스에게 솔직하게 털어 내면서 그와 하게 된 약속은 에그란티느에겐 든든한 마음의 지주가 됩니다.

단편은 클라리사 시점과 레오노레 시점입니다. 본편이 진지하게 끝나서 약간 가벼운 분위기가 되도록 써 봤습니다. 두 편 모두 졸업생 에스코트 상대에 관한 이야기로, 귀족원 로맨스 소설에 나오는 정자에서의 밀회…… 라고 해도 연인마다 사용 방법이 여러 가지겠지요.(웃음)

클라리사 시점에서는 자신의 야망인 로제마인의 측근이 되기 위해 어떻게 해야 하나 고민하며 노력합니다. 거기에 로제마인의 특이성과 하르트무트의 은밀한 활약을 넣어 봤습니다. 일단 클라리사와 하르트무트의 밀회도 써 봤는데, 로제마인 찬미만 이어져서 '독자를 완전히 버렸다. 글이 눈에 하나도 안 들어온다. 갑자기 공감이 하나도 안 된다'는 쓴소리를 들었습니다.

반대로 레오노레 시점은 정통파 연애물입니다. 코르넬리우스에게 고백받는 회상을 사이에 넣고, 귀족원 로맨스를 따라 하며 정자에서 밀회하는 장면을 써 봤습니다. 이건 '부끄러워서 닭살이 돋는다! 하지만 그게 좋다. 미치게 좋다'는 감상을 받았습니다. 아마 소녀 소설 같은 로맨스를 좋아하는 분께는 재미있지 않았을까요?

이번 권에서 시이나 님께 새로운 캐릭터 디자인을 의뢰한 건 라오블루트, 임마누엘, 하이스히체입니다. 하이스히체의 열혈남스러움이 잘 드러나는 선이 굵은 얼굴이 아주 마음에 듭니다. 라오블루트와 임마누엘도 각자 제5부로 이어지는 이미지가 잘 나왔다고 생각합니다.

새로운 소식입니다.

무려 다음 권!「제4부Ⅷ」에서는 DVD부록 특장판의 동시 발매가 결정되었습니다. DVD의 내용은 10월부터 방송 예정인 애니메이션 제1화! 방송 날로부터 약 한 달 전에 1화를 보실 수 있습니다. 개인적으론 선행 방영을 하더라도 멀리까지 보러 오실 수 없는 지방분들께 친절한 기획이라고 생각합니다. 또 이 DVD부록 특장판은 TO북스의 온라인스토어 (http://www.tobooks.jp.booklove)뿐만 아니라 전국 서점에서 예약하실 수 있습니다. 가까운 서점에서 예약해 주세요.

그리고 Audible(오더블)에서 '오디오북'이 발매되었습니다. 마인 역을 맡으신 이구치 유카 님이 낭독해 주십니다. 제1부「병사의 딸Ⅰ」부터 차례로 업로드됩니다. 무려 1권에 약 10시간!

귀에서 속삭이는「책벌레」에 관심이 있으신 분은 꼭 들어봐 주세요.

7월에는 새로이 창간된 TO북스 주니어문고에서「책벌레의 하극상 제

1부 병사의 딸Ⅰ」이 발매됩니다. 본문은 거의 똑같고, 코믹판처럼 초등학생 독자님을 위한 발음기호가 추가됩니다. 단행본 1권이 주니어문고에는 2권이 되는 분량이고, 시이나 님의 일러스트가 들어갑니다.

마찬가지로 7월에는 '공식 코믹 앤솔러지' 제1권도 발매합니다. 여러 만화가분이 「책벌레」를 만화로 그려 주셨습니다. 스즈카 님의 번외 만화는 벤노와 리제의 이야기인데, 제가 설정과 큰 흐름을 쓰고 있습니다.

7월부터는 또다시 격동의 4개월 연속 발매를 개시할 예정입니다. 아울러 애니메이션도 기대해 주세요.

이번 표지는 영지 대항전을 이미지화했습니다. 로제마인과 페르디난드가 주변을 둘러보는 느낌과 습격을 받은 왕족의 대표로 아나스타지우스와 에그란티느. 앞쪽의 두 사람과 뒤쪽의 두 사람의 대조적인 표정에서 이번 권의 분위기가 잘 나타났다고 생각합니다.

시이나 유우 님, 감사합니다.

마지막으로 이 책을 구매해 주신 여러분께 최상급의 감사를 바칩니다.

「제4부Ⅷ」은 9월 발매 예정입니다. 거기서 또 만나요.

2019년 4월 카즈키 미야

사랑의 폭주 열차

아름다운 장면 이어라!!

몸을 던져 사랑하는 이를 지킨다!

디터에서 코르넬리우스를 지키는 레오노레의 모습

사랑하는 남성을 생각하는 소녀의 힘!!

걸맞은 상대가 되기 위해 아끼지 않은 수많은 노력!

그것 또한 사랑에 빠진 소녀임에 변함없다!

하르트무트의 연인도 조금 독특하지만

집안이 평온해진다면 나눠야지

아버님… 처래 나눠도 돼요?

귀족원 만세!

근육 소녀

정말 이래도 될까

형님은 신경쓰지 말라고 했지만…

결국 형님보다 먼저 결혼하게 됐네

호위 기사 대행 **람프레히트** ♪

걱정은 필요 없겠지…

그래도 안게리카라는 상대가 있으니까

신뢰와 존경을 나누다가 사랑에 빠진 걸 거야

분명 같은 기사 입장에서 서로를 자극하고

조금 달랐다

!!

반짝반짝

전 에렌페스트가 아니었으면 낙제예요